HEYNE

W0370115

Das Buch

Während die Tajarim in der phönizischen Stadt Byblos ein sorgenfreies Leben genießen, träumt Seshmosis von der Aufnahme in die Gilde der Schreiber – und von Tani, einer liebreizenden Priesterin. Seine Visionen von einer glorreichen Zukunft finden ein jähes Ende, als GON ihm erscheint, der Gott ohne Namen, der sich Seshmosis als Propheten erwählt hat. In Gestalt eines geflügelten Drachen offenbart er ihm, dass sein einziger Nachfahre in größter Gefahr sei. Gegen alle Proteste sieht Seshmosis sich gezwungen, aufs Neue eine Reise ins Ungewisse zu unternehmen, allein geführt von einem Gott, dessen Wirkungsradius gerade mal der Weite seiner kurzsichtigen Augen entspricht.
Zur selben Zeit herrscht tiefe Besorgnis im fernen Eisland. Ein vorwitziges Eichhörnchen bringt das Gefüge des Weltenbaums durcheinander, in Asgard wird ein allseits beliebter Gott ermordet, und die mythischen Tiere fliehen aus der Götterwelt, um den Widerstand gegen ihre Herren zu organisieren. Als Seshmosis an Bord der *Gublas Stolz* die eisige Insel erreicht, wird klar: Ragnarök, der Weltuntergang, steht bevor. Auf der Suche nach seinem Nachkommen gerät der kleine Schreiber aus Byblos unversehens in das unbarmherzige Spiel der Götter. Doch er bleibt nicht der Einzige: Auch die viel gerühmten Helden Siegfried, König Gunther und Hagen von Tronje landen im Hafen Eislands …

Die Nomadengott-Saga
Erster Roman: Der Nomadengott
Zweiter Roman: Die Irrfahrer
Dritter Roman: Die Weltenbaumler

Der Autor

Gerd Scherm wurde 1950 in Fürth geboren und lebt als freier Schriftsteller und Künstler mit seiner Frau Friederike und vielen Tieren in einem alten Gehöft im Naturpark Frankenhöhe. Seit vielen Jahren forscht er auf den Gebieten Mythologie, Mythenbildung und Symbolik und ist unter anderem Gastdozent im Fachbereich Kultur- und Religionssoziologie an der FU Berlin. Für sein literarisches und künstlerisches Schaffen erhielt er zahlreiche Auszeichnungen, zuletzt den Friedrich-Baur-Preis für Literatur der Bayerischen Akademie der Schönen Künste.

Mehr zu Autor und Werk unter:
www.scherm.de

Gerd Scherm

DIE WELTENBAUMLER

Roman

Originalausgabe

WILHELM HEYNE VERLAG
MÜNCHEN

FSC
Mix
Produktgruppe aus vorbildlich bewirtschafteten Wäldern und anderen kontrollierten Herkünften
Zert.-Nr. SGS-COC-1940
www.fsc.org
© 1996 Forest Stewardship Council

Verlagsgruppe Random House FSC-DEU-0100
Das für dieses Buch verwendete FSC-zertifizierte Papier *Holmen Book Cream* liefert Holmen Paper, Hallstavik, Schweden.

Originalausgabe 06/2008
Redaktion: Angela Kuepper

www.heyne.de
Printed in Germany 2008
Umschlagillustration: Dirk Schulz
Karte: Andreas Hancock
Umschlaggestaltung: Animagic, Bielefeld
Satz: Greiner & Reichel, Köln
Druck und Bindung: GGP Media GmbH, Pößneck

ISBN: 978-3-453-52399-9

Schwertzeit, Axtzeit,
Schilde bersten,
Windzeit, Wolfzeit,
bis die Welt vergeht.

»Der Seherin Gesicht«
aus der Edda

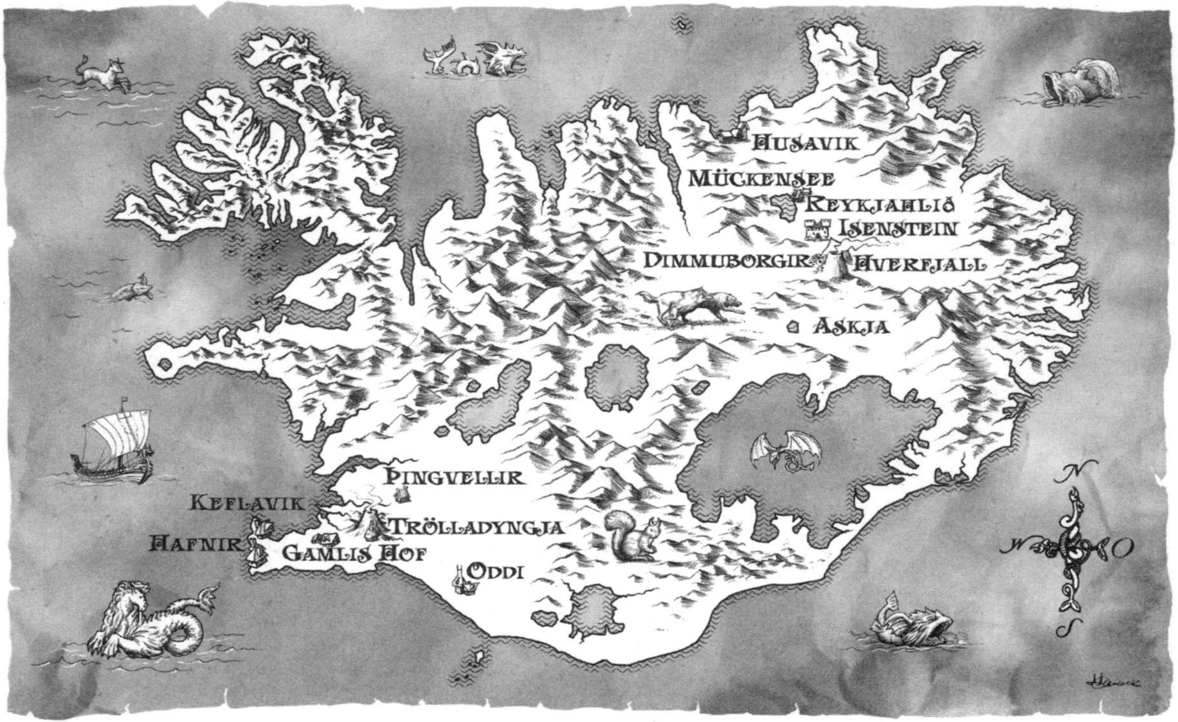

Husavik
Mückensee
Reykjahlið
Isenstein
Dimmuborgir
Hverfjall
Askja
Þingvellir
Keflavik
Trölladyngja
Hafnir
Gamlis Hof
Oddi
N
W
O
S

Inhalt

Aus den verborgenen Schriften der Propheten von Byblos

Aufgeschrieben ist dies für die Söhne der Söhne der Söhne. Wenn es denn in ferner Zukunft überhaupt noch Menschen gibt, die fähig sind zu lesen. Denen will ich künden von meiner Zeit, in der die Götter den Erdkreis betraten und missgünstig miteinander stritten.

Von Ägypten mit seinen tausend Göttern und Dämonen bis zum Zweistromland, wo Ischtar aufstand, sie alle herauszufordern; dort, wo der Zweidrittelgott Gilgamesch die Halbgötter der anderen Völker überragte. Von den namenlosen Furchtbaren der Hethiter will ich ebenso schreiben wie vom eifersüchtigen Jahwe der umherstreifenden Hebräer, der keinen anderen Gott neben sich duldete.

Und berichten will ich von meiner Heimat Byblos, wo Jahr für Jahr der Gott Mot den Gott Baal erschlägt, um dann gleichermaßen von dessen Gattin Astarte erschlagen zu werden.

All dieses schreckliche Götterwerk aber ist auf dem Elend von uns Menschen gebaut. Auf unseren Jammerschreien errichten sie ihre himmlischen Throne.

Kein Hoffen war uns Menschen geblieben angesichts der Grausamkeit der Götterwelt, die auch der Menschen Welt war in jener Zeit. Bevor in Ägypten die Pharaonen im

Horizont der Sonne herrschten, während der Minotaurus in Knossos hauste und das Römische Imperium als ungedachte Idee in den Sümpfen des Tibers schlummerte, kümmerten sich die Götter noch bis ins kleinste Detail um den Alltag der Menschen. Doch wäre es nur ein fürsorgliches Kümmern gewesen! Eingemischt haben sie sich, und für alles wollten sie Opfergaben. Opfer! Opfer! Ob man einen kleinen Handel machen wollte oder ob der Hochzeitsbraten gelingen sollte, stets lechzten sie gierig nach ihrem Anteil wie ein Wucherer.

Doch im Ägyptenland jenes Zeitalters gefiel es einem Gott, mit all dem zu brechen. Er erwählte einen Propheten und wirkte mit und durch ihn.

Geheimnisvoll war sein Auftreten, so geheimnisvoll, dass er nicht einmal einen Namen trug, sondern schlicht »Gott ohne Namen«, GON, genannt wurde. Gepriesen sei sein verborgener Name!

Manche sagen, er wirke auch heute noch, doch stets im Verborgenen, und nur wenige Auserwählte würden seiner ansichtig. Und auch wenn er gerade nicht unter uns weilt, so könnte er doch jederzeit wieder über uns kommen. Oder unter uns.

Der Prophet aber jenes verborgenen Gottes hieß Seshmosis, was »der Sohn eines Schreibers« bedeutet, und der Verkünder war auch selbst ein Schreiber. An den Ufern des Nils erwählte GON seinen Propheten, auf dass er sein Volk hinwegführe aus dem Land des Pharaos, wo es große Unterdrückung und Verfolgung erleiden musste.

Doch nicht nur böse Menschen verfolgten den Stamm des Propheten, die Tajarim; auch ägyptische Götter geißelten sie mit ihrer Eifersucht. Der krokodilköpfige Sobek und der widdergehörnte Amun und selbst der schlangengestaltige Dämon Apophis beargwöhnten das kleine Volk.

Trotz aller Widrigkeiten gelang es dem Propheten mit Tricks und GONs Hilfe, die Seinen aus Ägypten in die Wüste und erfolgreich hinters gelobte Land der Väter zu führen. Ins gelobte Land selbst konnten sie nicht, weil dieses inzwischen von den Söhnen anderer Väter bewohnt wurde. So leiteten GON und Seshmosis die Tajarim einen Tagesmarsch weiter nach Norden ins freie Byblos, wo man sich im Schmelztiegel der Levante niederlassen konnte.

Doch nicht vom Stamm der Tajarim will ich hier reden, sondern von GON, dem Gott ohne Namen.

Schon die ältesten Aufzeichnungen sprechen von einer nicht fassbaren Wesenheit, die sich einer Beschreibbarkeit durch ständige Verwandlung entzieht. Er sei »gestaltlos wie der Wind oder materialisiere in mancherlei tierischer Gestalt«, heißt es in einem frühen Papyrus, und in einem uralten Lied finden wir die Zeilen: »Der nichts erschuf, aber ständig erschafft« und »Der winzig klein die Welt durchreist«.

Die Schriften des ersten Propheten Seshmosis beschreiben GON als »groß an Macht, aber klein von Gestalt, doch diese dafür enorm wandelbar« und »dessen Macht reicht, so weit sein kurzsichtiges Auge blickt«. Alle Schriften sind sich einig, dass der Gott bei seinen Materialisationen kaum die Länge einer ägyptischen Elle erreichte. Auch sei der Wirkungsradius von GON äußerst beschränkt gewesen. Diese Beschränktheit stand wohl im Zusammenhang mit der altbekannten Tatsache, dass ein Gott nur so weit wirken kann, wie sein Auge reicht. Da der kleine Gott ohne Namen aber enorm kurzsichtig war, schränkte dies den Radius seiner göttlichen Macht doch erheblich ein. Überlieferungen sprechen davon, dass er nur fünfzig Schafe weit gewaltig wirken konnte, die weiter entfernten Schafe aber willig folgten.

Auch soll GON immer wieder Blitze eingesetzt haben, um Menschen zu disziplinieren, die seinen Tajarim Böses wollten. Dies führte selbst in größerer Entfernung von den Eingeäscherten zu spontanen Konfessionswechseln bei den Beobachtern.

Sein Volk baute dem kleinen Gott zum Dank einen hölzernen Schrein, auf dass er nun immer bei ihnen lebe. So konnten sie sich als Nomaden bei ihren Reisen seiner Gegenwart stets sicher sein.

Die Schrift sagt weiter, dass die Tajarim ein sorgenfreies Leben in Byblos führten und deshalb im Glauben an GON immer mehr nachließen. Aber der Gott wusste um die Trägheit und die Gedankenlosigkeit der Menschen und beschloss, sie nicht zu bestrafen. Nicht sehr jedenfalls, denn strafende Götter wie Jahwe, Baal und Seth gab es damals mehr als genug.

GON, der Gott der tausend Gestalten in kleiner Form, hatte nämlich schon vor langer Zeit, als er noch einen Namen besaß, aufgegeben, einen einzelnen Stamm als auserwähltes Volk hervorzuheben. Er wollte nicht mehr, dass Menschen sich für etwas Besseres hielten und dann in seinem Namen Reiche gründeten und gegen andere Reiche mit anderen Göttern in den Krieg zogen. Auch prächtige Tempelbauten und jubilierende Knabenchöre erfreuten ihn nicht.

Der kleine Gott hatte sich entschieden, sich um einzelne, scheinbar unbedeutende Wesen zu kümmern. Er wollte fortan ein Gott sein, den man nicht nur anrief, sondern mit dem man auch wirklich reden konnte.

Und von Weltuntergangsszenarien wie Armageddon, Ragnarök und Apokalypse hielt er äußerst wenig, im Prinzip gar nichts.

ᚷᛟᚾ

Links und rechts vom Weltenbaum

Ratatöskr war ein Eichhörnchen und ziemlich sauer. Den ganzen Tag hatte er damit verbracht, den Weltenbaum hinauf und hinunter zu rennen. Ständig musste er Botschaften überbringen zwischen dem Adler Hräswelgr in der Krone und dem Drachen Nidhöggr, der in den Wurzeln hauste.

Adler und Drache waren schon seit langer, langer Zeit zerstritten und sprachen deshalb kein Wort mehr miteinander. Da es aber immer noch viele Dinge zu bereden gab, die den Baum, sprich die Welt zwischen ihnen betrafen, schickten sie das Eichhörnchen als Boten zwischen sich hin und her.

Anfangs versuchte Ratatöskr die bösen Worte der Kontrahenten zu mildern und gar zu beschönigen, doch schließlich merkte er, wie durch seine Schönfärberei der Ton zwischen den beiden immer versöhnlicher wurde. Ratatöskr erkannte, dass sein Job auf dem Spiel stand, und er beschloss zu handeln: Durch sinnvolles Umformulieren der Botschaften hassten sich inzwischen Hräswelgr und Nidhöggr wieder bis aufs Blut. Und wie die beiden hassen konnten! Immerhin bedeuteten ihre Namen »Leichenverschlinger« und »Neidhacker«.

An manchen Tagen knisterte ihre gegenseitige Abneigung den ganzen Weltenbaum entlang und führte zu schrecklichen Blitzentladungen in Midgard, in Mittelerde, der Menschenwelt. Doch der zunehmende Hass führte auch zu einer enormen Beschleunigung der zu überbringenden Botschaften, und das bedeutete Stress für Ratatöskr. Nun saß er erschöpft und ziemlich schlecht gelaunt auf einem Ast in der Zone des Baumes, die man als Midgard bezeichnete.

Der Wikinger Erik, genannt der Falkenäugige, langweilte sich. Weit und breit ließ sich niemand blicken, den er zum Kampf herausfordern konnte. Da kam ihm dieses vorwitzige Eichhörnchen gerade recht. Schnell hob er einen Stein auf, wog ihn sorgfältig in der Hand und warf ihn nach dem Tier. Ein wirklich prächtiger Wurf! Der Stein senkte sich in einer wunderbaren Flugkurve genau auf das Eichhörnchen nieder. Doch dieses fing den Stein geschickt auf und schleuderte ihn zurück. Mit zehnfacher Geschwindigkeit raste der Stein auf Erik zu.

Erik der Falkenäugige schrie schmerzerfüllt auf. Ab heute würde man ihn Erik den Einäugigen nennen.

Ratatöskr ballte seine kleine Faust und rief: »Jau! Volltreffer!«

Dann zwirbelte er triumphierend die Ohrhaarbüschel und öffnete mit den Nagezähnen genüsslich eine Nuss. Der Tag war doch wesentlich besser, als er befürchtet hatte.

Über Ratatöskr erhob sich ein Rabe, der alles beobachtet hatte, mit mächtigen Schwingenschlägen in die Luft.

ᚱᚨᛏᚨᛏᛟᛊᚲᚱ

Seshmosis wandelte auf Wolke sieben. Natürlich nur im übertragenen Sinn, seine Füße bewegten sich ganz normal, wenn auch beschwingten Schritts durch das Hafenviertel von Byblos. Denn der Schreiber Seshmosis, Sohn eines Schreibers, der ebenfalls Sohn eines Schreibers gewesen war, fühlte sich zum ersten Mal in seinem Leben rundum glücklich. Seit seiner großen Fahrt mit der Galeere *Gublas Stolz* durfte er endlich ein Jahr ohne Abenteuer und Aufregungen erleben. Am nächsten Vollmond würde man ihn in die *Gilde der vollkommenen und auserwählten Schreiber im Orient Byblos* aufnehmen, ein Privileg, das nur wenigen Schreibkundigen zuteil wurde und höchste Anforderungen an den Kandidaten stellte. Aber die absolute Krönung von Seshmosis' Zustand der Glückseligkeit war Tani. Tani, die Schönste unter der Sonne; Tani, die Leidenschaftlichste unter dem Mond. Tani, die bezaubernde kleine Priesterin im Dienst der Göttin Seshat im *»Wahren Exil-Ägyptischen Vielheiligen Vielgötter-Tempel zu Byblos«*. Zugegeben, den meisten Raum dieses Vielzwecktempels beanspruchten die sogenannten »großen Götter« wie Isis, Osiris, Amun, Horus, Hathor, Anubis, und auch die »mittleren Götter« wie Apis, Methyer, Bastet, Bes, Chnum, Mafdet, Sachmet und Month machten sich ziemlich breit. Aber immerhin hatte Seshat, die »Schreiberin«, unter den »minderen Göttern« eine verhältnismäßig große Verehrungsnische in der südlichen Tempelwand, in die Tani täglich frische Opfergaben legte und vor der sie Gebete sprach. Da dieser Dienst meist schnell erledigt war, verfügte Tani über sehr viel Freizeit, was wiederum ihrer Beziehung mit Seshmosis zugute kam. Der Schreiber seinerseits musste nur einen festen Termin pro Tag einhalten, und zwar »Die Stunde des Dankes« für seinen Gott ohne Namen, GON genannt, und so konnten die frisch Verliebten viel Zeit miteinander verbringen. Gerade war Seshmosis dabei, Tani im *»Wahren Exil-Ägyptischen Vielheiligen Vielgötter-Tempel«* abzuholen, wobei er den Weg durch den Basar nahm.

Ein Stand mit Schreibutensilien erregte seine Aufmerksamkeit; interessiert betrachtete Seshmosis das Angebot. Da unterbrach ihn eine aufgeregte Stimme: »Verschwindet, Ihr Unglücksrabe! Ihr Sendbote des Bösen, verlasst sofort meinen Stand!«

Irritiert blickte Seshmosis auf. Und er erkannte Nefer, den Händler, der ihm einst das magische Amulett von Kreta verkauft hatte.

»Geht woanders hin! Ich verkaufe Euch nichts, Ihr Diener des Verschlingers. Weichet von mir!«

»Beruhigt Euch, Nefer! Das Amulett gehörte zu den guten Artefakten, es war nicht verflucht«, versuchte Seshmosis den Händler zu beruhigen.

»Ich habe auch nie behauptet, dass ich verfluchte Amulette verkaufen würde. Ihr seid es, der verflucht ist!«

»Aber *ich* landete doch im Labyrinth des Minotaurus und nicht Ihr!«

»Dafür landete ich fast in Amentet oder im Hades oder im Rachen des Verschlingers oder wer auch immer mit seiner Jenseitsvorstellung recht haben mag. Zwei sehr finstere Fremde suchten mich heim und schnitten mir fast die Kehle durch. Ich verzichte gern auf das Geschäft mit Euch und bleibe dafür am Leben!«

Die Erinnerung an die beiden stets ganz in Schwarz gekleideten kretischen Mörder Nelos und Pelos ließen Seshmosis schnell davon Abstand nehmen, sich näher für ein Bronzestück mit merkwürdigen Schriftzeichen zu interessieren. Er verspürte in seiner jetzigen Lebenssituation noch weniger als sonst das Bedürfnis nach Abenteuer. Mit einem Lächeln verabschiedete er sich von dem Händler und wünschte ihm noch ein geruhsames, langes Leben, bevor er freudig zum Arbeitsplatz seiner geliebten Tani eilte.

SESHMOSIS

Die Götter Odin, Hönir und Loki waren wieder einmal unterwegs. Wobei Loki genau genommen nicht zu den richtigen Göttern gehörte; eigentlich wussten nicht einmal die Götter, ob Loki überhaupt zu irgendwem oder irgendetwas gehörte. Odin zog zwar gern mit dem Wolkengott Hönir und dem Listigen durch die Lande, aber von den anderen Asen und Wanen konnte keiner Loki leiden. Der Typ war einfach zu kompliziert – zum einen war er mehrfacher Vater, nämlich von Hel, dem Ursprung der Hölle, von Fenrir, dem Fenriswolf, und von der Midgardschlange. Zum anderen war er aber auch Mutter, nämlich von Sleipnir, dem achtbeinigen Ross, das er vom Hengst Swadilfari empfangen hatte.

Vor allem aber war er ein Trickster, dem man nicht trauen konnte und der ständig versuchte, Götter und Menschen, Riesen und Zwerge, Elfen und Trolle hereinzulegen. Keiner der Asen verstand, warum Odin einen solchen Narren an Loki gefressen und sogar Blutsbrüderschaft mit ihm geschlossen hatte.

Zu allem Übel besagte die Prophezeiung, dass der Unsympath Loki und seine furchtbare Brut eines Tages Ragnarök, *das Schicksal der Götter*, auslösen und gegen sie alle kämpfen würden.

Doch noch war es nicht so weit, und Odin, Hönir und Loki zogen in gelöster Stimmung über Land; in einer Stimmung, der man in späteren Jahren am sogenannten *Vatertag* wieder begegnen würde: ausgelassen, laut und ziemlich albern. So wanderten die drei einen quirligen, schnell fließenden Gebirgsfluss entlang und erreichten schließlich einen Wasserfall. Hönir setzte das Fass mit Met, das er mit sich schleppte, ab und klemmte es zwischen Steine, damit es nicht davonrollen konnte. Dann füllte er die Trinkhörner mit dem berauschenden Getränk und reichte zwei davon seinen Gefährten, während er sein eigenes in einem einzigen Zug leerte. Mit jedem Horn, das sie tranken, stieg die Stimmung der Wanderer.

Auf einmal blinzelte Odin heftig mit seinem einzigen verbliebenen göttlichen, aber schon ziemlich getrübten Auge, rülpste und deutete auf den Wasserfall: »Wenn das nicht Andwari ist!«

Im Wasserfall, der über einige große Steine in ein flaches Flussbett stürzte, schwamm und sprang ein stattlicher Hecht. An ihm war nichts Ungewöhnliches, außer vielleicht seiner beachtlichen Größe. Doch dieser prächtige Fisch war in Wirklichkeit der Zwerg Andwari in seiner Lieblingsfreizeitgestalt. Kaum jemand weiß, dass Zwerge von Haus aus Gestaltwandler sind, und sie geben sich auch alle Mühe, diese Fähigkeit nicht bekannt werden zu lassen. Man sagt, so mancher hätte sein Wissen über diese Fähigkeit der Zwerge mit dem Leben bezahlt.

Jeder Zwerg kann sich nämlich mühelos in ein anderes Wesen verwandeln – in einen Menschen oder in einen Drachen oder eben in einen Hecht. Zwerge, die dies nicht können, sind keine Zwerge, sondern Wichtel, oder sie tun nur so, als wären sie Zwerge, und sind in Wirklichkeit kleinwüchsige, militante Goldschürfer, die mit Helm auf dem Kopf und Doppelaxt in der Hand nach Bier grölen und für viel Geld fantastische, aber völlig erlogene Bücher über sich und ihre angeblichen Heldentaten schreiben lassen.

Der ebenfalls stark angetrunkene Loki ergriff nun einen Stein und warf ihn nach dem Hecht. Dabei rief er mit schwerer Zunge: »Heute gibt es zum Abendessen Zwerg!«

Mit einem kreischenden Laut des Protests, den nur Fische und Götter hören können, schnalzte der Hecht zur Seite und verschwand in der Gischt des Wasserfalls.

Stattdessen traf der Stein des Loki einen Otter, der gerade nach einem Lachs schnappte. Todwund wurde das Tier auf einen Uferstein gespült, seine Beute immer noch fest im Maul.

»Das nenne ich einen Wurf!«, sagte Hönir anerkennend. »Das gibt heute ein treffliches Menu mit Fisch und Fleisch. Und Met.«

Ein Eichhörnchen, das ganz in der Nähe auf einem Baum

saß und die Szene beobachtet hatte, hielt den Atem an. Denn Ratatöskr wusste, wer soeben getötet worden war.

ᛟᛏᛏᛗᚱ

Die Stadt Byblos war ein natürlicher Hafen in einer sichelförmigen Bucht, die sich in Terrassen aus dem Meer Richtung Libanongebirge erhob. Der *»Wahre Exil-Ägyptische Vielheilige Vielgötter-Tempel«* befand sich auf der zweiten Terrasse von unten, ganz in der Nähe des größten Marktes der Metropole. Wegen des regen Handels mit Ägypten lebten viele Menschen aus dem Land des großen Stroms in Byblos, und natürlich wollten und mussten sie zu ihren heimischen Göttern beten. Außerdem war die Auswahl an levantinischen Gottheiten nicht sonderlich groß, im Vergleich zum ägyptischen Pantheon sogar lächerlich klein. Neben der lokalen Götterdreiheit Baal, Astarte und Mot gab es nur noch einige unbedeutende Dämonen, zu denen sich allerdings in jüngster Zeit eine aus dem Sinai importierte, ziemlich rigorose und eifersüchtige Gottheit namens Jahwe gesellt hatte. Und es kursierten in Byblos Gerüchte von einem kleinen, aber mächtigen Gott ohne Namen, der von geheimnisvollen Fremden verehrt wurde und große Wunder wirkte.

Tani wartete bereits vor dem Tempeltor auf Seshmosis. Bei ihrem Anblick pries sich der Schreiber erneut als den glücklichsten Menschen unter der Sonne und unter den Sternen;

zumindest in dieser Stadt. Tani war seiner einstigen Liebe Rachel aus Jericho wie aus dem Gesicht geschnitten, sie war ihr in allen Belangen ebenbürtig und in einem Punkt sogar überlegen: Sie war hier, bei ihm, in Byblos.

Seshmosis begrüßte seine Geliebte mit einer vorsichtigen Umarmung, so vorsichtig, als wäre sie ein Schreibried, jenes zerbrechliche Werkzeug aus Schilfrohr, mit dem nur Schreiber richtig umgehen können.

Tani dankte Seshmosis seine behutsame Art, indem sie nicht wie andere Mädchen in ihrem Alter von den regionalen, muskelbepackten Größen im Wettlauf und Faustkampf, im Speerwurf und Steinheben schwärmte.

Zumindest nicht in Gegenwart von Seshmosis.

Die beiden schlenderten hinunter zum Hafen, wo Schiffe aus der ganzen Welt ankerten – schwarze Segler aus Kreta, ägyptische Frachtschiffe, die mit Zedernholz und Purpurstoffen beladen wurden, Galeeren aus den Tiefen des westlichen Meeres, die hellhäutige Sklaven brachten und dafür Gold mitnahmen. Qazabal, der Herrscher von Byblos, freute sich an dem regen Treiben, vor allem, weil es klingende Münzen in seine Schatzhäuser brachte. Und sein Zollinspektor Hiram, genannt »die Spürnase«, sorgte dafür, dass ihm kein einziges Goldstück entging. Zumindest versuchte er es.

Seshmosis und Tani saßen auf einem Felsblock am nördlichen Ende des Hafens und sahen und hörten nichts von der Geschäftigkeit um sie herum. Sie sahen nur sich. Wie bei allen Verliebten betrug ihr Wahrnehmungsbereich nicht mehr als eine Körperlänge.

Tanis Vater Matar handelte mit Sarkophagholz aus den

Wäldern des Libanon, das er in Ägypten an die Einbalsamierer mit dem Slogan *Hält länger als die Ewigkeit* verkaufte. So hatte er es im Lauf der Jahre zu kleinem Wohlstand gebracht und konnte es sich leisten, dass seine Tochter als freischaffende Tempeldienerin die Nische der Seshat pflegte. Das brachte ihm Prestige in der ägyptischen Gemeinde von Byblos ein und kostete Tani schließlich nicht mehr als die eine Stunde Freizeit pro Tag. Allerdings musste sie in letzter Zeit ständig Überstunden machen. Der Seshat-Glaube fand seit kurzem in Byblos explosionsartige Verbreitung und immer mehr Anhänger. Zumindest erklärte Tani dem misstrauischen Vater ihr immer häufigeres und längeres Fernbleiben von Zuhause mit dem Umstand, dass in den vergangenen Wochen eine Vielzahl von Einwanderern angekommen sei, denen es an einer kompetenten Schreibergottheit mangle. Sie alle mussten an der Verehrungsnische der Seshat betreut und in die Grundzüge des Glaubens eingeführt werden. Das dauerte, vor allem, weil es sich um Ausländer handelte, die weder Ägyptisch noch Kanaitisch sprachen. Das leuchtete Tanis Vater ein; mit Ausländern kannte er sich aus, er war schließlich selbst einer.

Dicht an dicht saßen die Liebenden. Seshmosis hatte sich eben zum achtzigsten Mal versichert, dass Tani fünf Finger an der Hand hatte, als diese plötzlich aufsprang.

»Ich kann nicht mehr sitzen, der Stein ist so hart«, jammerte sie.

»Ich finde auch, wir sollten irgendwohin gehen, wo es bequemer ist. Zu mir nach Hause zum Beispiel«, schlug Seshmosis vor.

»Heute ist es schon zu spät, lieber Sesh. Mein Vater wird

immer misstrauischer und glaubt mir die Ausrede mit den vielen Einwanderern kaum noch. Lass uns lieber gehen, ich möchte keine Schwierigkeiten bekommen«, lehnte Tani ab.

Seshmosis liebte es, wenn ihn Tani zärtlich *Sesh* nannte. Und er verstand nur zu gut, dass sie Schwierigkeiten lieber aus dem Weg gehen wollte. Denn Schwierigkeiten waren dem Schreiber überaus verhasst. Schwierigkeiten, Abenteuer und Raffim lauteten die drei unangenehmsten Wörter in seinem Dasein.

Wobei die ersten beiden Begriffe sowieso schon im Namen Raffim beinhaltet waren und noch wesentlich mehr. Der dicke Händler verkörperte für Seshmosis vieles: Raffgier, Hinterhältigkeit, Verschlagenheit, Intrigen, Betrug, Diebstahl, Unterschlagung, Heimtücke, Erfolg, Gold, Macht, Ansehen, Respekt, reichlich Dienstpersonal, eine Villa und mehrere Mätressen. Wobei die Anzahl der Letzteren seit Raffims Beziehung mit einer wohlbeleibten Astarte-Priesterin rapide abgenommen hatte. Es gab seit dieser Liaison in Raffims Leben eigentlich überhaupt keine Mätressen mehr. In Wahrheit gab es kein Leben mehr in Raffims Mätressen, aber mit diesem Wissen wollte die Priesterin ihren Geliebten nicht behelligen.

Seshmosis begleitete Tani bis in die Nähe ihres Elternhauses auf der vierten Terrasse der Stadt. Zum Haus wagte er sich nicht, denn er wollte von den geschwätzigen Nachbarn nicht gesehen werden, die mit Sicherheit Tanis Vater vom Freund seiner Tochter berichtet hätten.

Nach einem wehmütigen Abschied machte sich Seshmosis auf den Heimweg hinauf zur siebten und höchsten

Terrasse, wo er im Palast der Prinzessin Kalala ein Zimmer bewohnte. Gleich daneben lag die prachtvolle Villa seines Intimfeindes Raffim, und Seshmosis hoffte inständig, der Dicke möge ihm nicht über den Weg laufen.

Raffim lief Seshmosis nicht über den Weg. Er lauerte ihm auf.

»Ich muss mit dir reden, Schreiber!«, rief er und baute sich bedrohlich vor Seshmosis auf.

»Gerne doch, Raffim, nur zu, lass uns reden!«

»Wer ist der größte Einzahler in GONs Tempelkasse?«, fragte Raffim rhetorisch, denn er gab sogleich die Antwort: »Ich! Wer hat den göttlichen Schrein erst kürzlich prunkvoll ausstatten lassen? Ich! Warum werde ich dann nicht bevorzugt behandelt?«

An dieser Stelle muss angemerkt werden, dass Raffim nicht ganz uneigennützig handelte und seine großzügigen Zahlungen an GONs Tempelkasse nur auf Grund einer massiven Erpressung durch Seshmosis erfolgten. Immerhin handelte Raffim im ganzen Orient erfolgreich mit Abschriften der Heiligen Rollen der Tajarim, wobei *Die Schöpfungsgeschichte, Die Tafel der Väter* und *Die Große Flut* bei den Religionsstiftern zwischen Euphrat und Sinai allgemein hoch im Kurs standen und »gerne genommen wurden«, wie Raffim es nannte.

Und für die Erlaubnis, Kopien anzufertigen und zu verkaufen, kassierte Seshmosis fünfzig Prozent der Erlöse für die Tempelkasse GONs, die er eigens dafür eingerichtet hatte.

»Welche Vorzugsbehandlung wünschst du denn?«, fragte Seshmosis misstrauisch.

»Ich finde, wer so viel für seine Gottheit tut wie ich, sollte darüber informiert werden, was in seiner unmittelbaren Umgebung so vor sich geht.«

»Raffim, du sprichst in Rätseln.«

Seshmosis war verwirrt, weil er wirklich keine Ahnung hatte, worauf der andere hinauswollte.

»Etwas Großes geht vor sich, und Barsil steckt mitten drin. Das spüre ich, das sagt mir mein Instinkt. Und meine Zuträger. Ich will wissen, was da vor sich geht, oder ich stelle alle Zahlungen ein!«

»Wie stellst du dir das vor? Glaubst du, GON ist ein Informant für Gauner? Das ist doch Blasphemie!«

Seshmosis' Zorn wuchs, diesmal ging Raffim wirklich zu weit. Doch dieser ließ sich nicht beeindrucken.

»Ich weiß genau, dass Barsil ein religiöses Ding drehen will. Ich weiß nur noch nicht, was er im Einzelnen vorhat. Wehe, du hilfst ihm! Sei gewarnt!«

»Habe ich jemals Barsil dir gegenüber bevorzugt?«, fragte Seshmosis ohne Doppeldeutigkeit, denn bei allen Differenzen mit Raffim war ihm dieser doch wesentlich lieber als der hinterhältige, kriminelle Barsil.

»Versprich mir, dass du mich informierst, wenn du etwas hörst oder dir GON etwas flüstert. Es soll dein Schaden nicht sein!«

Mit diesen Worten verschwand Raffim erstaunlich flink auf sein Villengrundstück.

ᛏᚨᚼᛁ

»Du bist zwar klein und völlig unbedeutend, Ratatöskr, aber du hast zumindest einen Vater und eine Mutter«, jammerte der goldene Eber Gullinborsti.

»Was nützen die einem, wenn sie nicht da sind, sobald man sie braucht?«, entgegnete das Eichhörnchen. »Als Loki mich verwandelte, ließen sie sich nicht blicken. Du hast zumindest zwei tolle Erschaffer. Die Zwerge Brokk und Sindri gelten weltweit als Genies!«

»Aber ich bin weder ein Wesen noch ein Ding. Dabei müsste ich doch so göttlich sein! *Kampfschein* sei mein Name, sagte der Gott Freyr. Und was ist? Sie nennen mich *Kampfschwein*! Statt Glanz zu verbreiten, werde ich von ihnen als Schlachtfeldbeleuchtung missbraucht. Was nützt es da, dass ich über Wasser gehen und durch die Luft fliegen kann? Was nützt mir da meine ganze Einzigartigkeit?«

Krämpfe des Selbstmitleids erfassten den goldborstigen Eber, der schon seit langem darunter litt, dass er nur erschaffen und nicht geboren worden war.

»Sei froh, dass dich Zwerge gemacht haben. Stell dir vor, du wärst das Werk von Riesen, dann hättest du jetzt mit Sicherheit die Nase am Bauch, die Füße auf dem Rücken, und du würdest aus dem Hintern gucken«, versuchte Ratatöskr den manisch-depressiven Freund zu trösten, was ihm aber gründlich misslang.

Gullinborsti, der sich an seinen guten Tagen »das dritte Gestirn am Himmel neben Sonne und Mond« nannte, grunzte verächtlich und stapfte wütend davon. Das Eichhörnchen hörte ihn nur noch grummeln: »Brauch keine Freunde, brauch niemanden, brauch keinen, nix, gar nix brauch ich.«

ᚷᚢᛚᛚᛁᚾᛒᛟᚱᛊᛏᛁ

»Wer baut eigentlich einen Tempel für einen Gott, der den Beinamen ›der große Verschlinger‹ trägt?«, fragte ein unförmiger Schatten, aus dem eine extrem lange Nase herausragte.

»Vielleicht jemand, der Angst hat«, mutmaßte eine zweite verhüllte Gestalt.

»Könntet ihr bitte mit dem Philosophieren aufhören und eure verdammte Arbeit machen. Los jetzt!«, befahl eine dritte Stimme in der Dunkelheit.

Das Gitter gab endlich seinen Widerstand gegen die numerische Übermacht von zwei Brecheisen auf und wich knirschend der Gewalt.

»Geht doch, Barsil«, triumphierte ein Schemen.

»Keine Namen, Mumal, du Idiot«, raunte der als Barsil Bezeichnete.

»Es hört uns doch sowieso keiner«, beschwichtigte die Nase.

»Aber *ER* könnte uns hören, Mot; es ist schließlich sein Tempel.«

»Dann hoffen wir nur, dass er gerade nicht zu Hause ist. Ich könnte mir vorstellen, dass ihn unser Besuch nicht sehr erfreut.«

»Die Priester kommen uns sicher nicht in die Quere, die schlafen in ihren Quartieren ihren Rausch aus. So einen wirkungsvollen Trunk hat denen vor mir noch keiner spendiert«, sagte Barsil stolz.

Barsil galt im Stamm der Tajarim als der Zwielichtigste, aber auch als einer der Reichsten, wobei Letzteres mit Ersterem in unmittelbarem Zusammenhang stand. Barsil war von Jugend an erfolgreicher Verkäufer von Gebrauchtwaren, wobei die Vorbesitzer sich meist nicht freiwillig von ihrem Eigentum getrennt hatten. Und so mancher hatte den Trennungsschmerz nicht überlebt.

Meist arbeitete Barsil aus Eigeninitiative, doch diesmal war er im Auftrag unterwegs. Ibiranu IV., Herrscher von Ugarit, bezahlte ihn für den Einbruch in den Tempel des Mot in Byblos, und Barsil durfte die Beute sogar behalten. Ibiranu ging es lediglich darum, in dem nördlich gelegenen, konkurrierenden Stadtstaat Unruhe zu stiften. Möglichst viel Unruhe.

Daraufhin hatte Barsil den Steinbrucharbeiter Mumal und den Ochsentreiber Almak engagiert, auf dass sie ihm bei dem nächtlichen Einbruch halfen. Die beiden waren kräftig genug, um Hindernisse aus dem Weg zu räumen, und dumm genug, um garantiert nicht zu verstehen, worum es eigentlich ging.

Die drei Eindringlinge schlüpften durch das nunmehr entgitterte Fenster und landeten in einem Raum, der ganz offenbar als Rumpelkammer diente. Dem für diesen Raum zuständigen Priester war das Wort ›Ordnung‹ mit Sicherheit noch nie begegnet. Kultgegenstände wie Kelche, Schalen und Tabletts wetteiferten mit abgebrannten Fackeln, blutigen Stofffetzen und den Schädeln diverser Tiere um den begrenzten Platz auf dem Fußboden.

Im Licht des halben Mondes balancierten die Einbrecher, vorsichtig einen Fuß vor den anderen setzend, durch das Chaos zur Tür, von der sie hofften, dass sie zum Tempel führen würde.

Der große, muskulöse Mumal erreichte sie als Erster und öffnete sie mit einem kräftigen Ruck. Dann schlüpfte er durch die Tür, und die beiden anderen folgten ihm.

Im großen Tempel des Mot zu Byblos glühten in dreizehn bronzenen Dreifüßen Tag und Nacht die Kohlefeuer. Zu Ehren von Mot, dem großen Verschlinger, der jedes Jahr nach der Ernte den mächtigen Gott Baal tötete und in die Unterwelt verbannte. Mot, der Regent der unfruchtbaren Zeit. Mot, dessen Name in allen Sprachen der Welt *Tod* bedeutete.

Zu seinem Leidwesen wurde Mot aber regelmäßig im Frühling von Astarte, der Gemahlin von Baal, besiegt und seinerseits in die Unterwelt geschickt. Und so wechselten sich Baal und Mot Jahr für Jahr in der Herrschaft über Welt und Unterwelt ab.

Kein vernünftiger Mensch hätte es gewagt, einem solchen Gott etwas zu stehlen, noch dazu ein heiliges Relikt. Doch Barsil war kein vernünftiger Mensch, er war ein Dieb aus Leidenschaft. Dabei hatte er es schon lange nicht mehr nötig zu stehlen, doch er konnte einfach nicht damit aufhören. Je riskanter ein illegales Unternehmen war, desto größere Befriedigung empfand Barsil.

Doch auch wenn er kein Risiko scheute, so war er keineswegs ein Trottel. Vorsichtig näherte sich Barsil dem Altar und bedeutete seinen Helfern, ihm zu folgen. Immer wieder blickten sich die drei Tajarim um, ob nicht einer der Priester auftauchen würde. Der gespendete Schlummertrunk hatte seine Wirkung jedoch nicht verfehlt, keiner störte sie. Am

Altar angelangt, atmete Barsil tief durch, bevor er furchtsam die Hände nach dem heiligsten Artefakt des Gottes Mot ausstreckte. Aber kurz bevor seine Finger den lebensgroßen, aus einem einzigen Rubin gefertigten Menschenschädel erreichten, zog Barsil sie wieder zurück. Stattdessen nahm er Almak den Sack ab und forderte Mumal auf:

»Los jetzt, pack du ihn ein!«

»Zugreifen« und »Einpacken« gehörten zu den wenigen Dingen, die Mumal auf Anhieb verstand, und so griff er schnell zu und steckte das Artefakt vorsichtig in den aufgehaltenen Sack.

Mit einer Kopfbewegung gab Barsil das Zeichen zum Verschwinden und die drei nahmen den gleichen Weg zurück.

Nicht weit vom Ort des Geschehens schnarchten dreizehn Mot-Priester der leibhaftigen Begegnung mit ihrem Gott entgegen.

ᛒᚨᚱᛊᛁᛚ

Die Sonne berührte fast den Horizont, und lange Schatten liefen den drei schwankenden Wanderern hinterher, als sie ein Haus erreichten. Es war – typisch für diese Gegend – mehr in die Erde hineingebaut als auf ihr errichtet, und das Dach war zur Gänze mit Moos bewachsen.

Odin hämmerte mit der Faust gegen die aus groben Brettern gezimmerte Tür und rief mit schwerer Zunge: »Aufmachn! Wir wolln rein!«

Als sich nicht gleich eine Reaktion zeigte, hieb der Gott erneut mit der Faust gegen die Tür, diesmal so hart, dass sie barst.

»Ups! Das wollt ich nich«, lallte Odin und torkelte in die Stube. Hönir und Loki folgten ihm, ohne zu zögern.

An einem Tisch saßen zwei Männer und schauten die Eindringlinge erbost an. Einer von ihnen hatte schmutziggraue lange Haare und einen ebensolchen Bart, der ihm bis auf die Brust reichte. Von Kleidung konnte man bei ihm ebenso wenig sprechen wie bei dem jüngeren, schwarzhaarigen Mann. Beide Körper waren lediglich von grob zusammengehefteten Rupfen bedeckt.

»Wer seid ihr, und was wollt ihr?«, fragte der Ältere der beiden ungehalten.

»Ich bin Odin, dein Gott! Und das ist mein Abendessen!«

Mit diesen Worten warf Odin den Otter und den Lachs auf den Tisch. Hönir und Loki nickten stumpfsinnig dazu, und der Wolkengott stellte das Metfass neben die beiden Kadaver.

Entsetzt starrten die beiden Männer auf den toten Otter. Dann deutete der Grauhaarige auf das Tier und brüllte: »Ihr Mörder! Ihr habt meinen Sohn umgebracht!«.

Im gleichen Augenblick verwandelte sich der Jüngere blitzschnell in eine riesige Spinne. Noch bevor Odin, Hönir oder Loki reagieren konnten, waren sie schon in einem dichten, klebrigen Gespinst gefangen. Als die drei eingesponnen waren, veränderte die Spinne wieder ihre Gestalt und verwandelte sich zurück in einen Mann. »Ich bin Regin, der Bruder von Otter, und ihr werdet meinem Vater und mir Wergeld für diesen Mord bezahlen!«

Schlagartig war Odin nüchtern.

»Wie, was, dein Bruder? Warum tummelt er sich dann als Otter in einem Wasserfall?«

»Weil er, wie wir, ein Gestaltwandler war, göttlicher Trunkenbold! Und es beliebte meinem Sohn eben, als Otter Lachse zu jagen. Deshalb gaben wir ihm den Namen Otter«, antwortete der Ältere, der Hreidmar hieß.

»Ihr habt Glück, dass mein Bruder Fafnir nicht hier ist, sondern derzeit in Burgund weilt! Er hätte auf die Sühne des Wergelds sicher verzichtet und euch gleich getötet.«

»Vielleicht kommt es ja noch dazu, dass wir wenigstens zwei von euch töten, wenn der, den ihr ausschickt, das Wergeld zu holen, nicht bis zum nächsten Sonnenuntergang zurückgekehrt ist.«

Der Alte zückte hasserfüllt ein Messer. Dann ergriff er mit seiner Linken den Otter, setzte einige wenige gezielte Schnitte und zog dem Tier routiniert das Fell über die Ohren.

»Ich verlange, dass der Balg meines Sohnes mit rotem Gold gefüllt und von außen mit gelbem Gold umhüllt wird. Kein einziges Haar darf mehr sichtbar sein!«, forderte Hreidmar. Dabei siegte die Gier eindeutig über die Trauer.

Odin war der Spaß an diesem Ausflug gründlich verdorben, und er ordnete an: »Loki, es ist an dir, das Wergeld aufzutreiben. Du kennst dich hier in der Gegend am besten aus und weißt, wo man so viel Gold herbekommen kann. Die Zeit ist zu kurz, um den weiten Weg nach Asgard und hierher zurück zu schaffen.«

Und so ließen Hreidmar und Regin Loki frei, auf dass er das Wergeld als Sühne für den Tod Otters besorge.

ᚺᚱᛖᛁᛞᛗᚨᚱ

Immer noch beschwingt von seinem Treffen mit Tani, betrat Seshmosis sein Zimmer. Raffim und sein Anliegen bekümmerten ihn überhaupt nicht. Sollten er und Barsil ihre finsteren Angelegenheiten unter sich ausmachen, ihn ging das alles nichts an. Dachte er.

Ehrfürchtig verbeugte sich Seshmosis vor dem kleinen Schrein von GON, der in letzter Zeit mit den Einnahmen aus dem Schriftenverkauf wesentlich nachgebessert worden war. Den einst schlichten Holzkasten, den Schedrach, der Karrenbauer, gefertigt hatte, zierten nun an den vier oberen Ecken vier vergoldete Cherubim: ein geflügeltes Kalb, eine geflügelte Katze, ein Falke und ein geflügelter Fisch, der ziemlich waghalsig auf seiner Schwanzflosse balancierte.

Inmitten der Cherubim erschien plötzlich eine fünfte Gestalt, die diese kaum überragte – ein geflügelter Drache.

Seshmosis wusste, wer da in Wirklichkeit erschienen war, und sagte respektvoll: »Mein Herr, ich freue mich, dich zu sehen.«

Der dreißig Zentimeter große Drache hüstelte, wobei er kleine schwarze Rauchwolken ausstieß. Dann blickte er von einem Cherub zum anderen.

»Ich habe mich immer noch nicht an diese Dekoration gewöhnt. Man hat ja kaum noch Platz, auf seinem eigenen Schrein zu materialisieren.«

»Aber es sieht sehr gut aus, Herr, das sagen alle.«

»Na ja, wenn die Menschen so etwas brauchen, damit der Glaube leichter fällt, dann sollen sie es haben. Aber nun zu uns, mein lieber Prophet. Ich habe eine neue Aufgabe für dich!«

»Aber gern, mein Herr«, sagte Seshmosis in echter Demut.

»Es ist eher ein Auftrag denn eine Aufgabe. Es ist sozusagen etwas komplizierter, langwieriger.«

Der kleine Gott brach ab und rang sichtlich nach Worten. Seshmosis wurde misstrauisch. Dann dämmerte es ihm.

»Willst du, dass ich dafür Byblos verlasse?«, fragte er entsetzt.

»So könnte man sagen. Der Auftrag lässt sich nicht in Heimarbeit erledigen. Eine Reise ist unbedingt erforderlich.«

»Aber das geht nicht! Ich bin verliebt!«, protestierte Seshmosis.

»Ich weiß«, erwiderte der kleine Gott. »Schließlich war ich am Zustandekommen dieser Beziehung nicht ganz unbeteiligt.«

»Wie? Du hast? Was genau? Und warum?«, stammelte der Prophet.

»Es ist schon erschreckend, wie ein Mann des Wortes ins Stottern gerät, wenn es um die Liebe geht.«

»Was hast du? Und überhaupt?«

»Schon gut, schon gut. Ich möchte doch, dass du glücklich bist. Aber bitte lass uns jetzt zu deinem Auftrag kommen.«

»Nein! Es gibt keinen Auftrag! Beim nächsten Vollmond werde ich in die *›Gilde der vollkommenen und auserwählten Schreiber im Orient Byblos‹* aufgenommen. Weißt du eigentlich, was das bedeutet? Nein, antworte bitte nicht, denn du weißt es nicht, auch wenn du ein Gott bist! Götter haben von so etwas keine Ahnung, weil sie nicht wissen, was für Menschen wichtig ist.«

»Erklär es mir bitte, Seshmosis. Ich möchte dich verstehen«, bat GON.

Seshmosis war überrascht. Der kleine Gott interessierte sich wirklich für ihn.

»Um in diese Gilde aufgenommen zu werden, muss man Ägyptisch sowohl in Hieroglyphen als auch in demotischen Zeichen schreiben können. Ebenso ist es erforderlich, die assyrische Keilschrift perfekt zu beherrschen. Aber das ist noch lange nicht alles; vor allem muss man mit dem neu erfundenen phönizischen Alephbet, das nur noch aus zweiundzwanzig Zeichen besteht, vertraut sein und es auf alle gängigen Sprachen übertragen können.«

»Respekt, mein Lieber. Ich weiß, dass du dies alles kannst«, sagte der kleine Drache. »Und weiter?«

»Weiter? Was weiter? Ach so! Sie nehmen nicht jeden, es kommt auch noch auf die charakterliche Eignung an. Bei der geheimen Abstimmung werfen die Mitglieder dann weiße oder schwarze Kugeln in einen geschlossenen Kasten, Weiß für Ja und Schwarz für Nein. Ich wurde beim letzten Gildentreffen hell leuchtend gekugelt! Nur weiße Kugeln, keine Gegenstimme! Keine einzige schwarze Kugel ist bei mir gefallen!«, rief Seshmosis voller Stolz.

»Ich wusste schon immer, dass du toll bist. Seit unserer ersten Begegnung in Ägypten. Deswegen bist du ja auch mein auserwählter Prophet. Doch nun zu deinem Auftrag: Einer deiner Nachfahren ist in ernster Gefahr.«

»Das hat er anscheinend von mir. Was ist daran so besonders?«, fragte der Schreiber.

»Er ist leider der Letzte«, sagte der Drache leise und senkte das geschuppte Haupt.

»Wie – der Letzte? Ich verstehe nicht.«

»Nun ja, deine Nachkommen sind nicht ganz so zahlreich wie die Sterne am Himmelszelt.«

»Meine Familie war nie sonderlich expansiv. Wie viele Nachkommen habe ich denn?«, wollte Seshmosis wissen.

»Zu dem Zeitpunkt in der Zukunft, um den es geht, nicht sehr viele. Um genau zu sein: nur noch diesen einzigen. Ihn müssen wir unbedingt retten!«

ᛞᛁᛖ ᚷᛁᛚᛞᛖ

Auf einer Energie-Ebene, die sich in Byblos und doch nicht in Byblos befand, tobte Mot. Er fühlte sich persönlich beleidigt und war außerordentlich wütend wegen des Einbruchs in seinen Tempel.

Vor allem die Tatsache, dass bei diesem Frevel durch die Unfähigkeit seiner Priester keinerlei Blutvergießen stattgefunden hatte, betrachtete er als Lästerung seiner eigenen düsteren Präsenz.

Nun ertönte im großen Tempel des Mot zu Byblos ein schrilles Kreischen. Dreizehn völlig verkaterte Priester erwachten schlagartig aus ihrem Tiefschlaf. Der Hohe Priester Zarot rieb sich erstaunt die Augen: Der ganze Tempel schien zu glühen. Ein blutrotes Wabern erfüllte den Raum, und wohin er sich auch wandte, sah er dieses kreischende rote Etwas. Auf einmal formte sich das gestaltlose Wabern zu einem riesigen Maul und verschlang Zarot und die anderen Priester. Sie wurden einfach in das Etwas hineingesogen und waren verschwunden.

Vor dem Altar, an der Stelle, an der vor kurzem noch ein Schädel aus einem roten Rubin gelegen hatte, bildete sich eine Gestalt. Eine erschreckend menschliche Gestalt.

Langsam und bedächtig sah sich der Mann im Tempelraum um. Dabei sog er immer wieder Luft durch die Nase ein, so als wolle er Witterung aufnehmen wie ein Bluthund. Genau das tat er auch. Mot, der Mensch, machte sich auf die Suche nach denjenigen, die seinen Tempel geschändet hatten. Und wenn es sein musste, würde er sie bis ans Ende der Welt verfolgen.

ᛗᛟᛏ

Im Gebäude der Stadtwache von Byblos herrschte helle Aufregung. Dutzende von Gläubigen wehklagten in allen Fluren und Räumen, weil aus dem Tempel des Mot über Nacht alle dreizehn Priester spurlos verschwunden waren.

»Bisher gibt es keine Hinweise auf eine Bluttat an den Priestern.«

Mit dieser Auskunft versuchte Kommandant Maduk

seinen Besucher zu beruhigen. »Alle Blutspuren, die wir fanden, stammen vom normalen Opferbetrieb, da sind wir sicher.«

Doch Sekanka, Beauftragter des Herrschers von Byblos für religiöse Angelegenheiten, ließ sich nicht beruhigen.

»Dreizehn Mot-Priester verschwinden nicht einfach so. Da steckt mehr dahinter! Es würde mich nicht wundern, wenn die Baal-Priester ihre Hände im Spiel hätten. Oder vielleicht ist es sogar eine Verschwörung von außerhalb.«

Kommandant Maduk war ein entschiedener Gegner von Verschwörungstheorien. Er glaubte, dass die normalen kriminellen Energien völlig ausreichten, um Böses in die Welt zu setzen. Deshalb sagte er ganz gelassen: »Wir gehen derzeit davon aus, dass die Dreizehn sich zusammengetan haben, um gemeinsam den Menschenschädel-Rubin zu stehlen. Ich vermute jedenfalls, dass sich die abtrünnigen Priester mit ihrer Beute auf der Flucht befinden.«

»Nie hätte Zarot seinen Gott bestohlen«, wandte Sekanka ein.

»Was wissen wir schon von der Kraft der Versuchung? Wenn einer jahrelang tagtäglich mit so einem riesigen Juwel zusammenlebt, wächst die Begierde, und eines Nachts ist sie so groß, dass sie nicht mehr kontrollierbar ist. Auf jeden Fall suchen wir weiter nach Hinweisen.«

Damit war für Kommandant Maduk das Gespräch beendet.

ᛗᚨᛞᚢᚲ

Die Wölfe Skalli und Hati jagten schon seit undenklich langer Zeit. Doch keiner Beute galt ihre tägliche Hatz, sondern der Sonne. Skalli und Hati sorgten dafür, dass sie jeden Morgen im Osten loslief und am Abend im Westen verschwand. Dann durften die beiden Wölfe ruhen. Oder ganz normale Wölfe sein und das tun, was Wölfe nachts eben tun.

Zum Beispiel den Mond anheulen.

An diesem Tag war Hati besonders übermütig und kam der Sonne so nah wie nie zuvor. Immer wieder schnappte er verspielt wie ein Welpe nach ihren Strahlen. Gerade wollte er in eine Flammeneruption beißen, als er einen kleinen schwarzen Fleck entdeckte. Der Wolf hechelte noch näher an den Glutball heran und missachtete die warnenden Rufe von Skalli.

Abrupt blieb Hati stehen.

»Bist du verrückt geworden?«, fragte Skalli. »Zuerst rückst du der Sonne auf den Pelz wie nie zuvor, und dann bleibst du unvermittelt stehen. Willst du, dass die Zeit erstarrt? Wenn wir jetzt aufhören zu laufen, ist es für immer Mittag.«

Hati schloss wieder zu seinem Freund auf, aber nicht, weil dieser ihn überzeugt hatte, sondern nur, damit er nicht so laut schreien musste.

»Lass es, Skalli! Bleib einfach stehen. Die Sonne wird sich weiter bewegen.«

»Du weißt genau, dass sich die Sonne nicht von allein bewegen kann. Jeder weiß das!«

»Natürlich weiß ich das«, antwortete Hati entrüstet. »Aber geh doch näher ran, so nah wie ich vorhin, und achte auf den kleinen, dunklen Fleck.«

Skalli hatte die Wolfsschnauze endgültig voll und rannte ganz nahe an die Sonne heran, damit Hati endlich Ruhe gab. Als ihm die Hitze schon fast die Tränen in die gelben Augen trieb, sah er, was der Freund meinte:

Ein Käfer schob die Sonne über den Himmel.

»Wer bist du, und was, um aller Götter willen, tust du hier?«, rief Skalli erbost.

Der Käfer drehte langsam den Kopf zu ihm und antwortete: »Mein Name ist Chepre, und ich stamme aus Ägypten. Ich mache diese Arbeit schon so lange ich denken kann. Es ist sehr freundlich von euch, dass ihr mich seit einiger Zeit begleitet. Vorher war es doch enorm einsam hier oben.«

»Aber wie kommst du als Ausländer dazu, unsere Sonne über den Himmel zu schieben?«, frage Hati konsterniert.

»Ich kann euch verraten, dass es nicht *eure* Sonne ist. Sie ist in jedem Land gleich. Ich mache diese Arbeit schließlich schon seit Urzeiten im Auftrag der Götter.«

»Aber wir arbeiten doch auch für die Götter!«, wandte Skalli ein.

»Eure Götter sind jünger als meine. Deshalb schiebe ich die Sonne, und ihr jagt lediglich hinterher. Basta! Und jetzt lasst mich weitermachen, die Menschen wundern sich schon, dass die Sonne stillsteht.«

ᚲᛖᛈᚱᛖ

Im frühen Morgengrauen brach Loki auf, und nach zwei Stunden erreichte er den Wasserfall, an dem er Hreidmars

Sohn Otter getötet hatte. Es dauerte nicht lange, bis in Ufernähe ein mächtiger Hecht erschien, der sich sogleich in einen Zwerg verwandelte.

»Schmeckte der Braten nicht, Schnellschwätzer?«, fragte Andwari zynisch. »Das war wohl nichts mit Fisch und Fleisch. Mir scheint, diesmal hast du den Falschen erwischt.«

»*Du* hast den Stein auf Otter gelenkt, jetzt wird mir einiges klar!«

»Kannst du es beweisen, Wortverdreher?«

»Das kann ich nicht. Aber ich weiß, dass du das Wergeld bezahlen wirst!«

Mit einer blitzartigen Bewegung warf Loki ein Netz über den Gestaltwandler.

Es war ein ganz besonderes Netz, denn es gehörte der Meerriesin Ran, die damit gewöhnlich die Ertrunkenen auffischte und in ihr unterseeisches Totenreich brachte. Weil Loki das magische Netz vor einiger Zeit »ausgeliehen« hatte, musste Ran nun die Opfer der See umständlich von Hand einsammeln. Deshalb gehörte auch sie, die Gattin des Meerbeherrschers Ägir, zu denen, die noch eine Rechnung mit Loki offen hatten. Und in diesem Fall war es eine sehr große.

Aus dem Netz von Ran gab es kein Entrinnen und Andwari wusste das.

»Gut, du hast mich, ich bezahle das Wergeld«, räumte der Zwerg resigniert ein.

»Ich wusste doch, dass du hilfsbereit bist«, höhnte Loki. »Wo hast du dein Gold versteckt? Ich will alles Gold, das du besitzt, dein anderes Hab und Gut magst du behalten!«

»Bring mich zur Felsnase neben dem Wasserfall!«, forderte Andwari. Loki warf sich das Netz mit seinem Gefangenen über die Schulter und marschierte los.

Als sie den auffälligen Felsen erreicht hatten, murmelte der Zwerg einige unverständliche Worte. Obwohl Loki seine extrem guten Ohren spitzte, konnte er die zauberische Formel nicht verstehen.

Begleitet von einem knirschenden Geräusch, teilte sich der Fels in der Mitte und gab einen Durchlass frei. Schnell schlüpfte Loki mit Andwari durch den Spalt in die Höhle. Ein typisch niedriger Zwergenstollen führte in einer steilen Neigung in den Berg hinein. Immer wieder zweigten links und rechts weitere Gänge ab, die Loki aber ignorierte. Erst als sich der Hauptgang gabelte, fragte er: »Und wohin jetzt?«

»Den linken Gang und an der nächsten Gabelung rechts. Dann führen Stufen hinab in meine Haupthöhle und zu meinem Schatz, du Dieb!«

»Aber, aber! Ich sorge nur dafür, dass das Gold in Bewegung bleibt. Und ich liebe es, wenn es sich auf mich zubewegt.«

Nach kurzer Zeit erreichte Loki die Haupthöhle des Zwerges und öffnete den kleinen Verschlag, den Andwari als seine *Schatzkammer* bezeichnete. In der Felsnische lag einiges von Wert, vor allem erlesene Pelze, einige prächtige Schwerter, fein ziselierte Äxte und kostbare Speerspitzen und Lanzenblätter. Doch der Trickstergott beachtete sie ebenso wenig wie die Juwelen und Perlen, die Andwari in kleine Weidenkörbchen sortiert hatte. Wohl aber interessierte Loki der Inhalt einer hölzernen, mit Eisen beschlagenen Truhe. In ihr bewahrte Andwari sein Gold auf. Loki räumte sie vollständig leer und verstaute alles in einem groben Leinensack.

»Das müsste reichen, den Otterbalg zu füllen und das Fell zu bedecken!«

»Dann lass mich wieder frei! Ich habe deine Wünsche erfüllt«, forderte Andwari.

»Nicht ganz, nicht ganz. Ich hörte da von einem ganz besonderen Ring, den man Andwaranaut nennt. Ist der nicht auch aus Gold? Willst du mir dieses reizvolle Schmuckstück etwa vorenthalten?«

»Was macht ein einzelner Ring schon aus? Du sagtest gerade selbst, dass du genug Gold hast, das Wergeld zu bezahlen.«

»Mir scheint, dieser Ring ist etwas ganz Besonderes. Du willst mich doch nicht betrügen, oder? Sonst müsste ich dich vielleicht doch noch auf den Rost legen. Gegrillter Hecht schmeckt vorzüglich!«, drohte Loki.

»Verdammt seist du! Er liegt unter dem schwarzen Stein am Ende der Höhle. Nimm ihn hin, doch höre meinen Fluch: Vater und Sohn soll er bringen den Tod, Fürsten und Reiche entzweien, Gefährten trennen und Freunde verfeinden! Fehde und Krieg sollen entbrennen! Niemandem nütze mein Gut!«

»Starke Worte, Zwerg, doch ich werde den Ring nicht behalten, also wird dein Fluch mich nicht treffen.«

»Um dein Schicksal muss ich mich nicht kümmern, das steht nicht in meiner Macht. Das haben die Nornen längst gewebt, und es wird gewiss kein gutes sein. Und nun lass mich frei!«

Nachdenklich löste Loki das Netz der Ran und entließ Andwari in die Freiheit. Der Kerl wusste anscheinend etwas, von dem er selbst noch keine Ahnung hatte, und das beunruhigte ihn. Doch zuerst musste er sich darum kümmern, dass Odin und Hönir wieder freikamen.

ᚨᚾᛞᚹᚨᚱᛁ

Ratatöskr hatte gerade dem Drachen Nidhöggr in den Wurzeln des Weltenbaums eine Zankbotschaft überbracht und war auf dem Rückweg zu seinem Kobel, als ihm auf einem großen Ast plötzlich die Wölfe Skalli und Hati den Weg versperrten.

»Wir müssen mit dir reden!«

Ratatöskr fungierte seit langem als eine Art Schiedsstelle aller mythischen Tiere. Das lag daran, dass er nicht von Anbeginn der Welt dabei war, sondern erst später zu all den anderen dazugekommen war. Woher er eigentlich stammte und warum er jetzt hier war, darüber schwieg der Eichkater, und die anderen Tiere waren diskret genug, ihn nicht danach zu fragen.

»Was ist los? Warum hetzt ihr nicht hinter der Sonne her?«

Ratatöskr sah irritiert nach oben. Er erwartete, dass der große Himmelsball stillstand.

»Schau nur!«, forderte ihn Hati auf. »Du wirst sehen, dass sie sich auch ohne uns bewegt.«

»Aber das geht doch nicht!«, rief Ratatöskr.

»Doch, es geht«, sagte Skalli tonlos.

»Aber warum …?«

»Weil nicht wir die Sonne über den Horizont treiben, sondern weil sie von einem kleinen Käfer geschoben wird. Von einem ägyptischen Käfer.«

»Die Sonne wird von einem Käfer bewegt? Seid ihr ganz sicher?«, fragte das Eichhörnchen ungläubig.

»Ja, ganz sicher. Wir haben es beide gesehen. Mit den Vorderbeinen schiebt er die Sonne an, und mit den vier Hinterbeinen läuft er über den Himmelsbogen. Wir kennen sogar seinen Namen, er heißt Chepre und stammt aus Ägypten. Man stelle sich das vor: Ein ausländischer Käfer, kleiner als eine meiner Krallen, bewegt die Sonne über den Himmel.«

»Aber ihr hetzt doch die Sonne schon, so lange ich denken kann!«

»Wir haben sie nicht gehetzt, wir sind ihr lediglich hinterhergerannt. Wie zwei dumme Hunde, die einem Pferd nachrennen und denken, dass das Pferd vor ihnen davonläuft. Dabei folgt es nur den Kommandos seines Reiters. Oder eines Käfers. Wir sind überflüssig!«, jammerte Hati.

»Völlig überflüssig!«, verstärkte Skalli.

ᚺᚨᛏᛁ-ᛊᚲᚨᛚᛚᛁ

Auf einmal ging alles sehr schnell. Barsil war zu Zerberuh, dem Kapitän des Schiffes *Gublas Stolz,* gegangen und hatte ihn mit eindringlichen Worten und funkelndem Gold überzeugt, dass er bald in See stechen müsse. Zerberuh, ebenso Anteilseigner des Schiffes wie Barsil, informierte umgehend die anderen drei Eigentümer der *Gublas Stolz* – Raffim, Mani und die Prinzessin Kalala.

Mani lehnte eine Teilnahme an einer Fahrt zum jetzigen Zeitpunkt ab, da er gerade eine Karawane in die Länder jenseits von Babylon vorbereitete, um wertvolle Seidenstoffe direkt bei den gelbhäutigen Menschen einzukaufen. Prinzessin Kalala und ihrem Lebensgefährten, dem Sänger El Vis, war derzeit nicht nach anstrengenden Tourneen durch fremde Länder; sie wollten lieber ihr Privatleben im Palast genießen. Raffim dagegen war sofort Feuer und Flamme. Endlich bot sich die Gelegenheit herauszufinden, was Barsil plante oder gar schon ausgeführt hatte. Nun musste Zerberuh nur noch die restliche Mannschaft zusammenstellen. Besser gesagt, zusammenstellen lassen, denn dafür gab es ja Uartu, den zuverlässigen Steuermann aus Sidon, der sich schon bei den anderen Reisen der *Gublas Stolz* bewährt hatte. Zuversichtlich und zufrieden rieb sich Zerberuh die Hände – er war sicher, dass zu dem von Barsil schon bezahlten Gold noch weiteres hinzukommen würde.

Doch nicht überall liefen die Reisevorbereitungen so problemlos. Seshmosis wehrte sich immer noch mit Händen und Füßen und vor allem Argumenten, Byblos zu verlassen und damit seine persönliche und berufliche Zukunft aufs Spiel zu setzen.

»Du zerstörst alles, wovon ich mein Leben lang geträumt habe, Herr! Endlich habe ich eine Frau gefunden, die mich liebt! Wird sie auf mich warten, bis ich aus den Weiten der Welt zurückkehre? Endlich wird mir die berufliche Anerkennung zuteil, die ich mir schon so lange wünsche! Glaubst du, sie nehmen mich noch, wenn ich in ein paar Monden komme und sage: Nun, jetzt könnt ihr mich haben, vorher hat es meiner Gottheit nicht gepasst? Du kannst mich nicht fortschicken, nicht jetzt!«

»Aber dein letzter Nachkomme ist in tödlicher Gefahr, Seshmosis. Nur du kannst ihn retten! Ist dir dein Glück wichtiger als sein Leben?«, fragte der kleine Gott, der als rot getigerte Katze auf seinem Schrein saß.

»Willst du eine ehrliche Antwort? Ja! Mein Glück ist mir wichtiger als das Leben von irgendjemandem in der Zukunft, der noch nicht einmal geboren wurde«, antwortete Seshmosis trotzig.

»Kosmisch gesehen ist er ein Teil von dir, und das bedeutet, dass mit ihm nicht nur er von dieser Welt verschwindet.«

»Warst es nicht du, o großer Namenloser, der mir erklärt hat, dass nichts auf immer und ewig verloren sei? Dass nichts endgültig verschwindet?«

»Oh, mein Prophet wird theologisch. Dann sei dir gesagt: Es gibt eine materielle und eine spirituelle Ebene. Und materiell gesehen bist du soeben dabei auszusterben!«

Der letzte Laut der Katze klang verdächtig nach einem Fauchen. Doch Seshmosis bemerkte es nicht oder aber, er ignorierte es in seiner Verzweiflung.

»Wenn ich nicht an Bord der *Gublas Stolz* gehe, wirst du mich dann mit einem Blitzstrahl einäschern?«, fragte er provozierend.

»Nein, nein, mein Lieber, da gibt es ganz andere Methoden. Soll ich dir die Geschichte von einem widerspenstigen Propheten und einem Wal erzählen? Da ereignete sich Folgendes …«

In diesem Augenblick klopfte es an Seshmosis' Tür, und die Katze verschwand mit einem deutlich vernehmbaren Plop.

Kurz darauf steckte Zerberuh den Kopf durch die Tür. »Fährst du nun mit oder nicht?«

Seshmosis zögerte, dann setzte er an, nein zu sagen.

»Ja, ich fahre mit«, sagte er stattdessen und war absolut sicher, dass er das nicht gesagt hatte.

ᚱᛖᛁᛊᛖ

Mit Andwaris Gold betrat Loki das Haus von Hreidmar und dessen Sohn Regin. Der Balg des Gestaltwandlers Otter, der als Otter gestorben war, lag unverändert auf dem Tisch. Odin und Hönir, die immer noch in einem Kokon eingewoben gefangen waren, sahen den Gefährten erwartungsvoll an. Der nickte ihnen kaum merklich zu.

»Es ist Wergeld-Zeit, Loki! Nun bezahle den Preis für meinen Sohn!«, forderte Hreidmar.

»Du bekommst schon, was dir zusteht«, sagte Loki zweideutig und begann ruhig den Balg des Otters mit Gold aus dem Leinensack zu füllen. Vater und Sohn beobachteten ihn dabei mit argwöhnischen Blicken.

Als der Balg mit rotem Gold ausgestopft war, bedeckte

Loki das Fell mit gelbem Gold, bis von dem Tier nichts mehr zu sehen war.

»Der Preis ist entrichtet, Hreidmar. Lass meine Freunde frei!«

»Gemach, gemach. Ich will erst begutachten, ob auch wirklich das ganze Fell bedeckt ist.«

Hreidmar umschlich voll Genugtuung, aber auch mit Misstrauen den Tisch, das Gesicht ganz nah am Gold, damit ihm ja nichts entginge. Plötzlich zuckte er zurück.

»Da! Ein Schnurrhaar ist noch zu sehen! Bedeck es, oder der Preis gilt als nicht bezahlt!«

»Ich habe nichts mehr«, bedauerte Loki.

»Dann seid ihr alle drei des Todes!«, rief der Vater triumphierend.

»Halt ein! Ich will sehen, ob sich nicht doch noch ein Kleinod im Sack verbirgt.«

Loki stülpte den ganzen Beutel um, und mit einem leisen metallenen Klang fiel ein goldener Ring auf den Tisch. Rasch griff er danach und legte ihn auf das Schnurrhaar.

»Seht, der Balg ist nun völlig bedeckt! Der Preis ist bezahlt. Lass meine Freunde frei!«

Widerstrebend befreite Regin Odin und Hönir aus ihren klebrigen Fesseln. Als sie neben Loki standen, sagte dieser: »Wisset, Hreidmar und Regin, dort auf dem Tisch liegt der Schatz des Andwari. Ein sorgenfreier Schatz wäre es, hättet ihr nicht auf dem letzten Ring bestanden. Doch dieser letzte Ring ist Andwaranaut, der Gefährte des Andwari, den andere Draupnir nennen. Es ist ein ganz besonderer Ring, von dem alle neun Nächte acht weitere, gleich große Ringe tropfen. Verflucht hat der Zwerg diesen Ring, als ich ihn heute Morgen raubte, und euch bin ich diesen Fluch noch schuldig: Vater und Sohn soll er bringen den Tod, Fürsten und Reiche entzweien, Gefährten trennen und Freunde verfeinden! Fehde und Krieg sollen entbrennen. Niemandem nütze sein Gut!«

Beim Wort *Gut* blitzte Lokis Messer kurz auf, bevor er Hreidmar die Kehle durchschnitt. Gleichzeitig ertönte ein lautes Knacken, als Hönir dem Regin das Genick brach.

Odin betrachtete die beiden Toten schweigend. Dann deutete er auf den mit Gold bedeckten und gefüllten Otterbalg:

»Hönir, sorg dafür, dass Fafnir in Burgund das Wergeld für seinen Bruder Otter erhält. Auch wir Götter müssen uns an gewisse Regeln halten. Doch den Ring Draupnir, der sich selbst vermehrt, nehme ich, denn mir droht keine Gefahr. In Andwaris Fluch ist nicht davon die Rede, dass er auch Götter betrifft.«

ᛞᚱᚨᚢᛈᚾᛁᚱ

In der Abenddämmerung sprang Ratatöskr von einem Ast des Weltenbaums ab und landete federnd auf einem Dach. Das Gebäude war einfach gigantisch und das Dach zur Gänze mit Kriegerschilden gedeckt. Denn das Gebäude hieß Walhall, und abertausend Krieger, Einherjer genannt, lebten darin und warteten auf die letzte große Schlacht von Ragnarök.

Nach dem Krieg der Götter zwischen den Asen und

Wanen hatten Odin und Freyja einen Vertrag geschlossen, nachdem sie sich die gefallenen Krieger teilen wollten. Die Hälfte der toten Helden gelangte nach Folkwang, dem Sitz der Wanin Freyja, die andere Hälfte holten Odins Walküren nach Walhall. Der brauchte sie für seine Armee, um bei Ragnarök, dem Schicksal der Götter, der letzten Schlacht gegen Loki und seine Brut zu kämpfen.

Das Nachleben in Walhall war auf jeden Fall für einen Krieger eine attraktive Möglichkeit, die Zeit bis zum Weltuntergang zu verbringen. Immerhin besser als nach Hel zu kommen, dem allgemeinen Totenreich, oder gar nach Nástrond, dem Leichenstrand, an den Meineidige, Mörder und Ehebrecher verbannt wurden. Diese wenig einladende Örtlichkeit wurde von Schlangenleibern gebildet und ständig mit Gift berieselt. Ihre Bewohner wateten, bis sie es hinter sich hatten, in Strömen giftigen Sumpfes, und Wolf und Drache zerfleischten die Leichname. Kein Strand, an dem Touristen gern sein möchten …

Doch das Eichhörnchen interessierte sich nicht für das Treiben in Walhall. Zielstrebig rannte es zu der Ziege, die auf dem Dach stand und von hier aus an den Zweigen der Weltenesche Yggdrasil knabberte.

»Hallo Heidrun! Salgofnir sagte mir, dass du mich sprechen willst.«

»Hat der Hahn endlich mal eine Aufgabe erfüllt. Hätte ich nicht gedacht. Danke, dass du gekommen bist, Ratatöskr. Es ist schrecklich. Ich halte es nicht mehr aus. Ich muss hier weg!«

»Was ist denn geschehen, Heidrun?«

»Du musst mir helfen! Du bist doch am schlauesten von uns. Auch wenn man dir nicht trauen kann. Aber wem kann man schon trauen? Eikthynir, dem Hirsch, vielleicht. Der schweigt immer so schön majestätisch. Der ist diskret. Oder doch nur maulfaul. Und Salgofnir kräht immer alles gleich hinaus.«

»Heidrun! Komm zur Sache!«, forderte Ratatöskr ungeduldig. Er kannte Heidrun, die Ziege von Walhall. Eine Seele von einem Tier, aber wenn sie erst einmal ins Meckern kam …

»Ich kann nicht mehr! Jeden Tag klettern betrunkene Wikinger zu mir herauf, legen sich unter mich und saugen den Met aus meinem Euter. Meine Zitzen sind schon ganz rot und entzündet. So geht das nicht weiter. Ich will nicht mehr! Ich stürze mich vom Dach!«

»Beruhig dich, Heidrun. Uns allen geht es gerade nicht gut. Gullinborsti hat wieder einmal eine depressive Phase, und Skalli und Hati haben bemerkt, dass sie eigentlich überflüssig sind. Und der Eber Sährimnir ist es leid, dass er jeden Tag aufs Neue geschlachtet, gesotten und an die Einherjer verfüttert wird. Es scheint, als steckten wir alle in einer handfesten Krise. Da müssen wir durch!«

»Dann tu was, Eichkater! Wer erzählt denn immer, dass er es mit allen aufnehmen kann? Wer nennt sich denn *Loki der Tiere*, wenn er sich jeden Morgen im Mimirsbrunnen spiegelt? Wer prahlt denn ständig mit seinen tollen Beziehungen?«

»Ich besorge dir eine Salbe gegen deine Euterentzündung«, sagte Ratatöskr ziemlich kleinlaut, sprang auf Heidruns Rücken und von dort auf den Weltenbaum.

Zwei Speerlängen unter Heidrun bereitete gerade der Walhall-Koch Andhrimnir (Rußgesicht) wie jeden Abend den armen Toteneber Sährimnir (Rußschwarz) im Kessel Eldhrimnir (Kohlenruß) zu, um ihn den toten Kriegern zu servieren.

Odin betrachtete derweil wohlgefällig seine Truppe und trank einen kräftigen Schluck Wein. *Alles ist gut.* Dachte er.

ᚺᛖᛁᛞᚱᚢᚾ

»Nein, ich will nicht in diesem Modellzoo reisen!«

»Aber Herr, worin willst du denn sonst würdig reisen?«, wandte Seshmosis ein.

»Auf keinen Fall in diesem aufgemotzten Schrein! Diese Cherubim sind mir ein Graus. Ein Ledersack ist würdig genug. Solange du nichts anderes hineinstopfst«, entgegnete GON entschieden und verschwand.

»Dein Wille geschehe!«

Genervt wandte sich Seshmosis seinen auf dem Bett ausgebreiteten Kleidern und Utensilien zu, um sie für die Reise einzupacken.

Der kleine Gott hatte seinem Propheten in den vergangenen Stunden klar gemacht, dass jeder Widerstand zwecklos war. Seshmosis wusste zu gut, dass GON genug Macht besaß, ihn zu dieser Reise zu zwingen, also fügte er sich zähneknirschend.

Bei etlichen Tajarim war das Reisefieber ausgebrochen, wobei es Barsil, Almak und Mumal verständlicherweise besonders eilig hatten. Sie konnten es gar nicht erwarten, in See zu stechen, und trieben die anderen immer wieder an, endlich an Bord der *Gublas Stolz* zu kommen.

Das Schiff hatte einst schwer bewaffnet und mit Soldaten bemannt für den Herrscher von Byblos in den Gewässern vor dem Hafen gekreuzt, um die Stadt zu sichern. Doch Fürst Qazabal konnte es sich leisten, seine Flotte stets auf den neuesten Stand zu bringen, und so war die *Gublas Stolz* schon vor Jahren ausgemustert worden. Danach hatten sich die Zimmerleute über das Schiff hergemacht, die Bohrwürmer vertrieben und auch den mächtigen Rammsporn absägen müssen, der früher die Feinde von Byblos so beeindruckt hatte. Denn kein Handelsfahrer durfte eine solch schreckliche Bewaffnung haben, vor allem, um nicht in Versuchung zu kommen, seine Gewinne womöglich durch gelegentliche Piraterie zu erhöhen.

In der Mitte der Galeere ragte ein Mast auf, den an der Spitze eine Mondsichel zierte, das Wappen von Byblos. Außer dem großen Segel verfügte das Schiff noch über zwanzig Ruderplätze, so dass es auch bei Flaute gut vorankommen konnte. Im Bauch der *Gublas Stolz* fanden Besatzung, Passagiere und Handelsgüter Platz, den man bei Bedarf durch Zeltaufbauten auf Heck und Vorderschiff vergrößerte.

Neben Kapitän Uartu und seinen acht phönizischen Seeleuten wollten oder sollten zwölf Tajarim an der Reise teilnehmen. Doch Raffim und seine drei Diener Jabul, Jebul und Jubul ließen noch auf sich warten.

»Eines Tages versenke ich ihn im Meer!«, ereiferte sich Barsil, der aus verständlichen Gründen Byblos so schnell wie möglich verlassen wollte.

»Solange ich Raffim kenne, treibt er mich zur Weißglut. Dem Herrn Raffim reicht es ja nicht, dass er mich ständig betrügt und mir die besten Geschäfte vor der Nase wegschnappt! Nein, der Herr Raffim muss mich auch noch demütigen, indem er mich jetzt warten lässt. Aber eines Tages ...«

Den Rest ließ Barsil offen, weil in diesem Augenblick Raffim mit seinen schwer bepackten Dienern den Kai erreichte. Stattdessen rief er: »Los, los! Kommt an Bord! Schnell, schnell! Der Wind ist günstig, und die Geschäfte locken!«

Barsil, der Dieb aus Leidenschaft, wusste, auf welche Reizworte Raffim besonders stark reagierte, und eines davon war mit Sicherheit das Wort »Geschäft«.

Während der dicke Händler über den schmalen Steg an Bord balancierte, halfen Mumal und Almak erstaunlicherweise den drei Dienern, Raffims Habseligkeiten und Waren schnell an Bord zu bringen. Gewöhnlich beschränkte sich deren Hilfsbereitschaft auf das Erteilen guter, aber völlig überflüssiger Ratschläge.

Seshmosis beobachtete staunend diese charakterliche Veränderung, konnte sie sich aber nicht erklären. Vom Überfall auf den Tempel des Mot hatte er noch nichts gehört.

Außer Barsil und seinen Kumpanen sowie Raffim mit seinen Dienern, dem Kapitän Zerberuh und dem Schreiber Seshmosis waren von den Tajarim nur noch der kräftige

Aruel als Ruderer, der Schaf- und Ziegenhirte Elimas als Arzt und der Seher Nostr'tut-Amus an Bord.

Für die meisten anderen Tajarim war die Reiseplanung zu kurzfristig gewesen. Oder sie fürchteten die Gefahren.

ᚷᚢᛒᛚᚨᛊ ᛊᛏᛟᛚᛉ

In Burgund wunderte sich ein Drache über eine Gestalt, die plötzlich vor seiner Höhle auftauchte. Bei näherem Hinsehen erkannte er, dass die Gestalt weiblich war. Zwar kräftig, sehr kräftig, aber eindeutig weiblich. Dieser Anblick war für ihn so aufreizend, dass sich der Drache in einen blonden menschlichen Hünen verwandelte – seiner Meinung nach die angemessenste Erscheinungsform, einer Walküre zu begegnen. Sogar wenn man noch unter den Lebenden weilte.

»Ich hoffe, du willst mich nicht nach Walhall holen, edle Maid!«, rief Fafnir seiner Besucherin zu.

»Diese Ehre wird nur Menschen zuteil, Gestaltwandler. Du kannst mich nicht täuschen, magst du mir auch als wohl gebauter Recke erscheinen«, antwortete die Walküre. »Nicht dein Tod steht an, Odin schickt mich in einer anderen Angelegenheit. Wergeld soll ich dir bringen, gezahlt für deinen Bruder Otter.«

Mit diesen Worten legte sie einen prall gefüllten Sack vor den Höhleneingang.

Neugierig löste Fafnir den Knoten und betrachtete den Schatz. Dann fragte er: »Ist das mein Drittel der Sühne?«

»Nein, es ist die ganze Sühne. Dein Vater Hreidmar und dein Bruder Regin erzürnten die Götter und verwirkten ihren Anspruch auf Wergeld und Leben. Dir sei gegeben, was dir zusteht. Sei's zufrieden!«

»Zufrieden bin ich's wohl. Als Drache liebe ich Schätze, und in menschlicher Gestalt kann ich das Gold wohl gebrauchen. Willst du mir nicht noch ein Weilchen Gesellschaft leisten, Maid? Selten treffe ich ein Weib, das mir ebenbürtig ist. Wie ist dein Name, Schildjungfer?«

»Rista, die Wolke, werde ich genannt, und noch nie begegnete mir ein stattlicherer Krieger als du. Wohl will ich dir ein wenig beiwohnen, nun da meine Aufgabe erfüllt ist. Doch niemals darfst du irgendjemandem davon erzählen, sonst sind wir beide des Todes.«

»Der Gestaltwandler genießt und schweigt! In welcher Form soll ich dich verwöhnen, meine Liebste?«

»Für den Anfang wäre mir der blonde Recke recht. Danach könntest du mir vielleicht als Hengst begegnen …«

ᚱᛁᛊᛏᚨ

Byblos war schon hinter dem Horizont verschwunden, als Uartu, der Steuermann, ungeduldig forderte: »Nun sagt mir endlich, wohin die Reise gehen soll! Schließlich muss ich den Kurs festsetzen.«

Zerberuh, der den Phönizier bisher mit Ausflüchten vertröstet hatte, weil er selbst nicht wusste, was ihr Ziel war, zuckte mit den Achseln. Doch bevor er zur nächsten

Ausrede ansetzte, ergriff Barsil das Wort: »Nach Ägypten wollen wir, ins Delta. Da soll es ganz *verschwiegene Handelsplätze* geben. Die kennst du doch sicher, o weit gereister Uartu.«

»Ach, *solche* Plätze meinst du«, bestätigte der Angesprochene augenzwinkernd.

»Ja, solche Plätze. Aber bitte schrei es nicht über das ganze Schiff. Wir wollen nach Ägypten, um Handel zu treiben, aus und fertig. Keine weiteren Auskünfte an Besatzung und Passagiere. Es soll dein Schaden nicht sein.«

»Gut, dann lass uns Kurs Südwest setzen!«

Erleichtert ging Barsil unter Deck. Jede Stunde entfernte ihn mehr vom Tatort und der Rache des bestohlenen Gottes. Zumindest war das seine felsenfeste Überzeugung. Barsil ahnte nicht im Mindesten, dass er gerade nur wenige Fuß entfernt an Mot vorbeigegangen war. Der Gott blickte dem Dieb nach, wie er unter Deck verschwand. *Ich habe Zeit,* dachte Mot und ging den ganz normalen Tätigkeiten seiner menschlichen Tarnung nach.

Währenddessen haderte Seshmosis am Heck immer noch mit seinem Schicksal respektive mit seinem Gott.

»Ich will nicht hier sein, das weißt du genau«, sagte er zu seinem unsichtbaren Gesprächspartner und schaute aufs Meer hinaus.

»Es ist aber notwendig, dass du hier bist«, antwortete eine Stimme in seinem Kopf. »In mehrfacher Hinsicht.«

»Wohin willst du mich eigentlich diesmal schicken? Bis zu den Säulen der Welt im Westen?«

»Weiter, viel weiter. Und nicht nur durch den Raum,

sondern durch die Zeit wirst du mit mir reisen. Aber das kennst du ja schon. Du weißt, dass ich darin gut bin. Ich bin nur gespannt, ob *er* da mitkommt.«

»Wer soll wohin mitkommen?«, fragte Seshmosis verwirrt.

»Es ist noch eine andere Wesenheit mit an Bord, eine sehr mächtige. Sie hat sich im Körper eines Menschen versteckt. Und sie ist böse, extrem böse. Sie trachtet nach Rache, nach Vernichtung.«

»Ich will sofort wieder nach Hause! Ich will zu Tani! Ich will zu meinen Schreiberkollegen der Gilde! Mir ist so schlecht. Ich sterbe«, hechelte Seshmosis.

»Gegen Seekrankheit gibt es Mittel.«

»Ich bin nicht seekrank, ich sterbe vor Angst. Ich springe über Bord!«

»Das ist keine Lösung. Das hat Jonah auch versucht.«

»Wer ist Jonah? Sollte ich ihn kennen?«

»Du solltest. Er war auch Prophet eines Gottes und als solcher wollte er sich weigern, die Aufgabe seines Herrn zu erfüllen. Er war wie du auf einem Schiff und sprang über Bord. Aber da schnappte ihn ein Wal. Lange war er im Bauch des Ungeheuers, bis es ihn schließlich wieder ausspie. Da erkannte er, dass er seinem Herrn nicht entkommen konnte und gehorsam sein musste, und erfüllte seinen Auftrag. Du solltest dir ein solches Schicksal ersparen. Der Verdauungstrakt eines großen Meeressäugers ist kein sehr angenehmer Aufenthaltsort.«

»Bist du sicher, dass es nicht *dein* Prophet war? Oder sein wird? Ich bin schon ganz durcheinander wegen deines Geredes von Raum und Zeit.«

»Nein, Jonah war und ist nicht mein Prophet, und er wird es auch nicht sein. Du bist mein einziger Prophet, und ich werde dich auch beschützen. Wenn du auf mich hörst. Aber jetzt solltest du unter Deck gehen und dich festhalten. Es könnte ein wenig unruhig werden.«

Seshmosis wusste, dass solche Warnungen des kleinen Gottes unbedingt ernst zu nehmen waren. Fast immer untertrieb er in seinen Vorhersagen, und es kam viel schlimmer, selbst schlimmer als ein ängstlicher Mensch wie Seshmosis es befürchtete.

Auf dem Weg nach unten traf er am Mast seinen Freund, den Seher Nostr'tut-Amus, der sich wie immer aus reiner Neugier der Reisegesellschaft angeschlossen hatte. Sein Antrieb war nicht wie bei den meisten anderen Gewinnsucht, sondern Hunger nach Wissen, das er unermüdlich sammelte.

Der kleine, spindeldürre, bucklige Seher bezeichnete sich als persönlichen Schüler des Gottes Thot, und so wie Nostr'tut-Amus aussah, wagte niemand diese Aussage anzuzweifeln. Das eine Auge lag wesentlich tiefer als das andere, und die Hakennase hätte einem Falken alle Ehre gemacht. Die Lippen waren aufgeworfen und entblößten gewaltige Schneidezähne. Und selbst wenn die Sonne am höchsten stand, trug der Seher einen schwarzen Kapuzenmantel.

Seshmosis gab Nostr'tut-Amus ein Zeichen, ihm zu folgen. Als sie unter Deck angelangt waren, sagte er: »Mein Herr hält es für ratsam, wenn wir uns die nächste Zeit in der Sicherheit des Schiffsbauches aufhalten.«

Der Seher nickte. Er kannte GON sehr gut, war er doch der Einzige außer Seshmosis, dem sich die kleine Gottheit ab und zu zeigte.

Die Besatzung und die anderen Passagiere traf der Sturm völlig unvorbereitet. Schlagartig verfinsterte sich der Himmel, und ein dichter Regen geißelte das Meer, das Schiff und die Menschen. Peitschende Hagelkörner hinterließen rote Striemen in den Gesichtern der Matrosen. Die *Gublas Stolz* wurde auf Wellenbergen emporgetragen, um im nächsten Augenblick in eine schier bodenlose Tiefe zu stürzen. Plötzlich drehte sich das Schiff wie ein Kreisel um die eigene Achse.

Längst hörte keiner mehr auf die Kommandos, die der Steuermann rief, und keine Maßnahme der Männer hätte auch nur irgendeine Auswirkung gehabt. Das Schiff und die Menschen darauf waren anderen Mächten ausgeliefert.

Unter Deck rief Seshmosis nach seinem Gott, doch der gab keine Antwort. Anscheinend kämpfte auch er gegen das sie umgebende Chaos.

Nach endlos anmutenden Stunden beruhigte sich das Meer, und der Himmel klarte auf. Eine Stimme in Seshmosis' Kopf erklärte: »Es tut mir leid, aber es ging nicht sanfter. Die andere Wesenheit hat sich mit aller Kraft gegen die Reise durch Raum und Zeit gewehrt. Ich hätte es fast nicht geschafft, uns hierherzubringen.«

»Wo ist hier?«, fragte Seshmosis tonlos.

»Das wirst du noch früh genug erfahren.«

Ein lautes Rufen unterbrach den stummen Dialog. Zerberuh beorderte alle Männer an Deck zum Appell. Man wollte feststellen, ob vielleicht jemand während des Sturms über Bord gegangen war.

Seshmosis fröstelte und sah, dass auch die anderen vor Kälte schlotterten. Doch immerhin waren Mannschaft und Passagiere vollzählig, wenn auch fast alle ziemlich angegriffen aussahen. Mancher beugte sich immer noch über die Reling, um seinen Opfern für die Meeresgötter etwas nachzuschicken.

Plötzlich ertönte vom Heck eine Stimme: »Schiff in Sicht! Gen Sonnenuntergang Schiff in Sicht!«

Seshmosis blickte in die angegebene Richtung auf das Meer hinaus.

Ein schlankes Drachenboot mit blutrotem Segel brauste durch die See. Ähnliche Boote hatte Seshmosis manchmal in Byblos gesehen, doch nicht so groß, nicht so beeindruckend, nicht so prächtig. Und vor allem waren diese Schiffe niemals mit geblähtem Segel gegen den Wind gefahren. Irritiert sah der Schreiber zum Segel der *Gublas Stolz*. Auch dieses hatte guten Wind, doch eindeutig aus der entgegengesetzten Richtung. Das konnte nicht sein! Von zwei Schiffen, die keine Viertelmeile voneinander entfernt waren, konnte nicht eines mit Westwind und das andere mit Ostwind segeln, selbst wenn der Windgott Aiolos persönlich seine stürmischen Hände im Spiel hätte.

Seshmosis versuchte, die Menschen an Bord des seltsamen Schiffes zu erkennen, doch sie waren zu weit entfernt. Auf jeden Fall schienen sie hoch gewachsen zu sein und blinkende Rüstungen zu tragen. Nicht unbedingt Leute, denen man begegnen wollte. Doch das fremde Boot nahm keine Notiz von ihnen und machte keine Anstalten, den

Kurs zu ändern. Mit großer Geschwindigkeit fuhr das Drachenschiff an der *Gublas Stolz* vorbei. Seshmosis war erleichtert. Und er wäre noch erleichterter gewesen, wenn er gewusst hätte, dass sie gerade dem Schiff *Skidbladnir* des Gottes Freyr begegnet waren, der mit einigen seiner göttlichen Kollegen einen Bootsausflug machte.

Kurz nachdem das merkwürdige Schiff verschwunden war, rief der Ausguck: »Land in Sicht! Gen Sonnenuntergang Land in Sicht!«

Seshmosis erkannte einen Fleck am Horizont, der schnell größer wurde und sich beim Näherkommen als felsige Küste entpuppte, die von schneebedeckten Bergen und rauchenden Vulkanen überragt wurde.

»Scheint eine ziemlich unwirtliche Gegend zu sein«, sagte er zu Nostr'tut-Amus, und Seshmosis erschrak, als er sah, dass sein Atem bei diesen Worten eine deutlich sichtbare weiße Wolke bildete. Mit klappernden Zähnen gingen sie unter Deck, um sich ihre Wollmäntel überzuziehen.

ᚾᛟᛊᛏᚱᛏᚢᛏᚠᛗᚢᛊ

Am Fuß der Weltenesche Yggdrasil liefen drei Frauen aufgeregt hin und her. Es waren die Schicksalsfrauen, auch Nornen genannt, die völlig aus dem Häuschen waren. Dabei herrschten seit Urzeiten Friede und Harmonie unter ihnen: Urd, die Älteste, war für die Vergangenheit zuständig, ihr Name bedeutete *das Gewordene*. Ihre Schwester

Verdandi, *das Werdende,* kümmerte sich um das Tagesgeschäft der Gegenwart, und die jüngste der drei, Skuld, *das Werdensollende,* beschäftigte sich mit allen zukünftigen Angelegenheiten. So ging das schon seit Äonen, aber jetzt war nichts mehr, wie es sein sollte. Eine ganze Gruppe von Zeitreisenden stellte die alte Ordnung auf den Kopf und ließ alles aus dem Ruder laufen.

»Ein Gewordener will einen Werdensollenden treffen, der ein Werdender ist!«, jammerte Urd.

»Und zwei Ewige reisen mit den Werdenden, die eigentlich Gewordene sind!«, stöhnte Verdandi.

»Schlimmer noch! Die Lose sind gefallen, alle Werdensollenden sind jetzt Werdende!«, heulte Skuld.

Ratatöskr war nicht weit von den Schwestern entfernt mit seiner Morgentoilette beschäftigt. Er spiegelte sich in der Wasseroberfläche des Mimirsbrunnen und zwirbelte sorgfältig seine Ohrhaarbüschel.

»Was bin ich doch für eine prächtige Erscheinung«, flüsterte er seinem Spiegelbild zu. Dann entblößte er seine Nagezähne und reinigte sie mit einem Stöckchen. Der Eichkater war es gewohnt, dass die Schicksalsfrauen vor sich hin raunten, das gehörte zu ihrem geheimnistuerischen Auftreten. Doch heute waren ihre Sprüche viel lauter, viel hektischer und klangen irgendwie verzweifelt. Oder hysterisch. Nach den Ereignissen der letzten Tage rund um den Weltenbaum befürchtete Ratatöskr weitere Schwierigkeiten und sprang schnell zu den Nornen hinüber. Er war beunruhigt und vor allem unendlich neugierig.

»Ich grüße euch, ihr düster Raunenden!«, rief das Eichhörnchen und setzte sich auf einen Stein. »Was beunruhigt euch denn so an diesem herrlichen sonnigen Tag?«

»Die Vergangenen sind auf die Insel gekommen und wollen die Zukünftigen treffen. Die Gegenwärtigen werden vergehen, wenn die Künftigen nicht handeln. Wir sind auf einem unheilvollen Weg!«, lamentierten die drei Schwestern im Chor.

Ratatöskr stutzte. Dann dachte er über die Worte nach. Und dachte noch einmal über die Worte nach. Schließlich meinte er: »Ich habe keine Ahnung, was ihr mir sagen wollt.«

ᚾᛟᚱᚾᛖᚾ

Aus den verborgenen Schriften der Skaldenschule von Oddi

Wenn man sich die Überlieferungen und Mythen der Völker auf der ganzen Welt ansieht, kann man erstaunliche Übereinstimmungen feststellen. Diese liegen nicht etwa in der Erschaffung der Welt, darüber gehen die Meinungen bemerkenswert weit auseinander. Nein, die große, weltweite Gemeinsamkeit ist das Prahlen der Götter. Denn von ihnen stammt der uralte Wettbewerb mit dem Motto: »Mein Haus, mein Pferd, meine Yacht«.

Die meisten Götter sind Angeber, und was sie nicht selbst erschaffen können, lassen sie sich von Hilfskräften erfinden oder bauen, welche sie zudem noch häufig um ihren Lohn betrügen.

Auch die Geschichte von der Erbauung von Asgard ist die Geschichte eines Betrugs. Der Steinmetz Hrimthur sollte die Götterburg innerhalb einer extrem kurzen Frist bauen und als Belohnung dafür die Göttin Freyja zur Gattin bekommen sowie die Sonne und den Mond. Als einzigen Helfer durfte Hrimthur seinen Hengst Swadilfari einsetzen. Als aber die Götter merkten, dass der Steinmetz entgegen aller Prognosen den knappen Fertigstellungstermin einhalten würde, gerieten sie wegen der anstehenden Entlohnung in Panik und fragten, wie so oft, Loki um Rat.

Der verwandelte sich in eine rossige Stute, lockte Swadilfari von der Baustelle weg und hielt ihn mit Liebesspielen von der Arbeit ab. So konnte Hrimthur die Frist nicht einhalten und gab sich, wütend über diese List, in seiner wahren Gestalt als Riese zu erkennen. Das veranlasste Thor umgehend dazu, den Baumeister mit seinem Hammer Mjöllnir zu erschlagen. So kamen die Götter zu einer nahezu bezugsfertigen Burg und Loki zu einer Schwangerschaft, aus der ein ungewöhnliches Kind hervorging: der achtbeinige Hengst Sleipnir.

Fast überflüssig zu sagen, dass auch der sagenhafte Hammer Mjöllnir, *der Zermalmer*, ein Produkt fleißiger Helfer war, nämlich der Zwerge Brokk und Sindri.

Inzwischen besteht Asgard aus mehreren Götterburgen, deren Namen man sich als Mensch aber nicht merken muss, weil man dorthin sowieso nie kommt. Zumindest nicht als Lebender. Alfheim gehört Freyr, Breidablick dem Baldur, Folkwang zu Freyja, Gladsheim mit Walhall ist der Besitz Odins, Glitnir gehört Forseti, Himinbjörg dem Heimdall, Nóatún zu Njörðer, auf Sökkwabeck wohnt Saga und so weiter. Dazu kommt noch Wingolf, die Versammlungshalle der Asengöttinnen, wo die Götter weiblichen Geschlechts unter sich sein können, der Ort der Frauengruppe quasi.

Offiziell gibt es zwölf Burgen, weil die germanischen Götter den klassischen griechischen und römischen ebenbürtig sein wollten. In Wirklichkeit gibt es aber wesentlich mehr Häuser, Hallen und Hütten in und um Asgard, als die Götter aus dem sonnigen Süden jemals zustande brachten. Die unzähligen Behausungen diverser Frost-, Reif- und Feuerriesen, Dunkelalben, Zwerge, Helbewohner, Nebelheimer und anderer nachgeordneter Lebensformen wie Nornen oder Eichhörnchen nicht einmal eingerechnet.

Doch noch einmal zum Wettbewerb der Götter »Mein Haus, mein Pferd, meine Yacht«.

Häuser haben sie alle, aber ein eigenes Schiff besitzt nur einer der Götter, nämlich Freyr den *Skiðbladnir*, den »Luftsegler«, den haben ihm einst die Zwerge Brokk und Sindri gebaut.

»Halt!«, mag jemand einwenden, der bei Baldurs Begräbnis zugegen war. »Wurde nicht jener mit seinem Schiff *Ringhorn* feierlich-feuerlich bestattet?« Ja doch, nur scheint er das mächtige Boot zu Lebzeiten nie genutzt zu haben. Schließlich war es wegen des göttlichen Größenwahns so riesig und schwer gebaut, dass nur die Riesin Hyrrockin es in die See zu stoßen vermochte. Und das tat sie bekanntlich erst nach Baldurs Tod.

Mit Asen und Pferden sieht es schon besser aus, Heimdall besitzt zwei, Baldur drei und Odin gar sechs davon. Viele Götter setzen allerdings auf andere Tiere, wenn es um Fortbewegungsmittel geht – Freyja auf Luchse, Thor auf Ziegenböcke und Freyr auf den Eber Gullinborsti.

Und dann gibt es ja noch die prächtigen magischen Werkzeuge, mit denen man trefflich angeben kann. Zum Beispiel den alles zermalmenden Hammer Mjöllnir mit eingebauter Bumerangfunktion oder den Speer Gungnir, der nie sein Ziel verfehlt und alle Feinde tötet, über die er hinwegfliegt. Weniger destruktiv ist da Odrörir, der Dichter- oder Skaldenmet, nach dessen Genuss auch der Unbegabteste göttlich zu dichten vermag.

Natürlich ist nichts von alledem das Werk der Götter. Die meisten magischen Artefakte wurden von Zwergen in mühevoller Arbeit erschaffen und dann von »denen da oben« schlicht enteignet.

Was bei »denen da unten« nicht gerade auf Sympathie stieß.

ᛟᛞᛞᛁ

Die Insel am Ende der Welt

Lange Zeit segelte die *Gublas Stolz* an der Steilküste des fremden Landes entlang, doch nirgends fand sich ein Platz, an dem eine Landung möglich gewesen wäre. Als die Küste endlich flacher wurde, verhinderte eine starke Strömung jeden Versuch, an Land zu gehen. Das Schiff trieb immer weiter nach Westen. Erst als die Tajarim ein Kap erreichten, peitschten heftige Winde die *Gublas Stolz* nach Norden auf die Insel zu.

Bald entdeckte der Ausguck eine Siedlung mit einem natürlichen Hafen. Uartu, der Steuermann, befahl, alles für die Landung vorzubereiten.

Problemlos steuerten die phönizischen Seeleute das Schiff in das kleine Hafenbecken, in dem nur ein einziges schlankes Drachenboot lag.

Vorsichtig spähten die Tajarim vom Deck ans Ufer, wo sie ihrerseits von misstrauischen Einheimischen beäugt wurden. Kräftige blonde und rothaarige Männer in Fellkleidung flickten Fischernetze, andere besserten einen Kahn aus. Nun unterbrachen sie ihre Arbeit und schlenderten langsam auf die *Gublas Stolz* zu. Seshmosis wurde mulmig zumute. Auch den anderen Tajarim und den Phöniziern war die Anspannung ins Gesicht geschrieben.

Da rief der vorderste der Kerle: »Willkommen in Hafnir, Fremde! Wollt ihr Handel treiben?«

Wie immer sorgte GON auf verborgene Weise dafür, dass es keine Sprachbarrieren gab.

»Dank für das Willkommen! Ja, wir wollen handeln!«, antwortete Zerberuh als Kapitän. Dabei hielt er ein Stoffbündel zum Zeichen der friedlichen Absichten in die Höhe.

Als hätten sie auf dieses Zeichen gewartet, tauchten nun auch Frauen und Kinder an der Mole auf und betrachteten neugierig das fremdartige Schiff und seine Passagiere. Wuchtig und breit lag die *Gublas Stolz* neben dem Drachenboot wie eine Kuh neben einem Rennpferd.

»Ich bin Einar Robbenfang. Wenn ihr in dieser Gegend Handel treiben wollt, braucht ihr eine Genehmigung unseres Häuptlings Frodi. Kommt von Bord, und ich will euch zu ihm führen«, forderte sie der Sprecher der Einheimischen auf.

»Wir folgen euch gern!«, rief Kapitän Zerberuh. »Bitte habt noch ein wenig Geduld, wir müssen noch unsere Vorbereitungen treffen.«

Derweil band Seshmosis den Umhängesack, GONs mobilen Wohnsitz, an den großen Mast und rief die Tajarim zur *Stunde des Dankes*.

Alle, auch die Phönizier, sammelten sich rund um den Hauptmast und beugten die Knie. Vor allem drei der Tajarim benötigten den Schutz des kleinen Gottes mehr denn je.

Seshmosis blickte über die kleine Gemeinde, dann betete er:

»Herr, wir danken dir, dass du uns wohlbehalten hierhergeführt hast. Bitte steh uns auch weiterhin bei. Wir danken dir, dass du über uns wachst.«

Nach einigen Augenblicken der Innerlichkeit und des Schweigens zerstreute sich die kleine Versammlung, und jeder ging seinen Geschäften nach. Die Phönizier vertäuten und sicherten das Schiff, und von den Tajarim bereitete sich jeder emsig auf seine Art auf den Landgang vor.

Aufgeregt sammelte Seshmosis ein paar seiner Habseligkeiten zusammen: einen Umhang, eine Decke und den kleinen Lederbeutel mit einigen Gold-, Silber- und Kupfermünzen. Zuletzt schnürte er den Ledersack vom Mast und hängte ihn sich über die Schulter. Niemals durfte er in diesen Sack auch nur die geringste Kleinigkeit packen, denn GON wohnte darin.

Dann verließen alle Tajarim bis auf Zerberuh, Aruel und Raffims Diener Jubul das Schiff.

Seshmosis betrachtete die Siedlung, die nur aus einigen gedrungenen Häusern und Hütten aus Feldsteinen bestand. Der ganze Ort duckte sich tief in die Landschaft. Die bemoosten Dächer schienen mit der Umgebung zu verwachsen und unterschieden sich aus der Ferne kaum von natürlichen Erhebungen.

Gleich hinter dem Dorf stieg das Land sanft an, immer höher und höher, bis hinauf zu einem Vulkan, dessen Rauchsäule die Erde mit dem Himmel verband.

Der Schreiber war beeindruckt. Zwar hatte er Berichte über Feuer speiende Berge gelesen, und er wusste, dass es sie sogar im südlichen Sinai gab, nicht fern von seiner Heimat, aber noch nie war er einem so nahe gewesen.

Während der Blick von Seshmosis noch in die Ferne

schweifte, erreichte die kleine Gruppe das größte Steinhaus der Siedlung. Vor dem Haus standen vier Stangen mit Pferdeköpfen darauf. *Nicht besonders heimelig,* dachte der Schreiber.

Hinter der kleinen, aber schweren Holztür erstreckte sich ein langer, düsterer Raum, an dessen Ende ein Feuer in einem großen Kamin brannte.

Daneben stand ein hölzernes Gestell, der sogenannte Hochsitz des Hausherrn, der versonnen in die Flammen schaute. Umrahmt wurde der merkwürdige Thron von einem Halbkreis aus Holzpfählen, in die Fratzen und Tierdarstellungen geschnitzt waren. Ein Relief zeigte einen Mann auf einem achtbeinigen Pferd, der von zwei Vögeln begleitet wurde.

Im Raum standen viele Stühle, von denen aber nur die beiden neben dem Hochsitz besetzt waren.

Die Tajarim verneigten sich vor dem Häuptling, der diesen Gruß lässig mit dem Heben einer Hand erwiderte.

Einar Robbenfang ergriff das Wort: »Händler sind es, edler Frodi, die mit breitem Schiff tief im Hafen liegen und mit uns tauschen wollen.«

»Ich danke dir, Einar. Doch nun geh wieder an deine Arbeit!«

Frodi wartete noch, bis sich Einar entfernt hatte, dann wandte er sich an die Tajarim: »Ich bin Frodi, Sohn des Gunnar. Wer ist euer Sprecher, Weitgereiste?«

Dabei schweifte sein Blick forschend über die Neuankömmlinge.

Natürlich drängte sich Raffim vor.

»Ich spreche am meisten bei uns, ich, Raffim. Ich bin

auch äußerst handelserprobt. Wenn es um die wichtigen Dinge geht, kannst du dich vertrauensvoll an mich wenden.«

Doch Frodi antwortete nicht. Stattdessen stand einer der beiden Männer neben dem Hochsitz auf und rezitierte in einem seltsamen Sprechgesang:

»Unser rechtschaffener Fürst Frodi,
ein Rabenverwandter an Weisheit,
ein Bärenvetter an Stärke,
ein Wolfsbruder an Mut,
ein freigiebiger Goldbrecher seinen Mannen.«

Als der Mann geendet hatte, sagte Frodi mit sichtlichem Stolz:

»Das ist mein derzeitiger Skalde, mein Dichtersänger Glum, der Sohn von Geiri. Er hat schon Preislieder auf den Norwegerkönig Eirik Blutaxt und dessen Sohn Harald Graumantel gedichtet. Nun weilt er bei mir, um mich zu erfreuen und über mich zu singen.«

Nun erhob sich auch der zweite Mann, der Glum um fast zwei Köpfe überragte. Er sang nicht, doch seine Worte klangen nicht weniger lyrisch gefühlvoll und eindringlich: »Sampo heiß ich; Same, Skalde, Schamane bin ich. Manche nennen mich auch *den Finnen.* Bin ein fahrender Sänger und ziehe von Hof zu Hof, um die alten Zauberlieder zu singen.«

Seshmosis erkannte, dass es nun an den Tajarim war, sich einzeln vorzustellen. Deshalb drängte er sich zwischen Raffim und seinem Diener Jabul nach vorne. Als er die beiden berührte, durchzuckte ihn ein eiskalter Schauer, doch er schenkte diesem unangenehmen Gefühl keine weitere Beachtung. Schließlich lagen Raffim und er häufig im Streit, und meist mied er die Gesellschaft des Dicken.

Seshmosis verneigte sich ehrerbietig vor dem Häuptling und den beiden Skalden.

»Seshmosis, Sohn des Sesh, werde ich genannt, und ich bin ein Schreiber. Ich banne die Runen, damit sie auch morgen noch künden. Dieser hier ist Raffim, und jene beiden sind Jabul und Jebul, seine Diener. Jenen in des Feuers Schatten nennt man Barsil, und er gilt in meiner Heimat als äußerst listenreich. Sei achtsam, was du von ihm kaufst. Neben ihm steht Elimas, ein weiser Hirte und Heiler, der alle Krankheiten kennt, die Mensch und Tier befallen. Der große Kräftige ist Mumal, ein erfahrener Kämpfer, und daneben steht Almak, der bei uns zu Hause die Ochsen treibt. Und ganz dort hinten steht unser Seher Nostr'tut-Amus, den einst ein Gott berührte.«

»Danke, Seshmosis, Sohn des Sesh, der du die Runen kennst. Fühlt euch wohl in meinem Haus.« Frodi klatschte einmal in die Hände, und aus dem Dunkel der Wand löste sich eine Gestalt. Es war eine Frau undefinierbaren Alters, gehüllt in ein dunkelgraues Leinengewand.

»Bring Met für meine Gäste, Helga! Und euch bitt ich, Platz zu nehmen.«

Seshmosis suchte sich einen Stuhl nahe am Feuer und genoss das fremdartige Getränk. Nun durchströmte ihn auch von innen eine wohlige Wärme.

»Wie nennt ihr euer Land, edler Frodi?«, fragte er.

»Die ersten Siedler, die vor Generationen aus Norwegen

kamen, nannten es Schneeland, aber wir heutigen nennen es Eisland.«

»Gibt es auch größere Siedlungen auf eurer Insel?«, wollte Barsil wissen.

»Nicht weit entfernt, auf der anderen Seite unserer Halbinsel, liegt Keflavik, wo mehr als fünfmal so viele Menschen leben wie hier und unser Gode Leif Blauzahn residiert. Der Gode ist unser Vertreter beim Thing, der großen Versammlung. Ich bin sein Berater«, verkündete Frodi stolz. »Nun seid meine Gäste und greift zu! An Met und Bier, Fleisch und Brot soll es nicht mangeln!«

ᚺᚨᚠᚾᛁᚱ

Ratatöskr hielt am Mimirsbrunnen inne und blickte hinein. Odin hatte einst für diesen Blick in den Brunnen der Weisheit ein Auge geopfert, doch der Eichkater wollte gar nicht so tief blicken. Ihm reichte es, dass er sich in der Wasseroberfläche spiegeln und seine schön gezwirbelten Ohrpinselhaare bewundern konnte. Dann noch ein Kontrollblick auf die frisch polierten Nagezähne und schnell weiter zu Nidhöggr, der im Wurzelwerk des Weltenbaums hauste.

Der Drache sah wie immer abscheulich aus. Seine hervortretenden Augen waren rot unterlaufen, und aus seinen Lefzen tropfte grüner Geifer, der beim Auftreffen dampfend Löcher in das Holz und den Boden brannte.

»Hräswelgr lässt dir sagen, dass die Zeit der Würmer zu Ende geht. Wenn in Bälde der Baum wackeln sollte, verkrieche dich besser unter den Wurzeln, weil dir sonst der Adler jede Schuppe einzeln von deinem fauligen Körper reißen wird.«

»Sind das seine Worte oder deine, Ratatöskr?«, knurrte der Drache misstrauisch. »Ich glaube, der alte Hornschnabel kann überhaupt nicht mehr sprechen, so senil und altersschwach wie er ist.«

»Oh, er ist noch ziemlich munter. In seinem rechten Auge nistet immer noch der Habicht Hochhose. Die beiden verstehen sich blendend und sehnen den Tag herbei, an dem sie dir die Eingeweide herausreißen werden.« Ratatöskr tat scheinbar unbeteiligt, so als wäre er wirklich nur ein neutraler Bote, der mit der ganzen Angelegenheit eigentlich gar nichts zu tun hatte.

»Hat der alte Leichenverschlinger auch etwas Neues zu sagen?«, fauchte Nidhöggr verächtlich.

»Ja! Du solltest in nächster Zeit besser einen langen Schlaf halten, wenn du im nächsten Äon noch im Spiel sein willst.«

»Dann richte diesem abgemauserten Schreihals aus, dass ich ihm noch vor Ende dieses Äons jede Feder einzeln ausreißen werde, wenn er mich nicht endlich in Ruhe lässt. Und dich mickriges Fellbündel will ich mindestens einen Tag lang nicht mehr sehen! Verschwinde! Aus meinen Augen, du rotbraunes Elend!«

Ratatöskr wusste, dass jetzt Eile geboten war. Noch ein Satz von ihm, und der Drache würde ihn mit einer Giftwolke einnebeln. Mit Höchstgeschwindigkeit rannte das Eichhörnchen den Baum empor, um schnell aus der Reichweite Nidhöggrs zu kommen. Erst als eine sichere Distanz zwischen ihm und der Wurzel lag, machte Ratatöskr Rast auf einem Ast.

Jetzt konnte er in Ruhe darüber nachdenken, was er dem Adler Hräswelgr erzählen würde. Es gab Tage, da liebte der Eichkater seinen Beruf.

ᚾᛁᛞᚺᛟᚷᚷᚱ

In dem kleinen Ort Hafnir gab es kein Gasthaus und keine Herberge. Die wenigen Fremden, die hierherkamen, genossen die Gastfreundschaft Frodis und nächtigten in seiner Halle. Der Häuptling bestand darauf, dass er die Tajarim beherbergen durfte, die phönizischen Seeleute dagegen schliefen lieber auf dem Schiff.

Am späten Abend trat Seshmosis vor das Haus, um frische Luft zu schnappen. Das unbekannte Getränk Met war stärker, als es seine Süße vermuten ließ. Während der Schreiber den Himmel betrachtete, befiel ihn auf einmal eine große Melancholie. Mit schwerer Zunge sagte er zu sich selbst:

»Diese Sterne hier sind meine Sterne, und doch sind es nicht meine Sterne. Sie leuchten wie zu Hause, aber sie sternen anders. Meine Tani! Schaust du gerade auch zu den Sternen? Ich möchte, dass du zu den Sternen schaust. Auch wenn die Sternbilder so verschoben sind. Sie sternen irgendwie falsch auf dieser Insel. Gerne würde ich dir diese Sterne zeigen. Viel lieber würde ich dir aber die Sterne zu Hause zeigen.«

Auf einem Pfosten vor Seshmosis ließ sich ein Rabe nieder. Seine Silhouette verschmolz im fahlen Mondlicht fast ganz mit dem Hintergrund, nur sein rotes Augenpaar leuchtete deutlich in der Dunkelheit.

»Hebe dich hinweg, Nachtvogel!«, befahl Seshmosis und wedelte mit den Händen, um den Vogel zu verscheuchen.

»Auf dieser Insel wäre ich zu Raben höflicher«, warnte der Schwarzgefiederte. »Sie könnten Sendboten der Götter sein.«

»Herr, bist du es?«, fragte Seshmosis erschrocken den Vogel.

»Ja, zu deinem Glück! Aber ich könnte auch jemand anderes sein, der dir nicht so wohlgesonnen ist.«

»Verzeih, Herr, das fremde Getränk verwirrt mich.«

»Das habe ich schon bemerkt. Du solltest in Zukunft nicht mehr als ein Horn davon trinken. Aber hör mir zu, es ist wichtig! Sag dem Finnen Sampo, dass du hier auf der Insel nach einem Nachfahren von dir suchst. Er kann dir Hinweise geben.«

»Gerne, Herr, aber warum gibst du mir nicht die Hinweise? *Du* bist doch mein Gott.«

»Es gibt Regeln, auch hier, und an die muss ich mich halten. Deshalb ist ein kleiner Umweg nötig. Also sprich ihn an! Und trink heute keinen Schluck mehr von diesem Met!«

»Dein Wille geschehe!«, sagte Seshmosis, und das Lallen in seiner Stimme war schlagartig verschwunden. Auch der dumpfe Schleier über seinen Gedanken war wie weggezogen. GON hatte ihn einfach ausgenüchtert.

In Frodis Halle suchte der Schreiber einen Platz in der

Nähe von Sampo, und bald ergab sich die Gelegenheit, ihn anzusprechen. Seshmosis beschloss, ihm ehrlich und ohne Umschweife zu sagen, warum er hier war: »Edler Sampo, ich brauche deine Hilfe. Mein göttlicher Herr sandte mich mit einem Auftrag nach Eisland. Ich bin weit durch Raum und Zeit gereist, um einen Nachfahren von mir zu suchen und ihm das Leben zu retten.«

Entgegen Seshmosis' Erwartung erklärte ihn der andere nicht für verrückt. Im Gegenteil nickte er verständnisvoll und sagte: »Ich spüre bei dir die Gegenwart von etwas Besonderem. Lass uns das Runenorakel befragen, welchen Rat es dir gibt. Folge mir!«

Seshmosis folgte dem Finnen, der eine Fackel mitnahm, nach draußen.

»Gehen wir zu dem Mannstein hinüber!«

Der als Mannstein bezeichnete Fels war ein schlanker Monolith am Rande des Dorfes, der eindeutig von Menschen bearbeitet und aufgestellt worden war. Im Schein der Fackel erkannte Seshmosis viele eingemeißelte Runen und ein riesiges, verziertes »T«, das »Thor weihe diese Runen« bedeutete.

Sampo blickte sich um, doch er und Seshmosis waren allein. Wer noch nicht schlief in Hafnir, der ergab sich in der Halle des freigiebigen Frodi dem Rausch.

Sampo steckte die Fackel in die Erde und legte zwei Finger in das »T-Zeichen«.

»Dann lass uns die Runen befragen, Sendbote deines Gottes.«

Der Skalde sang ein magisches Lied in der alten Sprache der Menschen vom Lagodasee. Dabei schüttelte er rhythmisch einen klappernden Stoffbeutel. Schließlich endete der Gesang, und Sampo schüttete den Inhalt des Beutels auf den Boden: kleine Holzstäbchen mit unterschiedlichen Einkerbungen.

»Meine Buchenstaben«, verkündete der Schamane sichtlich stolz. »Sie sind geworfen, und jetzt werde ich sie lesen. Sie verraten, was du wissen musst.«

Gespannt beobachtete Seshmosis das Wirken des ungewöhnlichen Mannes. Dabei murmelte dieser leise unverständliche Worte, nahm einzeln die Holzstäbchen nach einem geheimnisvollen System auf und legte sie geordnet vor sich. Lange betrachtete der Finne schweigend das Muster aus Stäben, dann schien er zufrieden. Sampos Gesichtszüge entspannten sich. »Du musst nach Thingvellir reisen, der Versammlungsebene der Eisländer. Dort liegt ein namenloses Dorf, und in diesem lebt eine Seherin, nicht fern von der Allmännerschlucht. Sie musst du besuchen und dir von deinem Nachfahren singen lassen.«

»Wo liegt diese Versammlungsebene?«, wollte Seshmosis wissen.

»Nicht sehr weit von hier, Richtung Nordosten. Nach drei Tagesreisen solltest du da sein. Aber ohne Führer wirst du dort nie ankommen. Außerdem solltest du nicht ohne magischen Schutz reisen.«

»Wie meinst du das?«

»Runenmagie. Der Umhängesack scheint dir wichtig zu sein, da du ihn ständig bei dir trägst, auch jetzt.«

»Mein Gott wohnt darin, so kann er immer bei mir sein.«

»Dann lass uns diesen Sack besonders schützen, auf dass du besonders beschützt wirst.«

Seshmosis war neugierig, was Sampo vorhatte. Und

solange der kleine Gott nicht eingriff, wertete er dies als stilles Einverständnis.

»Dann lass uns beginnen!«, forderte er den Schamanen auf.

»Wir schreiben die symbolischen Zeichen auf den Sack, die für das ganze Runen-Alphabet stehen. Damit steht dir der größtmögliche Schutz zur Verfügung.«

»Sehr gut! Dann schreib! Oder brauchst du Tinte? Ich habe auf dem Schiff …«

»Keine Tinte, mein Freund. Für diesen Zauber brauchst du Stärkeres als Kienruß, Gummi Arabicum und verbrannte Weinhefe.«

»Was meinst du, Sampo?«

»Blut. Du musst die Runen mit deinem Blut schreiben«, antwortete der Schamane und hielt schon ein Messer in der Hand.

Seshmosis erbleichte. Doch er konnte nicht mehr zurück, wenn er sich nicht schrecklich blamieren und als Feigling dastehen wollte. Zitternd hielt er dem Finnen seine linke Hand entgegen. Der zögerte nicht und schnitt mit seinem Messer in den Handrücken. Dann tauchte er mit seinem Zeigefinger in die Wunde und schrieb *fuþark* auf den Umhängesack.

Ratatöskr kletterte die letzte Strecke zur Spitze des Weltenbaums langsamer. Er kannte all die kleinen Psycho-

Tricks und wollte nicht abgehetzt und geschwächt bei Hräswelgr ankommen.

»Ha, der Nagezahn! Du hast mir gerade noch gefehlt!«, rief ihm der Adler entgegen.

»Dann ist es ja gut, dass ich jetzt da bin«, antwortete Ratatöskr schnippisch. »Es gibt andere, die wissen meine Arbeit mehr zu schätzen.«

»Du meinst doch nicht den alten Drachen da unten im Wurzelwerk? Der ist doch nur froh, wenn ihm überhaupt noch jemand zuhört.«

»Nidhöggr ist der Meinung, dass deine Zeit abgelaufen ist, Federvieh. Die Geschuppten werden sich bald erheben.«

»Attacke! Schwingt die Flügel! Attacke! Nie werden die Würmer die Herrschaft über die Lüfte erobern!«, krächzte eine Stimme aus dem rechten Auge des Adlers. Der Habicht Hochhose, den die Eisländer Habrok nannten, war soeben aus tiefem Schlaf erwacht und noch ein wenig orientierungslos. Er schlief gern im Schutz von Hräswelgr und träumte von Luftschlachten gegen die ihm verhassten Drachen und Lindwürmer, in denen natürlich immer er, der glorreiche Habicht, siegreich war.

»Ach ja, Nidhöggr möchte wissen, ob der kleine Schmarotzer immer noch in deinem Kopf wohnt. Die Frage hat sich damit wohl erledigt«, kommentierte Ratatöskr und goss damit noch Öl ins Feuer. Er wusste genau, wie er den Streit zwischen oben und unten im Weltenbaum am Köcheln halten konnte.

Die Aufrechterhaltung dieses Streites war inzwischen sein Lebensinhalt. Anfangs hatte Ratatöskr noch gedacht, dass es für alle Beteiligten gut wäre, wenn auf dem gesamten Weltenbaum ein angenehmes Betriebsklima herrschte. Doch dann hatte er gemerkt, dass ihn die Harmonie langweilte. Und er fand nichts schrecklicher als Langeweile. Die fand er schlimmer als seine Existenz als Eichhörnchen, die er nun schon so lange Zeit fristen musste. Aber Ratatöskr war ein Gemütshörnchen, und deshalb machte er für sich das Beste aus der Situation, indem er konstruktiv für permanenten Streit sorgte.

»Der Drache lässt dir ausrichten, dass er dich für ein abgemausertes Vieh hält, das für ihn kein ebenbürtiger Gegner mehr ist. Dein Äon neigt sich dem Ende entgegen.«

Der Adler stieß einen Wutschrei aus und flatterte erregt mit den mächtigen Schwingen. Ganz Eisland wurde im selben Moment von schweren Stürmen überzogen, und in Küstennähe kenterten etliche Fischerboote.

»Ich werde diesen Wurm in Stücke reißen! Ich, Leichenverschlinger, werde seine Eingeweide an die Raben verfüttern! Und ich werde jedes Eichhörnchen zerhacken, das es wagt, den Namen Nidhöggr in meiner Gegenwart noch einmal auszusprechen!«

»Und ich fress den Rest!«, krähte der Habicht.

ᚺᚱᚨᛊᚹᛖᛚᚷᚱ

Am nächsten Morgen kroch Seshmosis unwillig aus der Felldecke, die ihm Frodis Leute geliehen hatten. *Wenn es schon im Haus so kalt ist, wie mag es dann erst im Freien sein?*, fragte er sich. Draußen spritzte er sich an einem Wasserloch ein paar eiskalte Tropfen ins Gesicht und schimpfte fröstelnd vor sich hin. Ein Einheimischer, der ihn beobachtete, lachte und tröstete ihn ironisch: »Zwei Stunden von hier findest du heißes Wasser. Es ist so heiß, dass es dampfend aus der Erde sprudelt.«

»Warum habt ihr dann euer Dorf nicht dort gebaut?«, brummte Seshmosis und ging wieder ins Haus. Dort kam er gerade rechtzeitig, um Zeuge der schwierigen Handelsbemühungen zu werden.

»Also noch mal, Frodi: Mit fetthaltiger Wolle kann meine Kundschaft nichts anfangen. Und Pelze werden bei uns in Byblos auch nicht gern getragen. Fische gibt es bei uns zu Hause genug, da brauchen wir keinen Dörrfisch den ganzen weiten Weg übers große Meer zu bringen. Hast du wirklich nichts anderes zu bieten?«

Raffim war am Rande der Verzweiflung, weil die Insulaner anscheinend nichts besaßen, mit dem es sich zu handeln lohnte.

Da griff Barsil ein: »Habt ihr keine religiösen Artefakte? Keine Gaben an die Götter aus Gold oder Elfenbein? Oder wertvolle Dinge, die ihr euren Nachbarn abgenommen habt?«

Damit war er anscheinend auf der richtigen Spur, denn Frodi antwortete erleichtert: »Ach, ihr meint unnütze Dinge! Sachen, die keinen praktischen Wert haben.«

»Genau die!«, rief Raffim freudig. »Diese unnützen, wertvollen Dinge, die ihr eigentlich gar nicht mehr haben wollt.«

»Helga! Lass die Kiste mit den Andenken von meiner

Wikingfahrt nach England bringen. Mal sehen, ob da etwas Tauschenswertes drinnen ist.«

Seshmosis sah, dass es lief wie immer und überall: Ob in Byblos oder Theben, in Troja oder auf Eisland, wenn es ums Handeln ging, waren die Menschen alle gleich. Und so suchte er im Dunkel der Halle seine Freunde Elimas und Nostr'tut-Amus, um ihnen von seinen neuen Plänen zu erzählen. Zu seiner Freude erklärten sich beide sofort bereit, ihn auf seiner Reise zu begleiten. Vor allem Nostr'tut-Amus war begierig darauf, eine nordländische Seherin und ihre Arbeitsmethoden kennenzulernen.

Dann fragte er Sampo, ob er vielleicht ebenfalls mit ins Landesinnere kommen wolle, doch der lehnte leider ab: »Ich werde noch eine Zeit lang an der Küste von Hof zu Hof ziehen und mir mit Zaubersingen meinen Lebensunterhalt verdienen. Nach der Sommersonnenwende gehe ich dann nach Oddi. Dort soll ich an der Skaldenschule unsere finnische Art des Dichtens und des Liedvortrags unterrichten. Es ist eine große Ehre für mich, dass sie mich einluden. Eisland ist nämlich bekannt dafür, die besten Skalden der Welt auszubilden!«

»Dann danke ich dir für deine Hilfe, Sampo«, sagte Seshmosis.

»Nichts zu danken, Prophet eines fremden Gottes«, entgegnete der Skalde. »Ich werde mit deinen Freunden nach Keflavik segeln zum Hof des Goden Leif Blauzahn. Doch vorher muss ich hier noch etwas Wichtiges tun. Die Fischer haben etwas Geld zusammengelegt, damit ich ihnen einen Fischfangglückszauber singe. Willst du dabei sein?«

Nicht nur Seshmosis wollte den Finnen hören, sondern alles in Hafnir, was zwei Beine hatte. Und etliche Vierbeiner auch, denn an der Mole versammelten sich nicht nur die vollzählige Bevölkerung des kleinen Ortes, die Tajarim und die Phönizier, sondern auch ein paar Hunde.

Sehr zum Leidwesen von Raffim und Barsil hatte Frodi für dieses Ereignis das Handeln unterbrochen und die Tajarim auf später vertröstet.

Sampo stand nahe dem Drachenboot und wickelte sein Musikinstrument, eine Kantele, aus einer Wolldecke. Sie bestand aus einem gewaltigen Hechtkieferknochen. Das offene Ende des Knochens war mit einem Holzstab verbunden. Von ihm aus liefen wie bei einer Lyra die Saiten, die zwischen den spitzen Zähnen am Kiefer befestigt waren.

Alle Geräusche der Menschen waren verstummt, die Hunde bellten nicht mehr, und nur das Rauschen des Meeres in der Bucht begleitete das Spiel des Sängers. Sampo sang:

Auf wogenden Wellen sei euch kein Neid, kein Hader,
auf des Wasserdrachen Rücken die Fahrt soll glücken.
Reich sei eure Beute im Reich der Ran,
Ägir geleite den hölzernen Hirsch auf wogenden Wellen,
die Fische groß sollen springen in sich füllende Netze.

Seshmosis war von dem Gesang merkwürdig berührt. Er kannte und liebte die Lieder seines Freundes El Vis, doch was Sampo sang, hatte eine ganz andere Art von Faszination. Obwohl die Herzen der Menschen von den Tönen und

Worten des Finnen berührt wurden, schienen sie in erster Linie ganz anderen zu gelten. Vielleicht waren diese Lieder wirklich Nahrung für die Götter.

Nachdem er geendet hatte, verneigte sich Sampo vor den Fischern und hüllte seine Kantele wieder in die Decke.

Einar und seine Kameraden bestiegen das Drachenboot und machten sich zum Auslaufen fertig. Raffim und Barsil kehrten erwartungsfroh in die Halle des Häuptlings zurück. Derweil informierte Seshmosis seinen Freund Zerberuh über seine Pläne und erkundigte sich nach einem Führer für seine Reise. Nach einigen Missverständnissen mit den Einheimischen kam schließlich ein Mann zu Seshmosis, der sich als Sigurdur Erikson vorstellte.

»Ich mag einer der wenigen Männer im Westen sein, die nie auf Wikingfahrt waren, doch dafür reiste ich schon öfter ins Landesinnere, als ich Jahre zähle«, warb er für seine Dienste. »Keiner kennt die Pfade durch die Berge und die Furten durch die Gletscherflüsse so gut wie ich. Ich will dir und deinen Freunden gute Pferde besorgen, die nicht an jedem Grasfleck stehen bleiben. Auch sorge ich für Proviant und alles, was man für ein Lager braucht. So sorge du für den Lohn.«

Seshmosis klimperte mit den Münzen in seinem Geldbeutel, und Sigurdur hielt sein Versprechen. Schon bald standen für jeden ein Reittier und ein Packpferd bereit. Seshmosis wunderte sich über die Kleinheit der Pferde auf Eisland, doch Sigurdur erklärte ihm, dass diese alte Rasse wesentlich robuster und unempfindlicher gegen Kälte sei und die Tiere außerdem weniger zu fressen brauchten, alles wichtige Faktoren in der kargen, futterarmen Wildnis des Landesinneren.

Seshmosis verabredete mit Zerberuh, dass man sich spätestens in acht Tagen in Keflavik treffen wolle. Nachdem sie noch eine kräftige Mahlzeit im Dorf eingenommen hatten, brach die kleine Karawane der drei Tajarim mit ihrem Führer und acht Pferden auf.

ᛊᚲᚨᛚᛞᛖ

Vor den Burgen von Asgard lag das Idafeld. Es war die Hofwiese der Götter, hier trafen sie sich gewöhnlich zu ihren Beratungen, aber auch zu Brett- und Würfelspielen. Liebliche Blumen blühten hier, und die Schmetterlinge tanzten, während Baldur äußerst trüben Gedanken nachhing. Wieder hatte er diesen schrecklichen Albtraum geträumt, und wieder hatte dieser mit seinem Tod geendet.

Schon nach dem ersten bösen Traum hatte Baldurs Mutter Frigg, die Gemahlin Odins, Boten zu allen Tieren und Pflanzen und Dingen geschickt und hatte sie aufgefordert, einen Eid abzulegen, Baldur nicht zu verletzen. Auch Feuer und Wasser mussten versprechen, den jungen Gott zu schonen, ebenso Eisen und alle Metallarten. Selbst die Erde und die Steine und auch alle Krankheiten sowie jegliches Gift.

Obwohl alle den Eid schworen, wurde Baldur weiter von Albträumen gequält, und Odin beschloss zu handeln.

»Wir brauchen eine Seherin! Es muss die Beste von allen sein, mein Blutsbruder«, sagte er zu Loki.

»Die Besten sind alle tot. Die sind schon längst in Hel. Es wird nicht einfach werden, einen Blick in Baldurs Zukunft zu erheischen«, antwortete der Angesprochene.

»Das nehme ich gerne auf mich! Nur schade, dass mein Wunschmantel mich nicht zu jenem Orte trägt, wo die Toten weilen. Doch mein treues Ross wird mich sicher nach Hel bringen.« Sprach es und sattelte seinen achtbeinigen Hengst Sleipnir, den Sohn des Loki, den dieser ihm einst geschenkt hatte.

Dank der ungeheuren Geschwindigkeit von Sleipnir erreichten die beiden auf ihrem Weg in die Unterwelt sehr bald Nebelheim. Dort sprang ein schwarzer Hund mit blutiger Brust aus einer Höhle und versperrte ihnen laut heulend und bellend den Weg. Wie auch immer Odin ihn umreiten wollte, ob links herum oder rechts, der unheimliche Rüde stand immer schon vor Sleipnirs Vorderhufen. Schließlich verlor der Allvater die Geduld und setzte mit einem mächtigen Sprung über das dämonische Tier.

Er war sich sicher, dass er soeben Garm, dem Höllenhund, begegnet war.

Auch für einen Gott ist es kein alltäglicher Ausflug, Hel zu besuchen. Gemeinhin ist es das Jenseits der Menschen, zumindest der Menschen, die nicht für Odins Walhall oder Freyjas Folkwang taugten. Dennoch war der Aufenthalt für den göttlichen Wanderer hier nicht ungefährlich, hier lauerten Gefahren, die älter waren als die Asen und Wanen.

Hinter dem östlichen Tor, von dem man sagte, dass sich dort die Hügel der toten Seherinnen befänden, entdeckte

Odin einen mit Goldringen, Ketten und Münzen übersäten Tisch und mehrere Sitze mit goldenen Waffen und Schilden darauf.

Entschlossen sang er ein Wecklied: »Vaki, þú, Wölwa! Vaki, þú, góð kona!«

Nachdem er seinen eindringlichen Gesang mehrmals wiederholt hatte, erschien die Seherin. Raureif überzog ihr Gesicht, und ihre blinden Augen lagen tief in den Höhlen.

»Warum störst du mich, Fremder? Tot war ich lange.«

»Wem sind die Sitze besät mit Ringen und strahlt die Bank bestreut mit Gold?«[1]

Die Seherin antwortete unwirsch: »Für Baldur steht hier gebraut der Met, schimmernder Trank, der Schild drauf: Unheil ahnen Asensippen. Genötigt sprach ich; nun will ich schweigen.«[2]

»Du musst mit mir reden, denn so vieles hängt davon ab!«, bat Odin inständig.

»Für mich gibt es nichts mehr, das zählt, Runenzauberer! Ich bin schon zu lange tot, um noch zu hoffen.«

»Wie kann ich meines Sohnes Tod verhindern? Wer will Baldurs Blut vergießen?«, drang der Vater weiter auf die Seherin ein.

»Wie so oft soll der Bruder des Bruders Mörder sein. Dein eigner Spross wird Baldurs Blut vergießen, und nichts und niemand wird ihn hindern. Genötigt sprach ich; nun will ich schweigen.«

»Schweig nicht, Wölwa! Wer wird Baldurs Tod rächen? Werde ich selbst es sein?«

»Nicht aller Ruhm sei dir vergönnt, ein anderer bringt

zum Brandstoß Baldurs Mörder. Genötigt sprach ich; nun will ich schweigen.«

Odin wollte noch weiter fragen, doch die Seherin verging vor seinen Augen in einem Nebelschleier. Auch ein neuerliches Singen des Wecklieds brachte sie nicht zurück.

ᚠᚨᚲᛁ ᚠᚨᚲᛁ

Sampo hatte vergeblich versucht, mit Zerberuh einen Handel zu schließen. Doch der Kapitän der *Gublas Stolz* wollte sich auf das Geschäft »Schiffspassage gegen Zaubergesang« nicht einlassen, und so musste der Finne zwei der wenigen, eben in Hafnir verdienten Münzen gleich wieder für die kurze Fahrt ums Kap nach Keflavik ausgeben.

Der uneingeschränkte Herrscher über diese Siedlung war der Gode Leif Blauzahn. Wie Frodi beherbergte das Oberhaupt etliche Sippen, einige unverschwägerte Zuwanderer und einen eigenen Skalden, und zwar Egil, Skallagrims Sohn. Auch dieser stammte, wie die meisten großen Skalden Eislands, aus der berühmten Schule von Oddi.

Doch Leif Blauzahn fütterte derzeit noch weitere Gäste durch. Vor zwei Tagen waren drei Missionare aus Norwegen gelandet, Tangbrand, Torarin und Hallfred, die den Menschen der Insel von einem neuen Gott künden wollten. Von einem Gott, den Kristian der Wikingerchrist schon lange kannte, nacheiferte und diente. Auch er war Gast in Leifs Haus, doch man sah ihn kaum, weil man ihm die dunkelste, vom Hochsitz des Herrn am weitesten entfernte Ecke zugewiesen hatte.

Kristian war ein extremer Heiligenverehrer und versuchte ihre Biografien nachzuleben. Das war auch der Grund, warum er sich nie wusch, denn er hielt sich genau an die Worte des Heiligen Hieronymus, der verkündet hatte: »Wen das Wasser der Heiligen Taufe berührt hat, der braucht hinfort keine Reinigung mehr, weil ihn nichts mehr im Leben beschmutzen kann. Sehet die Fische! Sie leben jahrelang im Wasser, und dennoch riechen sie sehr streng.«

Kristian war ein sehr einsamer Mensch, doch lebte er nicht schlecht davon, von Hof zu Hof zu ziehen und den Menschen die absurdesten Heiligenlegenden zu erzählen. So fand auch er ein Auskommen und den Trost, auf seine Art Gottes Wort zu verkünden.

Sehr zum Leidwesen von Raffim und Barsil interessierte sich Leif Blauzahn kaum für sie, denn der finnische Zaubersänger Sampo zog die ganze Aufmerksamkeit auf sich. Leif wollte von dem Skalden ein Zauberlied, das den Wohlstand des Hofes und seines Besitzers mehren sollte. Nach einigem Feilschen einigten sich Sampo und der Gode auf den Preis. Der Finne wickelte seine beeindruckende Hechtkiefer-Kantele aus der Decke und sang:

Wenn der Schöpfer selber sänge, milden Mundes selber spräche,
Säng ein solches Lied der Schöpfer, sänge er, des Sanges mächtig:
Meere sänge er zu Mettrank, sänge ihren Sand zu Erbsen,
Säng zu Malz des Meeres Schlammgrund,
Säng zu Salz des Meeres Kiessand,

Weites Laubgehölz zu Kornland, säng zu Weizenland die Weiden,
Kuppen schnell zu Roggenkuchen, Felsen flugs zu Hühnereiern.
Singen würd' er, sangesmächtig, würde sprechen, würde werken,
Sänge hier in diesem Hofe alle Pferche voller Färsen,
Ställe voll geschmückter Köpfe, alle Weiden voller Milchvieh,
Von dem Hornvieh ganze hundert, tausend Tiere prallen Euters.
Singen würd' er, sangesmächtig, würde sprechen, würde werken,
Einen Luchspelz unserm Hausherrn, einen Tuchrock unsrer Hausfrau,
Schöne Schuhe für die Töchter, rote Hemden für die Söhne.
Singen würd' er, sangesmächtig, würde sprechen, würde werken.[3]

ᛉᚨᚢᛒᛖᚱᛚᛁᛖᛞ

»Du hast leicht reden, Ratatöskr, du bist ziemlich unabhängig«, sagte malmend der Hirsch Dain.

»Außerdem bist du nicht von Anfang an dabei. Du bist ja erst viel später zu uns gekommen«, sprach der Hirsch Duneyr den wunden Punkt des Eichkaters an und rupfte sich mit einer energischen Kopfbewegung einen Zweig von Yggdrasil.

Die vier mächtigen Hirsche Dain, Dwalin, Duneyr und Dyrathor lebten seit Anbeginn in der Krone der Weltenesche, und jeder von ihnen hatte eine immens wichtige Aufgabe:

Dain fraß die Knospen, Dwalin die Blüten, Duneyr die Zweige und Dyrathor die Rinde. So schufen die Hirsche fressend die Zeit – denn die Knospen waren die Stunden, die Blüten die Tage, die Zweige die Jahre und die Rinde das Zeitalter, das Äon. Erst durch das Fressen verging Zeit, und da Hirsche immer fressen oder wiederkäuen, verging auch ständig Zeit.

»Vielleicht vergeht die Zeit auch einfach so, wenn ihr nicht fresst«, gab Ratatöskr zu bedenken. »Skalli und Hati dachten auch, dass ohne ihre Hatz die Sonne stillstehen würde. Und was ist? Seit Tagen liegen die Wölfe jetzt schon faul unter dem Baum, putzen ihr Fell, und die Sonne scheint immer noch!«

»Aber bei uns ist das doch etwas ganz anderes! Wir sind Hirsche«, sagte Dyrathor bedächtig. Weil er für die *große Zeit,* für das *Zeitalter* zuständig war, fühlte er sich als Oberhaupt und Sprecher der vier. »Hirsche belügt man doch nicht so einfach wie Wölfe.«

»Was macht dich da so sicher?« Ratatöskr gab nicht nach.

»Das ist doch ganz einfach! Seit wir hier fressen, vergeht Zeit. Verstehst du denn nicht, Eichkater? Fressen erzeugt Zeit! Das ist doch für jeden Simpel einsichtig, dass beides zusammenhängt.«

»Genau so ist es«, stimmten die anderen drei Hirsche zu. »Wir schaffen Zeit, also lass uns äsen. Stör uns nicht bei unserer Arbeit!«

»Ich gebe auf! Wiederkäuer!«, fauchte Ratatöskr verächtlich und rannte auf einen höher gelegenen Ast.

ᚺᛁᚱᛊᚺᛖ

Die Gegend war schrecklich. Stundenlang war Seshmosis' kleine Karawane zwischen zischenden und dampfenden Quellen und gurgelnd kochenden Schlammlöchern geritten. Der einzige Vorteil dieser Region waren die immer wieder ausströmenden heißen Quellen, an denen man sich aufwärmen konnte. Doch inzwischen hatte das Gelände sich verändert, und es war merklich kälter geworden. Der kaum erkennbare Weg führte über mit kargem Grün bewachsene Lava, flankiert von sumpfigen Wiesen. Sigurdur Erikson ritt an der Spitze, Seshmosis bildete den Schluss. Jeder Reiter musste sein Packpferd fest an einem Strick führen, damit es nicht vom Weg abkam und sich zwischen den von Moos überzogenen glitschigen Steinen ein Bein brach. Immer wieder jagten Wolkenfetzen über die Landschaft, und Seshmosis war froh, dass man sich an den Vörður genannten Wegzeichen orientieren konnte. Ohne diese am Wegrand aufgeschichteten, mehr als mannshohen Steinpyramiden würden sich hier selbst erfahrene Führer verirren.

Die Sicht wurde immer schlechter, und schon bald fielen die ersten Schneeflocken. Innerhalb kürzester Zeit entwickelte sich ein heftiges Schneegestöber.

Seshmosis hatte zwar schon davon gehört, dass es auf den Gipfeln des Libanon und anderen Gebirgen dazu kommen konnte, dass der Regen sich vor lauter Kälte in weiße Flocken verwandelte, doch persönlich war ihm Schnee bis zu diesem Augenblick fremd geblieben. Und er hätte auch gerne auf diese neue Erfahrung verzichtet.

Sigurdur gab das Kommando zum Absteigen, von nun an mussten sie neben den Pferden herlaufen. Dann brach ein Schneesturm los.

Schnell führten sie die Tiere zusammen, um sich zwischen den Leibern einigermaßen vor den gewaltig peitschenden Schneemassen zu schützen.

Seshmosis verlor für einen Augenblick den Kontakt zu seinem Vordermann. Innerhalb kürzester Zeit war er von Sigurdur, Elimas und Nostr'tut-Amus getrennt. Völlig allein irrte er angsterfüllt durch das Unwetter.

»Herr, steh mir bei!«, schrie er, und der Sturm riss ihm die Worte von den Lippen und trug sie in die undurchdringliche Dunkelheit. Doch GON hörte ihn, denn er war ganz nah, im umgehängten Ledersack an Seshmosis' Seite.

»Ich bin bei dir, verzage nicht! Und bleib endlich stehen! Schau dich um! Es bringt nichts, wenn du panisch durch die Gegend stolperst.«

Seshmosis blieb stehen. Der kleine Gott hatte recht. Es war völlig unsinnig, blind durch die Gegend zu rennen. Erst jetzt merkte er, wie erschöpft er war. Vorsichtig sah er sich um und da entdeckte er ein funkelndes kleines Licht.

»Ich sehe ein fernes Licht. Ist das mein Ende, Herr?«, fragte er abgekämpft.

»Nein, das ist nicht das Endlicht deines Lebens, es ist mein Leuchtlicht, das dir den Weg zeigt.«

Mit letzter Kraft und GONs Hilfe folgte Seshmosis dem Licht und gelangte taumelnd in eine Höhle. Der Boden war angenehm weich, wie mit Fellen bedeckt. Der Prophet folgte dem Licht GONs noch ein wenig weiter in die rettende Höhle hinein, weiter weg vom tödlichen Unwetter draußen. Dort, wo das Licht innehielt, spürte Seshmosis eine kuschelige Vertiefung im Boden, in die er sich völlig erschöpft legte und augenblicklich einschlief.

ᛞᚢᚾᚲᛖᛚ

Endlich fand der Gode Leif Blauzahn Zeit für die Tajarim. Sie saßen direkt vor dem Hochsitz des Häuptlings, und Raffim eröffnete die Verhandlungen: »Sparen wir uns das Geplänkel mit den Pelzen, der fetten Wolle und dem getrockneten Fisch. Kommen wir lieber gleich zu den schönen Sachen, die du von deiner Wikingfahrt mitgebracht hast.«

»Woher weißt du, dass ich auf Wikingfahrt war?«, fragte der Häuptling lachend. »Ja, ja, es wäre wohl kein rechter Eisländer, der nicht als Wikinger unterwegs war. Gut, dann wollen wir mal sehen, was euch interessiert. Und ihr zeigt mir, was ihr zu bieten habt. Ich liebe den Handel mit Ausländern!«

Während Raffim, Barsil und Leif Blauzahn zu feilschen begannen und versuchten, sich gegenseitig übers Ohr zu hauen, ging es Almak an Bord der *Gublas Stolz* schlecht, sehr schlecht. Sein Kopf glühte vor Fieber, und von Zeit zu Zeit erbebte sein ganzer Körper unter heftigen Schüttelfrostanfällen.

Elimas, der sich sonst um die kranken oder verletzten Tajarim kümmerte, war ja mit Seshmosis ins Landesinnere unterwegs, und so schickte Zerberuh Aruel ins Dorf um Hilfe. Doch hier lebte kein Heiler, nur eine uralte Frau, der man Erfahrungen mit Kräutern nachsagte. Aber diese weigerte sich, das Schiff mit den fremden Männern zu betreten.

Plötzlich stand Sampo vor Zerberuh.

»Ihr habt einen Kranken? Soll ich ihn mir ansehen? Ich bin Schamane und Heiler.«

Zerberuh war erleichtert und führte den Finnen zu Almak, der schon seit Stunden in seinem Fieberwahn niemanden mehr erkannte.

»Almak, mein alter Freund! Ich bin es Zerberuh. Ich bringe dir Hilfe.«

Doch der Angesprochene reagierte nicht. Sein Geist befand sich nicht hier, sondern im fernen Byblos in jener fernen Nacht, in der sie zu dritt in den Tempel des Mot eingebrochen waren. Wieder und wieder durchlebte Almak den Frevel, und wieder und wieder sah er das Ende der dreizehn Priester, wie sie von einem riesigen roten Maul verschlungen wurden. Dieses grauenvolle Maul ließ Almak fiebern und zittern.

Sampo umfasste mit seinen beiden Händen die Handgelenke des Kranken und lauschte in sich hinein. Auf einmal fing der Schamane an, wild zu zucken, und zugleich schüttelte sich Almak heftig im Fieber. Der Anblick der beiden spasmischen Menschenkörper war zu viel für Zerberuh. Schreiend floh er an Deck.

Kurz darauf beruhigten sich Patient und Schamane wieder. Almak sank in einen tiefen Schlaf, der schon fast an Bewusstlosigkeit grenzte. Sampo blickte nachdenklich auf den Kranken.

»Ich erkenne das Wirken eines Dämons in dir, mein Freund. Dich hat ein verdammt großer Dämon erwischt. Da bedarf es mehr als eines Schamanen, um ihn auszusingen.«

ᚠᛚᛗᚠᚲ

Odin grübelte trübsinnig im Schatten seiner Burg Gladsheim. Seit seiner Begegnung mit der Seherin konnte ihn nichts mehr erheitern. Doch die anderen Götter genossen das Leben auf dem Idafeld, der prächtigen Wiese am Fuße von Asgard. Alle außer Odin und seinem Sohn Hödur, Baldurs blindem Zwillingsbruder.

Seit jedwede Dinge und Tiere, Pflanzen und Wesen in Asgard, Utgard und Midgard geschworen hatten, Baldur nicht zu verletzen, war das Lieblingsspiel der Götter der »Baldur Test«. Das Spiel sah so aus, dass jeder versuchte, Baldur irgendwie mit irgendwas umzubringen und dann zu sehen, auf welche Weise die jeweilige Tatwaffe versagte. Die Asen hatten Spaß daran, wenn sich Axtblätter verbogen oder Steine zerbröselten, nur weil sie nicht eidbrüchig werden wollten. Man hetzte mächtige Bären auf Baldur und versuchte, ihn von giftigen Schlangen beißen zu lassen. Doch diese Tiere starben lieber selbst, bevor sie ihr Versprechen brachen.

Die Dinge und Tiere, Pflanzen und Wesen hatten nur aus Mitleid mit einer besorgten Mutter einen Eid geleistet, der eigentlich gegen ihre Natur und Bestimmung war. Ein Feuer brannte eben, und ein Schwert schlug Wunden, ein Pfeil durchdrang die Haut, und das Gift einer Schlange lähmte. Nicht so bei Baldur. Was immer die Götter nach ihm warfen oder schossen, womit sie ihn schlugen oder auf ihn einhieben, nichts verletzte ihn.

Loki missbilligte dieses alberne Spiel, und er ärgerte sich, dass die Götter keine anderen Interessen mehr hatten – keine Ausflüge zu den Menschen mehr, kein Rätselwettstreit mit den Zwergen, kein Kräftemessen mit den Riesen, keine gegenseitigen Schmähreden bei Wein, Bier und Met.

Deshalb wollte Loki ihnen den Spaß gehörig verderben und das Spiel ein für alle Mal beenden. Er wusste nichts von dem eidlichen Versprechen aller Dinge und wunderte sich über Baldurs Unverwundbarkeit. Um das Geheimnis zu ergründen, verwandelte Loki sich in eine Frau und begab sich zu den Privatgemächern von Baldurs Mutter Frigg.

»Was ist denn auf dem Idafeld los, gute Frau? Fröhliches Lachen dringt zu mir und lautes Juchzen. Feiert man ein Fest?«, fragte Odins Gemahlin die Fremde.

»Das mag ein seltsames Fest sein, edle Frigg. Alle versuchen deinen Sohn Baldur umzubringen, und sie amüsieren sich köstlich, auf ihn zu schießen und ihn zu bewerfen, nach ihm zu hauen und zu stechen.«

»Oh, das macht gar nichts! Weder Waffen noch Hölzer werden ihm ein Leid zufügen, von ihnen allen habe ich Eide genommen.«

Arglistig fragte Loki: »Haben wirklich alle Dinge geschworen, Baldur zu verschonen?«

Frigg dachte eine Weile nach und antwortete: »Nein, doch nicht alle. Westlich von Walhall, direkt auf dem Weltenbaum, wächst eine Mistel. Diese erschien mir zu jung und zu gering, um von ihr den Eid zu fordern.«

Mit dieser Information verließ Loki Frigg, verwandelte sich zurück und begab sich sofort zu Yggdrasil. An der besagten Stelle fraß Dain gerade die knospenden Stunden, und von unten her knabberte die Ziege Heidrun an den Zweigen des Baums.

Unwirsch verscheuchte Loki den Hirsch und die Geiß und riss einen Zweig von der Mistel ab. Triumphierend lief er zum Idafeld.

Der blinde Hödur war in allem genau das Gegenteil seines strahlenden Bruders. Baldur verkörperte das Licht, den Sommer, die Reinheit, die Schönheit, die Lebenslust. Er war ein germanischer Apollon, ein Stern am Götterhimmel, Odins Lieblingssohn, die Zukunft der Asen.

Hödur war die Finsternis, der Winter, die Kälte, die Einsamkeit, der Widerpart, der dunkle Zwilling.

Loki näherte sich Hödur und fragte mit schmeichelnder Stimme: »Warum schießt *du* nicht auch auf Baldur? Er scheint Freude daran zu haben. Auch du solltest deinem Bruder diese Ehre erweisen.«

»Wie soll ich auf ihn schießen, wenn ich ihn nicht sehen kann? Zudem habe ich nicht einmal eine Waffe.«

»Ich will dir gerne helfen, mein guter Hödur. Nimm Pfeil und Bogen von mir. Ich richte dich aus. Wenn ich *Schuss* sage, lässt du den Pfeil einfach los.«

Und so legte Loki den Mistelzweig auf die Sehne, drehte Hödur mit dem Bogen in Richtung seines Bruders und sagte *Schuss*.

ᚺᛟᛖᛞᚢᚱ

Drei Reiter näherten sich nordöstlich von Keflavik einem einsamen Gehöft. Getrieben von ihrem Missionseifer hielten Tangbrand, Torarin und Hallfred Ausschau nach taufwilligen Heiden. Im Auftrag von Håkon, dem König von Norwegen, den man den Guten nannte und der in England bei König Æthelstan Christ geworden war, weilten sie auf dieser kalten, unwirtlichen Insel. Und sie waren nicht freiwillig hier. Jeder von ihnen hatte zu Hause in Norwegen Schuld auf sich geladen. So große Schuld, dass Håkon keine andere Wahl geblieben war, als sie möglichst weit weg von Trondheim zu verbannen. Die Priester waren natürlich über diese Maßnahme keineswegs erfreut. Vor allem Tangbrand fand die Bestrafung äußerst ungerecht. Er war immer noch der Überzeugung, dass er den Jarl von Vik völlig zu Recht hatte erschlagen dürfen, weil dieser unbeirrt der Trollkunst gefrönt und die heilige Taufe vehement verweigert hatte.

Mit einer gehörigen Portion Wut im Bauch und brennendem Bekehrungseifer im Herzen traten die drei Missionare nun an, die frohe Botschaft in Eislands Wildnis zu verkünden.

Für Gunnar Svenson und seine Familie spielte der Begriff »Religion« keine Rolle. Religion war ein viel zu großes Wort für die einfachen Leute, die in einem in die Erde geduckten Haus lebten und im danebenliegenden Stall gerade einmal vier Stück Vieh hielten.

Man konnte auch nicht behaupten, dass sie an die Götter *glaubten* – sie *wussten* einfach, dass es sie gab. Gunnar wusste mit Sicherheit, dass die zwei Kerle, die ihm vor drei Sommern all sein Bier weggetrunken hatten, Odin und Loki auf einem ihrer berühmten Ausflüge in die Menschenwelt gewesen waren.

Freundlich begrüßte der Hofbesitzer die drei Ankömmlinge und fragte, wie er zu Diensten sein könne.

Torarin reckte ein hölzernes Kruzifix gen Himmel, Hallfred lief kreuz und quer über den Hof und segnete alles, was ihm in die Quere kam, sogar zwei Hühner. Währenddessen redete Tangbrand nachdrücklich auf Gunnar ein.

»Es gibt kein Heil außerhalb des Christentums! Schwöre den alten Göttern ab, zerstöre die Götzenbilder! Lass dich und die Deinen taufen und bekenne dich zu Jesus Christus! Wer sich jetzt nicht zur heiligen Kirche bekennt, wird das Fegfeuer schon auf Erden schmecken!«

Gunnar verstand nichts. Tangbrand wurde deutlicher.

»Wenn ihr euch nicht sofort taufen lasst, wird hier bald Rauch aufsteigen. Merke, so etwas geschieht schnell einmal, wenn einer das Geschenk der heiligen Taufe nicht annimmt: Erst brennt das Vieh, dann brennt der Mensch!«

Jetzt verstand Gunnar, aber er konnte und wollte es nicht glauben.

»Verschwindet von meinem Hof, ihr Bastarde!«, schrie er die Missionare an. Doch die dachten nicht im Geringsten daran, das Gehöft unverrichteter Dinge zu verlassen.

Tangbrand zog ein Schwert, das unter seiner Kutte verborgen war, und bedrohte damit Gunnar. Zugleich rief er: »Torarin! Entzünde den Stall zur Ehre des Herrn!«

Der tat, wie ihm geheißen, und steckte das Dach in Brand.

Gunnars Frau und ihre beiden Kinder, die bisher das Ganze von der Haustür aus beobachtet hatten, rannten zum Stall, um das brüllende Vieh zu retten. Doch Hallfred trat ihnen in den Weg.

»Besser nicht! Ihr könntet sogleich mit all dem Vieh darin verbrennen. Bringt lieber euren Hofherrn schnellstens zur Vernunft, sonst brennt bald auch das Haus und ihr mit ihm!«

Man merkte, dass die Missionare nicht zum ersten Mal diese Strategie anwandten.

»Gunnar!«, schrie die Frau entsetzt. »Tu etwas!«

Gunnar fiel auf die Knie: »Dann tauft mich eben. Und die anderen mit dazu.«

»So ist es gut. Vier gerettete Seelen für das Haus des Herrn. Dann wollen wir zur Taufe schreiten«, sagte Tangbrand mit salbungsvoller Stimme.

»Aber lasst uns vorher das Vieh retten!«, bat Gunnar verzweifelt.

»Nein!«, entgegnete der Priester eiskalt. »Seht dies als Strafe für eure Widerspenstigkeit. Der Herr mag es nämlich gar nicht, wenn man ihm widerspricht. Und wir sind treue Diener des Herrn.«

ᚲᚱᛁᛊᛏ

Baldur stürzte wie ein gefällter Baum. Als er auf dem Boden aufschlug, erbebte ganz Asgard, die Weltenesche erzitterte, und in Midgard, der Menschenwelt, brach ein schrecklicher Sturm los. Selbst die ewigen Dunstschleier von Nebelheim zerrissen für einen Augenblick, und im

Feuerreich von Muspellheim jagten die Flammen über die weiten Ebenen.

Entsetzt schauten sich die Asen an, unfähig zu sprechen, unfähig zu handeln. Erst langsam dämmerte ihnen, was soeben geschehen war. Sie sahen Loki neben dem blinden Hödur stehen, der den Bogen noch in der Hand hielt und nicht begriff, dass er eben seinen Bruder ermordet hatte. Odin erkannte, dass Loki hinter der feigen Tat steckte, doch er durfte nichts unternehmen. Das Idafeld war ein Thingplatz, eine Friedensstätte, auf der keine Gewalt ausgeübt werden durfte, bis von der Versammlung aller ein Urteil gesprochen war.

Nach und nach kamen die Götter wieder zu sich. Loki fürchtete, dass er trotz aller Regeln selbst hier in Gefahr war, und ergriff die Flucht. Doch keiner folgte ihm, zu tief saß immer noch der Schock. Erst langsam begannen die Tränen zu rinnen, und der Skaldengott Bragi sang:

Blinder Bruder in karger Kate
Haltender Hände heilende Heimat
Wie wollt ich singen unter dieser Last?
Wie sollt ich singen, für wen und was?

Der Gehängte wendet das Auge
Vom Brunnen, der den Durst entfacht
Wie wollt ich singen unter dieser Last?
Wie sollt ich singen, für wen und was?

Blinder Bruder auf dem Idafeld
Blinder Bruder auf dem Feld der Welt

Der Pfeil pfeift so schnelle
Ungeacht' unbedacht
Des Endes rascher Anfang
Die Mistel gebiert die Nacht

Wie wollt ich singen unter dieser Last?
Wie sollt ich singen, für wen und was?

Das allgemeine, lähmende Entsetzen griff jedoch nicht auf die mythischen Tiere von Walhall über. Ganz im Gegenteil erwachten deren Instinkte. Obwohl sie es noch nie erlebt hatten, wussten sie ganz genau, dass der Tod eines Gottes der Anfang von einem schrecklichen Ende war. Ein Ende, das auch sie nicht unberührt lassen würde.

Die Tiere auf dem Dach von Walhall, die Ziege Heidrun, der Hirsch Eikthynir und der Hahn Salgofnir, verließen schnell ihren luftigen Platz. Vor dem prächtigen Eingang trafen sie auf den Eber Sährimnir und die Wölfe Skalli und Hati. Heidrun sah den Wölfen und dem Eber in die Augen, und sofort herrschte bei den so unterschiedlichen Tieren Einigkeit: Flucht! So nutzten sie die Verwirrung der Götter auf dem Idafeld und rannten oder flatterten an den Rand von Asgard. An der Regenbogenbrücke Bilfröst hielten sie vorsichtig an. Normalerweise wachte hier Heimdall darüber, dass niemand von Midgard nach Asgard gelangen konnte. Doch der Wächter der Götter, der Sohn von neun Müttern, weilte nicht an seinem Posten. Sein scharfes Auge hatte den fallenden Baldur entdeckt, und er war sofort auf das Idafeld geeilt, dem Bruder zu helfen.

»Der Weg ist frei. Gehen wir!«, kommandierte Heidrun,

und das erste Mal in der Geschichte der Welt folgten zwei Wölfe einer Ziege, ohne sie zu jagen.

Sicher gelangten sie über Bilfröst in die Menschenwelt. Vorsichtig sahen sich die Tiere noch einmal um, doch niemand war zu sehen, der sie verfolgte, vor allem keine Götter.

»Lasst uns einen Menschen suchen, der uns aufnimmt«, sagte Heidrun und stakste zuversichtlich auf ein einsames Gehöft zu.

So kam es, dass es im Stall von Gamli Stein, dem ehemaligen Wikinger und jetzigen Bauern, schlagartig immensen tierischen Zuwachs gab. Die ungewöhnliche Erweiterung sorgte bei einigen alteingesessenen Tieren für Verwirrung. Der einzigen Kuh am Hof war es egal, aber Gamlis fünf Schafe fanden es anfangs doch sehr befremdlich, sich jetzt an Wölfe zu kuscheln.

Derweil knabberten die vier Hirsche der Vergänglichkeit, Dain, Dwalin, Duneyr und Dyrathor, in aller Ruhe an der Weltenesche, damit die Zeit weiter vergehen konnte.

ᚸᛖᛁᛏ

Seshmosis genoss es, dass Tani sanft seinen Rücken streichelte, gegen seine Brust stupste und ihn schließlich auf die Stirn küsste. Hingebungsvoll drehte er sich auf den Rücken und erwartete noch mehr Liebkosungen. Und wirklich – ein weiterer Kuss berührte seine Wange.

Von ferne hörte er ein Grunzen und Fauchen. Widerwillig und mühsam öffnete er die Augen. Und sah in ein schwarz und weiß gestreiftes Gesicht.

Der Dachs sah ihn besorgt an und sagte zu einem für Seshmosis unsichtbaren Begleiter: »Er lebt noch, Sindri.«

»Dann bringen wir ihn lieber nach Hause«, antwortete eine Stimme aus dem Hintergrund.

Seshmosis wollte sehen, wer da bei ihm war, und gab sich alle Mühe. Es gelang ihm endlich, sich auf die Ellbogen zu stützen. Doch alles, was er sah, war ein weiterer Dachs. Von seiner Tani weit und breit keine Spur.

»Du kannst von Glück sagen, dass du im Handschuh des Frostriesen Skrymir gelandet bist, sonst wärst du mit Sicherheit erfroren. Schon der Gott Thor hat auf einer seiner Fahrten hier übernachtet.«

»Ein Handschuh? Ich habe in einem Handschuh geschlafen?«, staunte der Schreiber, und als ihn der Dachs erneut berührte, verlor er das Bewusstsein.

Als Seshmosis wieder erwachte, lag er in Felle gehüllt in einem wohlig warmen, düsteren Raum. *Keine Gefahr,* signalisierte eine vertraute Stimme in seinem Kopf. Diesmal gelang es ihm wesentlich leichter, sich aufzusetzen und sich umzusehen.

Die Umgebung war viel zu dunkel, um Einzelheiten erkennen zu können, nur in einiger Entfernung glühte es bedrohlich rot und gelb.

»He! Ist da jemand?«, rief Seshmosis.

Augenblicklich wurde es ein wenig heller. Der Schreiber erkannte, dass er in einer durch Regale abgetrennten Nische eines größeren Raumes lag. Noch einmal rief er: »He! Ich bin wach!«

»Ich komme schon!«, ertönte eine freundliche Stimme, und kurz darauf schlüpfte eine kleine Gestalt zwischen zwei Regalen herein. Offensichtlich ein Zwerg.

»Schön, dass du lebst. Wir haben dich hierhergebracht. Wir sind Brüder, Brokk und Sindri. Ich bin der Sindri. Das ist unser Zuhause.«

»Danke«, sagte Seshmosis noch etwas benommen und fügte vorsichtig hinzu: »Ich habe schrecklichen Hunger. Könnte ich bitte etwas zu essen haben?«

»Ist schon da! Fleischtöpfchen nach Art des Hauses, bitte sehr!«

Der zweite Bruder reichte Seshmosis eine Tonschüssel mit einem Holzlöffel darin. »Guten Appetit! Ich bin Brokk, der Ältere von uns. Deshalb bin ich der Boss.«

»Das musst du nicht immer betonen!«, keifte Sindri.

»Eben, eben, muss ich nicht. Ich finde, man sieht es«, ärgerte Brokk den Bruder weiter.

Inzwischen mampfte Seshmosis genüsslich den Eintopf und spürte, wie seine Lebensgeister zurückkehrten. Als er die Schüssel geleert hatte, sagte er: »Danke für die Rettung. Ohne euch wäre ich gestorben. Ich war schon am Halluzinieren. Ich sah einen Dachs, bevor ich bewusstlos wurde.«

»Das war ich«, sagte Brokk nicht ohne Stolz. »Wir ziehen gerne als Dachse durch die Gegend. Wir sind Gestaltwandler, musst du wissen.«

»Gestaltwandler? Das kenne ich nur von Göttern.«

»Wir Zwerge sind von Geburt an Gestaltwandler, die

fast jede Erscheinungsform annehmen können – Mensch, Dachs, Fisch oder Drache. Ganz wie es uns beliebt. Und ich liebe eben die Dachsgestalt und nenne mich Brokk, was das eisländische Wort für Dachs ist.«

»Hier in unserer Wohnschmiede leben wir in Zwergengestalt, weil wir so weniger Wohnraum brauchen als Menschen. Aber dennoch haben wir mindestens die gleiche Geschicklichkeit», ergänzte Sindri.

»Wenn du dich kräftig genug fühlst, zeigen wir dir gern unser Reich«, lud Brokk ein. »Aber sei vorsichtig und pass auf deinen Kopf auf! Es ist an manchen Stellen extrem niedrig bei uns.«

Seshmosis verließ sein Felllager und folgte den beiden Zwergen aus der Nische. Er befand sich eindeutig in einer geräumigen Höhle mit zahllosen Einbauchungen und Nebenhöhlen. Im Hintergrund glühte ein riesiges Feuer in der Wand, und der Schreiber erinnerte sich an das Wort *Wohnschmiede*.

Neugierig ging Seshmosis auf das feurige Loch in der Höhle zu.

»Das ist unsere Esse. Mit direktem Zugang zum Feuer des Vulkans Trölladyngja. Trölladyngja bedeutet übrigens *das Gemach der Riesinnen*«, erklärte Sindri mit der geschäftsmäßigen Stimme eines Fremdenführers.

»Ihr habt einen Vulkan angezapft?« Seshmosis' Entsetzen wurde durch den Widerschein des Feuers in seinem Gesicht deutlich sichtbar. »Aber wenn die Lava hier herein in die Höhle fließt? Das ist ja furchtbar gefährlich.«

»Das ist überhaupt nicht gefährlich«, erklärte Brokk, »die Lava fließt in einem Fluss. Wie beim Wasser musst du die Lava nur an der richtigen Stelle anbohren, dann kann nichts passieren.«

»Weiß das die Lava?«, fragte Seshmosis zaghaft.

»Natürlich weiß sie das. Aber jetzt zeigen wir dir unsere tollen Erfindungen.«

Die Dunkelheit des Schneesturms ging übergangslos in die Nacht über. Sigurdur Erikson und seine beiden Schützlinge überstanden die nächsten Stunden mehr schlecht als recht in Decken gehüllt und von den Pferden vom Schlimmsten abgeschirmt.

Gleich nach Sonnenaufgang suchten Elimas und Nostr'tut-Amus gemeinsam mit ihrem Führer nach Seshmosis, fanden jedoch keine Spur von ihm. Der frisch gefallene Schnee lag unberührt auf dem Land, und der Freund blieb unauffindbar. Um nicht sich und die anderen noch größeren Gefahren auszusetzen, befahl Sigurdur nach einer Stunde, die Suche abzubrechen und weiter nach Thingvellir zu ziehen. Sie hofften, Seshmosis unterwegs einzuholen. Außerdem wussten die Tajarim, dass GON bei seinem Propheten war und ihn sicher beschützen würde. Vielleicht war es ja sogar die Vorsehung des kleinen Gottes, die ihn von der Gruppe getrennt hatte, beruhigten sich Elimas und Nostr'tut-Amus.

Schon gegen Mittag hatte der ständige Regen den Schnee wieder fortgewaschen, die Reise wurde aber dadurch nicht angenehmer. Das Land war karg und lebensfeindlich. Harte Gräser, dünnes Birkengebüsch und ein paar Zwergpappeln waren die einzige Vegetation und Nahrungsquelle für die Tiere. Elimas, der Hirte, wunderte sich über die Pferde, die es am Abend schafften, in der Nähe ihres Lagers satt zu werden.

Am dritten Tag erreichte die kleine Karawane eine Siedlung auf der Versammlungsebene neben einem See und der berühmten und beeindruckenden Allmännerschlucht.

Der Ort, der keinen eigenen Namen trug und den man deshalb einfach wie die Ebene Thingvellir nannte, bestand aus einem Dutzend Steinhäusern und Ställen. Kaum vorstellbar, dass hier zum jährlichen Hauptthing tausend und mehr Menschen zusammenkamen, geschweige denn, wie diese mitsamt ihren Tieren versorgt wurden.

Das Haus der Seherin war leicht zu finden, denn es lag etwas abseits von den anderen. Davor stand eine lange, mit Runen beschnitzte Stange, an deren oberem Ende ein Pferdeschwanz hing und seitlich Knochenteile an Schnüren in der Luft baumelten. Unverkennbar das Haus einer Schamanin.

Noch bevor Elimas und Nostr'tut-Amus die Tür erreichten, öffnete sich diese, und eine sehr junge Frau trat heraus.

»Kommt herein zu Gudrun, ihr Männer aus dem Süden. Großer Zauber bringt euch, doch großen Zauber braucht ihr.«

Die Tajarim waren beeindruckt von dieser Begrüßung und folgten der Frau ins Halbdunkel des kleinen Hauses. Im Kamin brannte ein wärmendes Feuer, davor lag kaum erkennbar eine dunkelbraune Katze auf einem dunkelbraunen Fell.

Während die junge Frau ein Gemisch aus Kräutern aufbrühte und ihnen zum Trank reichte, warteten die Gäste ungeduldig auf Gudrun.

»Wo ist die Seherin?«, fragte schließlich Elimas.

»*Ich* bin Gudrun«, antwortete die junge Frau. »Ich bin die Seherin, die ihr sucht.«

Nostr'tut-Amus beschloss, nun die Gesprächsführung zu übernehmen, schließlich war er der Spezialist für Visionen und Metaphysisches. Nach der Vorstellung der Tajarim trug er ihr Problem vor: »Eigentlich wollte dich unser lieber Freund Seshmosis befragen, doch wir verloren ihn im Sturm auf dem Weg hierher. Nun ist es an mir, seine Aufgabe zu erfüllen, in die ich von ihm eingeweiht wurde.«

»Bevor ich dir einen Rat erteile, sag mir, was du mir dafür bieten willst, Fremder. Die Waage muss im Gleichgewicht sein zwischen dem Rat der Runen und ihrer Entlohnung.«

Der ägyptische Seher verstand. Die Geschäfte liefen doch überall nach den gleichen Regeln ab, ob in Afrika an den Ufern des Nils oder auf einer Insel im Eismeer des hohen Nordens.

»Drei Münzen guten Goldes aus dem Lande Kusch biete ich dir für deine Dienste.«

»Sollten es nicht deren fünf sein?«, fragte Gudrun geschäftstüchtig.

»Nur wenn du bei dreien nicht zustimmst«, lachte Nostr'tut-Amus. »Aber gern will ich dir fünf geben, wenn du uns weiterhilfst.«

»Ich besitze nicht alle Runen, die Odin dem Zwerg Mimir abgetrotzt hat. Doch wahrlich genug halt ich in Händen, einen Blick zu wagen. Stell deine Frage!«

»Wo findet sich Seshmosis' letzter Spross?«

Die Seherin warf ihre Buchenstäbe auf ein Stück schwarzes, glattes Leder. Lange versenkte sie sich in das Bild, das die Stäbe auf der Unterlage formten, dann raunte sie: »Der, den ihr sucht, ist den Göttern nahe. Kein Menschenpfad führt zu seinem Heim. Er spricht mit Asen und Wanen, mit Drachen und Wölfen. Der, den ihr sucht, findet ihr nicht mehr auf dieser Welt.«

Nostr'tut-Amus war irritiert. Dass Seshmosis' Nachkomme den Göttern nahe stand, war sehr wahrscheinlich, schließlich war er der Ururenkel des Propheten von GON. Auch dass er mit den hiesigen Göttern etwas zu tun hatte, erschien logisch. Doch dass der Nachkomme nicht auf dieser Welt leben sollte, das verstand nicht einmal der Seher.

Na gut, sollte sich Seshmosis mit diesem Problem selber herumschlagen.

»Kannst du mir noch mehr über den Gesuchten sagen?«, fragte er Gudrun weiter, obwohl er sich keine großen Hoffungen machte.

»Nein. Aber über deinen Freund kann ich dir etwas sagen. Sorgt euch nicht um ihn, ihm geht es gut, und sein Gott ist bei ihm. Es ist so vorherbestimmt, dass ihr für eine gewisse Zeit getrennte Wege geht.«

ᚷᚢᛞᚱᚢᚾ

In Asgard bereitete man trotz aller lähmenden Trauer Baldurs Beerdigung vor. Dazu wurde sein gewaltiges Drachenschiff *Ringhorn,* das noch nie das Meer gesehen hatte, geschmückt und mit allem Notwendigen versehen. Während man in den Bauch des Schiffes Pech, Heu, Reisig und andere leicht brennbare Materialien brachte, belegte man die Sitzbänke mit wertvollem Geschmeide, und an den Mast hängte man die prächtigsten Rüstungen.

Unruhig beobachteten Baldurs Pferde *Goldig, Glanz* und *Silberstirn* das Treiben der Asen und ihrer Hilfskräfte. Sie ahnten, dass auch sie eine bedeutende Rolle in der bevorstehenden Zeremonie spielen sollten. Eine absolut endgültige Rolle, und das behagte ihnen gar nicht. Die drei göttlichen Pferde hatten bei ihren Ausflügen nach Midgard gesehen, dass man bei der Bestattung von Häuptlingen und Königen deren Pferde auf die Schiffe führte und gemeinsam mit ihrem Herrn verbrannte. Eine Vorstellung, die *Goldig, Glanz* und *Silberstirn* ganz und gar nicht gefiel. Langsam gingen sie seitwärts und entfernten sich so nach und nach vom Geschehen. Wie zufällig näherten sie sich dabei der Regenbogenbrücke Bilfröst. Und dann rannten sie. Die Brücke schwankte unter ihren wirbelnden Hufen, doch die Pferde verloren nicht den Halt. Als sie die Brücke hinter sich hatten und nach scharfem Galopp endlich schnaubend anhielten, standen sie vor Gamlis Hof.

»Ich wusste, dass ihr kommen würdet«, begrüßte sie freudig erregt die Ziege Heidrun. »Folgt mir, ich zeige euch die Koppel.«

ᚷᚨᛗᛚᛁ

Missmutig kaute Raffim auf seinem Essen herum. Ein Mann der Genüsse wie er empfand es als Folter, täglich Haferbrei und Hering zum Frühstück zu bekommen. Man sah dem Dicken seine Vorliebe für die Finessen der orientalischen Küche auf den ersten Blick an. Und der Handel lief auch nicht so ergiebig, wie er sich das erhofft hatte. Leif Blauzahn saß auf den Beutestücken seiner Wikingerzüge wie eine sentimentale Großmutter auf dem Wickeltuch ihres ersten Enkels. Er wollte einfach nichts rausrücken, und wenn doch, dann zu so horrenden Preisen, dass sich ein Geschäft nicht mehr lohnte.

Da setzte sich der Skalde Egil neben Raffim und flüsterte ihm zu:

»Wenn du gute Geschäfte machen willst, musst du Keflavik den Rücken kehren. Hier ist nichts zu holen, denn der Gode ist geizig und hockt auf seinem Besitz. Aber im Nordosten von Eisland gibt es einen Ort, der *Husavik* oder *Häuserbucht* heißt, und dort handeln die Menschen mit Obsidian wie anderswo mit Heringen. Das sollte euer Ziel sein!«

»Wieso verrätst du mir das?«, fragte Raffim misstrauisch.

»Weil ich mit euch segeln will. Leif Blauzahn ist kein freigiebiger Mann, wie ihn ein Skalde braucht. Soll er auf seinem Gold sitzend verrotten! Ich will anderswo mein Glück versuchen.«

Nicht weit vom Langhaus des Goden kam es zum Streit zwischen dem Heiligenverehrer Kristian und dem Schamanen Sampo wegen eines kleinen operativen Eingriffs.

»Gott verbietet das Aufschneiden von Körpern!«, empörte sich Kristian. »Wir haben nicht das Recht, seine Geschöpfe zu verletzen.«

»Zum Heilen darf man den Körper also nicht aufschneiden, aber zur Ehre Gottes darf man die Menschen mit dem Schwert aufschlitzen oder mit der Axt zerschmettern. Du bist ein Narr!«, entgegnete der Schamane.

»Nein, ich weiß in solchen theologischen Dingen Bescheid. Denn im Gegensatz zu dir bin ich getauft!«, schrie Kristian trotzig.

»Das macht es auch nicht besser, dann bist du eben ein getaufter Narr! Und jetzt verschwinde, damit ich dem armen Mann endlich den eingetretenen Stein aus dem Fuß schneiden kann.«

Währenddessen hastete Jabul mit einer schweren Wikingeraxt auf die *Gublas Stolz*. Unbeachtet von der Besatzung ging er unter Deck. Mit kräftigen Schlägen hieb Jabul gegen die Mastverankerung. Zwei der phönizischen Seeleute, die Bordwache hielten, eilten nach unten, doch sie wagten es nicht, den offensichtlich irre gewordenen Tajarim aufzuhalten. Der hörte nicht eher auf, bis der Mast der Belastung eines geblähten Segels nicht mehr standhalten würde. Doch damit nicht genug, hackte der Diener Raffims auch noch die Planken neben dem Mast in Stücke. Als gurgelnd schwarzes Wasser in das Schiff drang, erschien ein irres Lächeln auf Jabuls Gesicht. Die Entsetzensschreie der Phönizier erreichten ihn nicht. Zufrieden ging er nach oben und verließ die langsam im Hafen versinkende *Gublas Stolz*.

ᛁᚨᛒᚢᛚ

Das Idafeld war erfüllt von bedrückter Betriebsamkeit. Man spürte, dass alle versuchten, ihre große Traurigkeit durch die Vorbereitungen für die Bestattungsfeierlichkeiten zu kompensieren.

Lichtalben putzten und polierten die Götterwagen, während die jeweiligen Zugtiere daneben standen oder lagen und jeden Handgriff aufmerksam beobachteten. Thors Ziegenböcke Zähneknisterer und Zähneknirscher grasten auf der saftigen Wiese, behielten das Treiben auf dem Idafeld aber ständig im Auge. Freyjas Luchse dösten nur scheinbar, in Wirklichkeit entging ihnen nicht die kleinste Kleinigkeit. Odins Wölfe Geri und Freki, der Gierige und der Heißhungrige, kannte jeder als ebenso misstrauisch wie beißfreudig, und heute schienen sie noch gereizter als sonst. Nur das Zugtier Freyrs, der Eber Gullinborsti, interessierte sich nicht im Geringsten für die Hektik um ihn herum, denn er unterhielt sich gerade mit Ratatöskr.

»Glaub mir, Winzling, *ich* sollte der Anführer der mythischen Tiere sein. Allein meine goldene Farbe erhebt mich doch über die anderen! Ich kann über Land, über Wasser und durch die Luft rennen, und das schneller als jedes Pferd! Selbst der achtbeinige Sleipnir holt mich nicht ein. Ich bin das Werk von zwei Genies, wie du ja selbst immer sagst, Ratatöskr. Wenn wir Tiere einen Führer brauchen, gibt es keinen besseren als mich!«

»Gut, dann sei du ihr Anführer. Das Wichtigste ist, dass du ihnen begreifbar machst, dass etwas Ungeheuerliches geschehen wird, etwas Unbekanntes, Großes, Grausames. Denk an meine Worte, Gullinborsti! Führe sie aus dem Verderben! Sie müssen Asgard verlassen«, flehte das Eichhörnchen inständig.

»Wer, wenn nicht ich?«, erwiderte der Eber selbstbewusst. »Du kannst dich wie immer auf mich verlassen, Kleiner.«

ᚨᛊᚷᚨᚱᛞ

Die beiden Zwerge führten Seshmosis in eine Seitenhöhle, die mit Gerümpel vollgestellt war und deren Wände aus überfüllten Regalen zu bestehen schienen.

»Unser Archiv!«, verkündete Brokk.

Mit stolzgeschwellter Brust gingen die Gestaltwandler zwischen den einzelnen Stücken umher; es fiel ihnen schwer zu entscheiden, was sie Seshmosis zuerst präsentieren sollten, um ihn mit ihrer Genialität zu beeindrucken.

Sindri nahm aus einem Regal eine blonde Perücke.

»Das ist der Entwurf für Sifs Haar. Loki hatte Thors Frau aus reiner Bosheit das Haar abgeschnitten. Der Hammergott drohte dem alten Zwietrachtsäer, dass er ihn umbrächte, wenn er diese Tat nicht umgehend wieder gutmachen würde. Na ja, dann drohte Loki *uns* umzubringen, wenn wir ihm nicht aus der Patsche helfen. Da haben wir notgedrungen dieses Haar aus purem Gold erfunden. Einmal angelegt, verbindet es sich mit dem Kopf und wächst ganz normal wie natürliches Haar.«

»Das lässt sich sicher gut verkaufen. Vor allem an Kahlköpfige, denke ich. Ist das auch Haar?«, fragte Seshmosis und deutete auf ein diffuses Gespinst.

»Nein, das ist die Fessel Gleipnir. Damit kann man das stärkste Ungeheuer bändigen, obwohl das Gewebe fast unsichtbar ist. Gleipnir ist eine unserer tollsten Erfindungen, sie besteht aus folgenden Zutaten: den Tritten einer Katze, dem Bart eines Weibes, den Wurzeln eines Berges, der Sehnsucht eines Bären, dem Hauch eines Fisches und dem Speichel eines Vogels.«

Seshmosis stutzte. Dann meinte er: »Das sind aber alles Dinge, die es gar nicht gibt. Abgesehen vom Damenbart, würde ich sagen.«

»Genau, das ist der Trick dabei! Wie will man etwas zerreißen, das es nicht gibt?«, freute sich Brokk. »Gleipnir ist so stark, dass man damit sogar den Fenriswolf fesseln könnte.«

»Warum ist es hier eigentlich immer dort hell, wo man etwas anschauen will?«, wollte Seshmosis wissen.

»Ach, das ist eine einfache Erfindung. Obwohl es eigentlich mehr eine Entdeckung ist. Oder noch präziser, eine Dressur. Wir richten dafür spezielle Leuchtmoose ab. Wenn diese sich bedroht fühlen, leuchten sie. Je mehr Angst sie haben, desto heller ist ihr Schein«, erklärte Sindri.

»Allerdings dürfen sie nicht in Panik geraten, sonst verbrennen sie«, schränkte Brokk ein. »Aber sie sind sehr zuverlässig. Du musst sie nur laut genug anschreien, aber nicht zu laut.«

Seshmosis war beeindruckt. Neugierig fragte er: »Welche eurer Erfindungen haltet ihr für die beste?«

»Meine ist mit Sicherheit Skidbladnir, der *Luftsegler,* das Schiff von Freyr. Alle Götter finden darauf Platz, es segelt immer mit gutem Wind, und wenn man es nicht braucht, kann man es wie ein Tuch zusammenfalten und in die Tasche stecken«, antwortete Brokk. »Auf der ganzen Welt gibt es nichts Vergleichbares.«

Sindri drängte sich vor und stellte sich vor seinen Bruder:

»*Mein* bestes Werk ist noch wesentlich genialer als dieses Schiff. Mein *Draupnir* ist ein goldener Ring, der sich jede neunte Nacht selbst verachtfacht. Ein Ring der sich ständig vervielfältigt, der dich ohne dein Zutun immer reicher macht. Einen größeren Schatz wirst du auf der ganzen Welt nicht finden!«

ᛒᚱᛟᚲᚲ ᛊᛁᚾᛞᚱᛁ

Die Götter brachten Baldurs Leichnam an die Küste des Meeres, in der Grenzzone zwischen Asgard und Midgard. Hier lag *Ringhorn,* das Schiff des jungen Gottes. Ein Schiff, mit dem er zu Lebzeiten nie gesegelt war und das ihn nun ins Jenseits bringen sollte.

Ein größeres Drachenboot als *Ringhorn* hatte die Welt noch nicht gesehen. Und genau darin lag das Problem.

Denn als die Götter das gewaltige Schiff zu Wasser lassen wollten, um dann Baldur brennend auf dem Meer zu bestatten, bewegte es sich keinen Fingerbreit von der Stelle. Es war einfach zu schwer.

Odin tobte vor Wut. Die Leichenfeier für seinen Lieblingssohn sollte würdevoll sein, und nun dieses! Energisch rief der Einäugige seine beiden Raben Hugin und Munin, Gedanke und Gedächtnis, zu sich.

Eindringlich befahl er den Vögeln: »Es muss ein Wesen geben, das stark genug ist, *Ringhorn* ins Meer zu schieben. Findet es! Sucht überall, sucht in Muspellheim und in Riesenheim, in Hel und in Nebelheim! Bringt mir dieses Wesen, bringt es mir schnell, und ich will es fürstlich belohnen!«

Auf dem Drachenkopf von Baldurs Schiff saß ein Adler und beobachtete aufmerksam das nervöse Treiben. In jeder Feder spürte er die Schwingungen künftiger Ereignisse, sein feines Gehör verriet ihm die unausgesprochenen Drohungen des morgigen Tages. Die Welt stand am Abgrund, und das erste Mal seit langer Zeit machte sich GON wirklich Sorgen.

ᛒᚨᛚᛞᚢᚱ

Fassungslos starrten Zerberuh, Raffim und die anderen Tajarim auf das Hafenbecken von Keflavik. Von ihrem treuen Schiff *Gublas Stolz* ragte nur noch das obere Mastdrittel mit der bronzenen Mondsichel aus dem Wasser.

»Du musst für den Schaden aufkommen! Es war dein verdammter Diener!«, schrie Barsil Raffim an.

»Wir haben einen Freund verloren!«, unterbrach Zerberuh die Streithähne mit trauriger Stimme. »Almak ist ertrunken! Wegen seines hohen Fiebers hat er es nicht mehr geschafft, sich zu retten. Er liegt im Schiff dort unten.«

Barsil zuckte zusammen, und sein Blick suchte Mumal. Der stand kreidebleich an der Mole und fürchtete um sein Leben. Für ihn war klar, dass Mot sich an ihnen rächen wollte. Wie immer er es geschafft hatte, er war hier, hier auf dieser Insel am Ende der Welt, um sie alle drei umzubringen.

Raffim, der von all dem nichts ahnte, befahl barsch: »Uartu, du musst den Kahn wieder flottkriegen. Such dir ein paar von den Einheimischen und berge das Schiff. Ich will hier weg, und zwar schnell!«

Es donnerte, und nicht nur die Tajarim sahen besorgt zum Himmel. Rings um die kleine Siedlung stiegen von immer mehr Vulkanen Rauchsäulen auf, und ein ständiges Grollen kündete von nahendem Unheil.

ᚢᚨᚱᛏᚢ

Hugin und Munin landeten auf Odins Schultern und flüsterten ihm für die anderen unhörbar etwas ins Ohr. Kurz darauf wurden in der Bucht Rufe des Erstaunens laut. Eine Riesin raste auf einem kolossalen Wolf reitend auf den Strand zu. Kurz vor Baldurs Schiff hielt sie das geifernde Tier an, und die Umstehenden sahen, dass ihre Zügel grünrote, züngelnde Giftschlangen waren. Selbstbewusst stieg sie ab und ließ das tobende, Zähne fletschende Tier zurück. Odin rief nach vier Berserkern, damit sie den Wolf bändigten. Erst nach langem Ringen gelang es den starken Männern, die Bestie niederzuhalten.

»Ich bin Hyrrockin! Zeigt mir meine Belohnung!«, schrie die Riesin.

Odin trat vor das Gigantenweib. Der Gott musste den Kopf in den Nacken legen, um ihr ins Gesicht schauen zu können. So rief er ihr sein Angebot hinauf: »Hundert Fass Met will ich dir geben, dazu einen Karren voll Geschmeide.«

»Gib noch einen Karren süßen Kuchen dazu, Asenlenker, und ich will euer Schiff ins Wasser schieben.«

»So sei es!«, stimmte Odin zu, und die Riesin rannte zum Heck des Schiffs und stieß es mit einem so mächtigen Ruck an, dass die Schiffsrollen sich durch die Reibung entzündeten. Viel zu früh loderte ein Feuer unter dem noch vertäuten Schiff. Eine ganze Zwergenschar mühte sich, die Flammen mit Decken zu ersticken.

Thor geriet darüber so in Wut, dass er Hyrrockin auf der Stelle mit seinem Hammer den Schädel zertrümmern wollte. Nur der Einsatz aller Götter konnte verhindern, dass Thor das Weib erschlug.

Nun schickte Odin einige Lichtalben los, die Pferde Baldurs – *Goldig, Glanz* und *Silberstirn* – zu holen, um sie auf das Schiff zu führen. Dort sollten sie ihren Herrn ins Jenseits begleiten. Doch zum Erstaunen der diensteifrigen Lichtalben waren die drei Pferde spurlos verschwunden.

Odin hatte von all den Misslichkeiten und Verzögerungen genug und befahl, endlich Baldurs Leichnam auf das Schiff zu bringen.

Vier Einherjer, zu Lebzeiten mächtige Könige in Skandinavien, mit goldenen Brustpanzern und goldenen Helmen, trugen auf ihren Schultern eine schlichte Bahre. Auf ihr lag der prächtig geschmückte Baldur. Langsam näherten sie sich dem Drachenschiff, während hundert Walhall-Krieger jeden Schritt mit einem dumpfen Schlag ihrer Schwerter auf ihre Schilde begleiteten.

Bum – bum – bum – bum ... Bei jedem Schritt der Einherjer dröhnte der gespenstische Rhythmus durch die Bucht. Wie ein Herz, das seine letzten Schläge schier unendlich verzögert, um das Ende hinauszuschieben.

Genau in dem Augenblick, in dem man Baldur auf sein Totenbett auf dem Schiff ablegte, brach seiner Gattin Nanna das Herz. Mit einem Seufzer sank sie leblos zu Boden.

Odin, den Allvater, überkam eine unendliche Traurigkeit. Er wusste, dass hier mehr als ein Gott und eine Göttin gestorben waren. Hier starb eine ganze Epoche, seine Epoche.

Leise ordnete er an, Nanna zu Baldur auf das Schiff zu bringen, um das Paar gemeinsam zu bestatten.

Odin entzündete *Ringhorn*, und bald schon loderten die Flammen, leckten an den Bordwänden und fraßen sich über das ganze Schiff.

Thor stand hinter dem Schiff und segnete die brennende *Ringhorn* mit seinem Hammer Mjöllnir. Da lief ihm hektisch der Zwerg Lit durch die Beine, der die letzten Taue mit einer Axt kappen wollte. Thor war so wütend über die

Störung seiner heiligen Handlung, dass er mit dem Fuß nach dem Zwerg trat. Dieser flog in hohem Bogen ins Feuer, wo er schreiend verbrannte.

Als letzte Gabe warf Odin den Ring *Draupnir,* der sich so wundersam vermehrte, an Bord des Schiffes, auf dass er Baldur begleite und es ihm an nichts mangele. Dann gab er der Riesin Hyrrockin das Zeichen, *Ringhorn* endgültig ins Meer zu schieben.

In diesem Augenblick schoss ein winziger rotbrauner Schatten die Bordwand empor, sprang mit einem mächtigen Satz durch die Flammen und schnappte sich den Ring. Unbemerkt von allen Asen und Wanen, Lichtalben und Riesen, Zwergen und sonstigen Wesen rettete Ratatöskr den sagenhaften *Draupnir* vor dem Untergang in den Fluten und sprang auf der anderen Seite wieder vom Schiff.

Langsam trieb das brennende Drachenboot mit dem toten Götterpaar in der Dämmerung aufs Meer hinaus.

Odin aber wusste, dass diesem Feuer kein erlösendes Verlöschen folgen würde, sondern ein viel größerer, noch schmerzlicherer Brand.

Aus den verborgenen Schriften der Apokalyptischen Akademie

Diese Zeilen sind gerichtet an die Novizen, die noch nicht den Abyss überquert haben, die noch Wissen und Erkenntnis suchen, bevor sie den Sprung über den Abgrund wagen.

Wir, die wir uns seit Generationen mit dem Ende aller Dinge beschäftigen, sollten uns immer wieder vor Augen halten, worum es uns geht: Wir sind die Söhne der Apokalypse, und Apokalypse heißt wörtlich »Enthüllung« oder »Offenbarung«. Was dabei enthüllt und offenbart wird, ist allerdings meist sehr verborgen und rätselhaft. Wer versteht schon Sätze wie diesen:

»Ich kenne deine Werke, dass du weder kalt noch warm bist. Ach, dass du kalt oder warm wärest! Weil du aber lau bist und weder warm noch kalt, werde ich dich ausspeien aus meinem Munde. Weil du sprichst: Ich bin reich und bin reich geworden und brauche nichts und nicht weißt, dass du der Elende und bemitleidenswert bist und arm und blind und bloß. Ich rate dir, von mir im Feuer geläutertes Gold zu kaufen, damit du reich wirst, und weiße Kleider, damit du bekleidet wirst und die Schande deiner Blöße nicht offenbar werde, und Augensalbe, deine Augen zu salben, damit du siehst.«[4]

So klingt vielleicht der Werbetext eines fliegenden Händlers für goldene Amulette, weiße Kleider und exotische

Heilsalben, aber nicht die Drohung eines Dunkelsehers. Mit solchen Zeilen könnte man heutzutage als Apokalyptiker wirklich keine Karriere mehr machen!

Also: Achtet auf eure Prophezeiungen, achtet auf ein gerüttelt Maß an Drohsubstanz in jeder eurer Ausführungen.

Ich weiß, dass junge Propheten oft Minimalisten sind und zu radikal einfachen Lösungen neigen. So mancher hängt dem alten Heraklit an, der sagte: Die Welt ist aus Feuer gemacht, also wird sie auch durch Feuer untergehen, und fertig! Andere Puristen sagen: Die Welt ist aus dem Wasser aufgestiegen, also wird sie auch im Wasser wieder untergehen. Das ist doch armselig! Wo ist da die Liebe zur Inszenierung? Wo bleiben die dramatischen Effekte? Was soll ein Weltuntergang ohne übersteigerte Sinnlichkeit? Da lobe ich mir unseren Wegbereiter Johannes, der nach schwacher, oben zitierter Vorrede zu ungeheurer Form aufläuft. Seine Beschreibung des Throns Gottes – einfach köstlich! Und die vielen wunderbaren Details – geheimnisvolle Bücher, deren Siegel gebrochen werden, mystische Reiter auf gruseligen Pferden und dann diese Metaphern! Diese Sprachbilder, wenn die Sterne des Himmels wie Feigen auf die Erde fallen, wenn jeder Berg und jede Insel von seiner Stelle gerückt werden. Das ist einfach grandios! Und dann das große Finale mit dem Ausgießen der sieben Schalen des Grimmes Gottes. Wie ein böses und schlimmes Geschwür an allen Menschen entsteht, die das Malzeichen des Tieres tragen und es anbeten. Nur die Musik zum Untergang ist ein wenig einfallslos geraten. Lediglich sieben Posaunen für das ganze Weltenende finde ich persönlich doch ein wenig dünn, gerade bei der von Johannes so vorbildlich formulierten Üppigkeit.

Als leitender Apokalyptiker unserer ehrwürdigen Akademie, Wahrer der Traditionen und Garant für den Fortschritt des Untergangs, sehe ich Johannes heute als Vorläufer unserer Ideen. Was er entworfen hat, ist natürlich alles noch ausbaufähig. Seine Arbeit sollte uns Nachgeborenen Ansporn und Anreiz sein. Dabei möchte ich allen Novizen ins Stammbuch schreiben: Lasst euch nicht ablenken! Der Zeitgeist verführt oft zu modischem Schnickschnack, der bei einem gut gestalteten Weltuntergang nichts zu suchen hat! Zum Beispiel ein kosmischer Einschlag kann immer nur wirkungsvolle Verzierung sein, nie das Hauptereignis! Oder eine Sturmflut mit großer Mannstränke – das ist alles Dekoration, liebe junge Apokalyptiker, genauso wie eine Seuche nur ein einziges, kleines Sahnehäubchen auf dem bunten Kuchen des Untergangs ist.

Noch ein letzter Rat von mir in meiner Eigenschaft als Oberster Dunkler Prophet: Studiert die Untergangsvisionen *aller* Völker! Lasst euch von ihnen inspirieren. Und dann macht euren persönlichen Entwurf, der noch zehnmal schlimmer ist als alles, was ihr je gehört und gelesen habt!

ᚱᚨᚷᚾᚨᚱᛟᛗᚲ

Götterdämmerung gegen Weltuntergang oder Ragnarök versus Apokalypse

Baldur hatte mit seiner Gemahlin Nanna gerade in der Unterwelt an Hels Tisch Platz genommen, als Odin in Asgard dem treuen Wächter Heimdall befahl, sein Horn zu blasen. Ein Kreischen ging durch das dunkle Reich, und die ganze Welt und eine Seherin lösten sich aus dem Schatten der Finsternis. Die Seherin stellte sich vor das frisch verstorbene Götterpaar und verkündete in schauerlichem Gesang:

»Eine Alte östlich
des Erzwald saß;
die Brut Fenrirs
gebar sie dort.
Von ihnen allen
wird einer dann
des Taglichts Töter
trollgestaltet.

Er füllt sich mit Fleisch
gefallner Männer,
rötet mit Blut
der Rater Sitz.

Schwarz wird die Sonne
die Sommer drauf;
Wetter wüten –
wisst ihr noch mehr?

Gellend heult Garm
vor Gnipahellir:
es reißt die Fessel,
es rennt der Wolf.
Vieles weiß ich,
Fernes schau ich:
Der Rater Schicksal,
der Schlachtgötter Sturz.

Brüder kämpfen
und bringen sich Tod,
Brudersöhne
brechen die Sippe;
arg ist die Welt,
Ehbruch furchtbar,
Schwertzeit, Axtzeit,
Schilde bersten,
Windzeit, Wolfzeit,
bis die Welt vergeht –
nicht einer will
den anderen schonen.«[5]

Baldur wusste: Es war so weit – Ragnarök, das Schicksal der Götter, nahm seinen Lauf. Heimdalls Hornruf würde die Frostriesen wecken und die Heere Muspellheims aufbrechen lassen. Naglfar, das schrecklichste aller Schiffe, gebaut aus den Finger- und Fußnägeln der toten Menschen, lief aus. Der Fenriswolf riss an seinen Fesseln, und die Midgardschlange erwachte. Wer oder was sollte jetzt noch den Untergang aufhalten?

ᚠᛖᚾᚱᛁᚱ

»Da sagte ich zu dem alten Leichenfresser: Wenn du dem Wurzelwurm etwas zu erzählen hast, dann schwing dich in Zukunft gefälligst persönlich nach unten. Genau das sagte ich!«

Ratatöskr stand auf Heidruns Kopf und hielt sich an ihren Hörnern fest.

»Wie ich dich kenne, hast du dich sang- und klanglos verkrümelt, Nagezahn«, sagte Heidrun in ihrer entwaffnenden, direkten Art. »Aber recht hast du! In diesen Zeiten muss jeder sehen, wo er bleibt. Bist du sicher, dass Gullinborsti die anderen hierherführt?«

»Ganz sicher. Das Goldschwein hat bestimmt keine Lust, seine wertvollen Borsten irgendeiner Gefahr auszusetzen.«

Seit Heimdalls Horn erklungen war, warteten Heidrun und Ratatöskr nahe der Stelle, an der die Regenbogenbrücke Bilfröst die Erde berührte. Sie wollten die mythischen Tiere in Empfang nehmen und gleich zu Gamlis Hof geleiten.

Auf dem Hof traf man inzwischen fieberhafte Vorbereitungen für die Ankunft weiterer künftiger Bewohner. Der Hofherr Gamli Stein, seine Frau und die vier Kinder hatten im Haus durch eine schnell eingezogene Trennwand aus Brettern zusätzlichen Platz für die erwarteten Tiere geschaffen. Dazu wurde ein alter Kellerstollen entrümpelt, um der Abteilung »Reißzähne und Krallen«, wie Heidrun die Wölfe nannte, einen eigenen Raum zu geben. Die Schafe nahmen es mit sichtlicher Erleichterung auf, dass Skalli und Hati des Nachts nicht mehr mit ihnen in einem Stall schliefen.

Unvermittelt entdeckte Ratatöskr eine Bewegung am Fuß der Brücke. Zwei schwarze Schemen schossen mit hoher Geschwindigkeit aus den Farben des Regenbogens in die graugrüne Welt von Eisland. Die beiden Raben Hugin und Munin bildeten die Vorhut der Flüchtlinge.

»Juhu!«, jubilierte das Eichhörnchen. »Die Hornklauen sind auch dabei. Endlich haben wir eine vernünftige Luftaufklärung!«

Gleich hinter den Raben raste ein hell leuchtendes Oval über den kargen Boden, eindeutig Gullinborsti, der Eber von Freyr, gefolgt von Freyjas Luchsen, die sich aus reiner Neugier den anderen angeschlossen hatten.

Thors Ziegenböcke Zähneknisterer und Zähneknirscher rannten Seite an Seite neben Odins Wölfen Geri und Freki. Doch sie alle jagten nichts, vielmehr schienen sie es zu sein, die gejagt wurden. Denn hinter Eber, Luchsen, Ziegen und Wölfen raste die Herde der göttlichen Pferde.

Unter der Führung des achtbeinigen Sleipnir galoppierten Gisl und Glad, Sinir und Skinfaxi, Gullfaxi und Hrimfaxi, Skeidbrimir und Falhófnir, Gulltopp und Léttfeti, Arwakr und Alswidr nach Midgard.

Aus dem Eisländischen übersetzt hieß die Herde unter Führung von Hufschnell Gelber und Muntrer, Sehnig und Leuchtmähne, Goldmähne und Reifmähne, Gleißner und Fahlhuf, Goldstirn und Leichtfuß, Frühwach und Allbehänd.

ᛊᛚᛖᛁᛈᚾᛁᚱ

Der namenlose Planet existierte erst seit zehn Minuten. Der große Weltenschöpfer hatte ihn in eine Umlaufbahn um eine bis dahin einsame Sonne gesetzt, damit sich die Verhandlungsparteien an einem absolut neutralen Ort treffen konnten.

Die Verhandlungen waren unbedingt nötig, da einerseits die Asen Ragnarök ausgelöst hatten, andererseits im jüdisch-christlichen Lager der Termin für den Weltuntergang noch völlig offen war.

Jahwe ließ sich bei diesem Treffen durch Metatron, die »Stimme Gottes« vertreten. Er war nach dem Vater und seinem Sohn Jesus das höchstrangige Mitglied der himmlischen Hierarchie und wurde auch »Statthalter des Himmels« und »König der Engel« genannt.

An dieser körperlosen Stimme war es nun, die Position Jahwes zu vertreten und die seines Sohnes, der ein Subunternehmen gegründet hatte, und die des heiligen Geistes, der eine eigene Existenz führte, und die der Schar der Heiligen, die zu allem Ja und Amen sagten.

Für die Asen und Wanen sprach Odin, der Allvater, der Wohlgesinnte, der Erdenlenker, der allkluge Rabenvater.

Natürlich waren die beiden nicht allein. Jede Menge neugieriger Gottheiten aus den unterschiedlichsten Kulturkreisen wollten miterleben, ob, und wenn ja, wie es nun weiterginge.

Da rangelten tierköpfige ägyptische Gottheiten erfolgreich mit blasierten griechischen Olympiern um die besten Plätze im Zuschauerraum. Dazwischen drängten sich pygmäenhafte bemalte, mit Knochen und Federn geschmückte archaische Stammesgötter nach vorne, um trotz ihrer Kleinheit einen guten Blick auf das Geschehen zu erhaschen.

Allerdings besaßen all diese göttlichen Wesenheiten zum jetzigen Zeitpunkt der Verhandlungen keine Stimme. Der Weltenschöpfer hatte sie ihnen genommen und bewahrte sie in einem energetisch geschützten Kasten auf. Er wusste um die Geschwätzigkeit von Gottheiten und wollte verhindern, dass sie durch ständige Zwischenrufe störten.

»Ihr könnt nicht einfach egoistisch den Weltuntergang beginnen. Die Menschheit ist noch nicht reif dafür!«, empörte sich Metatron.

»Mit Heimdalls Hornruf begann lediglich Ragnarök, das *Schicksal der Götter,* also ein Sache, die nur *uns* etwas angeht«, entgegnete Odin.

»Wir Asen und Wanen kämpfen gegen Loki, den Fenriswolf, die Midgardschlange und das restliche Ungeziefer. Irgendwann im Lauf der Auseinandersetzung werden noch die grimmigen Frostriesen und die Feuerriesen auftauchen, vielleicht auch noch Untote aus Hel. Gegen die schicke ich meine Einherjer aus Walhall aufs Schlachtfeld. Das waren zwar einmal Menschen, aber jetzt sind sie tote Krieger, *meine* toten Krieger! Verstehst du?«

»Aber die Menschen werden durch euer Ragnarök vernichtet!«

»Das Schicksal der Menschen ist in diesem Zusammenhang lediglich als Kollateralschaden zu sehen. Um die geht es doch gar nicht. Also dürft ihr uns nicht hindern!«, sagte Odin entschieden.

»Aber Gott will den Untergang der Menschheit noch nicht, er will sie sich aufheben. Die Apokalypse ist ein Ereignis, das er sich extra für die Menschen ausgedacht hat. Ohne Menschen macht der Weltuntergang samt Strafgericht doch überhaupt keinen Sinn!«, rief Metatron eindringlich, und einige niedere Gottheiten unter den Zuhörern pressten sich die Hände gegen die Ohren, so gewaltig dröhnte die Stimme.

»Das ist euer Problem. Die Menschen interessieren mich bei der Sache überhaupt nicht. Ich will die entscheidende Schlacht gegen Loki und seine Brut!«

»Dann schlachte so, dass die Menschen dabei verschont bleiben!«, forderte Metatron.

Und so feilschten die beiden weiter, wem das Recht zustand zu entscheiden, ob sich die Zeit erfüllt habe.

Derweil kreiste der namenlose Planet weiter um die ferne, einsame Sonne. Nur dass sie längst nicht mehr so einsam war wie vorher, da immer mehr Götter, Engel, Cherubim, Entitäten, Dämonen, Teufel, Geister und Gespenster eintrafen, um zu erfahren, ob es überhaupt noch eine Zukunft gab. Schließlich ging es darum, sich eventuell rechtzeitig außerhalb der Erde nach einem neuen Betätigungsfeld umzusehen.

Gamli zählte seine Neuzugänge in Stall und Haus: sechzehn Pferde, vier Wölfe, zwei Eber, eine Ziege, zwei Ziegenböcke, einen Hirsch, zwei Luchse, zwei Raben, ein Hahn und ein Eichhörnchen. Wie sollte er die alle ernähren?

»Wegen mir brauchst du dir keine Sorgen zu machen«, beruhigte ihn Ratatöskr, »ich bin Selbstversorger.«

Gamli lachte. »Da bin ich ja den größten Fresser los. Gut, die anderen werden wir schon satt bekommen.«

»Für die Wölfe, die Luchse und dich und deine Familie stehe ich als Nahrung gerne zur Verfügung. Sottet mich abends im Kessel, verspeist mich, und am nächsten Tag bin ich wieder putzmunter«, bot der Eber Sährimnir an. »Seit Urzeiten werde ich täglich von Tausenden von Kriegern in Walhall gefressen, da mache ich doch viel lieber euch, meine Freunde satt.«

»Und für uns Vegetarier gibt es noch genügend Gräslein und Kräutlein, um uns den Bauch vollzuschlagen. Also: Keine Sorge, Gamli, den Deinen und uns wird es an nichts mangeln!«, tröstete Heidrun.

Nachdem auf dem Hof von Gamli Unterkunft und Verpflegung für die Tiere geklärt waren, machte sich Ratatöskr wieder auf in Richtung Yggdrasil, wo noch eine Kleinigkeit, besser gesagt ein Kleinod lag, um das er sich kümmern musste. Es wäre doch zu schade, wenn ein sich ständig vermehrender Ring in einer einsamen Höhle unter einer Wurzel der Vergessenheit anheimfiele.

Ratatöskr hatte gerade den Mimirsbrunnen passiert, als ihn jemand im Genick packte und ziemlich unsanft nach oben riss.

Es war Loki. Er hielt sich den Eichkater wie ein kleines Kätzchen vors Gesicht und blickte ihn scharf an.

»Ich habe dir noch nie getraut, Nagezahn! Seit damals, als du noch ein Mensch warst und mich betrügen wolltest. Was hast du diesmal vor?«

»Nichts, nichts. Ich wollte nur kurz bei den Nornen vorbeischauen, um sie zu fragen, wie es jetzt weitergeht. Ist ja ein ziemliches Durcheinander hier – an dem du nicht ganz unschuldig bist«, setzte Ratatöskr hinzu.

»Es gab da lediglich einige Missverständnisse«, wiegelte der Trickstergott ab. »Aber ich traue dir nicht. Sag, was du wirklich vorhast, oder ich mache Grauwerk aus dir!«

Diese Drohung erschreckte den Eichkater. *Grauwerk* nannte man die Winterfelle der Eichhörnchen, und die waren im alten Skandinavien ein wichtiges Zahlungsmittel, quasi das Kleingeld für unterwegs. Ratatöskr wollte aber kein Zahlungsmittel sein. Im Gegenteil, er wollte sich *Draupnir* als Zukunftssicherung holen. Aber wenn er dies Loki verriet, war er tot, mausetot, eichhörnchentot.

Eine Idee musste her, und zwar schnell. Und dann kam der rettende Geistesblitz. »Ich biete dir wichtige Informationen. Ich weiß, dass alle Asen, Wanen und Lichtalben wegen Baldurs Tod hinter dir her sind. Wenn sie dich erwischen, kannst du dich nicht mehr herausquatschen wie sonst. Sie werden dich in Stücke hacken, samt deiner ganzen Brut. Aber ich kann dir Hilfe bieten.«

»Du Winzling willst mir Hilfe bieten? Erinnere dich, wer dich in deine jetzige Lage gebracht hat!«

»Gerade deshalb kann ich dir helfen. Weil ich ich bin, der Laufbursche unter den mythischen Tieren, der Typ, der alles sieht, der alles hört und der alles weiß!«, prahlte Ratatöskr. »Aber lass mich endlich herunter! Es tut weh, am Genick aufgehängt zu sein. Außerdem ist es entwürdigend.«

Loki dachte kurz nach, dann setzte er das Eichhörnchen auf einem Ast in Augenhöhe ab. »Sprich! Welche Informationen hast du für mich?«

»Die Götter sind geschwächt. All ihre Zugtiere sind abgehauen. Die Streitwagen stehen nur noch dumm rum. Freyja ohne Luchse, Thor ohne Ziegenböcke, Odin ohne Wölfe und Freyr ohne Gullinborsti. Die mächtigen Gespanne sind nur noch wertlose Immobilien. Die Götter müssen zu Fuß gehen.«

»Das ist gut, das ist sehr gut, Nagezahn. Gibt es noch mehr, das mein Herz erfreuen und dir das Leben retten könnte?«

»Odins Raben sind entflogen. Seine Spione sind weg, er kann die Welt nicht mehr beobachten. Du kannst dich vor ihm verstecken.«

»Das wird ja immer besser. Ich hatte dich doch glatt unterschätzt. Vielleicht hast du Lust, in meiner Truppe mitzuarbeiten?«, fragte Loki hinterhältig.

»Lieber nicht. Eigentlich wollte ich mich zur Ruhe setzen. Die ewige Rennerei am Baum, weißt du, das ist nicht gut für die Gelenke.«

»Dann will ich dich nicht davon abhalten. Aber ich warne dich! Es ist besser, du begegnest mir nicht noch einmal!«

Ratatöskr blickte Loki noch lange nach, bis er sicher war, dass dieser den Weg nach Utgard einschlug, in die unwirtliche Außenwelt. Dort würde er sich mit dem Fenriswolf, der Midgardschlange und dem Rest der Brut treffen. Doch das kümmerte Ratatöskr wenig. Wichtig für ihn war, dass er *Draupnir* in Sicherheit brachte.

ᛁᚷᚷᛞᚱᚨᛊᛁᛚ

Raffims Vorstellung von der einfachen Bergung der *Gublas Stolz* war mehr Wunschdenken denn praktische Wirklichkeit. In der alten Heimat, in Theben am Nil, da konnte man ein gesunkenes Boot aus dem Fluss ziehen und dann an Land wieder reparieren. Doch hier war alles ganz anders.

»Wir sollten überlegen, ob es uns nicht billiger kommt, ein Wikingerschiff zu kaufen«, schlug Barsil vor. »Unsere Wertsachen können die Taucher bergen.«

»Ich hänge aber an unserem Schiff!« Zerberuh wollte als Kapitän die *Gublas Stolz* auf keinen Fall aufgeben.

Uartu, der erfahrene Steuermann, meinte: »Das Wasser hier ist für Bergungsarbeiten viel zu kalt. Und das Ufer ist zu steil, um das Schiff hochzuziehen. Wir müssen uns damit abfinden, die *Gublas Stolz* ist verloren.«

Raffim stöhnte. Er hasste ungeplante Investitionen. »Das frisst unseren ganzen bisherigen Gewinn auf!«

»Lassen wir das Schiff als Almaks nasses Grab dort unten«, schlug Barsil vor. Von seinen Ängsten sagte er den anderen nichts.

Stattdessen ging er nach der Zusammenkunft zu Sampo, dem Schamanen. »Ich brauche ein starkes Schutzamulett von dir. Ein sehr starkes!«, sagte er mit zitternder Stimme.

»Wovor soll es dich denn schützen?«, fragte der Same.

»Vor dem, der Almak umgebracht hat. Denn ich bin sicher, er will auch mich.«

ᚹᚨᛊᛊᛗᚱ

Die Verhandlungen auf dem namenlosen Planeten blieben weiterhin ohne Ergebnis. Keine der beiden Parteien wich auch nur einen Fingerbreit von ihrer Position ab. Da im Großen nichts zu erreichen war, versuchte Metatron auf Nebensächlichkeiten auszuweichen, um vielleicht auf diese Weise einen Vorteil für sich zu erreichen.

»Was macht ihr eigentlich mit den gefallenen Kriegern, die wir an der Himmelspforte abweisen?«

»Walhall ist schon seit eurer Christianisierung der Sachsen total überfüllt, wir haben keine Kapazitäten mehr. Deshalb lassen wir grundsätzlich keine getauften oder beschnittenen Krieger ein. Monotheisten, ob mit Kreuz, Davidstern oder Halbmond, kommen uns nicht ins Haus, die schicken wir gleich weiter zum *Heer der Finsternis*«, antwortete Odin. Und nach einer kurzen Pause ergänzte er mit falschem Mitleid in der Stimme: »Da kommt am Tag der Apokalypse sicher einiges auf euch zu.«

»Womit wir wieder beim Thema wären!«, rief Metatron. »Wie sieht es aus? Seid ihr nun bereit, euren Götterkampf zu vertagen?«

»Jetzt will ich die Rache, nicht irgendwann!«

Der Weltenschöpfer hatte genug von den Verhandlungsparteien gehört und befreite die Stimmen der anderen Gottheiten und Entitäten. Sofort begannen diese ihre gänzlich anderen Endzeitvorstellungen oder gar Endlosvorstellungen vorzutragen.

Etablierte Götter, die Vertreter sogenannter Weltreligionen, wetteiferten mit Stammesgottheiten und Wesen, die es noch nicht einmal zu einem regionalen Kult gebracht hatten.

»Warum würfelt ihr nicht?«, unterbrach die Stimme des Weltenschöpfers den Disput, und für einen kleinsten Bruchteil der Zeit herrschte Stille. Doch dann begann sofort wieder das Schreien, Kreischen, Brüllen, Schnattern, Zetern und Keifen. Das Ende der Diskussion um das Ende der Welt war noch lange nicht in Sicht.

ᚷᛟᛖᛏᛏᛖᚱ

»Meine Freunde machen sich bestimmt schon Sorgen um mich«, sagte Seshmosis. »Ich muss unbedingt wieder nach Keflavik.«

»Es ist schön, wenn man jemanden hat, der sich um einen sorgt. Ich sorge mich auch immer um Brokk. Vor allem sorge ich mich, dass er etwas falsch macht.«

Brokk brach in schallendes Gelächter aus.

»Wer macht hier etwas falsch? Wer hat denn Thors Hammer mit viel zu kurzem Stiel geschmiedet? Wer hat ihn verpfuscht?«, giftete er.

»Das lag einzig und allein an Loki. Er hat mich als Fliege ins Auge gestochen, da ist mir der Blasebalg vor Schreck aus der Hand gefallen. Ich konnte nichts dafür, das weißt du genau!«

Seshmosis stellte seine Ohren auf Durchzug und löffelte stumm seine Suppe. Inzwischen kannte er die Zwergenbrüder und ihre endlosen Streitereien. So genial sie bei ihren Erfindungen waren, so kindisch waren sie im Alltagsleben. Seit Tagen stritten sie wegen der kleinsten Kleinigkeit, und ständig fanden sie ein neues Thema, sich zu zanken.

Auf einmal stand Sindri vor Seshmosis und reichte ihm ein Fell. Dieser hatte gar nicht mitbekommen, dass die beiden nicht mehr stritten.

»Ein Mantel aus Wolfspelz. Er wird dich wärmen wie kein zweiter«, sagte Sindri stolz.

Bewundernd ließ Seshmosis seine Hand über das Fell gleiten. Es war unendlich weich und verströmte sogleich wohlige Wärme. *Genau das Richtige für dieses kalte Land,* dachte sich der Schreiber.

»Lass dir helfen! Wir hüllen dich ein.«

Die beiden Zwerge halfen Seshmosis in den Mantel. Er fühlte sich wunderbar an. Er passte wie angegossen. Er passte wie angewachsen. Er war angewachsen.

Sindri zupfte heftig am Mantelrücken. Seshmosis schrie: »Au! Warum reißt du mich an den Haaren?«

»Eigentlich reiße ich am Wolfspelz«, sagte Sindri kleinlaut.

»Was ist los? Was soll das? Was tut ihr mir an?«, fragte Seshmosis, der Panik nah. Verzweifelt versuchte er, den Mantel wieder auszuziehen. Genauso gut hätte er versuchen können, seine Haut abzustreifen.

»Was ist geschehen?«, wollte er wissen, und das Herz schlug ihm bis zum Hals.

»Die gute Nachricht: Unsere neue Erfindung funktioniert. Der Mantel verwächst absolut mit dem Körper des Trägers und erfüllt so optimal seine Aufgabe. Die schlechte Nachricht: Er verwächst wirklich absolut mit dem Körper des Trägers und lässt sich nicht mehr ablegen.«

»Ich kann den Mantel nie mehr ausziehen?«, fragte Seshmosis entsetzt.

»So könnte man es ausdrücken«, gab Sindri zu. »Du bist jetzt sozusagen ein Seshmosis im Wolfspelz. Übrigens wächst dir sogar im Gesicht ein wunderschönes graues Fell. Erstaunlich.«

»Außerdem ist das Wolfsfell das traditionelle Berserker-Gewand«, ergänzte Brokk altklug.

»Und was bedeutet das für mich?« Seshmosis stand am Rande der Verzweiflung. Die beiden Gestaltwandler schien seine Situation nicht im Geringsten zu beunruhigen.

»Na ja, die Menschen könnten Angst vor dir haben, wenn sie dich sehen«, erklärte Sindri.

»Zumindest sollten sie es«, setzte Brokk hinzu. »Auf jeden Fall bist du mit dem Fell für deine Reise bestens gerüstet. Erfrieren wirst du sicher nicht. Erinnere dich, dass du das uns zu verdanken hast!«

Seshmosis knurrte wie ein Hund. Zumindest das passte zu seinem neuen Äußeren. Die Höflichkeit verbot es ihm, seinen Gastgebern so zu antworten, wie ihm eigentlich zumute war. Er wagte gar nicht daran zu denken, wie Tani auf ihn reagieren würde. Sie, die seine glatte, nahezu unbehaarte Haut so liebte. Und jetzt dieses! Doch die Zwerge kümmerte Seshmosis' Traurigkeit nicht im Geringsten.

Mit geschwellter Brust führten die Gestaltwandler Seshmosis zum Ausgang ihres unterirdischen Reiches. Der Bepelzte erblickte eine überwältigende Landschaft: Dampfende Geysire und brodelnde Schlammtöpfe, rauchende Vulkane und gigantische Wasserfälle.

Die Zwerge umarmten Seshmosis zum Abschied und wünschten ihm alles Gute. »Besuch uns wieder! Dann kannst du uns von deinen Erfahrungen mit dem Wolfsmantel berichten. Vielleicht gibt es ja noch die eine oder andere Verbesserungsmöglichkeit.«

Seshmosis verkniff es sich zu sagen, dass die Möglichkeit, den Mantel auszuziehen eine erhebliche Verbesserung wäre, und drückte stattdessen Brokk und Sindri die Hand.

So dankbar der Schreiber den Zwergen für seine Rettung war, so froh war er, dass er die verrückten Genies endlich verlassen konnte. Mit einem Proviantbündel über der Schulter machte er sich auf den Weg nach Westen, dorthin, wo in einem kleinen Dorf am Meer seine Freunde sicher sehnsüchtig auf ihn warteten.

Die Vorfreude ließ Seshmosis alle finsteren Gedanken an sein neues Aussehen verdrängen. Als er so frohgemut und optimistisch durch die Gegend wanderte, bemerkte er gar nicht, dass er an einem großen Steinbrocken vorbeiging, hinter dem sich ein verängstigter Hirte versteckte. Mit entsetzt aufgerissenen Augen sah er Seshmosis nach und flüsterte fast unhörbar: »Yeti.«

Als Elimas und Nostr'tut-Amus mit ihren Pferden den Hügel oberhalb von Keflavik erreicht hatten und endlich wieder das Meer sahen, fuhr ihnen ein gewaltiger Schreck in die Glieder. Im Hafenbecken lagen nur ein Wikingerschiff und einige Fischerkähne, es war aber keine Spur von der *Gublas Stolz* zu sehen.

»Sie sind ohne uns abgefahren!«, stellte Elimas erschrocken fest.

Nostr'tut-Amus schüttelte bedächtig den Kopf. »Nein, das glaube ich nicht. Aber irgendetwas stimmt nicht. Ich spüre Tod und Gefahr. Gehen wir ins Dorf, dort werden wir Genaueres erfahren.«

Vor dem Langhaus von Leif Blauzahn trafen die beiden Reisenden auf Zerberuh. Der freute sich, die Freunde wieder zu sehen, doch schnell verfinsterte sich seine Miene. »Wo ist Seshmosis?«

»Wir haben ihn leider in einem Schneesturm verloren. Aber die Seherin von Thingvellir beruhigte uns, dass wir uns keine Sorgen machen sollen. Wo immer er gerade ist, es geht ihm gut.«

»Und ihr glaubt so einfach einer Seherin, die ihr dafür bezahlt, dass sie euch erzählt, was ihr hören wollt?«, empörte sich Zerberuh.

»Beruhige dich, alter Freund. Wir haben schon ganz andere Schwierigkeiten überwunden«, versuchte Elimas zu beschwichtigen.

»Wir *haben* ganz andere Schwierigkeiten«, entgegnete der Kapitän traurig und erzählte vom Untergang der *Gublas Stolz* und Almaks Tod.

Elimas und Nostr'tut-Amus waren erschüttert. Almak ertrunken, Seshmosis vermisst und ihre schwimmende Heimat auf dem Grund des Eismeeres – das passte alles schrecklich zur zunehmenden Düsternis. Immer häufiger verdunkelte Aschenregen die Sonne und legte sich wie ein schmutziges Leichentuch auf das Land.

Nach vielen Stunden einsamen Wanderns hielt Seshmosis an, streifte den Proviantsack ab und legte den Ledersack, in dem sich GON immer noch von ihm tragen ließ, vor sich auf die Erde. Der kleine Gott schien abhandengekommen zu sein, denn seit den schrecklichen Ereignissen im Handschuh des Frostriesen hatte er sich weder gezeigt noch von sich hören lassen. Seshmosis kannte GONs Eigenarten und wusste, dass dieser oft unterwegs war oder einfach keine Lust hatte, zu antworten oder gar zu erscheinen. Nun aber wollte er versuchen, mit dem kleinen Gott in Kontakt zu treten. Der Prophet beugte ein Knie und verneigte sich vor dem Ledersack, den seit neuestem blutige Runen zierten.

»Herr, ich bitte dich, sprich zu mir. Ich brauche dich.« Augenblicklich hörte Seshmosis die vertraute Stimme in seinem Kopf.

»Ich bin gerade weit entfernt und kann deshalb nicht persönlich erscheinen. Dennoch bin ich in Gedanken und mit meiner Kraft bei dir. Ich melde mich, wenn ich von den Verhandlungen zurück bin.«

Seshmosis stutzte. Einerseits war er froh, dass sein Gott reagiert hatte, andererseits schien dieser ziemlich nervös und hektisch. Er hasste es, wenn sein Gott nicht souverän war. Das steigerte seine eigene Unsicherheit ins Unermessliche. Gerade jetzt brauchte er einen starken, zuversichtlichen Gott und keinen, der irgendwo im Universum herumreiste.

ᚠᚱᛟᛊᛏ

Der Feuerschein erhellte die Nacht, und Hallfred beschlich ein unangenehmes Gefühl. So hatte er sich das Verkünden der frohen Botschaft nicht vorgestellt. Die Liebe des Herrn war es gewesen, die ihn einst zum Christentum gezogen hatte, und nun schien diese Liebe unter Schwerthieben gestorben und vom Feuer verbrannt. Das Motto der Eisland-Missionierung gefiel ihm ganz und gar nicht: »Zuerst brennt das Vieh, dann brennt der Mensch!«

»Dort ist der nächste Hof!«, rief Tangbrand. »Wir wollen das Feuer der Läuterung entzünden, um diese Heiden zu bekehren.«

Wenig später erreichten die drei Missionare den Hof des Skalden Wetrlidi. Der stand mitsamt seiner Familie vor dem Haus und starrte entgeistert auf den Feuerschein, der davon kündete, dass auf dem Hof ihres Nachbarn Leif Jarnsaxa Schreckliches geschehen war.

Tangbrand sprang von seinem Pferd, hielt das hölzerne Kruzifix in die Höhe und schrie: »Bekennt euch zum Herrn! Nur das Wasser der Taufe kann den Brand des Heidentums löschen!«

»Seid ihr wahnsinnig? Was habt ihr mit meinem Nachbarn gemacht?«, brüllte Wetrlidi zornig, und seine Familie flüchtete verängstigt in den Stall.

»Wir haben den Jarnsaxa zu seinen Ahnen geschickt, direkt in die Hölle!«

»Was seid ihr nur für Dämonen! Vieles hörte ich schon vom neuen Glauben, doch meist nur Gutes. Mir scheint, man hat mich belogen!«

»Ganz ruhig, guter Mann. Wahrlich, wir sind im Auftrag des Herrn unterwegs. Håkon, der König von Norwegen, den man den Guten nennt, sandte uns in dieses schreckliche Land, Gottes Wort zu verkünden. Und wir bekamen sogar die Genehmigung vom Goden Leif Blauzahn, dich zum Christentum zu bekehren. Immerhin hat er uns dafür gutes Gold abgeknöpft. Also höre: Lass dich und die Deinen taufen! Lass ab von deinen Götzen und gelobe, fortan nur dem Herrn zu dienen. Damit ersparst du dir das Fegefeuer. Und zwar hier und im Jenseits.«

Wetrlidi ging überhaupt nicht auf die zynischen Worte von Tangbrand ein, sondern schrie wieder: »Was habt ihr mit meinem Nachbarn gemacht?«

»Was denkst du wohl?«, antwortete der Missionar höhnisch. »Was könnte der Feuerschein bedeuten? Vielleicht haben wir einen Ochsen gebraten? Einen Ochsen namens Leif Jarnsaxa!«

»Nie und nimmer werde ich Christ! Ich bin Skalde! Ich war auf der Schule von Oddi! Hundert Namen Odins kenne ich, fünfzig Namen von Thor und für jeden anderen Asen und Wanen derer zwanzig. Jahrelang wurde ich ausgebildet, das Lied der Götter zu singen. Diesen Glauben lass ich mir von euch nicht nehmen!«

»Du kannst ja zum Lob unseres Herrn singen und dir hundert Namen für Christus einfallen lassen. Wenn du jetzt nicht bald dein Haupt zur Buße senkst, wirst du nie mehr singen, weil ich dir nämlich die Zunge herausschneiden werde!«

Jetzt reichte es dem Skalden endgültig. Wütend stürmte er auf Tangbrand los. Doch der machte behände einen Schritt zur Seite und schlug mit einem mächtigen Hieb seines Kruzifixes Wetrlidi den Schädel ein.

»Schaut nach, ob noch jemand zum Taufen da ist!«, befahl er Torarin und Hallfred. Kurz darauf zerrten die beiden eine weinende Frau und drei völlig verstörte Kinder aus dem Stall. Widerstandslos empfingen sie das heilige Wasser und ließen sich in die Herde Gottes aufnehmen.

ᚹᛖᛏᚱᚨᛁᛞᛁ

Wie betäubt schleppte sich Seshmosis durch das menschenfeindliche Land. Ohne die Vörður, die mannshoch aufragenden Wegzeichen, hätte er längst die Orientierung verloren. Die körperliche Anstrengung schlug sich auf seinen geistigen Zustand. Schon seit Stunden konnte er keinen klaren Gedanken mehr fassen. Fast sehnte er sich zu den irren Zwergen und ihrer warmen Höhle zurück, als er vor sich eine kleine, huschende Gestalt wahrnahm. Doch so schnell, wie sie gekommen war, entschwand sie auch wieder. Und tauchte wieder auf.

Als der Schreiber schon glaubte, endgültig den Verstand zu verlieren, saß auf einmal ein Eichhörnchen vor ihm auf einem Stein.

»Herr!«, rief Seshmosis erleichtert.

»*Herr* hat mich noch nie jemand genannt«, entgegnete Ratatöskr erstaunt.

»Aber ich nenne dich doch immer Herr, mein Herr! Und warum erscheinst du mir jetzt als Eichhörnchen?«

»Vielleicht weil ich ein Eichhörnchen bin? Aber ich finde es überaus freundlich, dass du ein Eichhörnchen als *Herrn* bezeichnest. Das gefällt mir, ich fühle mich geehrt.«

Seshmosis erschrak. Der kleine Gott hatte anscheinend sein Gedächtnis verloren. In dieser wahnsinnigen Landschaft wunderte ihn gar nichts mehr. Nun hieß es für ihn, behutsam vorzugehen. Sicher schlummerten in GON immer noch ungeheuere göttliche Kräfte. Ein Wutausbruch des Eichhörnchens konnte ihn jederzeit und blitzschnell in Asche verwandeln.

»Du erinnerst dich wirklich nicht mehr an mich?«, fragte Seshmosis verunsichert, aber freundlich.

»Sollte ich? Ich kenne dich nicht!«

»Doch, damals, in Ägypten, Herr. Erinnere dich! An jenem Abend in der Nähe von Abydos …«

»Niemals nicht war ich in Ägypten, Fremder. Und nie im Leben bin ich einem Wolfsmenschen begegnet.«

»Einem Wolfsmenschen?«, fragte Seshmosis, und im selben Augenblick erinnerte er sich an sein momentanes Äußeres. »Ach so, das meinst du! Das habe ich den Zwergen Brokk und Sindri zu verdanken.«

»Jetzt kommen wir der Sache schon näher. Die beiden durchgeknallten Gestaltwandler kenne ich gut. Anscheinend haben sie dir nicht nur einen Pelz angezaubert, sondern auch deinen Verstand verhext.«

»Halt!«, rief Seshmosis energisch. »Du bist ein Eichhörnchen, das will ich akzeptieren. Aber wenn du nicht mein Herr bist, dem es beliebt, in vielerlei Gestalt zu erscheinen, warum kannst du dann sprechen?«

»Weil ich schon immer sprechen konnte. Im Übrigen können alle mythischen Tiere, die in Asgard tätig sind, sprechen. Sonst würden sie nämlich die Götter nicht verstehen.«

»Du gehörst zur hiesigen Götterwelt? Verzeih! Ich bin Prophet und verwechselte dich mit meinem Herrn, dem Gott ohne Namen, der mir vorzugsweise kleingestaltig erscheint.«

Gerade als der Schreiber den Satz beendete, verdoppelte

sich das Eichhörnchen. Seshmosis rieb sich die Augen. Ratatöskr rieb sich ebenfalls die Augen und schaute seinen Doppelgänger entgeistert an.

»Wieso bin ich auf einmal zweimal da?«

»Herr?«, fragte Seshmosis tonlos und fiel in Ohnmacht.

ᚠᚺᚾᛖ

»Dort draußen treibt sich ein wahnsinnig gewordener Jabul herum«, sagte Raffim.

»Ich denke nicht, dass Jabul wahnsinnig geworden ist. Ich glaube, er ist nicht er selbst«, wandte Barsil kleinlaut ein. Um den Hals trug er ein Schutzamulett mit den Runenzeichen *laukaR*, das er von Sampo erworben hatte.

»Wie kommst du darauf? Du weißt anscheinend mehr als wir. Sag uns endlich die Wahrheit, Barsil!«, forderte Zerberuh.

Ungewöhnlich ängstlich blickte sich Barsil in der Runde um. Doch nur einer saß im Raum, der nicht mit der *Gublas Stolz* nach Eisland gekommen war – der Schamane Sampo.

»Gut, ich will euch sagen, was ich weiß. Almak, Mumal und ich haben in Byblos einen Fehler gemacht. Wir sind in Mots Tempel eingebrochen und haben etwas gestohlen. Nun vermute ich, dass der Gott in Jabuls Gestalt hinter uns her ist.«

»Wie? Jabul ist Mot?«

»Was? Mot ist Jabul?«

»Ihr seid in den Tempel eingebrochen?«

»*Was* habt ihr gestohlen?«, fragte Nostr'tut-Amus auffällig ruhig.

»Den Rubin-Schädel.«

»Kein Wunder, dass Mot euch töten will! Ihr habt das größte Symbol seiner Macht entwendet.«

»Deshalb wollten wir ja ans Ende der Welt fliehen. Aber Mot hat uns trotzdem gefunden. Besser gesagt, ist er anscheinend mit uns auf der *Gublas Stolz* hierhergekommen. Doch nun wird Sampo für uns einen Gegenzauber weben. Außerdem verkauft er Amulette, die als Antidämonikum wirken.«

Bei diesem Stichwort breitete der Schamane auf einem Tuch mehrere Amulette mit unterschiedlichen Schriftzeichen aus.

»Bevor ich mein Zauberlied singe, solltet ihr euch meine Kollektion zur Dämonenabwehr ansehen und euch persönlich absichern. Hier haben wir ein hübsches Amulett mit der Aufschrift *laukaR,* das heißt bei euch Zwiebel oder Knoblauch und hält jeden Dämon auf Abstand. Das Amulett mit den Runen *Laþu* lädt euch Schutzgeister direkt an euren Körper. Die anderen wirken auch überaus trefflich: *Alu* heißt ebenfalls Schutz, aber ohne den Einsatz von Geistern, nur durch das Amulett und *ota* jagt den Dämonen Furcht ein. *Fuþark* schließlich bietet euch die Macht aller Runen, die einst der Zwerg Mimir dem Odin lehrte. Ihr seht, ich habe genau das, was ihr dringend braucht.«

So beendete Sampo seine Produktvorstellung mit einem im Wortsinn gewinnbringenden Lächeln.

Raffim, Zerberuh und die anderen klimperten mit ihren

gezückten Geldbeuteln und stürzten sich gleichzeitig auf die Schutz bringenden Amulette.

»Gemach, gemach, es sind genug für alle da«, versuchte Sampo die Tajarim zu beruhigen. Doch gegen deren Kaufrausch halfen nicht einmal die besänftigenden Worte eines Schamanen.

ᚷᚨᚢᛒᛖᚱ

Als Seshmosis aus seiner Ohnmacht wieder erwachte, saß genau vor seinem Gesicht ein Eichhörnchen.

»Du hast dich verändert, mein lieber Prophet«, sagte GON.

»Daran sind nur diese verrückten Zwerge schuld! Kannst du mich denn nicht aus diesem unwürdigen Zustand befreien? Es ist ja nicht so, dass ich an dir oder deinen Fähigkeiten zweifle. Und sollte ich jemals gewagt haben, daran zu denken ... vielleicht, unter gewissen traurigen oder gar dramatischen Umständen ... zu zweifeln, so nehme ich diesen Zweifel mit dem Ausdruck größten Bedauerns zurück. Du könntest mir doch helfen, oder?«

»Ich könnte schon, aber warum sollte ich? In dieser Gegend der Welt ist es von Vorteil, wenn man einen Pelz trägt.«

»Aber ich sehe aus wie ein Wolfsmensch!«

»Das ist doch egal. Hauptsache, du frierst nicht.«

Unwirsch winkte Seshmosis ab und setzte sich auf. Dabei fiel sein Blick auf GONs Doppelgänger. »Und wer ist dieses Eichhörnchen?«

»Dein von uns gesuchter Nachkomme. Er heißt Ratatöskr«, antwortete GON.

Verwirrt sah Seshmosis von einem Eichhörnchen zum anderen. Dann bat er: »Herr, bitte nimm eine andere Gestalt an. Oder ändere zumindest deine Farbe, damit ich euch unterscheiden kann.«

Augenblicklich wurde aus dem einen rotbraunen Eichhörnchen ein schwarzes Eichhörnchen.

»Danke! Und jetzt erkläre mir bitte die Sache mit meinem Nachkommen.«

»Nun, ich sagte doch, dass wir deinem Nachfahren aus deiner Verbindung mit der Amazone Cleite helfen müssen. Endlich haben wir ihn gefunden: Hier ist er! Sein Name ist Ratatöskr. Derzeit muss er allerdings auf dem Weltenbaum niedere Botendienste leisten. Wieso und warum, habe ich auch nicht ganz verstanden. Aber ich denke, er wird es uns erläutern.«

Seshmosis, der grau bepelzte Wolfsmensch, lehnte sich mit dem Rücken an einen Stein, ihm gegenüber hockten ein rotbraunes und ein schwarzes Eichhörnchen, die beide in Wirklichkeit jemand ganz anderer waren. Seshmosis mochte über das Bizarre dieser Situation lieber nicht nachdenken und war nur froh, dass ihn seine geliebte Tani jetzt nicht sah.

»Gut, Rata, Rata wie auch immer, lass hören!«, forderte Seshmosis das rotbraune Eichhörnchen auf.

»Da gibt es nicht viel zu erzählen. Ich war ein ganz normaler Mensch in einem ganz normalen Wirtshaus. Gut, es war vielleicht ein wenig verruchter als andere Wirtshäuser, und die Leute darin waren etwas rauer als üblich. Dementsprechend wurden die Spiele schärfer gespielt und die Regeln etwas weiter ausgelegt, wenn ihr versteht. Woher sollte ich wissen, dass der schielende Alte, mit dem ich spielte, ein Gott war? Ich versuchte ihn ganz normal beim Würfeln zu betrügen. Und da ist er ausgerastet. Völlig überzogen! Der Kerl war nämlich in Wirklichkeit der Trickstergott Loki. Der verwandelte mich noch im Wirtshaus in ein Eichhörnchen, packte mich am Genick und warf mich hinaus. Das war das Ende meiner menschlichen Existenz, und seither muss ich als Eichhörnchen am Weltenbaum die Zankbotschaften zwischen dem Drachen in der Wurzel und dem Adler in der Krone hin und her tragen.«

»Du bist mein Nachkomme?«, fragte Seshmosis ungläubig.

»So sagt man. Zumindest der andere Eichkater sagt es, der, den du Gott nennst.«

»Er ist dein Nachfahre, Seshmosis!«

»Kaum zu glauben. Wo ich doch Glücksspiele hasse. Vielleicht hat er das von seiner Vorfahrin. Von mir hat er es auf jeden Fall nicht!«, entrüstete sich Seshmosis. Im gleichen Augenblick keimte in ihm eine Erinnerung auf. Die Erinnerung an die Amazone Cleite, die erste Frau, mit der er das Lager teilen durfte. Eine Frau, die so ganz anders war als die Mädchen der Tajarim, die bis dahin das Ziel seiner Fantasien gewesen waren. Eine leidenschaftliche Frau, die mit Schwert und Schild besser umgehen konnte als mit Kochtöpfen und Pfannen. Eine Frau, die später Königin der Amazonen werden sollte und die seinen, Seshmosis' Sohn, gebar. Jenen Sohn, der wohl der Vorfahr dieses Eichhörnchens wurde oder gewesen war oder werden sollte.

Wieder brachten ihn die Zeiten durcheinander. Waren Amazonen eigentlich neben dem Kampf und der Jagd auch dem Spiel zugetan?

Doch bevor geklärt werden konnte, woher Ratatöskr seinen Hang zum Glücksspiel hatte, knackte es im nahe gelegenen Birkengehölz. Der eine Eichkater verschwand blitzartig zwischen den Steinen, der andere mit einem Plop. Zurück blieb ein einsamer, völlig verstörter Seshmosis.

ᚱᚨᛏᚨᛏᛟᛊᚲᚱ

Selbst die vier mächtigen Hirsche der Zeit, Dain, Dwalin, Duneyr und Dyrathor, spürten die dramatische Veränderung. Das Entsetzen von Midgard berührte inzwischen auch den Weltenbaum. Immer wieder hielten die Hirsche beim Äsen inne und blickten sich um. Obwohl sie fraßen, schien die Zeit stillzustehen. Keine knospende Stunde wurde zwischen den gewaltigen Zähnen mehr zermalmt, geschweige denn blühende Tage oder gar sich verästelnde Jahre.

Noch nie zuvor hatte es eine Zeit gegeben, in der ein fallendes Blatt den Boden nicht erreichte.

ᚷᛖᛁᛏ

Das Leben in Asgard lag danieder. Die toten Krieger in Walhall dösten mehr, als dass sie der letzten Schlacht entgegenfieberten. Derweil stapelten die Lichtalben auf dem Idafeld in übertriebener Geschäftigkeit Schwerter und Äxte, Helme und Schilder. Die Walküren trafen sich, um die Welt in Schlachtfeldzonen aufzuteilen. Schließlich wollte man sich nicht gegenseitig ins Gehege kommen, wenn es galt, die tapfersten und schönsten gefallenen Helden einzusammeln und aufzustapeln. Sie wussten, dass sie diesmal viel Platz, sehr viel Platz brauchen würden. Personalnot kannte man bei den Schildjungfern allerdings nicht. Ganz im Gegenteil, hatte man ihre ursprüngliche Zahl von zwölf längst von Generation zu Generation erhöht, und inzwischen war völlig offen, wie viele Walküren es geben durfte. Das lag zum einen daran, dass Odin gerne junge Menschenfrauen in einem speziellen, sehr persönlichen Akt zu neuen Walküren kürte, zum anderen am tatsächlich ständig steigenden Bedarf durch die Ausweitungen regionaler und überregionaler bewaffneter Konflikte überall auf der Welt. Auch einem Außenstehenden musste klar sein, dass zwölf wackere Walküren bei weitem nicht ausreichten, all die Leichen von sämtlichen Schlachtfeldern der Erde zu holen. Und die nun bevorstehende Schlacht würde überhaupt keine Überlebenden kennen, weshalb man auch zwischenzeitlich inaktive oder verheiratete Reservistinnen einberief und nach Asgard holte.

Der Skaldengott Bragi dichtete derzeit an einer letzten Ode, am großen Abgesang. Sich selbst sah er in seinen poetischen Visionen die Kantele spielend und singend, in einen endlosen Abgrund stürzen. Freyja, die Wanengöttin der Fruchtbarkeit, träumte dagegen von einer letzten großen Orgie, in welcher Riesen und Zwerge und ihr eigener

Körper eine wesentliche Rolle spielten. Thor stellte sich sein Ende schlicht als Fortsetzung seines jetzigen Lebens vor: Er würde, solange er konnte, mit seinem Hammer Mjöllnir auf alles einschlagen, was sich bewegte. Freyr sah sich am Bug seines Schiffes *Luftsegler* stehen, immer weiter westwärts segelnd, bis er vom Rand der Welt stürzen würde, hinunter in eine noch tiefere Tiefe als der größte Ozean. Heimdall, der Wächter, wünschte sich endlich die Farben der Regenbogenbrücke Bilfröst als Töne zu hören, das schmeichelnde Grün, das aggressive Rot, das gleißende Gelb, bis alle Farben ihn in einem gigantischen Wirbel mit sich rissen.

So träumte jede und jeder von seinem Wunschende, während Odin auf einem fernen Planeten immer noch mit Metatron verhandelte.

ᚹᚨᛚᚺᚨᛚᛚ

Seit die Hirten aus dem Birkengehölz Angst schreiend vor ihm davongelaufen waren, mied Seshmosis jeglichen Kontakt zu Menschen. Er wollte nicht riskieren, dass jemand aus Furcht und Panik mit dem Schwert oder der Axt auf sein Äußeres reagierte.

Außerdem bewegte er sich längst am Rand des körperlichen Zusammenbruchs. Es war in diesem Land schon schwer genug, mit Pferden vorwärtszukommen, aber zu Fuß kam man so gut wie gar nicht weiter.

Gegen Abend legte sich Seshmosis völlig erschöpft unter

einen Baum in Sichtweite zu einem kleinen Gehöft. Alle Muskeln schmerzten, und die Müdigkeit drohte ihn zu übermannen. Leise flehte er zu GON, er möge erscheinen, doch der kleine Gott ließ sich nicht sehen. Ebenso wenig dieses spielsüchtige Eichhörnchen, das in seiner schlimmen Situation wenigstens eine Ablenkung hätte bieten können. Resigniert schlief er ein.

Als Seshmosis wieder erwachte, war es dunkel. Vom nahe gelegenen Bauernhof drangen menschliche Stimmen und ein schwacher Lichtschein zu ihm. Nur wenig später erlosch das Licht, und es herrschte absolute Stille. *Jetzt oder nie,* dachte Seshmosis und schlich sich zu den kleinen Gebäuden.

Der Mond spendete genügend Licht, um sich zu orientieren, und schon bald fand Seshmosis den Eingang zum Stall. Mit Erstaunen sah er, dass hier dicht gedrängt viele Pferde standen. Das hätte er auf diesem kleinen Bauernhof nicht erwartet. *Hier fällt es sicher nicht so schnell auf, wenn ein Tier fehlt,* dachte der Schreiber.

Er tätschelte das Pferd, das am nächsten zum Eingang stand, am Hals. Das Tier reagierte freundlich. Es schnaubte ihm direkt in sein pelziges Gesicht. Angeekelt wischte sich Seshmosis die Feuchtigkeit von der Backe und sah dabei aus wie ein sich putzender Wolf.

Nach der freundlichen Begrüßung tätschelte Seshmosis das Pferd erneut. Dann bewegte er sich Richtung Tür. Problemlos folgte ihm das Tier nach draußen. Erleichtert kletterte Seshmosis auf den Rücken des Schimmels und entfernte sich leise vom Hof. Bald schon lag eine gehörige

Distanz zwischen den beiden und dem Tatort des Pferdediebstahls.

Entspannt döste Seshmosis auf dem Rücken seines Reittieres und vertraute sich diesem und GON an. Der kleine Gott würde schon dafür sorgen, dass er den kürzesten Weg nahm.

Unvermittelt hielt das Pferd an und riss Seshmosis aus seinen Träumen. Die Sonne stand schon knapp über dem Horizont, und vor ihm lag ein kleines Dorf.

Auf einer Wiese vor der Siedlung mähte ein Mann Gras, der nun seine Arbeit unterbrach, um Seshmosis und sein Tier genau zu betrachten. Dann zeichnete sich ein Erkennen in seinem zerfurchten Gesicht ab.

»Ungewöhnliches Aussehen«, sagte der Mann in der wortkargen Art der Leute hier.

Seshmosis bezog die Bemerkung auf sein eigenes, zurzeit doch sehr ungewöhnliches Äußeres und war froh, dass der Mann nicht mit der Sense auf ihn losging. »In unserer Familie gibt es viele Fälle von ausnehmend starker Behaarung. Das hat meines Wissens etwas mit Männlichkeit zu tun.«

»Ich meinte dein Pferd, Fremder.«

»Oh! Ja, es hat eine kräftige Statur. Es ist ein ausnehmend schöner Schimmel.«

»Die Beine meine ich. Es sind acht!«

Erstaunlich, der Kerl konnte zählen. Aber wohl nach dem Prinzip: eins, zwei, drei, acht. Seshmosis sah wie beiläufig an seinem Pferd herunter und wäre vor Überraschung fast von dessen Rücken gefallen. Es hatte tatsächlich acht Beine. Bei seinem ganzen Ritt hierher war ihm das noch nicht aufgefallen.

Der andere schaute Seshmosis noch misstrauischer an als bisher und musterte ihn nun sehr genau.

»Es gibt nur ein Pferd auf der Welt mit acht Beinen: Sleipnir! Und das gehört Odin. Aber du bist mit Sicherheit nicht Odin!«

»Wo du recht hast, hast du recht«, räumte Seshmosis ein.

»Nur einer außer Odin würde es wagen, Sleipnir zu reiten: Loki! Und so wölfisch wie du aussiehst, bist du der listige Loki, die Mutter von diesem Pferd.«

Seshmosis konnte das Glück der plötzlichen Mutterschaft nicht fassen und schwieg. Dann trat er dem Pferd die Fersen in die Rippen und krallte sich an der Mähne fest. In wildem Galopp raste Sleipnir auf acht Beinen in das Dorf, durch das Dorf und dann hinter dem Dorf über die Hügel.

Einige Wikingerchristen am Wegesrand bekreuzigten sich zum allerletzten Mal und kehrten zum alten Glauben zurück.

Tangbrand, Torarin und Hallfred erreichten im Morgengrauen den Hof von Gamli Stein. Selbstbewusst und siegessicher stiegen sie von ihren Pferden.

»Ho, ho!«, rief Tangbrand. »Die frohe Christenbotschaft ist nah! Heraus mit euch, damit ich sie euch verkünden kann!«

Verschlafen öffnete Gamli Stein die Tür seines Hauses. In letzter Zeit wurde sein einst beschauliches Leben ziemlich durcheinandergewirbelt.

»Was gibt es, Fremde? Wie kann ich euch helfen?«

»An mir ist es, *dir* zu helfen. Vor dem Fegfeuer will ich dich und die Deinen retten. Tut Buße und lasst euch taufen, damit ihr der ewigen Verdammnis entrinnt!«

Inzwischen drängten und zwängten sich auch die vier Kinder durch die Tür und musterten neugierig die Missionare. Gamlis Frau Sigrun eilte ebenfalls nach draußen; ihr Instinkt sagte ihr, dass dieser Besuch nichts Gutes bedeutete.

Derweil baute Tangbrand kaum merklich seine bewährte Bedrohungsszenerie auf. Er selbst umklammerte das Kruzifix, das schon so vielen den Tod gebracht hatte, Torarin näherte sich unauffällig dem Stall, und Hallfred versuchte mögliche Fluchtwege zu verstellen.

»Die Sache ist ganz einfach, Bauer«, sagte Tangbrand und stellte sich vor Gamli. »Ihr schwört euren heidnischen Göttern ab und lasst euch taufen. Lasst euren dämonischen Aberglauben fahren, und nichts wird euch geschehen. Wenn nicht …«

»Wenn nicht was? Drohst du mir etwa?«, fragte Gamli gereizt.

»Wir könnten ja deinen Stall anzünden, damit du erleuchtet wirst, Bauer.«

Nach diesen Worten Tangbrands näherte sich Torarin mit einem brennenden Kienspan dem Stall.

Allerdings sollte er ihn nie erreichen. Krachend schlug die Tür auf, und ein goldener Kugelblitz stürmte heraus.

Gullinborsti raste auf Torarin zu, warf ihn zu Boden und rannte einfach ungebremst über ihn hinweg. Schnaubend drehte er sich an einem Steinwall um und scharrte mit den Vorderklauen.

Und auf einmal waren die Wölfe da. Lautlos umkreisten Geri und Freki, Skalli und Hati die Missionare; die Mäuler leicht geöffnet, gerade so weit, dass man ihre mächtigen Reißzähne sehen konnte, und die gelben Augen ständig auf die Eindringlinge gerichtet.

Wie so oft versuchte Tangbrand die Flucht nach vorn. Nach dem Motto »Angriff ist die beste Verteidigung« ging er mit erhobenem Kruzifix auf Gamli Stein los und wollte ihm den Schädel einschlagen. Die Rettung kam diesmal aus der Luft. Hugin raste im Sturzflug vom Himmel auf Tangbrand hernieder. Mit seinen mächtigen Krallen landete er auf dem Kopf des Missionars und riss ihm dabei die halbe Kopfhaut vom Schädel. Dann hackte er ihm mit seinem riesigen Schnabel die Augen aus. Göttliche Raben waren grausam, und Augen waren das Spezialgebiet von Odins Raben.

»So weit zum Aberglauben«, sagte Gamli zu Hallfred, der kreidebleich auf seinen schwer verletzten Anführer starrte. Den hatte eine gnädige Ohnmacht zumindest für den Augenblick erlöst.

Ächzend versuchte der von Gullinborsti niedergewalzte Torarin aufzustehen, doch die gebrochenen Knochen ließen ihn schnell wieder aufgeben.

Ratlos sah Gamli nach dem Kampf seine Frau an.

»Ich weiß nicht, was wir mit ihnen machen sollen. Nach Recht und Gesetz müssten sie verbannt werden. Aber ich habe keine Lust, Wochen damit zu verbringen, diese Halunken auf die Westmännerinseln zu schaffen und sie dabei auch noch durchzufüttern.«

Da trat Heidrun, die Walhallziege, zu Gamli.

»Wir jagen sie dorthin, wo sie hingehören: in die Missetäterwüste.«

»Aber ich habe keine Zeit für so eine Reise. Ich muss Heu machen, ich muss mich um so vieles kümmern. Ich muss unsere Wintervorräte anlegen.«

»Du musst dich nicht um die Kerle scheren, lieber Gamli. Die Wölfe werden dafür sorgen, dass die Halunken von ganz allein in die Wüste laufen. Jeder Biss in die Wade oder in den Hintern wird sie ihrem Ziel näher bringen.«

Zum Zeichen der Zustimmung fletschten die vier Wölfe ihre zahlreichen Zähne.

Gamli gab Hallfred eine wacklige Bahre aus zwei dicken Ästen und alten Seilen. »Damit könnt ihr euren Spießgesellen transportieren. Keine Angst, ich bekomme keinen Anfall christlicher Nächstenliebe und Barmherzigkeit. Ich will nur, dass ihr Gesindel schnell von meinem Hof verschwindet!«

Der Missionar zerrte den stöhnenden Torarin auf die Bahre, dann führte er seinen wieder erwachten blinden Anführer an das eine Ende und begab sich selbst zum anderen. So stolperten die Missionare unter den wachsamen Augen aller vom Hof. Hati und Skalli verfolgten die drei in Sprungdistanz.

ᚷᚨᛗᛚᛁ

Die Vorräte, die ihm die beiden Zwerge mitgegeben hatten, waren längst aufgebraucht, und so musste sich Seshmosis wohl oder übel in ein Dorf wagen, wenn er nicht verhungern wollte. Außerdem beschlich ihn eine Unsicherheit, ob er sich überhaupt noch auf dem Weg nach Keflavik befand. Vom Meer war weit und breit nichts zu sehen, und er besaß keinerlei Orientierung, welchem der widersprüchlichen Wegzeichen er folgen sollte. Und in welche Richtung.

Der quälende Hunger machte Seshmosis mutig, er ignorierte sein Aussehen und ging entschlossen auf das größte Haus der Siedlung zu, um dort nach etwas Essbarem zu fragen.

Der kräftige Krieger, der den Eingang bewachte, musterte den Schreiber kurz, dann bedeutete er ihm zu warten. Der Wikinger verschwand im Innern, und Seshmosis hörte ihn rufen: »Ein Berserker steht vor der Tür und verlangt nach einem Mahl. Er ist unbewaffnet.«

Eine tiefe Stimme antwortete Unverständliches, der Wächter kam wieder heraus und gab dem Schreiber das Zeichen einzutreten.

Erleichtert ging Seshmosis hinein. Er verneigte sich zum Gruß vor dem Hausherrn auf seinem thronartigen Hochsitz neben dem Kamin. Mehrere Männer saßen an einem langen Tisch, und Seshmosis nahm an dessen Ende im dunkleren Teil des Raumes Platz.

Bald brachte ihm ein junges blondes Mädchen eine dampfende irdene Schüssel mit einem Holzlöffel. Das Essen war undefinierbar, vielleicht gekochte Rinde und Fleisch von irgendwas, doch es war heiß und füllte den Magen. Das dazu gereichte gesüßte Bier erinnerte Seshmosis an Ägypten. Jugenderinnerungen stiegen in ihm auf; er schloss die Augen und gab sich dem wohligen heimatlichen Gefühl hin.

Bis ihn eine Stimme jäh aus den Träumen riss.

»Hat dich ein Gott verflucht oder bist du ein Halbling?«

Seshmosis sah auf. Ihm gegenüber saß ein Mann von ausgesprochener Hässlichkeit. Der schielende Alte erinnerte ihn an Nostr'tut-Amus, nur dass bei dem Fremden alles noch abstoßender war als bei seinem Freund. Eine Nase wie ein Adlerschnabel, Ohren groß wie Teller und Finger wie Spinnenbeine.

Mit Mühe versuchte Seshmosis seine Abneigung zu unterdrücken und fragte angestrengt freundlich: »Was ist ein Halbling?«

»Ein Mischling. Mit Zwergenmann und Menschenfrau als Eltern. Meist schlägt der Gestaltwandler schrecklich durch, und es kommt bei den Kindern immer wieder zu spontanen Anfällen von Verwandlung. Wie bei dir.«

»Ich verwandle mich nicht spontan. Ich sehe immer so aus. Zumindest seit einiger Zeit«, korrigierte der Schreiber.

»Kein Mensch sieht so aus. Wer bist du?«

»Das Ganze war ein kleiner Unfall. Ein Zwergengeschenk, das nicht ganz so funktionierte wie geplant.«

Der Alte lachte schallend. Die Augen aller im Raum richteten sich auf das merkwürdige Paar am Ende des Tisches. Doch da es nichts weiter zu sehen gab, wandten sie sich schnell wieder ihren Unterhaltungen zu.

»Du bist etwas Besonderes. Was treibt dich in diesen Winkel der Welt?«

»Ich bin ein einfacher Schreiber aus Ägypten, der jetzt in Byblos lebt. Hier bin ich, um einen Verwandten zu besuchen.«

»Ein Schreiber, so, so. Dann bist du sicher ein kluger Mann. Ich will dir ein Rätsel aufgeben. Wenn du es löst, sollst du dieses Goldstück als Belohnung erhalten.«

Mit diesen Worten hielt der Fremde wie von Zauberhand eine verlockend glänzende Münze zwischen den Fingern.

»Und wenn ich es nicht errate?«, fragte Seshmosis misstrauisch.

»Dann gehört dein wunderschöner grauer Pelz mir.«

Seshmosis würde sich hüten, auf so einen Wahnsinn einzugehen. Niemals würde er seine Haut für ein lumpiges Goldstück riskieren. Er war schließlich nicht spielsüchtig wie dieses Eichhörnchen, das behauptete, sein Nachkomme zu sein. Er war doch nicht verrückt, sich mit einer zwielichtigen Gestalt in einem schummerigen Raum auf ein solches Spiel einzulassen. Nichts und niemand konnte ihn dazu bringen, sich das Fell abziehen zu lassen. Entrüstet sagte er: »Gut, die Wette gilt!«

Das Gesicht des Alten verzog sich noch mehr zur Fratze. Es sollte wohl ein Grinsen sein. Dann begann er einen wunderlichen Sprechgesang anzustimmen:

»Mit Asen und Wanen speis ich
Mit Göttern und Geistern reis ich
Zwietracht und Zweifel bezweck ich
Die Zwerge im Berge weck ich

Willst du's wagen
Den Ifing zu waten
Mich zu raten?

Bin Vater und Mutter und Sohn
Stehl Menschen und Göttern den Thron
Wandel jeden Handel zum Trug
Füll Gift und Galle in jeden Krug

Willst du's wagen
Den Ifing zu waten
Mich zu raten?

Ich verführ den Blinden zum Mord
Ich betrüg den Drachen um seinen Hort
Die Schlange, der Wolf und mein Sinnen
Raffen und reißen die Welt von hinnen

Willst du's wagen
Den Ifing zu waten
Mich zu raten?«

Als das letzte Wort verklungen war, kam es Seshmosis vor, als erwache er aus einer Trance. Eine unendliche Klarheit durchströmte ihn, und für einen kurzen Augenblick glaubte er, neben dem Kamin eine rotgetigerte Katze zu sehen. Dann wandte er sich dem Fremden zu.

»Wenn wir in Ägypten wären, könntest du vielleicht Seth sein. In Byblos würde ich auf Mot tippen, den großen Verschlinger, aber hier …«

»Nun sag schon!«, drängte ihn der Alte.

»Hier würde ich sagen, dass du Loki, der Verschlagene bist! Der üble Bursche, der meinen armen Enkelsohn in ein Eichhörnchen verwandelt hat und ihn tagein, tagaus den Weltenbaum hinauf und hinunter rennen lässt.«

Der Trickstergott starrte Seshmosis überrascht an. Dann blickte er sich nervös im Raum um. Es war eindeutig, dass er etwas Bestimmtes suchte. Doch das, wonach er Ausschau hielt, war schon wieder verschwunden.

Wütend warf er Seshmosis das Goldstück in den Schoß.

»Wir sehen uns wieder!«, zischte Loki und verließ das Haus.

ᛚᛟᚲᛁ

In Keflavik hatten die Tajarim inzwischen mit Hilfe der Einheimischen alles Wertvolle aus der gesunkenen *Gublas Stolz* geborgen. Nur Almak ließ man ganz bewusst in seinem nassen Grab. Weniger aus Gründen der Pietät, sondern aus Angst, dass seine Leiche an Land Mot anlocken könnte.

Mumal und Barsil saßen an der Mole und starrten auf die Mastspitze der *Gublas Stolz,* die wie ein mahnendes Grabmal aus dem Wasser ragte. Oder wie ein drohender Finger. Die tagelange Angst hatte bei beiden deutliche Spuren hinterlassen. Die Wangen eingefallen, fahrige Bewegungen und ein ständiges Zucken der Augenlider verrieten, dass sich diese Männer zu Tode fürchteten.

»Er wird sich nicht zufrieden geben«, flüsterte Barsil.

»Du bist schuld! Du hast mich da reingezogen. Ich wollte mir nur ein bisschen dazuverdienen«, jammerte Mumal.

Nicht weit von den beiden Angstbündeln verließ Mot den Körper Jabuls, ließ ihn leblos neben einem Stall liegen und formte sich zu einer schmutziggrauen Windhose. Völlig unvermittelt raste er auf Barsil und Mumal zu, wirbelte sie hoch und warf sie ins Hafenbecken.

Dort wechselte der Unterweltsgott erneut seine Gestalt und nahm die Diebe als riesige Welle in Empfang. Mot formte sich zu einer gigantischen hohlen Hand aus Wasser, die hoch aus der Bucht aufragte, ergriff Mumal und Barsil und quetschte sie zusammen.

Ein Unwetter mit Blitz und Donner fegte über den Hafen und die kleine Siedlung hinweg. Hagel und Regen peitschten alles, was noch im Freien war. Menschen und Tiere verkrochen sich schnell in die Häuser, Hütten und Ställe. Der Überlebenskampf der Tempeldiebe fand unter Ausschluss der Öffentlichkeit statt. Fast.

Gerade als die ersten Rippen der Verfolgten zu brechen drohten, riss ein harter Windstoß die Wasserfaust auseinander. Mumal und Barsil stürzten nach unten. Tief tauchten sie ins Hafenbecken, bis auf den Grund, wo sie sich nach oben abstießen. Prustend kamen die beiden an die Oberfläche und schwammen unter größten Anstrengungen zurück zur Mole.

Mot tobte wegen der ungebührlichen Einmischung einer fremden Macht und zischte mit Gischt und Sprühregen über das Hafenbecken. Doch der Fremde wich ihm immer wieder aus und lockte den Verschlinger so unmerklich aufs offene Meer hinaus. In sicherer Entfernung zur Küste drehte sich der Windstoß und raste auf die Wasserfaust zu. Plötzlich fing der Wind Feuer. Mot schrie vor Schmerz laut auf.

Die Flammen verdampften seinen Körper, die Böen rissen seine Teile auseinander und trugen sie über das Meer. Der Feuersturm suchte und fand jeden einzelnen Wassertropfen, der zu Mot gehörte, und vernichtete ihn.

Am Strand von Keflavik kehrte langsam das Leben in den völlig entkräfteten Jabul zurück. Auf einem kleinen Steg im Hafen lagen schwer atmend Mumal und Barsil, und eine Stimme in ihren Köpfen sagte:

»Verdient habt ihr die Rettung nicht, aber ich konnte Mot noch nie leiden.«

ᛗᛟᛏ

»Jeder denkt doch, wir wären primitive Bauernhoftiere. Sehe ich etwa aus wie ein Schlachtschwein?«

»Aber«, wandte der Ziegenbock Zähneknirscher vorsichtig ein, »nennt man dich nicht auch *Hildiswin*, das Kampfschwein?«

»Ja, durchaus, aber das ist ein Ehrenname! Bei den Menschen besteht ein riesengroßer Unterschied zwischen einem Kampfschwein und einem Schlachtschwein. Letzteres hat nämlich mit der Schlacht der Krieger gar nichts zu tun. Es wird vielmehr umgebracht und gefressen! So wie du und dein Bruder und der Eber Sährimnir ja ständig von Leuten geschlachtet und aufgefuttert werdet. Aber das ist nicht mein Ding! Ich bin Gullinborsti, der Selbstleuchtende! Mich frisst keiner!«

»Keiner will dich fressen, Leuchtschwein«, mischte sich Heidrun ein, die in den letzten Tagen mehr und mehr zur Anführerin der Walhalltiere geworden war. »Und kein Mensch käme darauf, deinen aufgeblasenen Balg mit Bratenfleisch zu verwechseln. Also mach dir keine Sorgen, genieß das Leben und hab Spaß!«

Gullinborsti grummelte weiter vor sich hin. Wütend stapfte er auf seinen kurzen Beinen aus dem Hofgelände in die Einsamkeit der Wildnis.

»Auf das Mitleid von dieser Ziege kann ich verzichten. Und auf die Provokationen der Ziegenböcke auch. Jeder sieht doch, dass ich der Größte, der Schönste, der Stärkste, der Glänzendste von allen Tieren bin. Ich bin sogar gefährlicher als die Wölfe! Und ich kann fliegen wie die Raben. Die sind doch alle nur neidisch! Keiner kann so viel wie ich! Ich, Gullinborsti, müsste der Anführer sein!«

ᚷᚢᛚᛚᛁᚾᛒᛟᚱᛊᛏᛁ

Trotz der Niederlage hatte die Begegnung mit dem Fremden für Loki etwas Gutes gehabt: Sie brachte ihn auf eine geniale Idee. Er wusste, dass eine große, eine gigantische Auseinandersetzung auf ihn wartete und er wollte sie unbedingt gewinnen. Den Asen und Wanen stand die geballte

Macht aller Götter zur Verfügung, ihm dagegen nur seine gewalttätige, rücksichtslose, aber überschaubare Verwandtschaft. Sicher, die Feuerriesen würden mit auf seiner Seite kämpfen, aber bei den Frostriesen, diesem faulen Pack, war das sehr fraglich. Er brauchte dringend Verstärkung, und wenn er schon keine weiteren Mitstreiter finden sollte, dann zumindest technische Unterstützung mit Hilfe von Wunderwaffen. Und keiner war für die Entwicklung von Wunderwaffen besser geeignet als die Zwerge und von diesen die Gebrüder Brokk und Sindri. Jetzt musste er nur noch einen Weg finden, sie zu zwingen, für ihn zu arbeiten. Mit einem listigen Grinsen im Gesicht machte sich Loki zum Vulkan Trölladyngja auf.

ᛏᚱᛟᛗᛚᛚᚨ

Seshmosis freute sich, dass er mit GONs und Lokis Hilfe nun über ein wenig Barmittel verfügte. Das sollte die Rückkehr zu seinen Freunden erleichtern. Beruhigt begab er sich auf sein Nachtlager, doch mit einem mulmigen Gefühl dachte er an das achtbeinige Pferd, das er außerhalb des Dorfes versteckt hielt.

Im Morgengrauen erkundigte sich Seshmosis nach dem Weg nach Keflavik. Es war von hier aus nicht mehr weit nach Vogar, das am Meer lag, und wenn er dort der Küstenlinie nach Westen folgte, würde er sein Ziel wohl binnen eines halben Tages erreichen.

Beschwingt verließ Seshmosis die Siedlung und ging

zu der Stelle, wo er Sleipnir zurückgelassen hatte. Und o Wunder: Das Pferd war noch da!

Seshmosis wusste, dass es für dieses Tier kein Problem gewesen wäre, einfach zu verschwinden. Dass es trotzdem gewartet hatte und ihn auch problemlos aufsitzen ließ, zeigte dem Propheten, dass GON seine schützende Hand im Spiel hatte. Oder seinen Geist. Oder womit auch immer Götter Pferde im Zaum halten.

ᛊᛚᛖᛁᛈᚾᛁᚱ

Auf dem Weg zur Schmiede im Vulkan Trölladyngja überdachte Loki seinen Plan. Er wusste, wo man Zwerge am besten packen konnte: an ihrem Ehrgeiz und an ihrer Wettleidenschaft. Dies galt es auszunutzen und ihnen eine unwiderstehliche Falle zu stellen.

Als der Trickstergott das Höhlensystem der Zwerge betrat, war er vollkommen überzeugt, es als Sieger wieder zu verlassen.

»Pest und Cholera!«, rief Brokk, als er Loki sah.

»Freut mich auch, euch zu sehen«, überspielte dieser die Unfreundlichkeit.

»Finstere Verdammnis! Was führt dich denn zu uns?«, knurrte Sindri.

»Es ist mir immer wieder eine Freude, mit den genialsten Erfindern der Welt zu plaudern. Wobei natürlich auch ihr dann und wann an eure Grenzen stoßt.«

»Grenzen? Wir?«

»Was soll das? Du willst uns provozieren!«

»Nein, nein, keineswegs. Ich schätze euch und eure Arbeit über die Maßen. Aber jeder ist doch limitiert, irgendwie. Auch das Genie ist nicht unendlich.«

»Wir erfinden alles, absolut alles!«

Loki feixte innerlich, er wusste, er hatte die beiden am Haken.

»Das wage ich zu bezweifeln. Ich wette, ihr schafft es nicht, ein Schwert zu schaffen, das kämpft, ohne von einer Hand geführt zu werden.«

»Ein Geisterschwert ohne führende Hand, ohne Krieger? Das sollte zu machen sein«, sagte Brokk selbstsicher.

»Ich traue es euch ja sogar zu. Aber schafft ihr es auch binnen eines Tages? Man sagt, ihr trödelt gerne.«

»Wer behauptet so etwas?«, entrüstete sich Sindri.

»Meine mir eigene Diskretion verbietet es, meinen Informanten zu nennen.«

»Was ist dein Wetteinsatz, Wortverdreher?«, fragte Brokk.

»Da ich davon ausgehe, dass ihr es nicht schafft, sollt ihr zuerst meine Forderung an euch für euer Versagen hören. Ich will das Schwert, das ihr natürlich an einem Tag nicht schaffen werdet, gnädig verspätet annehmen. Dazu erwarte ich noch weitere neun Wunderwaffen, die ihr euch gefälligst auszudenken habt!«

»Das ist wahrlich viel verlangt von einem, der nichts zu bieten hat«, höhnte Brokk. »Da muss ein angemessener Anreiz dagegenstehen.«

»Nur zu!«, gab sich Loki gelassen. »Fordert, was ihr wollt, das ist mir die Sache wert.«

»Dein Kopf sei unser Preis. Wenn das Schwert fertig ist, bevor die Sonne wieder zu ihrem Platz zurückkehrt, gehört dein Kopf uns. Ohne Wenn und Aber!«

ᛒᚱᛟᚲᚲ ᛊᛁᚾᛞᚱᛁ

Endlich erreichte Seshmosis mit dem merkwürdigen Pferd die Küste. Er blickte auf eine große Bucht; überall in den Bergen der Umgebung rauchten die Vulkane. Ein bizarres Land aus Feuer und Eis, so fremd, so unwirklich, so abweisend. Nachdenklich ließ er den Blick schweifen und beschloss, dass es nun Zeit sei für die *Stunde des Dankes*.

Der Prophet säuberte einen großen flachen Stein, der wie ein Altar aussah. Darauf legte er den mit blutigen Runen beschrifteten Ledersack und hob die Hände zum Gebet.

»Herr, ich bete zu dir in dieser Wildnis an Gestaden fern der Heimat. Ich weiß, dass du bei mir bist, wenn du willst. Und dass du mich nie absichtlich in Gefahr bringst, hoffe ich immer noch. Du siehst in mein Herz und weißt, dass ich verwirrt bin. Mein Nachkomme ist ein Eichhörnchen, ich selbst reite auf einem achtbeinigen Pferd und sehe aus wie ein Wolf. Es wäre die rechte Zeit für ein wenig Hoffnung, Herr.«

»Du solltest dich von der exotischen Fremdartigkeit anderer Kulturen nicht durcheinanderbringen lassen, mein Lieber«, sagte die rotgetigerte Katze auf dem Stein.

»Exotisch ist gar kein Ausdruck! Dieses verrückte Land macht mich fertig, in dem kochendes Wasser aus dem Boden spuckt und übergeschnappte Zwerge in Feuer speienden Bergen geheime Erfinderwerkstätten betreiben. Und alles, was nicht gefährlich ist, ist deprimierend. Jetzt bin ich zweieinhalbtausend Jahre vorwärts durch die Zeit gereist, und nichts ist besser geworden.«

»Besser nicht, aber auf jeden Fall anders. Du wirst es schon noch bemerken. Aber vielleicht liegt es daran, dass die Zukunft noch gar nicht erfunden wurde? Aber im Augenblick solltest du dich um andere Dinge sorgen. Wie es aussieht, wird es gar keine Zukunft mehr geben.«

»Herr, was soll das bedeuten?«, fragte Seshmosis noch verwirrter als bisher.

»Die lokalen Götter hier wollen gegen andere lokale überirdische Wesenheiten in einen Krieg ziehen, was zwangsläufig die Ausrottung der Menschheit zur Folge haben würde. Weltweit, nicht nur hier.«

»Das darfst du nicht zulassen, Herr!«

»Es ist nicht so einfach. Auch meine Macht ist begrenzt, wie du weißt. Hier helfen nur geschickte Verhandlungen.«

»Dann verhandle, o Herr, verhandle, wie du nur verhandeln kannst! Ich flehe dich an! Ich habe dir doch schon vor unserer Abreise gesagt, dass es mir in Byblos so gut ging wie noch nie! Endlich habe ich meine große Liebe gefunden. Ich habe eine glänzende berufliche Karriere vor mir. Man will mich in die elitärste, größte, beste aller Gilden von Byblos aufnehmen. Noch nie hatte ich so viel Zukunft! Und jetzt sagst du mir, dass ich ausgerottet werden soll.«

Deprimiert ließ sich Seshmosis in den kargen Sandhafer sinken.

Die Katze sah auf den Propheten hinab, der das Gesicht

mit den Händen bedeckte und leise in sich hineinweinte. Behutsam legte sie eine Pfote auf Seshmosis' Kopf.

»Habe ich dich je im Stich gelassen? Ich wollte dir nur klarmachen, wie ernst die Situation ist. Und jetzt reiß dich zusammen!«

Ruckartig setzte sich Seshmosis auf.

»Was ist hier eigentlich los? Warum wollen die Götter und Überirdischen eigentlich einen Krieg gegeneinander führen? Und warum sollen dabei Tani und ich ausgerottet werden?«

»Loki, den du ja schon kennengelernt hast, hat Baldur umgebracht, den Sohn des hiesigen Obergottes Odin.«

»Ist er ein richtiger Sohn oder nur so ein Göttersohn wie Achilleus, Orpheus und Herakles bei den Achäern?«

»Nein, ein richtiger Sohn, und noch dazu war er der Liebling aller. Üble Sache.«

»Aber wie können wir diesen Krieg und die Vernichtung der Menschheit verhindern?«

»Schön, dass du *wir* sagst«, bemerkte die Katze. »Nun, es wird nicht einfach. Es ist wie so oft in der Vergangenheit: Ich bin der kleinste der Götter, und du bist der schwächste der Helden, also sind wir im Kampf von Anfang an chancenlos. Das ist aber auch eine glänzende Ausgangsposition, die wir nutzen können, um zu siegen.«

Seshmosis stutzte. Er glaubte GON falsch verstanden zu haben.

»Wir siegen, weil wir der Kleinste und der Schwächste sind? Wir gewinnen, weil wir keine Chance haben?«

»Genau! Du verstehst mich, weil du mein wahrer Prophet bist!«

»Herr, bist du es wirklich? Oder täusche ich mich wieder wie bei diesem Eichhörnchen?«

»Beruhige dich, ich bin es wirklich. Unser Vorteil ist es, dass sie uns unterschätzen. Wir müssen taktisch vorgehen, dann schaffen wir es vielleicht. Lass uns schauen, wo die Schwächen der anderen liegen.«

»Welcher anderen?«

»Die Schwächen der hiesigen Götter, der Asen. Sie waren ursprünglich die als Luftgeister verehrten Seelen der Verstorbenen. Mit der wachsenden Verehrung vor allem Odins, dem Anführer des Totenheeres, durch die Menschen wurden diese Asen zum zentralen Göttergeschlecht des Nordens. Da siehst du wieder einmal, mein Lieber, wie einfache Geister zu mächtigen Göttern aufsteigen können. Sie sind Emporkömmlinge, das müssen wir uns zunutze machen.«

»Und was ist meine Aufgabe bei der Verhinderung des Weltuntergangs?«

»Du rettest deinen Nachkommen Ratatöskr. Dazu musst du allerdings nach Asgard.«

ᚷᛟᚾ

Brokk und Sindri waren ganz in ihrem Element. Seit Stunden diskutierten, konstruierten und experimentierten sie. Währenddessen wartete Loki scheinbar gelangweilt in einem Seitenstollen des Höhlensystems auf das Verstreichen der Frist.

Plötzlich ließ ein schrilles Schwirren die Leuchtmoose grell aufleuchten. Abertausende von Mücken schwärmten in die Wohnschmiede, und die Zwerge konnten die Hand vor Augen nicht mehr erkennen. Wütend warf Sindri den Blasebalg zu Boden. »Loki!«, stieß er wie einen Fluch aus.

Hastig zog Brokk an einigen Hebeln in der Wand, und von der Decke baumelten unzählige mit Honig und Leim beschmierte Bänder. Innerhalb kürzester Zeit klebten die Mücken daran, und die Zwerge konnten wieder frei atmen und weiterarbeiten.

»Seit der Geschichte mit Thors Hammer hasse ich Insekten. Deshalb habe ich vorgesorgt, dass Loki mit seinem Mücken-Trick kein zweites Mal Erfolg hat. Diesmal ist seine Sabotage fehlgeschlagen, wir haben keine Zeit verloren!«

Ungerührt setzten die Brüder ihre Arbeit fort. Nach acht Stunden emsigen Schmiedens, eifrigen Wickelns, Ziehens, Schraubens und Polierens schwebte ein prächtiges Schwert in der Luft. Brokk und Sindri hatten sich wieder einmal selbst übertroffen.

»Du kannst aus deinem Loch kriechen, Loki!«

»Sieh, was wir geschaffen haben! Wir nennen dieses Schwert ›*Grafvitnir, die Grabschlange*‹, weil sein Biss tödlich ist«, verkündete Sindri stolz.

»Und dein Kopf gehört nun uns!«, triumphierte Brokk.

Zur Verstärkung seiner Worte tanzte das fliegende Schwert um den überraschten Trickstergott. All seine kleinen Sabotageversuche hatten nichts genutzt.

»Dann wollen wir uns unseren Preis holen. Nimm Abschied von deinem Kopf, Loki!«

»Haltet ein! So haben wir aber wirklich nicht gewettet!«

»Du hast deinen Kopf eingesetzt, und wir haben gewonnen, also gehört er uns. Sindri, schlag ihn ab!«

»Nein! Das dürft ihr nicht! Ihr habt meinen Kopf gewonnen, aber nicht meinen Hals! Ihr dürft meinen Hals nicht verletzen, der gehört nach wie vor mir.«

»Dann machen wir eben einen hübschen sauberen Schnitt durch deinen großen Mund«, schlug Brokk vor.

»Nein, nein! Das gilt nicht. Ihr dürft nicht einfach ein Stück Kiefer übriglassen. Das ist gegen die Regeln!«, widersprach Loki.

»Du verdammter Betrüger!«, zischte Brokk. »Ich hätte es wissen müssen, dass du wieder trickst. Aber diesmal entgehst du deiner Strafe nicht. Wenn wir dir nicht den Kopf abschlagen dürfen, so nähen wir dir wenigstens dein Schandmaul zu. Sindri, gib mir ein Messer und ein Schuhband! Ich werde ihm die Lippen durchstechen und seinen Lügenmund mit dem Lederband zunähen.«

Alle Proteste halfen nichts, die Zwerge verschlossen Lokis Mund. Gemeinsam sprachen sie einen Bannfluch über die Ledernaht, auf dass nur jenes Wesen diese zu lösen vermochte, das Loki aufrichtig gern hatte.

Doch damit nicht genug, brannten die Gestaltwandler dem Trickstergott auch noch ihr Zeichen in die Stirn, damit jeder sähe, dass dieser Kopf Brokk und Sindri gehörte. Dann ließen sie einen erstmals schweigenden Loki vom fliegenden, immer wieder attackierenden Schwert Grafvitnir aus ihrer Höhle jagen.

ᚷᚱᚨᚠᚠᛁᛏᚾᛁᚱ

Seshmosis folgte den Anweisungen seines Herrn und schwang sich auf Sleipnirs Rücken. Der Hengst würde ihn nach Asgard tragen, hatte der kleine Gott versprochen. Allerdings vergaß er dabei zu erwähnen, dass der Weg dorthin über Bilfröst, die Regenbogenbrücke, führte. Wohlweislich hatte GON seinem Propheten auch verschwiegen, dass Bilfröst übersetzt »der schwankende Weg« bedeutete. Nun, auf halber Strecke zwischen Midgard und Asgard, auf einem orangefarbenen Fleck, hörte Seshmosis die vertraute Stimme in seinem Kopf: »Fürchte dich nicht!«

»Ich fürchte mich nicht, und ich habe auch keine Höhenangst. Ich habe lediglich Angst davor, in die Tiefe zu stürzen.«

Doch das achtbeinige Pferd brachte Seshmosis sicher nach Asgard an den Fuß der Weltenesche. Neugierig blickte sich der Prophet um, und da sah er es:

Das berühmte Walhall. Ihm war klar, dass nur wenige Touristen diesen Anblick zu sehen bekamen. Vor allem keine lebendigen.

Die Schilde auf dem Dach glänzten prächtig, und auf der Wiese davor übten die toten Krieger heftig für die letzte Schlacht gegen Loki und seine Brut. Denen wollte Seshmosis lieber nicht zu nahe kommen.

Er blickte suchend am Stamm der Weltenesche empor, um seinen Nachkommen zu entdecken. Doch statt des kleinen Eichhörnchens erblickte er die vier mächtigen Hirsche der Zeit, Dain, Dwalin, Duneyr und Dyrathor. Wie immer ästen sie, jeder das Seine fressend und dadurch Stunden und Tage und Jahre und Zeitalter schaffend. Fasziniert beobachtete Seshmosis die majestätischen Geweihträger, als etwas an seiner Seite emporrannte. Auf seiner Schulter stand das rotbraune Eichhörnchen, das sein Nachkomme war und das er retten sollte.

»Komm mit mir nach Midgard! Mein Herr und Gott sieht eine Möglichkeit, dir deine menschliche Existenz zurückzugeben.«

»Nach Midgard will ich wohl kommen, aber warum sollte ich wieder ein Mensch werden?«

»Ja, bist du denn nicht unglücklich? Also wenn ich so ein verwandelter Winzling in Asgard wäre, gefiele mir das sicher nicht.«

»Wenn ich aber ein bedeutender Winzling bin, Herr Vorfahre? Wenn mir aber mein Leben als Winzling gefällt, weil ich Freunde habe? Und wenn ich respektiert werde wie niemals in meinem menschlichen Leben zuvor? Ich will Eichhörnchen bleiben und zusammen mit meinen Freunden, den mythischen Tieren leben.«

»Du vermisst dein Menschsein gar nicht?«

»Nein. Ich war kein guter Mensch. Ich habe gestohlen und betrogen und war kein Deut besser als Loki. Nur nicht so mächtig.«

»Aber empfindest du es denn nicht als Strafe, so zu leben?«, fragte Seshmosis immer noch verständnislos.

»Strafe? Mein lieber Ahnherr, ich ziehe die relative Unsterblichkeit als Eichkater der Endlichkeit eines Lebens als menschlicher Mann vor.«

»Aber wenn du ein Eichhörnchen bleibst, stirbt unsere Linie aus. Du bist doch mein allerletzter Nachkomme! Könntest du nicht …«

»Sehe ich etwa aus wie ein Zuchtbulle?«, empörte sich Ratatöskr. »Es ist doch an dir, für mehr als einen einzigen Nachkommen zu sorgen, auf der Erde oder in Midgard oder wie immer du das nennst, wo du lebst. Findest du denn keine Frau, die Kinder von dir und mit dir haben möchte?«

Seshmosis fiel es wie Schuppen von den Augen, und er flüsterte. »Tani.«

»Wusste ich's doch!«, rief Ratatöskr. »Es gibt noch eine andere Lösung. Und jetzt komm mit, ich habe ein Geschenk für dich!«

ᚱᚨᛏᚨᛏᛟᛊᚲᚱ

In Utgard, an der Grenze von Nebelheim zu Feuerheim, hauste die Riesin Angrboda, die »Unheilstifterin«. Man sagte, sie sei älter als die Wanen und Asen, und manche behaupteten gar, sie wäre eine Tochter des Urriesen Ymir. Eines aber war sie mit Sicherheit: das Weib des Loki und Mutter seiner Kinder, dem Fenriswolf, der Midgardschlange und der Hel. Und sie war das einzige Wesen im Universum, das den Trickstergott mochte.

Zu diesem seinem Weib begab sich nun Loki. Nur sie vermochte dem Bannfluch der Zwerge zu widerstehen und war in der Lage, ihm die Lederschnüre aus den Lippen zu ziehen.

Zaghaft klopfte Loki an die Tür der schäbigen Hütte.

»Komm herein, du Schuft!«, dröhnte es von drinnen.

Der Trickstergott betrat die Behausung, die prächtig eingerichtet war. Staunend sah sich Loki um. Seit seinem letzten Besuch hier hatte sich viel verändert, um nicht zu sagen, alles.

»Willst du mir nicht *guten Tag* sagen?«, höhnte Angrboda und sah grinsend auf den zugenähten Mund ihres Gatten. »Ein Anblick, auf den ich, wie viele andere auch, lange gewartet habe.«

»Mmmmpf, mmmgh.«

»Ja, danke, mir geht es gut.«

»Mmmnngh.«

»Nein, ich habe dich auch nicht vermisst.«

»Mmpf, mmmmpfgh.«

»Oh, du musst dich nicht entschuldigen, dass du dich hundert Jahre oder länger nicht hast blicken lassen. Ich wusste ja, dass du immer an mich denkst.«

»Mmpf.«

»Du musst schon wieder gehen? Wie schade!«

An dieser Stelle des etwas einseitigen Gesprächs schüttelte Loki heftig mit dem Kopf und warf sich seiner Gattin zu Füßen.

Angrboda brach in schallendes Gelächter aus.

»Wie lange habe ich darauf gewartet, dass *du* mich einmal brauchst, Loki! Der große Weltenversteher, der Puppenspieler, der immer alle Fäden in der Hand hält. Der Mann, der mich mit den schrecklichsten Kindern des Universums sitzen gelassen hat. Der größte Egoist aller Welten und Zeiten braucht mich, wie schön!«

Dann holte sie ein Messer und durchtrennte die Lederschnüre.

ᚠᚾᚷᚱᛒᛟᛞᚠ

Seshmosis stand inmitten von mannsdicken Wurzeln, die sich aus der Erde zum Stamm hin wanden. Auf einer davon saß Ratatöskr. Der Schreiber hörte ein regelmäßiges, kräftiges Blasen.

»Ist das eine dieser heißen Quellen, dieser Geysire?«, fragte er.

»Ruhig«, flüsterte das Eichhörnchen. »Das ist der Atem von Nidhöggr, dem alten Drachen. Er darf nicht merken, dass wir hier sind.«

Leichtfüßig rannte Ratatöskr weiter, und Seshmosis bemühte sich, ihm möglichst geräuschlos zu folgen. An einem Brunnen hielt der Nagezahn an.

»Vorsichtig! Das ist der Mimirsbrunnen. Odin opferte ein Auge dafür, hineinblicken zu dürfen, um die Weisheit zu schauen, die darin verborgen liegt. Ich benutze das Wasser als Spiegel.«

»Soll ich's wagen?«

»Wenn du nur auf die Oberfläche siehst, ist es ungefährlich. Aber wehe, dein Blick dringt tiefer ein! Dann brauchst du wahrlich starke Runen, um das Gesehene zu ertragen.«

Seshmosis entschied, dass jetzt nicht der rechte Zeitpunkt für Grenzerfahrungen war. Er wollte lieber kein

Auge riskieren und warf nur einen kurzen Blick auf den Wasserspiegel. Erschreckend genug, dass er immer noch wie ein graues Tier aussah.

Ratatöskr wühlte und scharrte inzwischen unter Laub und Wurzelwerk. Nach einer Weile wandte er sich wieder Seshmosis zu. Der Eichkater hielt vorsichtig einen goldenen Ring in der Pfote.

»Mein Abschiedsgeschenk für dich, Urahn!«

Gerührt nahm der Schreiber das Geschenk an.

»Ein wunderbarer Ring! Vielen Dank, mein lieber Ratatöskr.«

»Das kann man wohl sagen, denn er ist wahrlich *wunderbar*. Dies ist der Ring *Draupnir,* und er hat eine wechselvolle Geschichte. Aber seine wichtigste Eigenschaft ist, dass er sich jede neunte Nacht selbst verachtfacht. Damit sollte dein Einkommen und Auskommen für den Rest deines Lebens gesichert sein. Und wo du doch bald heiraten möchtest …«

»Jetzt erinnere ich mich! Brokk und Sindri haben mir von diesem Wunderwerk namens *Draupnir* erzählt. Ich wusste nicht, dass er in deinem Besitz ist.«

»Auch das ist eine lange Geschichte, mit der ich dich nicht langweilen möchte«, wich Ratatöskr aus. »Nimm ihn nur!«

»Aber solch ein Ring würde dir doch auch helfen …«, wandte Seshmosis ein.

»Bis vor kurzem dachte ich das auch. Aber was will ein Eichhörnchen schon mit Gold anfangen? Was ich zum Leben brauche, finde ich hier. Und wenn es ein bisschen mehr sein soll, habe ich meine Freunde. Nein, nein, Gold ist etwas für Menschen. Oder für Götter. Aber nicht für mich.«

Dankbar ließ Seshmosis den Ring in seinem Brustbeutel verschwinden.

Und Ratatöskr war froh, dass sein Urahn nicht weiter nach der wechselvollen Geschichte des Ringes fragte. So blieb der Schreiber völlig unbelastet vom Fluch eines Hechtes, der in einem Wasserfall lebt, von ausstehenden Wergeldzahlungen an einen im Ausland befindlichen Drachen oder der Rache eines zornigen, weil einer wertvollen Grabbeigabe beraubten Gottes in Hel.

Die drei Schicksalsfrauen sahen sich ratlos an. Urd, die für die Vergangenheit zuständig war, neigte bedächtig das Haupt und flüsterte:

»Es ist mehr Gewordenes im Land, als Tage vergangenen sind. Mehr Rinde ist gegessen, als am Baum der Hirsche gewachsen ist.«

Skuld, die Norne der Zukunft, sagte händeringend: »Es ist nichts mehr da, das werden kann. Die Knospen und Zweige sind entschwunden, selbst der Baum vergangen. Alles Künftige ist entrückt.«

Ihre Schwester Verdandi, die sich ganz auf die Gegenwart konzentrierte, aber kicherte in sich hinein: »Sorgt euch nicht, lebt!«

ᚾᛟᚱᚾᛖᚾ

Kurz vor Keflavik bäumte Sleipnir sich auf. Seshmosis krallte sich in die Mähne, um nicht zu stürzen. Er verstand den Wink, stieg ab und tätschelte den Schimmel.

»Danke, dass du mich so gut getragen hast. Auf der Regenbogenbrücke war ich um deine acht Beine ziemlich froh. Mach es gut, mein Freund, was immer du nun vorhast!«

Der Hengst schnaubte kurz und bleckte freundschaftlich die Zähne. Dann verschwand er zwischen Stauden und Birkengestrüpp.

Vorsichtig näherte sich Seshmosis der Siedlung. Er wollte aus Sicherheitsgründen lieber zuerst auf einen der Tajarim treffen, bevor ihn die Einheimischen vielleicht als jagdbares Wild betrachteten. Zu seiner Freude entdeckte er Nostr'tut-Amus, der mit Sampo ins Gespräch vertieft neben einem Stall stand.

Seshmosis holte tief Luft, dann wagte er es, auf die beiden zuzugehen.

Sampo bemerkte ihn zuerst und pfiff durch die Zähne. Dann erkannte ihn auch der Seher und die beiden waren überglücklich, dass Seshmosis noch am Leben war. Verwundert über das Aussehen des Freundes, fragte Nostr'tut-Amus: »Bist du den Göttern begegnet, mein Bester?«

»Nein. Es waren eher Zwerge. Aber sehr mächtige Zwerge«, antwortete Seshmosis kleinlaut.

»Erzähl, was dir widerfahren ist!«, forderte ihn Nostr'tut-Amus auf.

Doch Sampo griff ein: »Lass ihn erst mal ankommen. Ich bin sicher, er braucht jetzt Ruhe. Und auch etwas zu essen. Bist du hungrig, Seshmosis? Wir haben noch genug rohen Fisch übrig.«

Odin saß in der *Bucht der brennenden Schiffe* und starrte auf die Stelle, an der Baldurs *Ringhorn* nach der Bestattung in den Fluten versunken war. Sein Zorn über die Untat Lokis wich mehr und mehr einer bleiernen Müdigkeit. Die Verhandlungen mit diesem Metatron gingen ihm auf die Nerven, er mochte die selbstgefällige *Stimme Gottes* nicht mehr hören. Nur seiner eigenen Sturheit war es geschuldet, dass er immer noch auf dem namenlosen Planeten verhandelte, obwohl es längst nichts mehr zu verhandeln gab. Er wusste um den anderen und seinen Standpunkt Bescheid. Jeder wusste, dass der andere sich keinen Fingerbreit von seiner Position bewegen würde. Es ging nur noch darum, ohne Gesichtsverlust aus der Sache herauszukommen.

Da tanzte auf einmal eine kleine Feuersäule über der Stelle, an der die Überreste von Baldurs Schiff lagen. Nach einer Weile verließ das Feuer den Schauplatz von *Ringhorns* Untergang und bewegte sich aufs Land zu, genau in Odins Richtung.

Der Gott betrachtete misstrauisch mit seinem verbliebenen Auge die Erscheinung. Die Feuersäule stand jetzt genau vor ihm. Odin blinzelte. Das half üblicherweise gegen jede Fata Morgana, doch die Feuersäule blieb. Odin fächelte mit der Hand. Die Feuersäule blieb. Odin fasste in die Feuersäule. Und verbrannte sich die Hand.

Während er kühlend auf seine Finger blies, unterdrückte er alle Flüche und versuchte sich dem Phänomen mit strenger Logik zu nähern. Trugbilder zu erzeugen gehörte ebenso zu seinem Repertoire wie zu dem von Loki. Doch dies hier war keine optische Täuschung, das Feuer brannte wirklich, wie er schmerzhaft erfahren hatte.

Auch glaubte Odin nicht, dass sich die Feuerriesen schon aufgemacht hatten, Asgard zu erobern. Und wenn, dann wären sie ganz anders aufgetreten. Mit mehr Pomp und Trara, wie Feuerriesen eben auftreten.

Während er weiter spekulierte, ertönte aus dem Feuer eine Stimme:

»Ich bin weder Surtur, der Oberste der Feuerriesen, noch einer seiner Gefolgsleute. Mein Name tut nichts zur Sache, aber ich könnte dir hilfreich sein.«

»Sprich!«

»Du musst nicht Ragnarök ausrufen und dein eigenes Ende herbeiführen, nur um dich an Loki zu rächen. Es gibt einen anderen Weg aus dieser Misere, bei dem du zudem noch lange Zeit der größte Gott in dieser Gegend bleiben kannst.«

»Welchen?«

»Den Weg der Geschichte. Leg dir zwei Dutzend Skalden zu, die Loki in ihren Gesängen und Schriften schmähen. Lass Lügengeschichten über ihn verbreiten, verteufle ihn, mach ihn einfach fertig.«

»So einfach soll das gehen? Was aber, wenn die Menschen die Wahrheit herausfinden?«

»Die Wahrheit ist immer das, was gesungen und geschrieben wird. Du besitzt den Skaldenmet, der die Menschen zu Dichtern macht. Gib ihnen davon zu trinken und sag ihnen, was sie schreiben sollen. Es wird funktionieren, glaube mir, ich habe viel Erfahrung mit Schreibern.«

ᛟᛞᛁᚾ

Als der Käfer Chepre an diesem Morgen die Sonne zum Horizont rollte, um sein Tagwerk zu beginnen, fragte er sich, ob heute endlich wieder die beiden netten Wölfe kommen würden. Er hatte es bei seiner eintönigen Tätigkeit immer als schöne Abwechslung empfunden, wenn sie so um ihn herumtollten und ihn zu erhaschen versuchten. Schade, dass die beiden seit ihrem kurzen Gespräch verschwunden waren. Hoffentlich waren sie nicht wegen irgendetwas eingeschnappt.

Gerade als die Sonne mit vollem Umfang über den östlichen Bergen stand, ertönte Heimdalls Hornruf. Erstaunt hörten die Asen und Wanen, Zwerge und Wichtel, Licht- und Dunkelalben, Frost- und Feuerriesen die Entwarnung.

Ragnarök, das *Schicksal der Götter,* fand nicht statt.

ᚲᛖᛈᚱᛖ

Aus den verborgenen Schriften der Walkürenschule von Walstatt

Wohlan, Schwestern im Nordlicht, lest aufmerksam diese Zeilen!

Auf dass wir uns stets erinnern, woher wir kommen und was wir wirklich sind! Auf dass der Geist der Zeitenläufte uns nicht verstümmle und unseres wahren Wesens beraube! Auf dass wir nicht werden zu Opfern falscher Skalden und kleingeistiger Schreiber!

Denn es werden Zeitalter kommen, in denen sich das Mondlicht nicht mehr auf unseren goldenen Brünnen spiegelt, um als Nordlicht von großen Schlachten zu künden. Doch der Glanz der Rüstungen wird stumpf, und die Menschen vergessen schnell. In jenen fernen Tagen wird man die Toten stapeln und entsorgen, statt die Helden liebevoll auszuwählen und nach Walhall zu tragen.

Verneigen wir uns vor den *Ersten Zwölf,* die mit Allvater Odin persönlich die *Wilde Jagd* geritten. Erinnert euch der herrlichen Raunächte, als wir mit den Wölfen um die Wette hetzten. Wundervolles, sturmtosendes Treiben, den Menschen zum Schrecken, uns zur Freude.

Doch nicht Unheil wollen künden wir, sondern vom Dienst an unseren Auserwählten berichten. Stehen wir doch ganz im Glanz der tapfren Einherjer, die wir von der

Walstatt nach Walhall bringen, wo wir sie mit Bier, Met und Wein bewirten. Manche heißen uns Todesengel, doch wir sind Liebende!

Unseren Lohn finden wir in den Armen der Helden und in den Liedern der Skalden.

Es geht nicht an, dass man uns in jüngster Zeit als Klageweiber verspottet oder gar als Hexen verschreit. Wir sind keine Tod bringenden Geschöpfe der Nacht. Wenn wir erscheinen, hat der Sensenmann seine Arbeit längst vollbracht. Wir retten die Helden vor dem Fraß der Wölfe und Raben und tragen sie in Odins glänzende Halle.

Wie oft fochten wir Seite an Seite mit unseren Auserwählten? Wie oft galt uns ihr letzter Blick, ihr letzter Atemzug?

Man mag uns Walküren zu Recht *herbe Weiber* nennen, doch weiß ein jeder, der sich mit uns einlässt, wer wir sind. Lockend ist es, eine der unseren zu lieben, auch wenn der Tod schon mit im Brautbett liegt.

Doch seid wachsam, Schwestern des Nordlichts, dass euch die Liebe nicht übermannt und ihr die Pflicht vergesst! Seid eingedenk der edlen Brünhild und ihrer abscheulichen Verfehlung!

Sie, die eine der Größten der Walküren war, vergaß sich und unsere Regeln und stellte sich gegen den Allvater selbst. Als einst zwei königliche Brüder um die Krone ihres Reiches stritten, hatte Odin dem Helmgunther den Sieg zugedacht. Doch Brünhild verfiel dem Anblick des holden Agnar, der so licht und mild wie Baldur war. Sie brach der Walküren Schwur und achtete der Götter Würfel nicht, die längst gefallen waren. Selbst Odins Warnruf stieß bei

Brünhild auf taube Ohren. Sie hob den Speer und senkte ihn in Helmgunthers Brust, durchbohrte das Herz des Walvaters Schutzbefohlenen. Odin zürnte der Schildjungfer wie keiner der Unseren je zuvor. Wütend ergriff er die Maid, hob sie auf Sleipnir und brachte sie in eine ferne Burg. Dort sprach er das Urteil: »Du solltest als Walküre die Helden von der Walstatt holen nach Walhall. Doch menschlich fühltest du und ergabst dich der Liebe. So treffe dich nun ein menschliches Los! Ein sterbliches Weib sei fortan! Verbannt bist du in diese Halle, bis ein Mann aus Midgards Stamm dich dereinst erlösen wird.«

Dann umgab er die Burg mit einer Waberlohe, einem schrecklichen Feuerkreis, auf dass keiner es wage, die Maid zu befreien.

Denkt immer an das Schicksal eurer Schwester Brünhild, wenn der Liebe Gefühle in euch aufsteigen! Lasst es mich flammend in eure Herzen schreiben: Schmal ist die Grenze zwischen der Lust und der Sterblichkeit. Wägt, bevor ihr die Liebe wagt!

ᚹᚨᛚᚲᚢᚱᛖ

Missetäterwüste, Waberlohe und eine merkwürdige Brautwerbung

In Keflavik rief Seshmosis zur *Stunde des Dankes,* und die Tajarim eilten vollzählig zu dem vom Propheten sorgfältig vorbereiteten kleinen Platz. Allen voran Barsil und Mumal, die sehr wohl wussten, wem sie ihre Rettung aus den Klauen von Mot zu verdanken hatten.

Trotz aller Freude, dass ihr Freund Seshmosis noch am Leben war, hatten sich die Tajarim immer noch nicht an dessen neues, bizarres Aussehen gewöhnt.

Doch Seshmosis ignorierte die verstohlenen Blicke und das unterdrückte Grinsen seiner Kameraden, schlug ihm doch von den Einheimischen enorme Bewunderung entgegen. Einer, der so aussah wie er, war zweifelsfrei von den Göttern berührt und ausgezeichnet. So kam es, dass ihm immer wieder wildfremde Menschen kleine Geschenke und Leckereien zusteckten und ihn baten, sie zu segnen. Wobei man sich nicht einig war, ob man in Seshmosis einen Vertreter Odins oder einen Vertreter Lokis vor sich sah.

Die Menschen hier wussten nichts vom kleinen Gott ohne Namen, und Seshmosis wollte sie auch nicht missionieren. Sampo spürte die Gegenwart von GON, dem Schamanen musste niemand von ihm erzählen oder ihn gar dazu bringen, an den fremden Gott zu glauben. Er wusste einfach um die Existenz dieser Wesenheit, die so mächtig sein konnte und sich doch in einem kleinen Umhängebeutel von einem Menschen tragen ließ. Für die Eisländer aber spielte es keine Rolle, ob es GON gab oder nicht. Sie lebten mit ihren alten Göttern oder glaubten an die neuen Götter der irischen Mönche und norwegischen Prediger.

Dennoch beobachteten sie nun mit großer Neugierde die Fremden und ihre religiösen Bräuche.

Seshmosis fegte noch auf einem Hügel die letzten Moosreste von einem Felsvorsprung, bevor er den Sack mit den Runen darauf legte.

Die Gemeindemitglieder knieten sich nieder, und der Prophet hob die Hände gen Himmel.

»Herr, wir danken dir, dass du uns auch hier in der Fremde bewahrst. Besonders danken wir dir für die Errettung von Barsil und Mumal aus den Klauen von Mot.«

Die Tajarim riefen im Chor: »Herr, wir danken dir!«

»Herr, wir bitten um deinen Beistand für unsere weitere Reise.«

»Herr, wir bitten dich!«

»Und tröste die, die Verluste erleiden müssen.«

»Herr, tröste mich!«, rief Raffim.

»Herr, bitte nimm unseren Freund Almak bei dir auf. Mag er auch gefehlt haben, so war er doch einer von uns. Stets hilfsbereit und tatkräftig wollen wir ihn in Erinnerung behalten.«

»Seht! Seht!«, riefen die Einheimischen aufgeregt und deuteten auf die Mastspitze der gesunkenen *Gublas Stolz*.

Wie Elmsfeuer entluden sich dort Funken. Staunend sahen alle Anwesenden, wie aus dem Halbmond von Byblos, der die Spitze zierte, ein leuchtendes Band entsprang. Wie ein Irrlicht kreiste es über dem Wrack, dann zog es in einem Bogen aus Nordlicht vom Mast im Hafenbecken zum Fels, auf dem GONs Tragesack lag.

Die Rufe des Staunens waren längst einem überwältigten Schweigen gewichen. Selbst Seshmosis schauderte in seinem Pelz vor Ergriffenheit.

Dann formten sich Feuerrunen in der Luft. Genau über dem Kopf des Propheten stand flammend *fuþark*, als wären diese Zeichen eine Spiegelung der mit Blut geschriebenen Runen auf dem Ledersack.

Spätestens jetzt knieten auch die umstehenden Eisländer nieder und senkten die Häupter. Der Wolfsmensch schien wahrhaft mit den Göttern im Bunde.

»Herr, wir danken dir für deine Gegenwart. Du bist immer in unseren Herzen. Segne unsere Wege. Es geschehe also!«

»Es geschehe also!«, wiederholte die Gemeinde.

Die Runen aus Feuer verblassten allmählich, bis sie sich in schwarze Rauchkringel verwandelten, die der Wind langsam aufs offene Meer trieb.

Als Seshmosis den Platz verließ, erwachten die Menschen wie aus einer Trance und kehrten in ihre Häuser zurück.

Unter dem Eindruck des soeben Erlebten änderte der Schamane Sampo seine Pläne.

»Es ist noch reichlich Zeit, bis die neuen Skaldenkurse in Oddi beginnen. Deshalb würde ich gern mit euch ziehen. Allerdings nur, wenn ich nicht wieder für die Passage bezahlen muss.«

»Wenn du beim Rudern kräftig zupackst, ist das kein Problem«, antwortete Zerberuh grinsend. »Aber zuerst müssen wir uns ein neues Schiff besorgen.«

ᛞᚨᚾᚲ

Sag mir, Fjölswidr, was ich dich fragen will
und zu wissen wünsche:
Wie heißt der Saal, der umschlungen ist
mit verwunschener Waberlohe?

Glut wird er genannt, der weifend sich dreht
wie auf des Schwertes Spitze.
Von dem seligen Hause wird Gerücht nur kommen
ewig zum Erdenvolk.[6]

Die erste Zeit nach Odins Bannspruch verbrachte Brünhild im Tiefschlaf. Wie viele Jahre sie so schlummerte, vermochte sie nicht abzuschätzen. Nach und nach kamen andere Phasen, Stunden, in denen die ehemalige Walküre zwischen Schlafen und Wachen dämmerte. Mittlerweile erzwang Brünhild mehr und mehr Bewusstheit, obwohl es schmerzte.

Fast zärtlich strich sie über die geliebte goldene Brünne. Diese Rüstung war das letzte Stück aus ihrem alten Leben als Walküre. Doch längst war die Sehnsucht der Lethargie gewichen.

Dumpf lebte die Schildmaid in ihrer Burg Isenstein am

Mückensee, von der feurigen Waberlohe geschützt und gleichermaßen von der Welt abgeschnitten.

Am Abhang der Burg auf dem Vulkan Hverfjall erstreckte sich die seltsamste Stadt von ganz Eisland: Dimmuborgir, die Dunkelstadt.

Man sagte, selbst Gespenster hätten Angst, hier zu wohnen.

Die Stadt aus schwarzer Lava wurde im Lauf der Generationen von mehr und mehr Gesindel bevölkert – flüchtige Schwarzalben, obdachlose Wichtel, ausgestoßene Zwerge, verfluchte Seher, verstümmelte Skalden und verbannte Menschen. Sie alle sammelten sich in der Stadt der Gesetzlosen am Rand der Missetäterwüste.

Im Gegensatz zu den Kriegern von Walhall warteten sie nicht auf die letzte Schlacht, die Gestalten hier befanden sich bereits mitten in ihr.

ᛒᚱᚢᚾᚻᛁᛚᛞ

»Der *Gulden Orm* ist der schnellste hölzerne Hirsch an der ganzen Westküste!«, prahlte Leif Blauzahn. Er versuchte damit die völlig überhöhten Preisforderungen für sein altes Wikingerschiff zu begründen.

Doch Uartu, der phönizische Steuermann und Experte für Bootstypen aller Art, winkte ab. »Nicht einmal wenn ich auf der Flucht wäre, würde ich so viel Geld für dieses Schiff ausgeben.«

»Das Beste an deinem Schiff ist der Name: *Gulden Orm,*

der *Goldene Drache*«, spottete Seshmosis, den man als eine Art Talisman zu den Verhandlungen hinzugezogen hatte. Seit seinem Auftritt bei der letzten *Stunde des Dankes* galt der Schreiber als Liebling der Götter und Glücksbringer schlechthin.

Raffim war klar, dass der Kaufpreis mit Sicherheit ihre bisherigen Gewinne auffraß und auch noch ein riesiges Loch in die Goldreserven der Händler reißen würde. Aber er und seine beiden Mitgesellschafter Zerberuh und Barsil würden Leif Blauzahn das Geld sicher nicht in den Rachen werfen.

Seshmosis mochte den Goden nicht, deshalb sagte er wie beiläufig:

»Unser Gott sieht es nicht so gern, wenn du die Notlage seiner Gläubigen ausnutzt. Ich weiß das, denn ich bin sein Prophet …«

Der Häuptling erschrak, denn er war Zeuge von GONs Erscheinen am Hafen und bei der *Stunde des Dankes* gewesen. Schlagartig wurde ihm klar, dass die Fremden mit Hilfe ihres Gottes das Schiff auch einfach an sich nehmen könnten. Leif Blauzahn lenkte ein; besser weniger als gar nichts für das Boot bekommen.

»Einen angemessenen Preis, mehr will ich gar nicht, gute Leute.«

»Den sollst du bekommen«, versprach Seshmosis und überließ die weiteren Verhandlungen Raffim.

Jabul ging es inzwischen wieder gut, ihm fehlte jedoch jegliche Erinnerung an die Zeit, in der Mot seinen Körper bewohnt und benutzt hatte. Zusammen mit Jebul und Jubul schleppte er Raffims Besitztümer an Bord der *Gulden Orm*. Dank des nachdrücklichen Eingreifens von Seshmosis hatte der Händler doch nicht so tief in die Tasche greifen müssen wie ursprünglich befürchtet.

»Wir müssen an die Nordküste von Eisland«, sagte Zerberuh.

»Nord klingt nach kalt. Noch kälter als hier.« Seshmosis fröstelte trotz seines Felles.

»Lasst uns aufbrechen, das Obsidianland wartet auf uns! Wir wollen die Reichtümer doch nicht länger einsam in der Wildnis liegen lassen«, frohlockte Raffim ungewöhnlich gut gelaunt. Der günstige Schiffskauf, die Aussicht auf Gewinne und ein anderes Frühstück als Haferbrei mit Hering schien ihn zu beflügeln.

Bald blähte der Wind das rot-weiß gestreifte Segel, und der Bug der *Gulden Orm* teilte wie ein Schwert die Wogen. Im Kiel zog die weiße Gischtspur des Drachenboots eine verheißungsvolle Linie, bis die Wellen sie wieder fortwuschen.

ᚷᚢᛚᛞᛖᚾ ᛟᚱᛗ

»Ich weiß es aus erster Hand, dass Ragnarök nicht stattfindet! Vertraut mir, ihr könnt nach Hause zurück«, versuchte Ratatöskr seine Freunde auf Gamlis Hof zu überzeugen.

»Wir können nicht einfach zurück und so tun, als wäre nichts gewesen. Sollen wir sagen: Wir haben dringend Urlaub gebraucht, und zwar genau in dem Augenblick, als

Heimdall zu Ragnarök blies, doch jetzt sind wir wieder da und machen weiter wie immer?«, meinte der Rabe Munin.

»Woher will Herr Oberschlau denn so genau wissen, dass wir einfach heimgehen können? Vielleicht ist das Ganze nur eine Falle, um uns anzulocken und dann zu bestrafen?«, argwöhnte Gullinborsti.

»Ich weiß es von meinem Urgroßvater. Und der weiß es von ganz oben, von Odin persönlich. Er hat es meinem Urahn gesagt, und der ist ein ganz großes Tier, müsst ihr wissen.«

»Was für ein Tier ist dein Vorfahr denn? Auch ein Eichhörnchen?«, wollte Heidrun wissen.

»Nein, er ist kein Eichhörnchen. Und er ist auch kein richtiges Tier, eigentlich ist er ein Mischling. Ein Wolfsmensch, denke ich. Glaube ich. Vermute ich. Auf jeden Fall könnt ihr mir glauben!«

ᚱᚨᛏᚨᛏᛟᛊᚲᚱ

Husavik, die Häuserbucht, letzter Hafen vor dem Nordmeer mit seinen treibenden Bergen aus Eis, war für viele der letzte Hafen, um über den Winter zu kommen.

Husavik war aber auch der Umschlagplatz für das wertvollste Exportgut Eislands, das »Schwarze Gold«, den Obsidian, den die Einheimischen *Rabenstein* nannten.

Immer wieder wagten sich Glücksritter mit ihren Karawanen in die südlich der Missetäterwüste gelegene Landschaft. Dort, so sagte man, konnte man die wertvollen Steine einfach vom Boden aufheben und einsammeln.

Obsidian, die schwarze Vulkanglasschmelze, erfreute sich gerade bei Priestern in aller Welt großer Beliebtheit. Seine tiefe Schwärze machte das Material bei den Vertretern aller Opferkulte der Welt zum absoluten Favoriten. Kein Mot-Priester hätte sich herabgelassen, mit einem Bronze- oder Eisenmesser zu arbeiten. Opfermesser aus Obsidian garantierten die vollkommene göttliche Akzeptanz – von den Tempeln von Byblos bis zu den geheimen Kultstätten von Kusch, von den Steinkreisen Britanniens bis zu den Jurten der gelbhäutigen Völker des Sonnenaufgangs.

In letzter Zeit interessierten sich auch vermehrt Ärzte für das Vulkangestein, wobei viele die Ansicht vertraten, dass zwischen den Priestern und den Chirurgen nur ein Unterschied bestand: Die Letzteren opferten die Leute wesentlich langsamer, dafür aber scheibchenweise.

In der kleinen Hafenstadt gab es sogar einen Obsidianhändler. Gut, er verdiente sein Geld eigentlich als Fischhändler, aber er war auch derjenige, der den armen Teufeln, die es geschafft hatten, die Mühsal der Reise durch die Lavawüste zu überleben, das Vulkanglas zu Spottpreisen abkaufte. Und den Menschen, die mit ihren Schiffen übers weite Meer in die Bucht von Husavik kamen, verkaufte er die Steine zu horrenden Preisen weiter.

Raffim hasste ein solches Vorgehen. Vor allem dann, wenn nicht er der Zwischenhändler mit der großen Verdienstspanne war.

Nach dem Verlust der *Gublas Stolz* gab es für Raffim nur eine Alternative: Sie mussten selbst vor Ort die wunderbaren Steine einsammeln, um den gierigen Händler auszuschalten und den eigenen Profit zu maximieren. Barsil und Zerberuh stimmten ihm bedingungslos zu.

In Vorfreude auf den zu erwartenden Gewinn suchten Raffim und Barsil einen Pferdehändler auf, um Lasttiere zu mieten.

»Kaufen, nicht mieten! Zu oft schon haben die Leute in der Missetäterwüste die gemieteten Tiere aufgefressen, weil ihnen die Vorräte ausgingen und sie dort nichts zum Essen fanden«, beschied der Händler.

»Aber dann hättet ihr doch den Kaufpreis hinterher von denen verlangen können«, wandte Raffim ein.

»Von denen war nichts mehr zu verlangen. Ihre Skelette liegen immer noch auf der erkalteten Lava. Gleich neben den abgenagten Pferdeknochen.«

Barsil hatte seit seiner Verfolgung durch Mot einiges von seiner alten Kaltblütigkeit verloren. Die Racheakte des Gottes zeigten Wirkung, denn Barsil überlegte zum ersten Mal in seinem Leben ernsthaft, ob nicht ein bisschen weniger Profit auch genug wäre. Doch nach kurzem Wanken siegten sein alter, gewinnorientierter Charakter und sein Lebensmotto: »Viel ist besser als wenig.«

Als die Tajarim Husavik verließen, fand sich im ganzen Ort kaum noch ein gesundes, ausgewachsenes Pferd. Der *Gulden Orm* aber blieb in der Obhut von Uartu und dessen phönizischen Seeleuten im Hafen von Husavik.

ᚺᚢᛊᚨᚠᛁᚲ

Kurz nachdem die Tajarim ins Landesinnere aufgebrochen waren, legte ein weiteres Drachenboot am Kai von Husavik an.

Diesmal landeten jedoch weder Händler noch Missionare, weder Glücksritter noch flüchtige Straftäter in der geschützten Bucht. Diesmal handelte es sich um Brautwerber. Besser gesagt um einen potenziellen Bräutigam, drei Werber, einen Hofsänger und zwei Dutzend Ruderer.

Der Mann auf Freiersfüßen nannte sich Gunther, König von Burgund. Seine Gefolgsleute waren der einäugige Hagen von Tronje und dessen Stiefbruder Dankwart, Siegfried von Xanten und der Dichter und Sänger Wahnfried, ein Mann von niederer Geburt und dem Drang zu Höherem.

Bei einem Gelage auf der Burg zu Worms hatte Wahnfried ein Loblied auf die isländische Königin Brünhild gesungen, ihre Anmut, ihre Schönheit, ihre Kraft und ihren Mut. König Gunther hatte Feuer gefangen und war nun besessen von der Idee, besagte, respektive besungene Königin Brünhild zu ehelichen. Ein Unterfangen, das nur scheitern konnte. Erstens ist die Trennungsrate bei Ehen, die unter Alkoholeinfluss beabsichtigt oder geschlossen werden, immens hoch. Zweitens gab es auf Eisland weder einen König noch eine Königin. Nicht einmal ganz kleine bei den Wichteln oder ganz große bei den Riesen, denn Eisland war eine Republik.

Es lebte zwar mindestens eine Frau auf Eisland, die Brünhild hieß, aber die konnte man beim besten Willen nicht als Königin bezeichnen. Im Gegenteil war sie eine unehrenhaft entlassene und verbannte Walküre. Also das gefährlichste weibliche Wesen der Schöpfung, noch vor der Schwarzen Witwe und der Gottesanbeterin.

»Glaubt mir, ihr lauft geradewegs in euer Verderben. Brünhild ist eine Verfluchte! Selbst wenn ihr die Burg Isenstein findet, wird euch die Waberlohe verbrennen«, warnte Thorbjörn, der Gode von Husavik.

»Wir Burgunden fürchten nichts!«, entgegnete König Gunther. »Beschaff uns Pferde und sei deines Lohnes gewiss!«

Der Wikinger warf einen flehenden Blick zum Himmel, doch auch von dort kam keine Einsicht über seine Gäste. Langsam nervten ihn die königlichen Fremden.

»Wie oft denn noch? Pferde sind in Husavik ausverkauft! Ich habe schon Burschen zu allen umliegenden Höfen geschickt, um für euch gute Tiere zu besorgen. Aber bei uns auf Eisland sind die Wege beschwerlich, und weder Menschen noch Pferde können fliegen. Habt Geduld, bitte habt Geduld!«

»Ich muss aber schnell zu meiner Braut«, sagte Gunther trotzig, und Wahnfried war stolz, welche Wirkung seine völlig frei erfundene Geschichte über die Königin von Eisland zeigte. Wenn dieses Abenteuer hier vorbei sein würde, hätte er viel weiteren Stoff für sein episches Werk, das *Burgundenlied*. Ruhm und Ehre erwarteten ihn, Wahnfried, den gewaltigen Epiker, den sinnenfrohen Dichter, ihn, Wahnfried, den Schöpfer unsterblicher Literatur. Er musste nur noch dafür sorgen, dass Brünhild Gunther heiratete und nach Burgund kam. Dann würde er ein Glücksende dichten, wie es die Welt noch nicht gelesen hatte.

Siegfried polierte derweil gedankenverloren sein Schwert *Gram*. Nach der Überfahrt ohne Zwischenfälle drohte hier nun weitere Langeweile, noch dazu von schlechtem Wetter begleitet.

Siegfried war von Aussehen, Statur und Verstand ein mitteleuropäischer Herkules, blond und angeblich von königlicher Abstammung. Vermutlich war das väterliche Königreich von der Güte wie viele in dieser Zeit von Irland bis zu den Alpen – es reichte gerade so weit wie der Schattenwurf der größten Kuh der fürstlichen Herde. Zumindest im übertragenen Sinn, da sich jeder Einödhof schon Königreich nannte.

Gunther jedoch umgab sich gern mit dem jungen Helden aus den Niederlanden. Er zierte als prominenter Kämpfer den Hof des Königs von Burgund und galt als Heiratskandidat für dessen Schwester Kriemhild. Natürlich erst, wenn er selbst das königliche Haupt unter die berühmte Haube gebracht hatte.

ᚷᚢᚾᛏᚺᛖᚱ

Schon viele Stunden lauerte Ratatöskr im Wurzelwerk beim Mimirsbrunnen. Er wusste, dass Odin früher oder später hierherkommen würde. Der Eichkater musste unbedingt mit dem Allvater reden. Er wollte seinen Freunden helfen, das war er ihnen einfach schuldig.

Endlich erschien Odin. Müde setzte er sich auf einen Stein am Rand des Brunnens. Sofort wetzte Ratatöskr über die gemauerte Einfassung und blieb direkt vor dem Asen stehen.

»Bist du nicht ein Geschöpf Lokis?«, fragte Odin verwundert.

»Nein, bewahre, Göttervater! Er machte mich zu dem, was ich bin, doch einst war ich ein Mensch. Jetzt bin ich der Bote im Baum und werde Ratatöskr genannt.«

»O ja, man hat mir einiges von dir zugetragen. So klein wie du bist, so verschlagen scheinst du zu sein. Bist du sicher, dass Loki nicht dein Vater ist?«

»Ganz sicher, Erdenlenker!«, behauptete Ratatöskr.

»Nun gut, lassen wir das. Warum hast du es darauf angelegt, mich hier zu treffen?«

Der Eichkater wunderte sich, aber dann akzeptierte er, dass ihn Odin durchschaut hatte. *Götter scheinen doch einige besondere Gaben zu besitzen,* dachte er sich und fuhr laut fort:

»Es geht um die Tiere, Rabenvater. Ich vermisse sie, und sie vermissen Asgard. Sie würden gerne zurückkehren, aber sie trauen sich nicht.«

»Die Tiere, so, so. Meine Raben vermisse ich sehr, bin fast blind ohne sie«, sagte Odin mehr zu sich selbst. »Die Wagen stehen nutzlos auf dem Idafeld, weil niemand da ist, sie zu ziehen.«

»Das könnte ich ganz schnell ändern, Allvater. Sag einfach, dass sie in Asgard willkommen sind und keiner sie bestrafen wird.«

»Harte Worte werden sie schon von mir hören. Man kann nicht die Götter in der entscheidenden Stunde ihrem Schicksal überlassen. Sie alle müssen mir und den anderen

Asen die ewige Treue geloben, dann sollen sie straffrei sein.«

»Die Abmachung gilt! Ich eile, es meinen Freunden zu verkünden.«

Lange sah Odin dem davonhuschenden Eichkater nach. Dann sagte er zu sich: »Die Dinge laufen manchmal anders als geplant, und auf einmal ist Ratatöskr wichtiger als Ragnarök.«

ᛟᛞᛁᚾ

Den ganzen Tag waren die Tajarim stromaufwärts dem Lauf des Flusses gefolgt, der bei Husavik ins Meer mündet. Noch mussten sie kein Heu mit sich führen, da das Land genug Futter für die Tiere bot. Erst ab dem Mückensee würde das Gras immer weniger werden, bis es schließlich ganz der lebensfeindlichen Lavawüste wich.

Diesmal war die Karawane der Tajarim auf sich selbst gestellt, kein Führer zeigte ihnen, wie sie in dem fremden Land zurechtkommen konnten. Denn Raffim und Barsil als Hauptfinanziers des Unternehmens hatten sich hartnäckig geweigert, Geld für einheimische Kräfte auszugeben. Schließlich sei man selbst in der Lage, einem Flusslauf zu folgen, bis sie auf einen See stießen. Dort angekommen, könne man sich gern über das Thema »Kosten für Führer« unterhalten.

Bald schon brannten zwei Feuer oberhalb des Flusses. An einem saßen Barsil, Raffim und Zerberuh als die »großen Geldgeber« samt ihrem Personal Mumal, Aruel, Jabul, Jebul und Jubul. Am anderen Feuer hatten es sich Seshmosis, Nostr'tut-Amus, Elimas und Sampo so gemütlich wie möglich gemacht.

»Erzähl mir mehr von euren Runen!«, bat Seshmosis den Samen.

»Was soll ich dir sagen? Runen sind mehr als nur Schriftzeichen, sie sind Magie. Odin selbst schenkte sie den Menschen.«

»Aber ihr benutzt die Zeichen doch auch, um Dinge aufzuschreiben oder nicht?«, wandte der Schreiber ein.

»Wir schreiben nichts auf! Entweder betreiben wir Zauber mit den Runen oder wir dichten mit ihnen. Niemals würden wir damit die Zahl unserer Schafe notieren. Das wäre Blasphemie!«

»Gut gesprochen, junger Skalde.«

Ein alter Mann trat aus dem Dunkel in den Schein des Feuers und nahm unaufgefordert Platz.

»Magst du mit uns speisen?«, fragte Seshmosis.

»Nein, danke, mein Hunger ist ein anderer. So wenig wie du das bist, was du zu sein scheinst, Wolfsmensch, bin ich es.«

Wie durch Zauberei hielt er auf einmal eine Kantele in der Hand.

»Singen will ich euch. Nur deshalb komme ich in dieser Nacht.«

Erstaunt sahen sich die Tajarim im Feuerschein an, doch ließen sie den ungewöhnlichen Besucher gewähren, der zart in die Saiten griff und zu singen anhob:

»Es sagte die Riesin:
Nimmer darfst du
dreist betreten
die steingestützten
Stätten mein.
Solltest lieber
Leinwand weben,
statt zu folgen
fremden Gatten.

Was wanderst du
vom Wallande,
heilloses Haupt,
zur Halle mein.
Du wischtest, Weib,
willst du's hören,
oft von der Hand
dir Heldenblut.

Darauf Brünhild sang:
Der kühne Fürst
nahm die Flughemden
unter der Eiche
uns acht Schwestern.
Zwölf Winter war ich,
willst du's hören,
als dem jungen Edling
ich Eide schwor.

Da ließ ich den Greis
im Gotenvolk,
Helmgunther, bald
zur Hel ziehen.
Gab Agnar Sieg,
Audas Bruder,
ingrimmig ward
mir Odin darum.

Er schloss im Schlachthain
mit Schilden mich ein –
Rand stieß an Rand –
roten und weißen.
Es durfte vom Schlaf
der nur mich wecken,
dem Furcht immer
fremd geblieben.«[7]

Der Fremde hielt inne und blickte in die Runde. Die Zuhörer waren wie entrückt von dem wunderbaren Gesang. Aber wenn der alte Skalde auf Verständnis gehofft hatte, wurde er enttäuscht. Allein in Sampos Augen blitzte ein Funken Erkennen, doch blieb es mehr ein Ahnen als ein Verstehen.

Der Alte lächelte und zeigte Seshmosis die Zunge.

Mit Erstaunen sah dieser, dass auf der Zunge des Sängers Runen leuchteten.

Hilfesuchend blickte der Schreiber zu Sampo. Doch dieser beachtete ihn überhaupt nicht. Stattdessen sprang er auf, um sich sofort vor dem Fremden auf den Boden zu werfen.

»Heil dir, großer Bragi! Ich bin geehrt und beglückt durch deine Gegenwart!«

»Ich danke dir, mein junger Skalde aus dem fernen Land der Samen. Erhebe dich und setz dich wieder zu uns. Unterwerfung geziemt sich nicht für Runenkundige.«

Seshmosis überlegte fieberhaft, wer der Alte sein könnte und was hier eigentlich geschah. Endlich erlöste ihn Sampo von seiner Anspannung.

»Das ist der große Skalde Bragi, der, in dessen Zunge Runen geritzt sind. Er ist der Begründer unserer Dichtkunst und sang schon vor zweihundert Jahren zu der Helden und der Götter Ruhm.«

»Für zweihundert Jahre hat er sich erstaunlich gut gehalten«, wagte Elimas zu bemerken.

Der Alte lachte schallend. »Da hast du recht, weiser Mann aus fernem Land! Dank Odin bin ich immer noch so alt wie am Tag meines Todes.«

»Du bist tot? Dann bist du wohl so einer wie mein Freund Aram?«, fragte Seshmosis versonnen. »Der lebt jetzt als Untoter auf Kreta und hütet das *Goldene Kalb*.«

»Nein, ich bin kein Untoter! Odin erhob mich in den Stand der Asen, seitdem wirke ich als Skaldengott.«

»Man sagt, du seiest der Sohn von Odin.« Sampo war inzwischen vor Bewunderung fast erstarrt.

»Nein, das ist Unsinn! Ich bin der Sohn von Bodda, weshalb ich auch Bragi Boddason genannt werde. Das mit Odins Sohn ist eine Metapher, eine symbolische Bezeichnung, die für alle Runenkundigen gilt, auch für dich, Sampo.«

»Du lebst in Asgard, edler Bragi?«, fragte Seshmosis.

»Ja. Seite an Seite mit Odin und den anderen Göttern. Zum Dank erfreue ich sie mit meinem Gesang.«

»Dein Gesang ist wirklich wunderbar. Ich liebe deine Stimme und dein Spiel auf der Kantele. Doch was wolltest du uns mit deinem rätselhaften Lied sagen?«

»Oh, nur ein kleiner Hinweis auf Künftiges. Sehr Künftiges und nah Künftiges; wenn es denn so etwas überhaupt gibt. *Brünhildens Helfahrt* ist ein Blick in eine mögliche Zukunft, an der ihr Anteil haben könntet. Aber in erster Linie sang ich zu meiner eigenen Freude. Für mich ist das Singen am Lagerfeuer immer noch das Höchste!«

ᛒᚱᚨᚷᛁ

Tag und Nacht brannte das Feuer der Waberlohe und beleuchtete Dimmuborgir, die Stadt der Verdammten. Brünhilds Burg Isenstein auf dem Vulkan Hverfjall ragte darüber auf, zum Greifen nah und doch unerreichbar.

In der Dunkelstadt sorgten die zuckenden Flammen für ein irritierendes Spiel aus Licht und Schatten und malten laufende Bewegungen auf das Gestein. Das erzeugte ständig das Gefühl, dass jemand in der Nähe lauerte. Dadurch steigerte sich die durchaus berechtigte Paranoia der Bewohner ins Unermessliche. Wenn Menschen in extremen Situationen zusammenleben müssen, schaffen sie es, durch rivalisierende Gruppen noch zusätzliche Schwierigkeiten und Gefahren heraufzubeschwören.

Hier gab es bizarre Bündnisse ebenso wie seit Generationen gepflegte Feindschaften. Entwichene Leibeigene bildeten einen eigenen Clan mit landlosen Wichteln, ehrlose Zwerge kooperierten vorzugsweise mit verbannten Häuptlingen, derer es eine erkleckliche Anzahl gab. Andererseits hassten sich die Skalden und die Schwarzalben bis aufs Blut, und die ehemaligen Bauern und die Wichtel gingen aufeinander los, wo immer sie sich trafen. Der Kampf ums Land endete nicht einmal dann, wenn keiner der Beteiligten mehr welches hatte.

Die ganze Stadt war ein Labyrinth aus natürlichen und künstlichen Höhlen, die man in die erstarrte Lava geschlagen hatte. Verwinkelte Gassen, blinde Gänge und unvermittelte Abgründe machten Dimmuborgir zur Falle für jeden Fremden. In der Stadt wimmelte es von Lebewesen in allen denkbaren Formen. Und manche Formen sahen so aus, als hätten deren Schöpfer nicht sehr lange über sie nachgedacht.

Dimmuborgir war aber auch noch aus anderen Gründen ein merkwürdiger, unwirklicher Ort, denn es gab hier kein Holz, weder zum Bauen noch zum Heizen. Dennoch musste kein Einwohner je frieren, denn die heißen Quellen in und unter der Stadt und der Vulkan bildeten natürliche, nie versiegende Wärmequellen.

Náttfari, den man »die Natter« nannte, Nachfahre entlaufener schwedischer Sklaven, war Anführer einer der Banden von Dimmuborgir. Derzeit war sein Hauptverbündeter eine Familie von ehemaligen Landwichteln, die durch zunehmende menschliche Besiedlung ihren Besitz verloren hatte. Der *Clan der Roten Borsten* zeichnete sich durch leichte Erregbarkeit und unbändige Militanz aus.

Für Wesen mit einer Körpergröße von nur einer Unterarmlänge erreichten sie eine ungeheuere Zerstörungskraft.

Zusammen mit dem *Clan der Roten Borsten* bildeten Náttfaris Männer die *Schwarz-Rote Allianz.*

Der gemeine Landwichtel war am ganzen Körper behaart, besser gesagt, beborstet. Auf dem Kopf standen die leuchtend roten Borsten weit nach oben und endeten in einer gezwirbelten Spitze. So entstand der Eindruck, das Haupt jener Wesen stünde in Flammen.

Chief Cormick, das Familienoberhaupt des *Clans der Roten Borsten,* war heute besonders erregt.

»Du musst etwas unternehmen, Náttfari! Wir haben ein Schutzabkommen! Die verdammten Wölfe haben schon zwei meiner Leute gefressen«, zeterte der Wichtel, und die rote Borstenspitze auf seinem Kopf wippte bedrohlich.

In diesem Augenblick schubsten einige zerlumpte Bewaffnete drei ebenso zerlumpte Gefangene in den Raum. Die Gefangenen waren Männer, die noch vor nicht allzu langer Zeit den neuen Glauben auf Eisland mit sehr rabiaten Mitteln verbreitet hatten.

Der blinde Tangbrand wurde von Hallfred geführt, hinter ihnen hinkte Torarin auf Krücken vor den Steinthron von Náttfari.

»Damit Klarheit herrscht: Mich interessiert nicht im Geringsten, wer ihr seid und was ihr draußen in der anderen Welt wart. Hier seid ihr ein Nichts, und das werdet ihr so lange bleiben, bis ihr es euch leisten könnt, kein Nichts zu sein«, verkündete der Bandenhäuptling.

Schweigend und mit gesenkten Köpfen hörten die ehemaligen Missionare zu.

»Mich kümmern Neuankömmlinge nicht, sofern sie keine Schwierigkeiten machen. Aber ihr drei macht große Schwierigkeiten! Ihr habt Wölfe nach Dimmuborgir eingeschleppt. Keine normalen Wölfe, sondern solche, die man nicht totschlagen kann. Ich will keine Wunderwölfe in meiner Stadt! Sorgt dafür, dass die Viecher verschwinden, oder ich sorge dafür, dass ihr verschwindet!«

»Genau! Verschwinden werdet ihr! In den Bäuchen meiner Familie verschwindet ihr!«, keifte Chief Cormick und sprang drohend vor dem Thron auf und ab.

Draußen vor den Höhlen Náttfaris saßen währenddessen die Wölfe Skalli und Hati und warteten.

ᛞᛁᛗᛗᚢᛒᛟᚱᚷᛁᚱ

Auf Gamlis Hof fand derweil eine Vollversammlung aller entlaufenen mythischen Tiere statt. Aller außer Skalli und Hati, die noch in der Missetäterwüste unterwegs waren.

»Der Allvater versicherte mir, dass ihr nicht bestraft werdet. Es wird eine Strafpredigt geben, aber was soll's? Das überlebt ihr locker.«

Ratatöskr reckte sich auf dem Zaunpfahl in die Höhe, um zu sehen, ob ihn auch wirklich alle gehört und verstanden hatten.

Sie hatten. Und sie wollten dem Eichkater folgen. Baldurs Bestattung war vorbei, und Ragnarök war vorerst ausgefallen, also drohte keine Gefahr mehr. So dankbar die Tiere Gamli Stein und seiner Familie waren, so sehr sehnten sie sich nach ihrem alten Leben zurück. Die Zugtiere, egal ob Wölfe, Ziegenböcke, Luchse oder Gullinborsti, liebten ihren Beruf. Die Pferde brauchten die Weite des Idafelds und die endlose göttliche Landschaft. Den Raben Hugin und Munin fehlte der Nervenkitzel, für Odin die ganze Welt auszuspionieren.

Nur Heidrun und Sährimnir wollten lieber auf Gamlis Hof bleiben.

Die Ziege konnte keine Betrunkenen mehr ertragen, die an ihrem Euter saugten, und der Eber fand es wesentlich angenehmer, nicht täglich von Wikingern aufgefressen zu werden. Schließlich hatte er den Vorsatz gefasst, sich künftig nur noch von Freunden fressen zu lassen.

Die mythischen Tiere umringten Gamli, seine Frau und die vier Kinder. Heidrun gab ein Zeichen, und alle legten gleichzeitig los.

Die Pferde wieherten, und die Raben krächzten, die Wölfe Geri und Freki heulten, bei den Luchsen Freyas klang es wie ein knurrendes Miauen, die Ziegen meckerten, die Eber brüllten, der Hahn krähte und der Eichkater rief so laut er konnte: »Danke!«

Gerührt gingen die Menschen von Tier zu Tier und tätschelten und streichelten ihre ungewöhnlichen Gäste zum Abschied.

Dann brachen alle bis auf Heidrun und Sährimnir voller Hoffnung zur Regenbogenbrücke Bilfröst auf. Vorneweg schritt Sleipnir, auf dessen Kopf Ratatöskr balancierte.

Der Eichkater war mit Sicherheit der kleinste und seltsamste Anführer aller Zeiten und Welten. Aber auch der stolzeste.

ᛒᛁᛚᚠᚱᛟᛊᛏ

»Die Pferde sind so winzig hier, so unköniglich. Was soll meine künftige Braut von mir denken, wenn ich auf solch einem Zwergenpferd in ihre Burg reite?«, beschwerte sich Gunther. »Wir hätten gleich unsere edlen Rösser von Burgund mitnehmen sollen.«

»Die hätten uns nicht nur das Schiff verschissen, sondern auch noch die Haare vom Kopf gefressen, mein werter Herr«, brummte Hagen.

»Weiß deine Königlichkeit eigentlich, wie viel so ein Tier auf der Reise von Worms nach Eisland frisst?«

Hagen von Tronje war inzwischen völlig entnervt, weil sie immer noch in diesem Kaff am Eismeer festsaßen. Hinter seiner Augenklappe juckte es, und das war immer ein schlechtes Zeichen. Gunther nörgelte von früh bis spät an allem und jedem herum. Dankwart, der Schatzmeister und Kassenwart der Reise, hatte sich fast ausschließlich auf flüssige Nahrung umgestellt, Wahnfried lebte nur mehr in seinen selbst verfassten Heldenliedern, und Siegfried verschwand fortwährend mit irgendwelchen einheimischen Schönheiten in Hütten und Ställen.

Jedes Mal, wenn Hagen ihn traf, sah er aus, als käme er geradewegs aus einem Strohlager. Was wohl auch stimmte.

Auf einmal kamen zwei Halbwüchsige auf Hagen zu.

»Will der Herr vielleicht ein edles Schwert kaufen?«

Hagen von Tronje interessierte sich als alter Kämpe grundsätzlich für Schwerter und nickte zustimmend.

Der eine Knabe wickelte aus einer schmutzigen Decke ein wundervolles Schwert. Es war *Gram,* das Schwert Siegfrieds.

Der oberste und treueste Vasall des Königs von Burgund kochte vor Wut. Jetzt reichte es ihm endgültig.

Wütend entriss er dem Knaben Siegfrieds Wunderwaffe und drohte den beiden, sie umgehend in Stücke zu hacken, sollten sie sich anmaßen, von ihm Geld zu erwarten. Verdattert zogen die beiden Knaben von dannen.

Kurz darauf saß Hagen am Kai in der Nähe ihres Schiffs und stützte sich schwer auf *Gram*. So hatte er sich das alles nicht vorgestellt. Sicher, es war auch sein Wunsch gewesen, nach Eisland zu fahren. Doch seine Gründe lagen ganz woanders als die von Gunther. Nicht der Traum von der schönsten aller Bräute trieb ihn auf diese unwirtliche Insel, sondern der Wunsch, nach langer Zeit endlich seinen Vater wiederzusehen, der nur noch in blassen Kindheitserinnerungen existierte. Und in seinen Albträumen.

Hagen von Tronje, der Mischling, der Wechselbalg, der Halbling, sehnte sich danach, seinen Vater Alberich zu treffen. Jenen Alberich, den in Eisland jeder, selbst die Götter, unter dem Namen Andwari kannte.

ᚺᚨᚷᛖᚾ

Gegen Ende des zweiten Reisetages erreichten die Tajarim den Mückensee. Aus dem Wasser ragten Hunderte von Inseln, manche so groß wie eine Pferdekoppel, die meisten so klein wie ein Bett oder gar nur wie die Sitzfläche eines Hockers. Rundherum begrenzten grüne Hügel und schwarze, rauchende Vulkanberge den Horizont. Immer wieder spieen Geysire Wasserdampf in den Himmel. Nicht weit im Südosten leuchtete ein riesiges, unheimliches Feuer.

Nach der Herkunft des Seenamens fragte niemand. Verzweifelt versuchten die Pferde sich Kopf werfend und Schwanz wedelnd gegen die Myriaden von Mücken zu wehren. Manche der Tiere schlugen in ihrer Verzweiflung sogar mit den Hinterbeinen aus.

Seshmosis dagegen hatte das Gefühl, dass ihn sein Wolfsfell gegen die Plagegeister schützte. Oder GON selbst, dessen Wohnsack über der Schulter des Propheten hing.

Während sie auf die Siedlung am Seeufer zuritten, begleitete sie eine Vogelkulisse ohnegleichen. Überall ertönte ein Geschwirr und Geflatter, ein Gezwitscher und Gekreische, ein Gepfeife und Gequake.

Jede der aberhundert Inseln im See schien von Vögeln bewohnt zu sein und der gesamte Uferstreifen noch dazu.

Reykjahlið, das *Rauchtor,* die kleine Siedlung am See, lag inmitten einer der fruchtbarsten Regionen von Eisland. Saftige Wiesen machten es möglich, nicht nur Schafe, Ziegen und Pferde zu züchten, sondern sogar Rinder. Der Ortsvorsteher Einar Grasmann unterstand zwar politisch Thorbjörn, dem Goden von Husavik, übertraf diesen jedoch bei weitem an Reichtum und Einfluss. Stets weilte mindestens ein Skalde im Haus von Einar. Der gewiefte Mann lebte nicht nur von seinem ertragreichen Bauernhof, sondern auch von inoffiziellen Zuwendungen. So gestattete er gegen entsprechendes Entgelt, dass sich Verbannte aus der Missetäterwüste hin und wieder in Reykjahlið aufhalten durften, um sich hier mit Verwandten und Freunden zu treffen und auch das eine oder andere einzukaufen.

Als die Tajarim in der Dämmerung am Rand der Siedlung ihr Lager aufschlugen, hatten sie keine Ahnung von den gesellschaftlichen Feinheiten dieser Region. Sie wussten nichts von der schwarzen Stadt unterhalb des Vulkans. Nichts von Verbannten und merkwürdigen Wesen, nichts von schlafenden Walküren und sich bekämpfenden Clans.

ᛗᚢᚷᚷᛖᚾᛊᛖᛖ

In Náttfaris Empfangshöhlen wuselten die Wichtel aufgeregt durcheinander. Nur durch energisches Pfeifen und Keifen bekam Chief Cormick seine panischen Clanmitglieder unter Kontrolle. Schuld an diesem Chaos waren Náttfaris Gäste – ein Gestaltwandler samt seiner Leibwache.

Náttfari saß auf seinem Thron und sah besorgt auf das Wesen. Derzeit stand es als Mensch vor ihm, doch der Bandenhäuptling wusste, dass sich das blitzschnell ändern könnte. Viele Gespräche begannen Gestaltwandler als Menschen, um sie dann ganz plötzlich als Bären oder Drachen zu beenden.

»Ich will dir und deinen rotborstigen Freunden nichts

Übles. Nur Quartier für mich und meine Begleiter für eine gewisse Zeitspanne, die ich selbst noch nicht kenne. Es soll dein Schaden nicht sein«, versprach der Gestaltwandler.

»Dein Name ist mir nicht verborgen! Ich weiß, wer du bist, Andwari!«

»Umso besser! Dann weißt du auch um meine Macht und dass ich mir nehmen könnte, was ich begehre. Aber ich biete dir sogar einen anständigen Preis, Natter. Verspiel ihn nicht!«

Seit dem Überfall von Loki, der ihn seinen gesamten Goldschatz gekostet hatte, umgab sich Andwari mit einer ebenso mächtigen wie abschreckenden Leibwache: den Nibelungen.

Eigentlich hießen sie Nifelungen, weil sie aus Niflheim, aus Nebelheim, stammten. In den dortigen jenseitigen Gefilden gab es eine Art »Gegen-Walhall« mit einem Heer von geisterhaften, kaum bezwingbaren Nebelkriegern. Weil Menschen sowieso nie genau zuhören, wurden aus den sagenumwobenen Nifelungen die nicht minder sagenhaften Nibelungen. Und sie gehorchten ausschließlich dem Gestaltwandler Andwari.

In dessen Besitz befanden sich einst nicht nur ein, sondern zwei magische Ringe. Der eine davon war *Draupnir* gewesen, der sich so wundersam selbst vermehrende Goldring, den Ratatöskr an Seshmosis weitergegeben hatte. Der andere Ring war aus Eisen und schlicht, weder besonders ansehnlich noch sich selbst vermehrend. Es hätte sich auch nicht gelohnt. Dennoch steckte in diesem Ring eine ungeheuere Macht, denn mit ihm erlangte man die Befehlsgewalt über die *Ringkrieger*, über die Nibelungen.

Geringschätzig musterte Andwari sein Gegenüber. Náttfari war ein armseliger Gauner, der gut zu seinen Wichteln passte, weil er selbst nur ein Wicht war. Laut fragte der Gestaltwandler:

»Sind wir handelseinig?«

Der Angesprochene wagte es nicht zu verneinen. Náttfari wusste um Andwaris Macht und seine unheimlichen Krieger. Mehr als einmal waren sie schon durch Dimmuborgir geschlichen, um seine Stärke auszukundschaften. Und mehr als einmal waren hinterher einige seiner Männer und etliche von Cormicks Wichteln spurlos verschwunden.

ᚨᚾᛞᚹᚨᚱᛁ

»Die Schicksale vieler Wesen verschränken sich ineinander. Der Augenblick ist ein Korb aus wirren, verschlungenen Lebenslinien«, sagte Verdandi, die Norne der Gegenwart. »Nur was in diesen Korb gelegt werden wird, ist noch nicht erschienen.«

»Im Nachhinein betrachtet, sagen bestimmt wieder alle: Es war doch ganz einfach, jeder konnte sehen, dass es genau so kommen würde!«, vermutete Urd, die Norne der Vergangenheit.

»Dabei wird das Land immer noch von gewaltigen Zeitverwerfungen erschüttert. Noch nie trafen so viele Elemente aus Vergangenheit, Gegenwart und Zukunft aufeinander.«

»Und dann kennt sich keiner mehr aus, und wieder einmal sind wir schuld«, klagte Skuld, die Norne der Zukunft. »Die Vergangenen kommen zu den noch mehr Vergangenen und werden sie mitnehmen. Tod wird kommen und Verrat gedeihen. Walküren werden reisen und Drachen fliegen. Lieder singen von Krieg und Untergang. Dann werden die Gegenwärtigen wieder eine Zukunft haben.«

ᚷᛖᛁᛏ

»Lange nicht gesehen, Pelzlaus!«, höhnte Hräswelgr, der Adler.

»Ich habe dich auch nicht vermisst«, konterte Ratatöskr schnippisch. »Eigentlich wollte ich diese Baumkrone nie mehr betreten, aber das Drachengetier bat mich so inständig, dass ich einfach nicht nein sagen konnte.«

»Wozu sollte der alte Schuppenhäuter dich wohl brauchen? Außerdem will ich von dem Wurzelwurm sowieso nichts mehr hören.«

»Du solltest aber wollen, denn er hat eine Botschaft für dich«, riet ihm Ratatöskr und lauerte auf die Reaktion des Adlers.

»Also, dann sprich!«

»Du sollst wissen, dass Nidhöggr sich und all seinen Nachfahren und Verwandten ein feierliches Versprechen gab: Drachen und Adler sollen auf ewig Feinde sein. Wo immer ein Drache auf einen Adler trifft, darf er ihn ohne Erklärung und ohne Warnung mit den Klauen zerreißen und mit den Zähnen zerbeißen.«

»Und wovon träumt der Wechselblüter nachts? Jedes vernunftbegabte Lebewesen weiß doch, dass sich Drachen untereinander wie die Pest hassen und es nicht ertragen können, außerhalb der Brunftzeit auf ihresgleichen zu treffen.«

»Du wirst schon sehen, was auf dich zukommt. Die Drachen planen eine *Geschuppte Allianz,* aber das verrate ich dir nur, weil wir schon so lange konstruktiv zusammenarbeiten.«

Nach diesen Worten lief Ratatöskr grußlos die Weltenesche hinunter. Er wusste genau, dass der Adler jetzt eine Zeit lang ziemlich nervös sein würde.

Der Eichkater liebte seine Arbeit.

ᚺᚱᚨᛊᚹᛖᛚᚷᚱ

»Wir müssen unbedingt in die große Stadt am Berg, Seshmosis«, beharrte Raffim. »Bestimmt lässt sich dort ein trefflicher Handel abschließen. Außerdem ist die Konkurrenz unter den Führern in diesem Dimmuborgir sicher wesentlich größer, was zwangsläufig zu niedrigeren Preisen führt. Wir profitieren alle davon!«

So hatte Raffim gesprochen und sich wie fast immer durchgesetzt. Deshalb irrten die Tajarim jetzt durch die Dunkelstadt – nicht alle Tajarim, sondern nur Raffim mit seinen drei Dienern, Elimas und Seshmosis. Die anderen lagerten mit den Pferden und ihrer Habe sicherheitshalber am Rand von Dimmuborgir.

Kaum ein Mensch ließ sich zwischen den aufragenden Lavafelsen sehen, nur ab und zu huschten Schemen vorbei. Man ging den Tajarim eindeutig aus dem Weg.

Auf einmal trat unter einem Bogen ein leicht gebückter Mann hervor und sprach sie an.

»Übt Barmherzigkeit, edle Herren. Um das Heil eurer unsterblichen Seelen willen, gebt mir zu essen.«

Seshmosis musterte den Bettler genauer. »Hallfred! Bist du es wirklich?«

»Ja, ich bin Hallfred, doch mir scheint, das war in einer längst vergessenen Zeit. Woher kennst du mich?«

»Aus Keflavik. Du wolltest mit deinen Freunden die frohe Botschaft des neuen Glaubens verkünden.«

»O ja, das wollten wir. Doch dann zeigte uns der alte Glaube die Zähne. Und die Klauen und Schnäbel und Krallen. Krüppel sind meine Freunde nun, und ich bin auch nicht viel besser dran.«

Seshmosis empfand Mitleid und gab dem Missionar aus seinem Bündel einen geräucherten Fisch.

»Sag, guter Mann, kannst du uns vielleicht den Weg weisen? Wir suchen Händler oder Führer in dieser Stadt.«

Doch der Bettler schüttelte nur stumm den Kopf und machte einen Schritt zurück. Sofort verschmolz er mit der Schwärze der Stadt und verschwand lautlos.

Als Seshmosis sich wieder seinen Kameraden zuwandte, bemerkte er in einer Wandnische zwei Wölfe, die ihn aufmerksam beobachteten. *Hielten sie ihn für ihresgleichen? Dachten sie, er wäre ein zweibeiniger Wolf?*, überlegte Seshmosis.

Nachdem die Tajarim eine weitere Stunde ziellos in Dimmuborgir umhergeirrt waren, hörten sie einen leisen Gesang. Vorsichtig näherten sie sich der Musik. Hinter einer Ecke saß ein Skalde, der zum Spiel seiner Kantele sang.

»Wo gesungen wird, da lass dich ruhig nieder, böse Menschen haben keine Lieder«, zitierte Elimas eine Weisheit aus seinen Kindertagen.

Der Sänger unterbrach sofort seinen Gesang und entgegnete:

»Von wegen: Böse Menschen haben keine Lieder! Ganz im Gegenteil! Kaum jemand singt so gern und so viel wie Gesindel. Wenn man den Glauben an die Götter und alle Hoffnung verloren hat, muss man sich die Kraft zum Überleben eben woanders holen.«

»Wer bist du? Kannst du uns zu Leuten bringen, die hier etwas zu sagen haben?«, herrschte Raffim den Sänger an.

»Können könnt ich schon. Es kommt darauf an, was du bereit bist zu zahlen.«

Raffim packte den Fremden unsanft an den Schultern und zog ihn hoch. Als der Händler den Skalden wieder losließ, tastete dieser schwankend nach Halt.

»Ihr müsst wissen, dass es einem der Herren der Stadt gefallen hat, mir die Sehnen an beiden Füßen durchzuschneiden. Man verstümmelt gern in Dimmuborgir.«

Seshmosis schämte sich, dass Raffim sich wieder einmal an einem der Schwächsten vergriffen hatte, und entschuldigte sich sogleich.

»Es tut mir leid, wie mein Freund dich behandelt hat. Aber wir irren schon stundenlang durch die Stadt und finden niemanden, der uns weiterhilft.«

»Wenn ihr mich stützt, will ich euch zu einem Mann führen, der euch gegen Entgelt sicher gern zu Diensten ist.«

Raffim gab Jebul und Jubul ein Zeichen, und die beiden griffen dem Skalden unter die Arme.

»Mein Name ist übrigens Eirik. Eirik Lügensang, den sie auch Menschenfeind nennen.«

ᛞᛁᛗᛗᚢᛒᛟᚱᚷᛁᚱ

In Husavik lud der Gode Thorbjörn nicht ohne Freude den König von Burgund und seine drei Vasallen zum Abschiedsessen. Man versammelte sich um den Hochsitz des Anführers, um letzte Formalitäten zu regeln. Vor allem finanzielle Formalitäten.

»Was ihr für ein schäbiges Pferd verlangt, ist eine Zumutung. Für diesen Preis bekomme ich in Burgund ein Schlachtross!«, empörte sich Gunther.

»Ihr müsst sehen, wie viel Pferd in so einem kleinen Tier steckt! Das ist gar nicht so einfach. Ein Tier groß und fett zu machen, ist keine Kunst. Aber auf Eisland müssen die Tiere kompakt, stark und ausdauernd sein. Das kostet eben. Vor allem, wenn Knappheit an Pferden herrscht und wir sie im ganzen Godentum zusammenkaufen müssen«, erklärte Thorbjörn. »Ihr könnt die Tiere aber gerne zurückgeben, euer Boot besteigen und unser Land verlassen!«

Zähneknirschend wies König Gunther seinen Schatzmeister Dankwart von Tronje an, den geforderten Preis zu bezahlen. Gerade als dieser dem Goden das Gold überreichte, geschah mit Hagen Wundersames.

Das Gewand wurde ihm zu groß, oder der Einäugige wurde auf einmal zu klein. Dafür verdreifachte sich schlagartig die Zahl seiner Arme, und seine Tunika zerriss an mehreren Stellen gleichzeitig. Hagens Kopf schwoll kurz an, um dann auf den Umfang eines Apfels zu schrumpfen. Die Beinlänge verkürzte sich um die Hälfte, bevor Hagen wieder in sein Gewand hineinwuchs. Die überzähligen Arme verschwanden, und der Burgunder nahm wieder seine ursprüngliche Form und Größe an. Bewusstlos lag Hagen von Tronje auf dem gestampften Boden des Godenhauses.

»Ah! Euer Freund leidet an SMD«, diagnostizierte Thorbjörn. »Eindeutig ein Fall von spontaner morphologischer Dissonanz. Euer Waffenmeister scheint ein Halbling zu sein, König Gunther.«

»Wie … Halbling? Was … Halbling?«, stotterte Gunther.

»Ein Halbling, ein Wechselbalg, ein Mischling. Euer Hagen ist das Produkt aus einer Verbindung eines Gestaltwandlers mit einem Menschen. Diese armen Kinder leiden später häufig an unkontrollierten Anfällen von Gestaltwandel. Vor allem bei Stress und Anspannung. Oder wenn sich der zwergische Elternteil in der Nähe aufhält.«

»Wieso weiß ich das nicht? Warum sagt mir keiner, dass mein Waffenmeister des Teufels ist?«, beschwerte sich der Burgundenkönig.

»Ich bin nicht des Teufels, du Trottel«, ächzte Hagen und stützte sich auf die Ellbogen. »Mein Vater ist wesentlich bedeutender als der deine. Was ist schon ein burgundischer König gegen einen der mächtigsten Zwerge? Vergiss, was du gesehen hast, und ihr anderen auch! Es ist besser so für euch, glaubt mir.«

Eirik Lügensang führte die Tajarim kreuz und quer durch die schwarze Stadt. Eigentlich war es kein richtiges Führen, vielmehr schleppten ihn die Diener Raffims voraus, und er sagte jeweils, wohin sie ihn tragen sollten. Vor einem Höhleneingang, der aussah wie hundert andere Höhleneingänge in Dimmuborgir, hieß der Skalde die Männer anhalten. Er stieß einen langen schrillen Pfiff aus und gleich danach zwei weitere kurze.

Ein behelmter Kopf lugte aus dem Innern der Höhle.

»Wer und warum?«, fragte der Wächter.

»Eirik mit Kundschaft«, entgegnete der Krüppel ebenso knapp.

»Kommt rein! Aber lasst die Finger von euren Waffen!«

»Bring uns zu Náttfari, Olaf!«, forderte der Skalde. »Und ihr ausländischen Lehmriesen könnt mich endlich herunterlassen und mir meine Krücken wiedergeben. Den Rest schaffe ich allein.«

Seshmosis hatte versucht, sich den Weg einzuprägen, doch nach der zehnten Abzweigung hatte er aufgegeben. Er würde, wie immer, seinem Instinkt und seinem kleinen Gott vertrauen.

Nach einem kurzen Fußmarsch durch einen weiteren Höhlengang erreichten sie endlich ein großes, bronzenes Tor, vor dem zwei schwer bewaffnete Wächter standen. Und auf den Schultern der Wächter stand je ein schwer bewaffneter Wichtel. Jede Aufgabe im Einflussbereich der *Schwarz-Roten Allianz* wurde immer paritätisch von Menschen und Wichteln ausgeführt. Denn der Vertrag zwischen Natter Náttfari und seiner Menschenbande mit Chief Cormick und seinem *Clan der Roten Borsten* besagte, dass alle Pflichten und alle Beute hälftig geteilt werden mussten. Wer seine Arbeit nicht machte, bekam auch nichts von der Beute.

Gerade versuchte die Natter abzuschätzen, ob vor ihm potenzielle Beute oder mögliche Geschäftspartner standen. Er beschloss, die Beantwortung dieser Frage vorerst offen zu lassen.

Während Raffim umständlich erklärte, was er von den Leuten hier wollte, sah sich Seshmosis mit wachen Augen um.

Die Wände schmückten wertvolle Teppiche, sicher Beutestücke von Wikingfahrten nach Europa. Einige von ihnen zeigten sogar Motive des neuen Glaubens.

Das Mobiliar sah auch nicht gerade ärmlich aus, und die Waffen von Náttfaris Gefolgsleuten zeugten von hoher Schmiedekunst. Am auffälligsten in der Höhle waren für Seshmosis jedoch die kleinen, unterarmgroßen Wesen mit ihrer roten, an eine Zipfelmütze erinnernden Borstenfrisur. Selbstbewusst wuselten sie zwischen den Menschen herum und musterten misstrauisch die Tajarim.

»… wir brauchen also nichts weiter als einen ortskundigen Führer«, hörte Seshmosis gerade noch, als er aus seinen Betrachtungen aufschreckte. Sollte Raffim so unvorsichtig sein, sich von solchen Gaunern führen zu lassen? Glaubte der alte Fuchs wirklich, auf dem Rückweg mit dem wertvollen Obsidian ungeschoren an der dunklen Stadt vorbeizukommen?

»Gut! Dann will ich euch morgen einen kundigen Mann zur Seite stellen«, sagte Náttfari. »Er dient mir schon seit langem und ist absolut zuverlässig. Ihr könnt in einer unserer Gästehöhlen Quartier nehmen, und für einen kleinen Aufpreis servieren wir sogar eine warme Mahlzeit.«

ᚾᚨᛏᚠᚨᚱᛁ

Ratatöskr stand auf einer großen Wurzel von Yggdrasil und betrachtete Nidhöggr nachdenklich.

»Sag, Nidhöggr, träumst du nicht manchmal davon, fliegen zu können?«

»Warum sollte ich?«

»Weil du ein Drache bist. Die meisten Drachen können fliegen.«

»Ich bin aber ein Drache von der Rasse der Lindwürmer. Wir sind flügellose Drachen, aber dafür umso kräftiger. Wenn *ich* mich im Schlaf wälze, fallen die Menschen im Land der blühenden Zitronen aus den Betten.«

»Möchtest du denn nie hinauf zum Adler, um ihm persönlich deine Meinung zu sagen?«

»Dann würde ich doch nur erfahren, dass du mich seit Jahren belügst, Ratatöskr. Du willst uns doch nicht unser allerliebstes Spiel verderben?«

Nein, das wollte der Eichkater sicher nicht.

ᚾᛁᛞᚺᛟᚷᚷᚱ

Der Ortsvorsteher von Reykjahlið, Einar Grasmann, rieb sich in Vorfreude auf seinen Gewinn die Hände. So viele Fremde waren noch nie innerhalb so kurzer Zeit in seine kleine Siedlung am Mückensee gekommen wie in den letzten Tagen. Zuerst die Händler mit dem Wolfsmenschen und jetzt diese fürstlichen Herren aus dem fernen Burgund am Rhein mit ihren Kriegern.

Was immer die Gäste benötigten oder taten, Einar verdiente daran. Ob sie aßen, tranken oder schliefen. Ob sie Futter für ihre Pferde brauchten oder Ausrüstungsgegenstände für die Weiterreise. Sogar wenn sie zu den gewissen Mädchen gingen, kassierte der Ortsvorsteher mit. In Reykjahlið gab es nur die Mückenstiche umsonst.

»Glaubt mir, wir haben in Eisland keine Königin«, beteuerte Einar zum wiederholten Mal, doch der Burgundenkönig weigerte sich wie schon in Husavik, diese Antwort zu akzeptieren.

»In den Liedern singt man von ihr! Seid doch nicht alle so stur! Es muss sie geben, und ich habe sie zur Braut auserwählt. Erklär du es ihm, Wahnfried!«

»Ja, sicher, äh, klar doch, äh, das will ich gerne …«, stotterte der Hofsänger und wusste nicht, wie er aus der Sache wieder herauskommen sollte.

»Es gibt doch diese, äh, Walküre, diese Brünhild, die äh, mit Odin Schwierigkeiten und so hatte …«

»Jeder in Eisland kennt die Geschichte von Brünhild, der Walküre, die um der Liebe willen ihre Unsterblichkeit opferte. Aber wie, in Odins Namen, kommt ihr darauf, dass sie die Königin von Eisland ist?«

»Das hat uns dieser Thorbjörn auch schon gesagt. Langsam glaube ich euch.«

Es dämmerte in Gunthers schattigem Gehirn.

»Wahnfried! Wir müssen reden! Draußen.«

Mit zitternden Knien folgte der Sänger seinem König nach draußen.

»Was hast du mir von Königin Brünhild erzählt? Woher hast du diesen Unsinn?«

»Überlieferung, Tradition, man sagt und singt so. Vom Hörensagen. Aus dritter, vierter Hand. Aus durchreisendem Mund. Vom fahrenden Volk. In unseren Kreisen verbreiten sich solche Dinge schnell«, versuchte Wahnfried sich herauszuwinden.

»Du wusstest also die ganze Zeit, dass es gar keine Königin Brünhild gibt!«

»Nein, das wusste ich wirklich nicht! Ich vermutete, dass es vielleicht unter Umständen nur eine Legende wäre.«

»Du lässt uns die weite Fahrt hierher ans Ende der Welt machen für eine Legende, für nichts!«

»Für nichts würde ich so nicht sagen, Gunther. Die poetische Idee ist doch grandios: die lyrische Tat eines Königs, der über die Meere fährt, seine auserwählte Königin zu finden. Das ist wahrhaft groß! Du lebst das Epos, das ich schreiben werde!«

Wahnfried berauschte sich an seinen eigenen Worten, doch Gunther schüttelte nur müde den Kopf.

»Was sollen wir jetzt tun?«, fragte er verzweifelt.

»Wir gehen zu Brünhild. Vielleicht gefällt sie dir ja trotzdem. Dann nimmst du sie mit nach Worms und heiratest sie. Glaubst du, in Burgund weiß jemand, dass es auf Eisland keine Königin gibt? Wir wussten es doch auch nicht. Spätestens nach eurer Hochzeit ist Brünhild dann wirklich eine Königin.«

Während Gunther noch mit Wahnfried und der Verlogenheit von Liedertexten haderte, schlich sich Hagen heimlich aus Reykjahlið.

Von den Zuckungen in seinem Gesicht und dem weiteren Armpaar ließ er sich nicht aufhalten.

ᚹᚨᚺᚾᚠᚱᛁᛖᛞ

In der feudalsten Gästehöhle in Náttfaris Reich aus schwarzer Lava erwartete Andwari seine Gäste.

Viele Erinnerungen gingen dem Gestaltwandler durch den Kopf, und immer wieder musste er schmunzeln. Es war schon eine tolle und aufregende Zeit gewesen, damals, als er noch mit seinen beiden Partnern die gemeinsame Werkstatt betrieb. Als sie die verrücktesten Dinge erfanden, die es in Midgard, Asgard und Utgard gab. Niemand machte so aberwitzige und erfolgreiche Erfindungen wie *»ABS – Andwari, Brokk und Sindri – die Werkstatt für unmögliche Aufträge«*.

Doch irgendwann hatte er den Spaß an der Sache verloren. Es war ihm alles zu viel geworden, und er hatte sich nach Ruhe gesehnt. Deshalb hatte sich Andwari seinen Anteil auszahlen lassen und sich mit einem immensen Vermögen in die Natur zurückgezogen. Am liebsten hatte er seine Tage als Hecht in einem Wasserfall verbracht. Bis zu jenem verhängnisvollen Tag …

Glücklicherweise betraten in diesem Augenblick Brokk und Sindri die Höhle und rissen Andwari aus dieser unangenehmen Erinnerung.

Herzlich umarmte er die beiden Freunde, dann trat er einige Schritte zurück und musterte sie.

»Immer noch die Alten! Ihr habt euch kein bisschen verändert!«

»Du auch nicht, alter Hecht!«, witzelte Brokk.

»Genug der Freundlichkeiten. Was ist mit meinen Plänen? Habt ihr sie realisieren können? Funktioniert es?«

Der Gesichtsausdruck von Brokk und Sindri verriet alles: Sie strahlten wie Leuchtmoos.

»Klar doch, wir schaffen alles, das weißt du doch!«

»Hier. Schau und sieh. Besser schau und sieh nicht!«, rief Sindri.

Mit diesen Worten warf er einen Mantel über sich und Brokk, und die beiden verschwanden augenblicklich.

»Trefflich! Mein Tarnmantel funktioniert! Ihr seid immer noch gut. Aber jetzt zeigt euch wieder!«

Die Köpfe der Zwerge schienen eine Zeit lang in der

Höhle zu schweben, dann nahm Sindri den Mantel ganz weg und reichte ihn Andwari.

»Für dich. Als Geschenk in alter Freundschaft.«

»Außerdem verdienen wir immer noch an deinen alten Ideen«, feixte Brokk.

»Weiß ich doch, ihr Gauner. Aber trotzdem danke! Das habt ihr fein gemacht.«

»Sei uns nicht böse, wenn wir uns gleich wieder verabschieden. Wir wollen noch jemandem ein Geschenk bringen. Außerdem behagt mir dieser Ort nicht. Ich bin allergisch gegen Wichtel.«

Brokk rümpfte die Nase.

»Du musst wissen, Andwari, ein Landwichtel hat ihm vor fünf Sommern seine Moltebeeren gestohlen. Seitdem hasst er die kleinen Plagegeister.«

Die drei Gestaltwandler umarmten sich zum Abschied. Andwari verließ Dimmuborgir unter dem Schutz seines Tarnmantels, Brokk und Sindri gingen einfach nach nebenan ins Quartier der Tajarim. Seshmosis erkannte sie gleich wieder und begrüßte erstaunt die beiden chaotischen Erfinder.

»Brokk! Sindri! Welche Freude, euch hier an diesem dunklen Ort zu sehen!«

»Ganz unsererseits, Seshmosis! Ich hoffe, es geht dir gut«, erwiderte Sindri scheinbar zurückhaltend.

Doch Brokk konnte sich nicht länger beherrschen und platzte heraus: »Wir haben eine Überraschung für dich!«

Bei dem Wort »Überraschung« wurden die anderen Tajarim hellhörig.

»Ja, wir wollen dir ein Geschenk überreichen. Das selbst kämpfende Schwert *Grafvitnir, die Grabschlange*. Für dich gibt es keine idealere Waffe. Das Schwert braucht lediglich Sichtkontakt zu dir, und der lässt sich auch aus einem sicheren Versteck herstellen. Und es gehorcht nur dir! Außer, du überträgst die Befehlsgewalt auf einen anderen.«

»Das ist ein tolles Geschenk, und ich bin euch sehr dankbar. Auch wenn ich noch nicht weiß, welche Nebenwirkungen es haben wird.« Unversehens kehrte Seshmosis' Misstrauen gegenüber den Erfindungen der Zwerge zurück. »Seht mich nur an: Euer Pelzmantel ist immer noch mit mir verwachsen. Wisst ihr inzwischen eigentlich, wie ich ihn wieder losbekomme?«

»Leider nicht. Deshalb auch das Schwert, sozusagen als Wiedergutmachung«, stotterte Brokk.

»Er meint, falls dich einer wegen deines Pelzes angreift, hast du wenigstens eine kleine Chance, mit diesem Schwert dein Fell zu retten«, verplapperte sich Sindri und verriet endgültig, was hinter dem großzügigen Geschenk steckte.

»Na ja, besser, als wenn man mich gleich umbringt«, tröstete sich Seshmosis und hängte das Schwert an seinen Gürtel. »Danke, dass ihr zumindest versucht, mein Leben etwas zu verlängern.«

»Ist doch Ehrensache. Wir werden immer ein wachsames Auge auf dich haben, alter Freund«, versprach Brokk.

»Pass auf dich auf!«, verabschiedete sich Sindri.

Nachdenklich sah Seshmosis den beiden hinterher. Immerhin hatten sie ein schlechtes Gewissen und versuchten für die Folgen ihres Tuns Verantwortung zu übernehmen.

Die Nacht senkte sich über Dimmuborgir, und wider Erwarten wurde die Stadt noch um einige Nuancen dunkler.

Seshmosis hatte sich in einer Ecke zusammengerollt und hoffte, dass sich sein Magen beruhigen würde. Sein Abendessen versuchte immer wieder den Rückweg in die Freiheit zu finden, und der Schreiber wollte lieber nicht wissen, was er da eigentlich gegessen hatte.

Auf einmal erschien direkt vor seinem Gesicht einer der rotborstigen Wichtel. Seshmosis wartete unsicher ab, denn ihm war nicht klar, ob er eines dieser merkwürdigen Wesen oder seinen kleinen Gott vor sich hatte.

Weil das Wesen immer noch schwieg, fragte der Schreiber sachlich: »Was willst du?«, und verzichtete vorerst auf den Zusatz »Herr«. Wie sich herausstellte, zu Recht.

»Sag, dort wo du herkommst, gibt es da viele Schätze?«

»Ja, schon«, antwortete Seshmosis zögernd.

»Und gibt es dort auch viele schöne Frauen?«

Tanis Bild schoss Seshmosis in den Kopf.

»Wozu willst du das denn alles wissen?«, fragte er den Wichtel.

»Weil ich in Erwägung ziehe, von Chief Cormick abzufallen und im Ausland meinen eigenen Clan zu gründen. Da will ich natürlich nur in ein Land gehen, wo es viele Schätze und viele schöne Frauen gibt. Sonst lohnt es sich doch nicht.«

»Es wird sich nicht lohnen«, sagte ein zweiter Wichtel, der auf einmal neben dem ersten stand. »Dort, wo der herkommt, gibt es viele Dämonen, brennende Dornbüsche und militante Propheten. Da kannst du ein ruhiges Wichtelleben vergessen!«

»Woher willst du das denn wissen, Bruder?«

»Weil er ein solcher Prophet ist und ich sein brennender Busch bin!«

Der scheinbare Wichtel fing Feuer und verbrannte in einer hellen Stichflamme.

Der auswanderungswillige Wichtel rannte schreiend davon. Sein Traum vom eigenen Clan war für immer ausgeträumt.

»Sehr beeindruckend, Herr«, sagte Seshmosis zu dem rot gefiederten Vogel, der sich aus der Asche des verbrannten Wichtels erhob.

»Ja, ja, die Phönix-Nummer kommt immer wieder gut«, antwortete der kleine Gott. »Ich wollte mit dir reden, und dazu musste ich deinen Besucher erst verscheuchen.«

Seshmosis schwante Schlimmes. Immer wenn GON das dringende Bedürfnis verspürte, mit seinem Propheten zu reden, endete dies in äußerst unangenehmen Situationen. Für den Propheten. Deshalb wartete Seshmosis lieber schweigend ab, was nun kommen würde.

»Ich fühle, dass dich dein Äußeres sehr bedrückt«, sagte der Phönix.

»Auch wenn du es tapfer erträgst. Ich habe eine Lösung deines Problems. Ich weiß, wie du den Wolfspelz loswirst.«

»Das wäre fantastisch, Herr!«

»Also ich denke, dass der Zauber etwas mit den Mythen und der Magie dieser Gegend zu tun hat und man ihn nur mit deren Hilfe auch bezwingen kann.«

»Das klingt einleuchtend.«

»Du musst deshalb durch die Waberlohe, wenn du deinen Wolfspelz loswerden willst.«

»Die Waberlohe, Herr? Du meinst doch nicht etwa, dass ich durch das Vulkanfeuer gehen soll?«

»Doch, genau. Das Feuer ist so etwas Ähnliches wie Zwergenwerk. Im Prinzip ist es harmlos. Also hab keine Angst! Wenn es verbrannt riecht, musst du nicht erschrecken, das ist alles nur äußerlich. Und jetzt geh los, im Dunkeln sieht man das Feuer am besten.«

ᚠᛟᛗᚾᛁᚲᛊ

Auf halbem Weg zwischen Reykjahlið und Dimmuborgir traf Hagen, der Halbling, seinen Vater Andwari Alberich.

»Du siehst ja schlimmer aus, als ich befürchtete«, begrüßte Andwari seinen Sohn. Das unsichtbare Band, das die Gestaltwandler familiär verknüpfte, ließ keinen Zweifel aufkommen, wer der düstere Fremde war.

»Danke für die nette Begrüßung. Was hast du von einem erwartet, der unter Menschen lebt?«

»Bei den Menschen sind es doch immer wir, die abstoßend, hässlich und grotesk aussehen. Rennst du eigentlich auch in die Häuser, die sie Kirchen nennen?«

»Wenn du bei den Wölfen lebst, musst du mit den Wölfen heulen«, antwortete Hagen.

»Aber du kannst deine Herkunft nicht leugnen. In dir steckt wesentlich mehr von mir, als du wahrhaben willst.«

»Wenn du die Anfälle meinst, bei denen mein Körper seine eigene Form vergisst, dann hast du wohl recht. Aber auf dieses väterliche Erbe würde ich gern verzichten.«

Nachdenklich ging Andwari auf und ab. Dann sagte er: »Ich bin trotz eines vielleicht auch dir bekannten Vorfalls noch immer sehr wohlhabend. Ich könnte dir den nötigen materiellen Rückhalt für eine gute Karriere bieten.«

»Ich habe bereits Karriere gemacht! Ich bin auf der Erfolgsleiter ganz oben!«, entgegnete Hagen stolz.

»Als Knecht eines kleingeistigen Königs! Mein Sohn hat Besseres verdient. Ich kann dafür sorgen, dass Könige *dir* dienen!«

»Du willst mich doch nur mit deinem Hexen- und Zauberwerk verderben.«

»Ich würde dir auch eine angemessene Braut finanzieren. Für einen Einäugigen ist es sicher nicht so einfach, eine hübsche Maid zu finden.«

Andwari wusste, dass er damit bei seinem Sohn einen wunden Punkt ansprach. »Gold macht dich nicht schöner, aber attraktiver.«

Hagen versuchte schnell von diesem unangenehmen Thema abzulenken: »Hast du dich zur Ruhe gesetzt?«

»Ja. Da bleibt einem viel Zeit zum Nachdenken. Zum Beispiel über die neuen Zeiten, über den neuen Glauben. Die neue Religion ignoriert Wesen wie mich einfach. Aber man kann Zwerge, Alben, Riesen, Wichtel und andere nicht einfach totschweigen. Wenn du dich weigerst, über einen Vulkan zu reden, verschwindet er dadurch vielleicht? Nein, er spuckt dir immer noch auf den Kopf, wenn er will.«

»Religion interessiert mich nicht. Ich gehe mit den Leuten in die Kirche, und wenn sie wieder rausgehen, gehe ich auch raus.«

Andwari ärgerte die religiöse Gleichgültigkeit seines Sohnes. Wütend erklärte er:

»Mich nennen die Christen ein Geschöpf des Teufels. Dabei weiß ich nicht einmal, was ein Teufel ist. Sie machen es sich verdammt einfach. Alles, was sie nicht verstehen, ist für sie böse. Aber sich selbst sehen sie immer als die Guten, egal was sie tun.«

»Odin oder Jesus, ist doch völlig egal«, sagte Hagen immer noch sichtlich desinteressiert.

»Natürlich wäre das egal, wenn es da nicht die Priester gäbe, die dir das Haus anzünden, wenn du Odin statt Jesus sagst.«

»Können wir's ändern?«

Hagen erwartete keine Antwort von seinem Vater. Er wusste überhaupt nicht, was er eigentlich von seinem Vater und diesem Treffen erwartet hatte. Eine unbenennbare Sehnsucht wollte diese Begegnung, eine Kraft jenseits seines Verstandes. Doch jetzt?

Andwari beobachtete seinen Sohn und dessen Unruhe.

»Du hast ein Problem, mein Junge. Du strebst nach zwei Dingen, die sich nicht vertragen: Macht und innerer Friede. Glaub deinem alten Vater, das funktioniert nicht gleichzeitig. Lebe zuerst die Macht, und wenn du diese Zeit überlebst, finde danach deinen Frieden.«

»Ist es das, was ich suchte? Die väterliche Weisheit? Vielleicht. Aber du liegst richtig, wenn du sagst, ich soll mir den Frieden für später aufheben. Jetzt will ich die Macht!«

»Und ich helfe dir dabei. Sieh!«, forderte Andwari und hielt Hagen einen eisernen Ring entgegen. »Das ist der

Ring der Nibelungen. Mit ihm befiehlst du eine ganze Armee von Kriegern. Eine Armee, die du weder ausrüsten noch ernähren musst.«

Ergriffen hielt Hagen den Ring zwischen Daumen und Zeigefinger und betrachtete ihn. »So viel Macht in einem kleinen Ring?«

»Durchaus. Allerdings entfalten die Nibelungen ihre größte Kraft hier auf Eisland. Je weiter du dich von der Insel entfernst, desto geringer wird ihre Kraft. Aber auch wenn sie nur mehr geisterhafte Krieger sind, haben sie immer noch große Macht. Zumindest beeindrucken sie jeden, der sie sieht.«

»Aha! Ich danke dir! Der Ring wird mir zu gegebener Zeit sicher von Nutzen sein.«

»Ich will dir noch ein Geschenk geben. Es dient dir beim Erlangen von Macht ebenso wie in der Zeit, wenn du deine Ruhe und deinen Frieden haben möchtest. Ein Tarnmantel. Wirf ihn über dich, und du wirst für die ganze Welt unsichtbar.«

»Ein treffliches Geschenk, eines Königs würdig. Ich danke dir«, sagte Hagen. Und dann fügte er leise hinzu: »Vater.«

»Schon gut. Wir treffen uns wieder, mein Sohn. Denn ich will sehen, wo und wie du lebst. Und wie du Macht erlangst. Ich finde schon einen Weg übers Meer. Wir treffen uns in Burgund. Versprochen!«

ᚾᛁᛒᛖᛚᚢᚾᚷᛖᚾ

Langsam näherte sich Seshmosis dem Feuerwall. Das Schwert *Grafvitnir* an seiner Seite beruhigte ihn. Man wusste nie, welches Gesindel sich hier herumtrieb. Noch mehr Zuversicht als die Waffe gab ihm jedoch der Ledersack mit den Blutrunen. Wenn GON sagte, dass keine wirkliche Gefahr für ihn bestünde, dann konnte er sich darauf verlassen. Es würde höchstens unangenehm werden. Oder vielleicht auch sehr unangenehm.

Während er immer höher den Vulkan hinaufstieg, dachte er an Tani. Wenn sie ihn jetzt so sehen könnte! Tapfer, bei Nacht mit einem Schwert einen feuerspeienden Berg erklimmend. Sicher würde Tani ihn bewundern. Zu nahe dürfte sie ihm wegen seines Pelzes aber nicht kommen. Tani mochte zwar Tiere, aber als Liebhaber und Ehemann wohl eher weniger, vermutete Seshmosis.

Es wurde immer wärmer und die Grenze des Angenehmen war längst überschritten. Es war heiß. Zu heiß. Seshmosis blieb stehen und überlegte, ob er nicht umkehren sollte. Eigentlich fühlte er sich in dem Pelz ja ganz wohl. Praktische Sache, wenn man immer ein Fell bei sich und an sich hatte. Man sparte Geld für Decken und konnte gut im Freien übernachten. Warum sollte er sich dieser unerträglichen Hitze aussetzen? Wenn er jetzt umkehrte, würde er ein kuscheliges Leben vor sich haben. Die Zwerge hatten ihm doch nur einen Gefallen getan. Es gab keinen vernünftigen Grund, diesen wunderbaren Pelz aufzugeben. Oder doch? Tani! Sicher Tani. Tanis Vater fiel es schon schwer genug, einen glatthäutigen Schreiber als Mann für seine Tochter zu akzeptieren. Einen Schreiber im Wolfspelz würde er sicher ablehnen.

Die Hitze des Feuers brannte unerträglich in seinen Augen und Seshmosis schloss sie. Weiter, für Tani! Es roch verbrannt. Was hatte der kleine Gott gesagt? Alles nur äußerlich. Du hast dich noch nie von Äußerlichkeiten beeindrucken lassen, Seshmosis, also weiter! Augen zu und durch. Das war der sicherste Weg, über einen Stein zu stolpern und hinzufallen. Und Seshmosis stürzte.

Da lag er nun in der Waberlohe, mit brennender Haut und geblendeten Augen.

Seshmosis stutzte, denn wider Erwarten lebte er noch. Vorsichtig öffnete er die Augen. Finsternis. Blindheit. Doch langsam kehrten die Sinneswahrnehmungen zurück, und er erkannte, dass er mit dem Gesicht nach unten auf dem schwarzen Geröll lag. Kein Wunder, dass er nichts gesehen hatte. Er drehte den Kopf ein wenig zur Seite und erkannte: Das Feuer war erloschen! Es gab keine Waberlohe mehr. Seshmosis setzte sich auf und bemerkte, dass sein Pelz ebenfalls verschwunden war. Freudig sprang er auf. Endlich, endlich, konnte er wieder seine Haut sehen, wenn er seine Hände betrachtete. Tastend befühlte er sein Gesicht. Auch von dort war der dichte Pelz verschwunden.

»Danke, GON, danke!«, rief er erleichtert zum Himmel.

ᛊᛖᛊᚺᛗᛟᛊᛁᛊ

»Da ist kein Feuer, nur Rauch«, sagte Gunther und deutete auf die Burg unterhalb des Vulkangipfels.

»Umso besser. Ich habe mich schon die ganze Zeit gefragt, wie wir durch einen Feuerring reiten sollen«. Hagens Gemüt war seit dem Treffen mit seinem Vater nicht mehr ganz so düster wie sonst, aber keiner der Burgunden kannte den Grund dafür.

»Wir reiten zuerst in diese dunkle Stadt und holen uns weitere Auskünfte. Folgt mir, Männer!«, befahl der König.

Die Burgunden ritten los, doch sie kamen nicht weit. Noch vor den schwarzen Mauern von Dimmuborgir traten ihnen Bewaffnete entgegen.

Gunther überlegte nicht lange und wählte die Alternative, die er immer wählte, seit der Heroe Siegfried an seiner Seite ritt: Kampf!

Doch kaum hatten die Burgunden ihre Waffen blank gezogen, verdreifachte sich die Zahl ihrer Gegner.

Als Gunther nun »Vorwärts!« rief, hörten Eingeweihte schon ein leichtes Zittern in seiner Stimme. Doch es kam noch schlimmer. Das Emporrecken des Königsschwerts hatte eine weitere Verdopplung der gegnerischen Streitkräfte zur Folge.

Hagen überlegte kurz, ob er mit seinem Ring die Geisterkrieger der Nibelungen rufen sollte, doch dann ließ er den Gedanken schnell wieder fallen. Die Ringgeister sollten für ihn kämpfen, nicht für Gunther. Dann brüllte der Einäugige: »Halt! Die Sache ist keinen Kampf wert. Lasst uns verhandeln!«

Hagen und Gunther ritten langsam auf die schwarzen Krieger vor der schwarzen Mauer zu.

»Das ist nah genug! Bleibt stehen!«

Aus dem Schatten löste sich ein Mann mit hagerem Gesicht. Er war ganz in schwarzes Leder gekleidet, und auf seiner Schulter stand ein unterarmlanges Wesen. Es sah aus wie ein hässlicher Mensch mit rotem Fell und ebenso rotem Borstenschopf auf dem Kopf.

»Niemand betritt Dimmuborgir ohne unsere Erlaubnis!«, keifte der Winzling.

Gunther lachte schallend.

Allerdings wurde sein Gelächter abrupt beendet und von einem Schmerzensschrei abgelöst. Lava konnte sehr spitze Formen annehmen, und Wichtel verfügten über wirkungsvolle Schleudern.

»Niemand lacht in Dimmuborgir ohne unsere Erlaubnis. Oder wenn wir es nicht wollen. Und ich will nicht, dass du lachst, Fremder! Ich bin Chief Cormick vom *Clan der Roten Borsten.*«

»Und ich bin Náttfari, der Geschäftsführer der *Schwarz-Roten Allianz.* Unsere Stadt betritt man nicht einfach so, sondern zahlt höflich Eintritt.«

»Wie viel willst du?«, fragte Hagen.

»Eine Münze reicht uns. Pro Person.«

Gunther überlegte kurz, dann sagte er: »Hagen, Wahnfried, ihr beide begleitet mich. Die anderen lagern hier vor der Stadt. Ich will mein Geld doch nicht zum Fenster hinauswerfen.«

Die drei saßen ab, übergaben ihre Pferde an Dankwart und gingen durch das Tor, wo man sie in Empfang nahm.

»Bitte händigt uns ohne Widerstand eure Waffen aus«, befahl Náttfari. »Wir versprechen euch, dass ihr ehrenvoll wie wertvolle Gefangene behandelt werdet.«

»Wie könnt ihr es wagen, den König der Burgunden gefangen zu nehmen?«

»So, so, ein König bist du also. Dann kann ich ja das Zehnfache an Lösegeld verlangen. Oder mögen dich deine Leute etwa nicht? Vielleicht bezahlt dein Volk sogar noch viel mehr dafür, wenn du nie wieder auftauchst?«, spottete Náttfari.

»Das ist eine Unverschämtheit! Mein Volk liebt mich!«, empörte sich Gunther.

»Reiß dich zusammen! Und gib nicht so an«, flüsterte ihm Hagen ins Ohr. »Du treibst gerade deinen Preis weiter in die Höhe.«

ᚷᚢᚾᛏᚺᛖᚱ

Seshmosis war noch ein Stück weiter den Berg hinaufgekrochen. Der Vulkan Hverfjall hatte hier einen Seitenschlot gebildet, und auf diesem erhob sich eine mächtige Burg: Isenstein. Allerdings hatte der Schreiber den Weg zum Haupttor der Burg verfehlt und stand nun froh, aber erschöpft vor einer kleinen Tür in einer mächtigen Mauer.

Zaghaft klopfte Seshmosis an. Doch schnell wurde ihm klar, dass kein Mensch *zaghaft* an Burgtore oder Burgtüren klopfte. Man musste mit der Faust sehr kräftig dagegenhauen. Dann hatte man *vielleicht* eine Chance, dass das Klopfen drinnen in der Burg gehört wurde. Wenn man es denn überhaupt hören *wollte*.

Bevor er es mit Klopfen versuchen wollte, drückte Seshmosis die Klinke. Und siehe da: wider Erwarten öffnete sich die Tür. Seshmosis steckte den Kopf durch den Türspalt, und da er niemanden sah, wagte er es, die Burg zu betreten.

Im Innern offenbarte sich die merkwürdige Anlage Isensteins: Eine kreisrunde Mauer umschloss den Hof, in dessen Mitte ein ebenso kreisrundes, großes steinernes Haus stand. Auf der freien Fläche zwischen Mauer und Haus erstreckte sich ein gewaltiger Wall aus roten und weißen Wikingerschilden als zusätzliche Verteidigungslinie für die Bewohner.

Er schloss im Schlachthain mit Schilden mich ein – Rand stieß an Rand – roten und weißen, schoss es Seshmosis durch den Kopf. Bragis Lied von der Schildmaid Brünhild. Offenbar war er in der Burg der sagenhaften Walküre gelandet! Seshmosis hielt inne.

Er war in der Burg einer *Walküre!* Vorsichtig blickte er sich um. Und da sah er sie schon: zwei Dutzend behelmte Frauen mit gewaltigen Brustpanzern. Die Kriegerinnen hatten ihn von jenseits der roten und weißen Schilde erspäht, und nun warfen sie diese beiseite, als wären sie aus Papyrus.

Vorneweg stürmte die größte und mächtigste der Kriegerinnen.

»Ein Zeichen! Ein Mohr hat mich errettet! Bringst du mir die Dunkelheit, mein Freund?«, rief Brünhild aus.

»Ich bin weder ein Mohr noch ein Zeichen. Ich bin Seshmosis und brauche ganz dringend ein Bad!«

Sicher mag so mancher Krieger davon träumen, bei einer Walküre zu liegen und mit ihr zu speisen und zu trinken. Doch Seshmosis war eher nicht der Typ für extreme Nähe zu fremden Frauen. Vor allem nicht zu fremden Frauen, die Rüstungen trugen und mit denen er nicht persönlich verlobt war.

Brünhild wies ihre Mägde an, ihrem Retter ein Bad zu bereiten. Noch hielt sie sich mit ihren Dankesbezeugungen gegenüber ihrem Befreier zurück. Erstaunlich zurück, fand Seshmosis, und so distanziert kühl. Immerhin war er es doch, der die Dame irgendwie in irgendeiner Form von einer göttlichen Strafe erlöst hatte. Wobei er nicht hoffte, dass dieser Gott etwas gegen diese Erlösung hatte. War in Bragis Lied von der Errettung der Walküre überhaupt die Rede? Oder hatte er mit seinem Erscheinen alles verdorben? Seshmosis summte die Melodie und versuchte sich an den Text zu erinnern.

Es durfte vom Schlaf der nur mich wecken, dem Furcht immer fremd geblieben.

Genau, das war es! Jemand durfte die Walküre wecken, und der Würfel des Schicksals war auf ihn gefallen. Allerdings fand Seshmosis die Stelle, wo ihm die Furcht immer fremd geblieben war, nicht ganz treffend. Die dichterische Freiheit in Liedern verfälschte eben manchmal ihren Sinngehalt. Besser hätte es in seinem Fall wohl geheißen: *Die Furcht vor Fremden war ihm geblieben.*

Zwei Mägde führten Seshmosis in eine Kammer. Dort stand ein Holzzuber mit dampfendem, wohlriechendem Wasser. Mit geschickten Händen entledigten sie ihn schneller seiner Kleidung, als er protestieren konnte, und steckten ihn ins Wasser.

Nach all den Anstrengungen genoss Seshmosis das Bad.

Vor allem freute sich seine Haut, endlich wieder direkt, ohne dazwischenliegendes Fell, mit Wasser in Berührung zu kommen. Entspannt lehnte er sich zurück und schloss die Augen. Die Düfte der Kräuter und die wohlige Wärme entführten seine Gedanken in die Vergangenheit. Zurück in die Zeit, als er mit Odysseus unterwegs gewesen war und mit der Amazone Cleite ein Bad im Meer vor der Ziegeninsel genommen hatte. Nur eine kleine feurige Qualle hatte damals sein Glück getrübt. Und weiter schweiften seine Erinnerungen zurück in das Badehaus von Theben, zu dem Tag, an dem er sich von seinem kargen Einkommen einen Besuch abgespart hatte, um einmal seine angebetete Rachel so zu sehen, wie sie von der Liebesgöttin geschaffen worden war. Ein Unterfangen, das anschließend einen längeren Aufenthalt im Kaltwasserbecken notwendig gemacht hatte.

Auch jetzt zeigten seine Erinnerungen körperliche Auswirkungen. Und das ausgerechnet in dem Augenblick, als die beiden Mägde begannen, ihn mit nasser Asche einzureiben und abzurubbeln.

Seshmosis bemühte sich krampfhaft, ihr Gekicher zu überhören und seine Gedanken in eine andere Richtung zu lenken. Vergeblich versuchte er sich das phönizische Alphabet vorzustellen, es gelang ihm nicht, das Bild festzuhalten, während ihn die Frauen mit warmem Wasser übergossen. Dann trockneten sie ihn mit weißen Leinentüchern ab und hüllten ihn schließlich in eine prächtige Wolltunika.

So gesäubert und erfrischt führte man Seshmosis zur Hausherrin.

Brünhild musterte den Mann ihrer Prophezeiung eindringlich. Eigentlich hatte sie sich ihren Helden etwas anders vorgestellt. Um nicht zu sagen, ganz anders. Doch das Schicksal musste erfüllt werden, und so sagte sie zu ihm: »Seshmosis, mein Retter und künftiger Gemahl! Ich begrüße dich in meiner Halle!«

Der Heiratskandidat wollte widersprechen, doch bevor er seine Gedanken sortiert hatte, sprach die Walküre weiter.

»Nach alter Sitte Brauch wird derjenige mein Gemahl, der sich durch die Waberlohe wagt, das gefangene Weib zu retten. So bin ich nun für jetzt und immer dein.«

»Das ist ein Irrtum!«, erwiderte Seshmosis verzweifelt. »Ich bin kein Held!«

Brünhild war irritiert und sah zu ihren Kriegerinnen. Doch die waren genauso ratlos wie ihre Herrin.

»Bist du ein Zauberer?«, fragte Brünhild und deutete auf den Sack mit den Blutrunen.

»Nein, ich bin auch kein Zauberer. Ich bin ein Schreiber und Prophet. Ich diene einem Gott, den du bestimmt nicht kennst.«

»Dann hast du Zölibat gelobt und darfst mich deshalb nicht ehelichen?«

»Nein, auch das nicht. Kein Zölibat. Ich bin schon verlobt. Mit Tani, zu Hause, in Byblos.«

»Du bist ein merkwürdiger Mann, Seshmosis von Byblos. Du wagst es, durch die Waberlohe zu schreiten, aber du willst den ausgesetzten Preis für diese Tat nicht annehmen. Du bist klein, und doch vollbringst du Großes. Du dürftest bei einer Walküre liegen, und doch bist du dem Weib in deiner Heimat treu. Mein Retter ist wahrlich ein ganz besonderer Mann.«

»Ich denke, das ist auch gut so«, antwortete Seshmosis. »Denk nur daran, was die Riesin in Bragis Lied kündet: *Solltest lieber Leinwand weben, statt zu folgen fremden Gatten.«*

Brünhild lachte. »Und weise ist mein Held auch!«

ᛒᚱᚢᚾᚺᛁᛚᛞ

»Siegfried wird uns befreien. So steht es doch in allen Liedern. Der ruhmreiche Held rettet seine Gefährten, nicht wahr, Wahnfried?«

Gunthers Selbstsicherheit befand sich schon seit Stunden auf einem Tiefpunkt. Sein Ego konnte es nicht verkraften, dass er von gerade mal unterarmlangen Wichteln bewacht und schikaniert wurde. Wenn die Feinde wenigstens grausame Riesen gewesen wären, dann hätte Wahnfried ein Heldenepos dichten können. Aber so? Völlig unmöglich! Kein Mensch durfte je erfahren, dass der König der Burgunden ein Gefangener von rotborstigen Winzlingen war.

»Sing mir aus deinem Epos, mein lieber Wahnfried, ich brauche Trost!«

»Sicher mein König, ich singe die Stelle nach der Vorstellung eurer Schwester, der edlen Kriemhild:

Es pflegten sie drei Könige
edel und reich,
Gunther und Gernot,

die Recken ohne Gleich,
und Giselher der junge,
ein auserwählter Degen;
sie war ihre Schwester,
die Fürsten hatten sie zu pflegen.

Die Herren waren milde,
dazu von hohem Stamm,
Unmaßen kühn nach Kräften,
die Recken lobesam.
Nach den Burgunden
war ihr Land genannt;
sie schufen starke Wunder
noch seitdem in Etzels Land.

In Worms am Rheine wohnten
die Herrn in ihrer Kraft.
Von ihren Landen diente
viel stolze Ritterschaft.«[8]

»Ach, tut das gut! Wie erhebend ist doch wahre Kunst«, schwelgte Gunther und vergaß für Augenblicke seine missliche Situation. Bis Hagen ihn wieder an diese erinnerte.

»Es wäre nicht schlecht, wenn die dienende stolze Ritterschaft dort draußen langsam etwas unternehmen würde!«

ᛚᛁᛖᛞ

Mit dem Versprechen an Brünhild, dass er zurückkehren würde, hatte Seshmosis die Burg Isenstein verlassen dürfen. Nun erzählte er seinen Freunden im Lager der Tajarim vor der dunklen Stadt von seinem Abenteuer.

»Schön und gut, Seshmosis, du heiratest also oder auch nicht. Aber das Geschäft muss trotzdem weitergehen. Und dazu brauchen wir Obsidian, sehr viel Obsidian! Den gibt es aber nicht hier, sondern nur weiter im Süden. Da müssen wir jetzt hin, und zwar schnell!«, drängte Raffim.

»Ich würde diese Walküre gern einmal kennenlernen«, sagte Nostr'tut-Amus mit einem Leuchten in den Augen.

»Dann bleib mit Seshmosis hier«, empfahl Raffim unwirsch. »Morgen brechen wir auf. Wir brauchen jeden Mann für die ›Aktion Obsidian‹, vor allem auch Elimas. Er muss unbedingt als Arzt mit uns ins Rabensteinland ziehen. Wer weiß, was uns zustößt. Da will ich nicht ohne ärztliche Versorgung sein.«

»Ich möchte auch mit Seshmosis und Nostr'tut-Amus zu dieser Walküre auf die Burg«, sagte Sampo.

»Du bist sowieso keiner von uns«, giftete Barsil. »Aber glaube ja nicht, dass du dann einen Anteil bekommst.«

Weise schüttelte der Skalde den Kopf. Die Lektion von Mot hatte der alte Gauner Barsil längst wieder vergessen.

RAFFIM

»Warum ging das nicht gewaltsam? Wozu habe ich denn international gerühmte Helden wie dich um mich versammelt, wenn ich dann im Ernstfall Lösegeld bezahlen muss wie ein gewöhnlicher Salzhändler und Pfeffersack?«

König Gunther stand inmitten seines Gefolges im Lager der Burgunden und konnte sich über seine Freilassung nicht so recht freuen. Voller Bitterkeit sagte er zu Siegfried: »Wo war dein Schwert, als ich es brauchte?«

»In der falschen Scheide«, murmelte Hagen zu sich selbst, doch laut sagte er: »Wir sind auf Brautwerbung, mein König. Da ist ein Blutvergießen in der Region der Braut nicht angebracht. So ein Gemetzel kann schnell einmal zu Verstimmungen unter den Brautleuten führen.«

»Gut, gut, reden wir nicht mehr darüber. Mit keinem!«, befahl Gunther und wandte sich Wahnfried zu: »In deinem Lied ist die Rede davon, dass man Brünhild in einem tödlichen Wettkampf besiegen muss. Das hast du doch sicher nur erfunden, oder?«, fragte er hoffnungsvoll.

»Ähem, nicht so ganz erfunden. Da stand in irgendeiner Handschrift etwas von einem Zweikampf. Das ist aber sicher nicht ernst zu nehmen, mein König. Warum sollte auch eine Frau gegen ihren zukünftigen Mann auf Leben und Tod kämpfen? Das macht doch keinen Sinn. Da wäre die Braut ja, wenn es schiefginge, schon vor der Hochzeit Witwe. Sozusagen. Also undenkbar, mein König, völlig undenkbar.«

»Fein! Dann wollen wir zur Burg reiten und meiner Zukünftigen die Aufwartung machen!«

Nach einer Stunde standen die Burgunden vor dem Tor von Burg Isenstein. Die Torwächterinnen ließen die fremden Recken gerne ein, aber nicht, ohne sie vorher zu entwaffnen.

»Das ist demütigend!«, empörte sich Siegfried. »Das kommt einer Entmannung gleich.«

»Das ließe sich auch noch einrichten«, versprach eine besonders kräftige Kriegerin mit langen blonden Zöpfen. Dann wurden die Burgunden in die große Halle des Hauses geführt, wo Brünhild sie auf dem Thron sitzend empfing.

Wahnfried hob gerade an, als Hofsänger seinen Herrn vorzustellen, da hielt Hagen ihn mit einem groben Griff zurück.

»Halt bloß dein Maul!«, zischelte er ihm ins Ohr. »Das hier ist Männersache.«

Siegfried trat vor und verbeugte sich tief vor der Walküre.

»Ich bin Siegfried von Xanten, Vasall dieses edlen Herrn, König Gunther von Burgund, der um deine Hand anhält.«

Brünhild beäugte Gunther misstrauisch.

»Der, ein König? Der mutet mich eher an wie der Mundschenk eines alten Weibes.«

Die burgundischen Krieger wurden blass, doch Gunther beschloss, das Gehörte zu ignorieren. Freundlich ergriff er das Wort.

»Edle Brünhild, die Sänger künden in allen Landen von deinem Ruhm und deiner Schönheit. Und jetzt, wo ich dich erblicken darf, stelle ich fest, dass all ihre Lieder deiner nicht gerecht werden. Du bist der Glanz aller Weiblichkeit. Glücklich der Mann, der dich zum Altar führen darf.«

Brünhild ließ nicht erkennen, ob die Schmeicheleien auf sie gewirkt hatten. Sie verströmte gegenüber Gunther so viel Herzlichkeit wie ein rostiges Axtblatt, als sie erwiderte: »Wir haben hier in Eisland gewisse Bräuche, die es einzuhalten gilt. Du musst um mich kämpfen, um zu beweisen, dass du meiner würdig bist. Jedoch sollst du wissen, dass es noch einen anderen Mann gibt, der ein Vorrecht auf mich hat. Sollte dieser nicht auf mich verzichten wollen, musst du vorher ihn besiegen.«

ᛁᛊᛖᚾᛊᛏᛖᛁᚾ

In einer Höhle in Dimmuborgir kauerten völlig entkräftet und abgemagert die Missionare Tangbrand, Torarin und Hallfred. Das Wenige, das Hallfred zusammengebettelt hatte, machte keinen von ihnen satt. Und wie immer saß mindestens ein Wolf am Höhleneingang und ließ sie nicht aus den Augen.

»Ich gebe auf. Ein solches Leben will ich nicht mehr führen«, sagte Hallfred.

Torarin deutete mit einer Krücke auf ihn: »Dir geht es doch noch am besten von uns. Du bist wenigstens kein Krüppel. Schau mich an! Das Schwein hat mir fast jeden Knochen im Leib gebrochen.«

»Hört auf! Das ist eine Prüfung des Herrn, und seine Wege sind unergründlich. Auch wenn ich nun blind bin, wird er meinen Weg erleuchten«, verkündete Tangbrand.

»Das glaubst du doch selbst nicht. Gefasel! Ich werde auf jeden Fall ab heute auf eure zweifelhafte Gesellschaft verzichten. Ich habe ein Angebot von der *Schwarz-Roten Allianz,* für sie als aktiver Plünderer fremder Clans zu arbeiten, und ich nehme es an. Da habe ich eine Aufgabe und regelmäßige Mahlzeiten«, sagte Hallfred.

»Wie sollen wir beide ohne dich bloß überleben?«, jammerte Torarin.

»Gar nicht«, antwortete Hallfred und schnitt dem Krüppel die Kehle durch.

»Was war das für ein Geräusch?«, fragte Tangbrand.

Ohne darauf einzugehen, tötete Hallfred auch den Blinden. Dann wischte er an dessen Hose das Messer ab, schnürte sein Bündel und verließ die Höhle.

Wenig später schnüffelten Skalli und Hati an den beiden Leichen. »Auf die brauchen wir nicht mehr aufzupassen«, knurrte Skalli.

»Nein, die sind fertig für immer«, bestätigte Hati. »Und der Dritte kommt aus Dimmuborgir nie mehr weg. Dafür sorgen schon die Wichtel. Lass uns zu Gamlis Hof zurücklaufen. Aber schnell! Ich will endlich wieder Landschaft unter meinen Pfoten spüren.«

Einige Gassen weiter seufzte Hallfred tief. Nie würde er alte Freunde in einer lebensfeindlichen Umgebung im Stich lassen. Nun waren sie in einer besseren Welt. Hoffte er zumindest. Schließlich hatte ihn Tangbrand gelehrt, dass es für jedes Problem eine Lösung gab, und wenn es die Endlösung war.

ᚺᚨᛚᛚᚠᚱᛖᛞ

Auf Burg Isenstein herrschte reges Treiben. Die roten und weißen Schilde lagen inzwischen in der Waffenkammer, so dass auf dem Burghof viel Platz für Bewohnerinnen und Besucher war.

Seshmosis beobachtete wie immer etwas abseits mit seinen beiden Freunden Nostr'tut-Amus und Sampo das geschäftige Treiben. Man hatte Brünhilds Thron ins Freie geschafft, und auch sie blickte gespannt auf die Vorbereitungen, die für den bevorstehenden Wettkampf getroffen wurden. Um sie herum standen ihre bis an die Zähne bewaffneten Kriegerinnen. In einigem Abstand dazu hatten sich die ziemlich ratlosen Burgunden postiert und harrten der Dinge, die da kommen sollten.

Auf einmal schlugen die Kriegerinnen mit den Schwertern in einem ohrenbetäubenden Lärm rhythmisch auf ihre Schilde. Dann erhob sich Brünhild, deutete auf Seshmosis und ergriff das Wort.

»Hier steht der Held, der die Waberlohe durchschritt und sie zum Erlöschen brachte. Er ist der, der mich aus langem Schlummer erweckte – Seshmosis von Byblos. Der Held aus dem fernen Land, in dem die Sonne aufgeht. Wer Odins Feuer zum Erlöschen bringt, ist wahrhaft ein Großer unter den Heroen. Er trug einst das Wolfsgewand und ist doch ein Beowulf, ein Bienenwolf, ein Bär. Seshmosis, der die Serka trug, das Gewand des Bären, ein Berserker! Kein Krieger ist ihm gleich, ihm, Seshmosis, der die Flammen Odins besiegte. Heil meinem Retter, heil Seshmosis!«

Die Kriegerinnen schlugen wieder frenetisch mit den Schwertern auf die Schilde und brüllten: »Heil! Heil! Heil!«

Stolz blickte Brünhild in die Runde, und ihre Augen suchten ihren Helden. Doch Seshmosis versuchte sich gerade hinter Sampo zu verstecken. Es half nichts, zwei energische Frauen in glänzenden Brustpanzern nahmen ihn links und rechts bei den Armen und führten ihn zu Brünhild.

»Ehre sei dir, mein Befreier! Dir gebührt der Preis, das Weib zu freien, das du befreitest. Nimm nun an die Ehre, die dir zusteht!«

Seshmosis entging der lauernde, unerbittliche Unterton nicht, und sein Geist arbeitete unter höchster Anspannung.

»Dank dir, edle Herrin von Burg Isenstein. Dank dir für die Ehre, derer ich kaum würdig bin. Es war mir eine Freude, dich zu befreien, und so soll mir die Tat selbst Lohn genug sein. Gerne wäre ich der Mann an deiner Seite, doch bin ich durch ein Gelübde in der Heimat gebunden. Eine ägyptische Prinzessin wartet dort sehnsüchtig auf den versprochenen Gatten. Darum, edle Brünhild, muss ich schweren Herzens auf den Preis verzichten. Verzeih mir, deinem Retter, der dich immer verehren wird.«

Seshmosis hatte kein schlechtes Gewissen, in seiner Not die Situation etwas zu seinen Gunsten zu beschönigen. Immerhin war er ja der Held in dieser ganzen Angelegenheit. Dass er Tani zur Prinzessin befördert hatte, empfand er ebenfalls als rechtens, schließlich war sie die Prinzessin seines Herzens. Und das mit dem »sehnsüchtig«, nun ja, das hoffte er einfach.

Brünhild schien mit Seshmosis' Ansprache zufrieden. Nun sagte sie zu Gunther: »Da mein Retter verzichtet, ist es an euch, um meine Hand zu kämpfen. Was hast du mir Besseres zu bieten als jener, der mich aus der Waberlohe befreite?«

Gunther wandte sich zur Seite und fragte Hagen leise: »Was habe ich eigentlich zu bieten? Was meint sie? Los, Hagen, hilf mir!«

»Fordere den anderen Kerl zum Zweikampf heraus. Er ist ein Schwächling. Sieh dir nur seine dünnen Arme an! Die Gelegenheit ist günstig«, forderte ihn der Vasall auf.

Genau das war es, dachte Gunther erleichtert. Ein Kampf gegen diesen schwächlichen Seshmosis war eine leichte Übung, bei Brünhild zu punkten. Er würde diesen orientalischen Feuerzauberer einfach in Stücke hauen und seiner zukünftigen Braut zeigen, was für ein toller Recke er war.

Siegesgewiss rief er: »Ein König der Burgunden lässt sich nicht mit einem billigen Verzicht abspeisen. Soll der Recke gegen mich kämpfen, damit ich mein Anrecht auf meine Braut öffentlich beweisen kann!«

Seshmosis rutschte das Herz in die Kniekehlen. Doch dann stieß ihn Sampo an und flüsterte: »Das Schwert. Das Zwergenschwert. Setz es ein.«

»Willst du wirklich selbst kämpfen, oder schickst du einen Diener vor, König der Burgunden?«, fragte Brünhild provozierend.

Angesichts des schwachen Gegners wuchs der Mut des Königs fast ins Unermessliche. Gunther zückte sein Schwert und rief: »Zum Kampf! Für meine Zukünftige! Für Burgund!«

Die Kriegerinnen bildeten einen Kreis um die beiden Gegner, damit keiner fliehen konnte.

»Herr, steh mir bei!«, bat Seshmosis und zog *Grafvitnir* aus der Scheide. Das Schwert entwand sich sofort seiner Hand und schwebte vor Gunther. Der stutzte kurz, dann schlug er wütend auf das Schwert ein. Der ungleiche Kampf endete sehr schnell mit der Entwaffnung Gunthers. Der stand fassungslos vor dem in der Luft stehenden Schwert.

»Das ist Betrug!«, brüllte er. »Das ist Hexenwerk! Zauberei!«

»Nein, das ist Zwergenwerk, König Gunther«, beschied ihm Seshmosis. »Und merke: Nur weil einer schwächer ist, bedeutet das noch lange nicht, dass man ihn zum leichten Opfer machen kann. Mein Schwert *Grafvitnir* könnte dich jetzt ohne weiteres in Stücke hauen. Ein Wink von mir würde genügen. Schließlich lautet sein Name in deiner Sprache *Grabschlange,* und dorthin würde mein Schwert dich bringen. Doch ich will der edlen Brünhild den Gatten nicht vor der Hochzeit rauben. Spiel du dein Spiel, König, aber lass mich in Frieden!«

Mit diesen Worten ging Seshmosis zu seinen Freunden zurück. So selbstbewusst er nach außen wirkte, so angespannt war er innerlich. Lautlos flehte er: »Herr, hilf, bitte hilf, dass dieser König dieses Weib gewinnt. Ich kann Gunther zwar überhaupt nicht leiden, aber ich will nicht riskieren, dass Brünhild es sich wieder anders überlegt und mich zwangsheiratet. Besser er als ich.«

Derweil verkündete Brünhild die Einzelheiten der Bedingungen ihres Zweikampfs gegen Gunther:

»Ich will auf einen Streit mit Waffen verzichten, König, um dich nicht zu verstümmeln. Stattdessen biete ich dir einen Ringkampf an. Dann können deine Mannen in deiner

Heimat erzählen, du habest mich umarmt, bevor ich dir das Genick brach.«

Gunther schwanden fast die Sinne. Hastig zog er Hagen beiseite, um sich mit ihm zu beraten.

»Das Weib ist wahnsinnig! Was soll ich nur tun? Sieh dir ihre Muskeln an! Sie wird mich zerquetschen.«

»Ruhig Blut«, beruhigte ihn Hagen. »Ich gab Siegfried ein treffliches Werkzeug.«

»Keine Angst, mein König, ich stehe dir bei«, versprach Siegfried, der neben Gunther stand. Erleichtert wollte der König sich bei seinem Helden bedanken, sah ihn jedoch nicht.

»Ich stehe neben dir, unter Hagens Tarnmantel verborgen. Das ist auch so ein Zwergenwerk, doch es soll uns von Nutzen sein. Gemeinsam werden wir das Weib bezwingen.«

»Also«, forderte Hagen Gunther auf »lass dir nichts anmerken. Tu so, als würdest du ganz allein gegen Brünhild kämpfen. Achte auf deine Bewegungen. Und wisch dir endlich die Angst aus dem Gesicht!«

»Bist du bereit, König Gunther?«, fragte Brünhild ungeduldig.

»Ich bin bereit, meine Braut. Lass uns beginnen!«

Und dann begann er, der sonderbarste Ringkampf, seit Menschen beschlossen hatten zu versuchen, sich gegenseitig zu Boden zu werfen. Die Zuschauer trauten ihren Augen nicht, welch merkwürdige Verrenkungen Gunther und Brünhild machten. Wie die Walküre aus unersichtlichen Gründen ins Stolpern kam und sich gegen einen Feind wehrte, der allem Anschein nach hinter ihr stand, obwohl Gunther vor ihr an ihrem Gürtel zerrte.

Schließlich lag die Burgherrin am Boden, und der Burgunde kniete auf ihrer Brust. Schwer atmend rief sie: »Ich gebe auf! Ich bin besiegt!«

Triumphierend erhob sich Gunther und schenkte der Menge ein strahlendes Lächeln. Auf den Gedanken, seiner Braut aufzuhelfen, kam er nicht. Die rappelte sich auf und sah immer noch überrascht auf ihren siegreichen Bräutigam.

»Ich hatte das Gefühl, mit einem Kraken zu kämpfen. Wie viele Arme haben Burgunden eigentlich?«, fragte sie argwöhnisch.

Brünhild ahnte, dass man sie betrogen hatte, nur wusste sie noch nicht, wie.

ᚲᚨᛗᛈᚠ

Die Expedition der Tajarim lagerte in der *Askja*, einem *Schachtel* genannten Gebirgskessel, der auch als *Schatzkammer der Zwerge* bezeichnet wurde.

Die kleinen Islandpferde suchten die Umgebung nach Gräsern und Flechten ab, während Raffim allen verfügbaren Händen das Einsammeln der wertvollen schwarzen Steine befahl.

»Siehst du, für diese Arbeiten brauchen wir keinen Propheten mit direktem Kontakt zu einem Gott«, sagte er gerade zu Barsil, als ein kleines altes Männlein auftauchte.

Auf einem Stock gestützt, schaute es sich eine Weile um und betrachtete das Treiben der Tajarim, dann sprach es mit hoher Stimme: »Euer Gott muss sehr blutrünstig sein, wenn ihr so viele Rabensteine für Opfermesser braucht.«

»Wie meinst du das?«, fragte Raffim verunsichert.

»Nun ja, ihr sammelt jetzt schon drei Tage lang Obsidian. Nach meiner Berechnung könnte man damit dreihundertzweiundsiebzigtausend Opfertiere schlachten. Und ihr hört immer noch nicht auf. Das nenne ich wahrlich blutrünstig.«

»Unser Gott verlangt keine Blutopfer«, mischte sich Elimas ein.

»Das freut mich zu hören«, erwiderte der Zwerg. »Doch wozu braucht ihr dann so viele Rabensteine?«

»Zum Handeln, wozu sonst?«, sagte Raffim unwirsch. »Was geht dich das eigentlich an?«

»Sehr viel. Denn ich bin der Aufseher der *Askja*. Wir haben hier gewisse Regeln. Aber wir sind großzügig. Jeder darf zum Eigenbedarf Rabensteine auflesen und mitnehmen. Doch alles, was darüber hinausgeht, muss bezahlt werden.«

»Und wie willst du uns daran hindern, so viele Steine mitzunehmen, wie wir wollen, Alterchen?«, fragte Raffim hämisch.

»Glaubst du wirklich, meine Brüder haben einen altersschwachen, senilen Greis zum Wächter der *Schatzkammer der Zwerge* gemacht?«, fragte der Alte und verwandelte sich auf der Stelle in einen großen Menschen, größer noch als Mumal. Dieser Riese schaute nun bedrohlich auf Raffim herunter.

Bevor der Händler sich von seinem Schrecken erholt hatte, verwandelte der andere sich weiter, diesmal in einen Bären und brüllte ihn an.

Raffim versuchte zu fliehen und rannte los. Als er sich noch einmal umsah, stand an der Stelle des Bären ein geflügelter Drache.

Schreiend lief der Dicke zu den anderen Tajarim.

ᚨᛊᚲᛁᚨ

Hagen kehrte an die Stelle zurück, an der er seinen Vater Andwari Alberich getroffen hatte. Mühevoll unterdrückte er die Zuckungen und Ausbeulungen seines Körpers und verdammte seine Krankheit und ihre ständigen Versuche, seine Gestalt zu verändern. Noch nie hatten ihm seine spontanen Anfälle von Gestaltwandel so starke Beschwerden bereitet wie auf dieser kalten Insel.

Hagen setzte sich auf einen Stein und überlegte. Das Ziel der Reise war erreicht; Gunther hatte Brünhild erobert, würde sie mit nach Burgund nehmen und heiraten. Aber wie stand es mit seinen eigenen Zielen? Er wollte nicht sein Leben lang der blind ergebene, bis auf den Tod treue Vasall irgendeines eingebildeten Königs sein. Treue war etwas für geisterhafte, durch einen Ring geknechtete Nibelungen, aber nicht für ihn. Viel lieber säße er selbst auf einem Thron. Das Reich von Burgund wäre kein schlechter Anfang.

Ständig kreisten Hagens Gedanken um das Gold seines

zwergischen Vaters, den Tarnmantel und den Ring der Nibelungen.

Er wusste, dass die Nibelungen außerhalb Eislands nicht ihre volle Stärke entfalten konnten, da sie an das örtliche magisch-mystische System gebunden waren. Eine Umsiedlung der Ringkrieger in ein skandinavisches Land wäre sicher machbar und nicht allzu verlustreich. Eine Reise zum Rhein aber wäre völlig sinnlos. Die einst Furcht erregenden Krieger wären nur noch machtlose Schatten.

Hagen überlegte kurz, ob ihm ein skandinavisches Königreich gefallen könnte, doch schnell verwarf er den Gedanken wieder. Er liebte die Gegend am Rhein, das Klima, den Wein und die Landschaft. Auch wenn seine Nibelungen dort leider nur noch Gespensterschatten wären, würden sie seinen Absichten durchaus nützlich sein. Immerhin konnten sie noch Schrecken verbreiten. Der Ring würde ihm bei seinen Zukunftsplänen mit Sicherheit helfen, denn ein wenig Schrecken oder auch Terror, wie die Römer es nannten, war schon immer ein gutes Mittel in der Politik gewesen.

ᚺᚨᚷᛖᚾ

Skalli und Hati erreichten Gamlis Hof und waren von der neuen Situation völlig überrascht – bis auf Heidrun und Sährimnir lebte keines der mythischen Tiere mehr hier.

»Da ist man einmal ein bisschen länger unterwegs, und schon ziehen alle weg«, nörgelte Hati. »Was sollen wir denn jetzt tun? Unsere Arbeit mit der Sonne gibt es auch nicht mehr.«

»Wir finden schon etwas, mein Bruder. Das Laufen liegt uns im Blut. Das Jagen der Sonne hat unsere Muskeln gestählt und uns ausdauernder gemacht als jeden anderen Wolf. Ich schlage vor, jeder von uns sucht sich eine hübsche Wölfin, mit der er süße, kräftige Welpen bekommt. Die bilden wir dann darin aus, Schlitten für die Menschen zu ziehen.«

»Tolle Idee, Skalli«, sagte Heidrun. »Die Menschen werden euch dankbar sein. Gamli beschwert sich, dass er im Winter mit den Pferden nicht mehr durch den hohen Schnee kommt. Sie sind einfach zu schwer und sinken ein. Aber ihr Leichtgewichte könntet einfach darüber hinwegrennen.«

»Werden die Menschen denn *Schlittenwölfe* mögen?«, fragte Hati, der Skeptiker.

»Wir nennen uns einfach nicht mehr Wölfe! Dann werden sie uns lieben!«, schlug Skalli vor.

»Aber wie sollen wir uns denn nennen?«

»Wir nennen uns zu Ehren unseres Vaters Hati und Skalli Huskyson!«

ᚺᚨᛏᛁ-ᛊᚲᚨᛚᛚᛁ

Am Tag, bevor Brünhild mit ihrem Bräutigam Gunther und den Seinen nach Burgund aufbrechen wollte, kehrte die Expedition der Tajarim zurück. Nach ihrer Begegnung mit dem Drachen und dem beschwerlichen Weg aus der *Schatzkammer der Zwerge* waren die Tajarim dankbar für eine längere Rast mit einem richtigen Dach über dem Kopf. Erleichtert zogen sie in Isenstein ein.

Mumal fand gleich zwei Kriegerinnen, die sich seiner besonders liebevoll annahmen, doch auch die anderen konnten sich nicht über mangelnde Zuwendung oder gar Einsamkeit beklagen. So durfte sich Zerberuh, der bekanntlich eine Vorliebe für beleibte weibliche Wesen pflegte, an einer besonders üppigen Kriegerin erfreuen. Der Kapitän fühlte sich an seine ägyptische Lieblingsgottheit Thoëris erinnert, jenes opulente, aufrecht gehende Nilpferd, und genoss das mollige Vergnügen in vollen Zügen.

Raffim dagegen war derzeit weniger nach Sinnenfreuden. Die Begegnung mit dem *Wächter der Schachtel* steckte ihm noch in den Knochen, und dessen geschäftliche Forderungen hatten ein riesiges Loch in seine Betriebskasse gerissen. Dabei war sein Plan, den Zwischenhandel auszuschalten, doch so genial gewesen! Nun beklagte sich Raffim lautstark bei Seshmosis.

»Wo warst du denn mit deinem Gott, als ich dich brauchte? Hast dich hier auf der Burg mit diesem Kriegerweib herumgetrieben, anstatt deinen Freunden aus der Misere zu helfen! Im Schweiße meines Angesichts habe ich die schwarzen Steine aufgesammelt. Und dann kam dieser Zwergbärendrache und verlangte dafür auch noch Gold von mir!«

»Glaubst du, Gott ist dafür da, dass du für die Ware, die du bekommst, nichts bezahlen musst? Denkst du, man kann einfach so in ein fremdes Land fahren, dort die Schätze vom Boden auflesen und mitnehmen, um sie zum eigenen Profit zu verkaufen?«, hielt Seshmosis dagegen.

»Natürlich! Das war doch schon immer so. Es ist empörend, wie die Eisländer mit den Gästen auf ihrer Insel umgehen! Wenn sich das herumspricht, wird bald keiner mehr hierherkommen.«

Seshmosis blieb völlig unbeeindruckt und fragte: »Und, wie viel Gewinn wirst du mit dem Obsidian machen?«

»Das Zehnfache vom Einkaufspreis sollte es schon werden«, grinste Raffim.

Drei Tage später trafen der Tross der Tajarim mit ihren Lastpferden und der Zug der Burgunden samt dem Gefolge von Brünhild in Husavik ein.

Auf dem Weg zur Hafenstadt waren Raffim und Gunther ins Gespräch gekommen, und der Tajarim hatte schnell herausgefunden, dass die Pelze, die er in Eisland erworben hatte, am Rhein wesentlich bessere Preise erzielen würden als in Byblos. So kam man zu dem Entschluss, im Konvoi von Eisland nach Burgund zu fahren und sich gegenseitig Schutz zu bieten.

Zu Raffims und Gunthers Leidwesen sank der Preis für Pferde in Husavik auf einen nie gekannten Tiefststand. Den einzigen Trost in ihrer miesen wirtschaftlichen Situation fanden sie in Thorbjörn, dem Goden der Provinz. Der sah sich durch die immensen Einnahmen für sich und seine Gemeinde in der Lage, den ganzen Tross zu einem großen Fest einzuladen und für Speisen und Getränke aufzukommen.

So kam es, dass alle ausgelassen feierten und fast jeder

das Gefühl hatte, doch ein Sieger zu sein. Nur Brünhild fühlte sich nicht wohl in ihrer Haut. Die Rolle der unterwürfigen, passiven Braut eines königlichen Gecken passte so gar nicht zur wilden Vergangenheit der Walküre und schon gar nicht zu ihrem Temperament. So ging sie allein in der Dämmerung zum Hafen und blickte traurig aufs Meer hinaus, nach Norden, wo die Eisberge im Wasser trieben und die großen Wale spielten.

Da trat Sampo an Brünhild heran.

»Verzeih mir, edle Brünhild, dass ich deine Gedanken störe. Bin Skalde, Schamane und Same, Sampo werde ich genannt.«

»Sprich, Sampo! Mir scheint, du bist ein Bruder!«, forderte ihn die Walküre auf.

»Reise nicht ins Land des neuen Glaubens! Du wirst dort nur das Unglück finden. Als dein Stammesbruder bitt ich dich, bleib hier auf dieser Insel, die deine Heimat ist!«

»Die Pflicht entlässt mich nicht, auch wenn ich deinen Rat wohl höre. Meine eigenen Regeln zwingen mich, dem Mann zu folgen, der mich im Zweikampf besiegte.«

»Du musst nicht Betrügern folgen, deine Verfehlung ist längst gesühnt.«

»Ich weiß wohl, dass man mich betrog, doch ich kann es nicht beweisen. Darum bin ich froh, dass Seshmosis, mein Retter aus dem Feuerring der Waberlohe, mich begleiten wird.«

Traurig senkte Sampo das Haupt. Dann wickelte er seine Kantele aus der Decke.

»Ich will dir zum Abschied ein Lied singen, edle Brünhild. Es stammt aus meiner Heimat, dem Land der Samen und Karelen. Es erzählt die Geschichte von einem Mädchen, das auf einen falschen Freier hereinfiel und im Herzen doch um die wahre Liebe wusste:«

Junges Mädchen, meine Schwester,
lass dich nicht vom Freier blenden,
nicht vom flinken Mund des Mannes,
noch auch von den schönen Füßen!
Wolfes Zähne hat der Werber,
Fuchses Fallen in der Tasche,
Bärenklauen unterm Arme,
blutgierig ist sein Gurtdolch,
damit kerbt er dir die Kopfhaut,
damit ritzt er dir den Rücken.

Tiefe Seufzer tat die Jungfrau,
seufzte sehr, schwer ging ihr Atem,
sagte so, sprach solche Worte:
»Ach, ich Arme, Unglücksvolle!
Besser wäre mir zumute,
besser wär's für mich, ich wäre,
auf der Bahn des wilden Wolfes,
auf des Bodenschnüfflers Spuren
als im Fahrzeug dieses Freiers,
unter dieser Fratze Decke;
schöner sind des Wolfes Haare,
lieblicher des Wolfes Lippen.«[9]

In Brünhilds Augen schimmerten Tränen. Leise sagte sie: »Der Wolf ist nicht mehr, mein lieber Sampo. Wie ich ist er in die Menschenwelt zurückgekehrt. Verlorene Träume wären es, seiner Spur zu folgen.«

»Dann ist es wohl so weit, unsere Wege trennen sich«, sagte Sampo und umarmte Seshmosis.

»Ich danke dir für alles, vor allem für die Einblicke in eure magischen Runen. Mögest du erreichen, was du dir wünschst!«

»Danke. Das hoffe ich für dich und mich. Aber bevor es an das Erfüllen meiner großen Wünsche geht, muss ich in Oddi jungen, ungeduldigen Skalden die alten Weisen und die Methoden des Dichtens beibringen. Natürlich werden sie alles besser wissen als ich«, fügte Sampo weise lächelnd hinzu.

»Woher weißt du das? Bist du auch ein Hellseher wie Nostr'tut-Amus?«

»Nein, ich bin kein Hellseher. Ich war nur selbst einmal ein junger, ungeduldiger Skalde. Doch nun geh, mein Freund, alles sammelt sich schon zum Bittgebet an die Götter für eine gute Reise!«

Den Einwohnern und Besuchern von Husavik bot sich ein ungewöhnliches Szenario. Drei Gruppen feierten an drei verschiedenen Plätzen des Ortes drei verschiedene Formen des Gottesdienstes:

Die Burgunden ließen sich von einem durchreisenden irischen Mönch gegen geringes Entgelt eine christliche

Messe lesen. Brünhild und ihr Gefolge baten die Meeresgöttin Ran um Gnade und Geduld, sie noch nicht in ihr unterseeisches Reich zu holen. Und für die Tajarim und die phönizischen Seeleute betete Seshmosis zu GON um eine glückliche Reise.

Der Schicklichkeit halber fuhr Brünhild getrennt von ihrem Bräutigam auf der *Gulden Orm*. Und noch ein weiterer Gast fand sich auf dem *Goldenen Drachen*: ein groß gewachsener Mann namens Alberich, der angeblich wegen eines Verwandtenbesuchs nach Burgund wollte. Nur Hagen im anderen Schiff wusste um die wahre Identität des geheimnisvollen Mannes, doch die behielt er wohlweislich für sich.

Brünhild sah in Seshmosis ihren persönlichen Betreuer und scheute sich nicht, ihn ständig in Anspruch zu nehmen. So fungierte er während der ganzen Fahrt als Diener und Unterhalter der Walküre.

Beim Anblick von Mumal meinte sie auf einmal: »Siegfried ist auch einer von denen, die man sich am Abend vor der Schlacht noch einmal ins Bett holt. Dann hat er noch etwas Schönes zum Abschied von seinem Heldenleben und die Walküre vielleicht auch.«

»Das ist nicht viel für ein ganzes Leben«, antwortete Seshmosis nachdenklich.

»Für manche bedeutete es alles«, sagte die Walküre mit einem wissenden Lächeln.

ᚱᛖᛁᛊᛖ

Die drei Nornen legten einige Schicksalsfäden zur Seite und nahmen einige neue auf.

»Lasst uns ein weiteres Bild im Gefüge der Welt weben, meine Schwestern. Ein Bild voll Blut und Tränen, Liebe und Freude, Schmerz und Leid, Trauer und Glück. Lasst uns die Fäden spinnen durch Raum und Zeit, auf dass sich erfülle, was sich erfüllen muss!«, forderte Skuld, die Norne aller künftigen Ereignisse.

ᚾᛟᚱᚾᛖᚾ

Aus den verborgenen Schriften der verlorenen Burgunden

Ausgelöscht sind unsere Spuren in Worms. Ich, der Schreiber dieser Zeilen, bin der Letzte von uns in dieser stolzen Stadt, die für uns zur verbotenen wurde. Seit Monaten muss ich mich in den Katakomben verstecken, ein Fremder, ein namenloser Schatten in der eigenen Heimat. Doch will ich nicht über mein Schicksal klagen, sondern über meines Volkes traurigen Untergang.

Selbst in mir, der ich alles miterleben musste, dunkeln schon langsam die Erinnerungen. Doch bevor die Schleier des gnädigen Vergessens über mich und unser Volk kommen, will ich das Unheil bannen, hier, an diesem Ort, wo alles begann. Lest, bevor mir die Worte vollends entfallen und mich ein unseliger Geist in die neblige Nacht entführt.

Der unglückliche Sänger Wahnfried, der um eines Liedes willen mit des Schicksals Fäden spielte, floh in ein wildes Land. Er, von dem man sagt, er sei mein Großvater, opferte seinem Meisterwerk das Reich seines Königs. Nun lebt er wie ein Wolf auf der Flucht. Man sagt, er sänge immer noch kraftvoll in einer großen Halle auf einem grünen Hügel bei germanischen Stämmen.

Doch nicht einmal im Titel seines Epos taucht unseres

Volkes Name auf, sondern nach den vor uns Untergegangenen ist es benannt: *Das Nibelungenlied*. Das Lied des Volkes aus Niflheim. Dabei sind wir doch auch fast alle in das alte Land der Hel gegangen, an jenem Tag, an dem der Tod reiche Ernte hielt. Der Tag, an dem die Heiligen aus unserer Stadt flohen und die Walküren einfielen wie ein rächender Gewittersturm.

Heute patrouillieren wieder römische Legionäre durch die Straßen von Worms. Männer, die keinen Deut besser sind als die marodierenden Hunnen, die uns niedermachten. Doch König Gunther musste ja unbedingt nach der Provinz Belgica greifen! Wir sind ein Volk ohne Raum, sagte er.

Und mein Vorfahr stachelte ihn an, entfachte seine Kriegswut. »Ein Sieg über ein paar Sachsen ist nicht genug. Nur eine große Tat macht dich zum großen Helden!«, soll er zum König gesagt haben. »Nur ein großer Sieg lässt die Generationen der Geschlechter deinen Namen singen!«

Dann aber folgte der schreckliche Untergang. Rom empfand den Feldzug gegen Belgica ungebührlich und schickte Truppen. Gut ausgebildete und gut ausgerüstete Legionäre und vor allem hunnische Einheiten. Reitende grausame Mörder, gedungen für ein paar Sesterzen. Sie erschlugen Gunther, Gernot, den jungen Giselher, töteten alle Edlen von Burgund und legten unser Volk in Ketten.

Wer nicht in der Schlacht starb oder während der Verschleppung, lebt nun im neuen Burgund in Gallien, wo ein guter Wein wächst. Natürlich fand sich schnell wieder eine neue Herrschaft, ebenso von Gott gesandt und eingesetzt wie die bisherige. Wir akzeptieren diesen König und die Seinen und hoffen, dass wir in Frieden mit unsern Nachbarn leben dürfen. Bis es vielleicht wieder einem Sänger gefällt, seinen König zu unsterblichem Ruhm zu verführen.

ᛒᚢᚱᚷᚢᚾᛞ

Von Drachen und Menschen in Burgund

Worms quoll über vor vieledlen Herren und vielschönen Damen in vielprächtigen Gewändern. Alle, die auf der Burg Gunthers keinen Platz mehr fanden, nahmen Quartier in den Gasthäusern der Stadt. Und als auch diese nicht mehr ausreichten, entstand ein buntes Zeltlager direkt am Ufer des Rheins. Aus Nah und Fern eilte jeder herbei, der Rang und Namen hatte oder zumindest glaubte, Rang und Namen zu haben, um an der Doppelhochzeit von Gunther und Brünhild sowie seinem Helden Siegfried und des Königs Schwester Kriemhild teilzunehmen.

Glückliche Könige sind freigiebig und unsichere Könige, die wie glückliche Könige wirken wollen, noch viel freigiebiger. Gunther war ein sehr unsicherer König, und deshalb gab es auf der Burg und auf dem Marktplatz der Stadt und sogar im Zeltlager am Rhein von Sonnenaufgang bis Sonnenuntergang kostenloses Essen, Freibier und Freiwein.

Überall erklangen Sackpfeifen, Trommeln und Schalmeien. Natürlich zog das große Ereignis auch jede Menge Gesindel landauf, flussab nach Worms. Die Aussicht auf mehrere üppige Mahlzeiten und vielleicht sogar einen erfolgreichen Diebstahl reichte den meisten als Reisegrund.

Brünhild litt. Sie litt unter der Menschenmenge, die ihr schier die Luft zum Atmen wegschnaufte. Sie litt unter dem Lärm des Stimmengewirrs und dem Dröhnen der Musik. Vor allem litt sie unter der Vorstellung, in Kürze die Gattin von Gunther zu sein.

Unter dem fortwährenden Leiden von Brünhild wiederum litt Seshmosis, auch nach der Schiffsreise immer noch als persönlicher Adjutant der Schildmaid tätig. Dauernd nervte die Walküre ihn mit ihren abseitigen Wünschen und ließ keine Gelegenheit aus, ihm klarzumachen, dass er höchstselbst Schuld an ihrer Misere sei. Ständig betonte sie, dass er sie nur auf Eisland hätte heiraten müssen, um all dies hier in Burgund zu verhindern.

Seshmosis sah keine Möglichkeit, dieser unerbittlichen Logik zu entrinnen. Überhaupt brauchte man in jenen Tagen am burgundischen Königshof ein starkes Nervenkostüm. Gunthers Brüder Gernot und Giselher ließen sich ebenfalls von jedem und jeder mit dem Titel »König« anreden, wobei sie ja lediglich Prinzen waren. Seshmosis fand das albern. In Byblos oder gar in Ägypten hätte es solche unpräzisen Titel niemals gegeben. Da regierte nur ein Herrscher, und der war unumstritten, und wenn einer meinte, er wäre genauso ein Herrscher, meinte er es nie sehr lange.

Doch unerträglicher noch als den Königsunsinn empfand Seshmosis die beiden Brüder selbst. Gernot war eine Krämerseele, die selbst Raffim übertraf, und der junge Giselher litt an »Fassfieber«. Das führte dazu, dass er meist schon mittags trunken an der Tafel saß. Wahnfried, der Hofsänger, krönte das Ganze, indem er bei jeder Gelegenheit Verse aus seinem selbst gedichteten *Burgundenlied* vortrug. Seshmosis bekam von dem ewigen Gesinge schon Magenschmerzen.

Dann rückte die Stunde der Trauung immer näher. Die Glocken riefen schon zur Kirche.

»Du wirst mich meinem Bräutigam zuführen!«, befahl Brünhild.

»Niemals, edle Dame! Ich bin kein Christ, ich bin ein Fremder in Land und Glauben. Ich kann das nicht!«, wehrte sich Seshmosis.

»Bei uns ist es Brauch und Sitte, dass der Vater die Braut führt. Wenn der schon tot ist, dann ein Bruder. Ich habe aber weder Vater noch Bruder, ich habe nur dich, meinen Retter! Also ist es deine Pflicht!«

»Ich kann das nicht«, beharrte Seshmosis verzweifelt.

»Du musst! Durch deine Rettung hast du mir das Leben neu geschenkt. Du bist sozusagen mein zweiter Vater«, argumentierte die Walküre.

»Ich dachte, du wolltest mich als deinen Gatten.«

»Das hättest du ja auch haben können. Statt mein Gatte bist du jetzt mein Neuvater. Das hast du nun davon! Du kannst mich nicht allein lassen. Ich bin so einsam hier.«

Seshmosis erkannte, dass Brünhilds Traurigkeit echt war. Er wusste, dass sie die wild-romantische, liebliche Landschaft am Rhein sofort wieder gegen ihre wild-zerklüftete, raue und kalte Heimat eingetauscht hätte.

»Gut, ich führe dich in der Kirche deinem Bräutigam zu«, gab Seshmosis nach, und Brünhild lächelte. Es war kein triumphierendes Lächeln, es war ein dankbares.

So kam es, dass ein Schreiber aus Byblos, der aus dem

ägyptischen Theben stammte und Prophet eines kleinen, namenlosen Gottes war, eine Frau aus Eisland, die einst als unsterbliche Walküre neben dem Gott Odin geritten war, in die Kirche von Worms am Rhein zur christlichen Trauung mit dem burgundischen König führte.

Brünhild fühlte sich während der ganzen Trauung unbehaglich. Die Zeremonie war ihr fremd, und sie verstand nicht, was der Priester sagte und tat. Außerdem nervte sie das ständige Grinsen Gunthers. Mussten Männer bei ihrer Hochzeit wie Schwachsinnige aussehen? Sie blickte sich nach dem anderen Paar um, Siegfried und Kriemhild. Die beiden stellten den gleichen albernen Gesichtsausdruck zur Schau, der anscheinend zum Hochzeitszeremoniell des Hofes von Burgund gehörte. Brünhild atmete tief durch, ergab sich ihrem Schicksal und ließ die Dinge geschehen. Zumindest für den Augenblick.

Auf dem Rückweg zur Burg entging Brünhild nicht, dass sich in all den bunten Menschenmassen immer wieder graue Schemen herumdrückten. Zwischen all den winkenden, fröhlichen und jubelnden Leuten tauchten kleine Gruppen grauer Gestalten auf, die stumm und reglos das Geschehen beobachteten.

Brünhild ahnte nicht, dass dies die neugierigen Nibelungen waren, die Schattenkrieger Hagens, die auch ein wenig mitfeiern wollten. Das Jenseits der Hel, der normale Aufenthaltsort dieser Gestalten, war dunkel, und die langen grauen Jahre in Niflheim unterschieden sich von denen in Walhall erheblich – sowohl in der Verpflegung als auch in der Stimmung. In Nebelheim gab es kein gesottenes

Wildschwein zum Abendessen und auch keine Ziege, deren Euter wohlschmeckenden Met spendete. Dieses burgundische Hochzeitsfest war das erste Stück Leben, an dem die Nibelungen seit ihrem Tod teilhaben konnten.

ᚺᛟᚺᛖᛉᛖᛁᛏ

Nach endlosen Ansprachen, Lobgesängen und Trinksprüchen durften sich die beiden Brautpaare endlich zurückziehen. Kriemhild stellte erleichtert fest, dass ihr blonder Recke noch nicht jenen Grad von Trunkenheit erreicht hatte, der einen Mann zum Eunuchen macht. In freudiger Erwartung zog sie ihren Gatten Siegfried ins nun eheliche Schlafgemach.

Gunthers Gattin zeigte sich zu dessen Bedauern nicht so erwartungsfroh. Ganz im Gegenteil, Brünhild wirkte schroff und abweisend. Statt glücklich in seine Arme zu sinken, sagte sie vorwurfsvoll:

»König bist du, aber warum? Doch nicht, weil du etwas dafür getan hättest, sondern nur, weil du deines Vaters ältester Sohn bist. Das ist wahrlich kein Verdienst!«

»Ich habe dich im Kampf besiegt, du bist mein. Füg dich!«, befahl der König, doch sein ihm eben erst angetrautes Weib lachte nur.

Brünhild zog sich aus bis aufs Hemd und legte sich ins Bett. Da wollte Gunther sie umarmen, doch die Walküre stieß ihn hart von sich.

»Ich traue dir nicht, König Gunther. Mein Gefühl sagt

mir, dass du mich betrogen hast. Und mein Gefühl hat mich noch nie getäuscht!«

»Wie sollte ich dich betrügen? Ich liebe dich doch. Nun komm endlich und sei mein!«

Dann machte Gunther wohl den größten Fehler seines Lebens. Er versuchte Brünhild zu zwingen und zerriss ihr dabei das Hemd. Der Walküre reichte es endgültig. Sie rang Gunther kurzerhand nieder und fesselte ihn schließlich mit ihrem eigenen Gürtel.

Suchend sah sich die Walküre im Gemach um. Ihr Blick fiel auf einen Wappenschild an der Wand. Sie stand auf, nahm den Schild ab und hängte ihren Gatten an den frei gewordenen Haken.

»Wir sollten diese Nacht getrennt schlafen, mein König«, höhnte sie.

»Tu mir das nicht an, ich flehe dich an!«

»Wer wollte denn wem etwas antun, Gunther?«

»Binde mich los, und ich will dir nie wieder etwas antun. Das gelobe ich bei meiner Ritterehre!«

Doch Brünhild lachte nur, löschte die Kerze, legte sich zufrieden in ihr Bett und drehte ihrem Gemahl den Rücken zu.

ᛒᚱᚢᚾᚺᛁᛚᛞ

»Ich wundere mich, dass du nicht auf eine schnelle Rückkehr drängst, Raffim.«

Seshmosis stand mit dem Händler auf der Burgmauer

und blickte auf den Rhein hinunter, auf dem ein geschäftiges Treiben herrschte. Schiffe legten im Hafen von Worms an, andere fuhren flussab in die gallischen Provinzen, andere flussauf nach Süden, wo noch die Römer fast in alter Pracht herrschten.

»Soviel ich weiß, habt ihr alle Pelze zu einem guten Preis verkauft. Und wie steht es mit dem Obsidian?«, fragte Seshmosis.

»Obsidian lässt sich hier nicht verkaufen. Diese Christen wissen nicht, was ein anständiger Opferkult ist. Und für ihre Hostien brauchen sie keine Messer.«

»Warum also drängst du nicht von früh bis spät auf die Heimfahrt nach Byblos?«

»In dieser Gegend hier schmieden die Leute hervorragende Schwerter. Bester Stahl, hart und biegsam zugleich. Eine bessere Handelsware gibt es weder in Ägypten noch in Babylon. Aber derzeit sind die Preise horrend, absolut überzogen. Die Touristen, die zur Hochzeit gekommen sind, haben den Markt kaputt gemacht«, ärgerte sich Raffim. »Jeder von ihnen will unbedingt so ein tolles Burgunderschwert mit nach Hause nehmen.«

»Darf ich dich daran erinnern, dass unser Name *Tajarim* aus unserer alten Sprache übersetzt *Touristen* bedeutet? Oder hast du das vergessen?«

»Nein, das habe ich nicht. Aber du musst unterscheiden zwischen einem *Tajarim,* der stets zu extrem günstigen Preisen einkauft, und einem *Touristen,* der immer völlig überteuert einkauft.«

»Aha«, sagte Seshmosis. »Und was hast du vor?«

»Wir bleiben so lange in Burgund, bis die Preise für

Schwerter wieder runtergehen. Dann kaufen wir groß ein und fahren nach Hause. Dort wird man uns die stählernen Waffen und den wunderbaren Obsidian aus den Händen reißen. Natürlich zu Höchstpreisen.«

Seshmosis war beruhigt. Die Welt schien doch an manchen Stellen noch in Ordnung zu sein. Zumindest der Teil von ihr, der Raffims Geschäfte betraf.

Am Spätnachmittag erklomm Seshmosis den Luginsland, den höchsten Turm der Burg, der den weitesten Ausblick bot. Das Heimweh machte ihm das Herz schwer, und er wollte wenigstens in Richtung seiner Heimat schauen, auch wenn sie viel zu weit entfernt lag, um sie sehen zu können. Zu weit entfernt im Raum und zu weit entfernt in der Zeit. Dennoch stieg er die schier endlosen Stufen hinauf, und die beiden Wächter dort oben hatten nichts gegen seine Gesellschaft.

Die Aussicht war fantastisch und die Wolken zum Greifen nah. Als Seshmosis die Augen schloss, sah er den *Wahren Exil-Ägyptischen Vielheiligen Vielgötter-Tempel zu Byblos* deutlich vor sich. Und er sah Tani, wie sie den Tempel betrat und frische Blumen in die Nische der Schreibergöttin Seshat legte. Seshmosis lächelte, denn er wusste, dass er eines Tages wieder bei ihr sein würde.

Am Abend in seiner Kammer fühlte er sich immer noch von der Vision auf dem Turm beschwingt. Das änderte sich auch nicht durch das Erscheinen eines kleinen roten Drachen auf seinem Bett.

»Es freut mich, dass es dir gut geht, mein Prophet.«

»Danke, danke. Und ich hoffe, du willst das nicht ändern, oder?«

»Nein, keineswegs. Wie immer möchte ich dir nur ein kleines Zeichen geben, damit dich die Realität nicht unvorbereitet überrollt.«

»Sehr freundlich von dir, mein Herr. Was bedroht mich denn diesmal? Etwa ein Drache?«

»Nein, Drachen sind äußerst selten eine Bedrohung. Die Menschen sind es, die du fürchten musst.«

»Raffim?«, fragte Seshmosis.

»Nein. Raffim gehört doch zu deiner Lebensgrundbedrohung wie Feuer und Erdbeben. Es sind die Burgunden, vor denen du dich in Acht nehmen musst. Trau keinem von ihnen, weder Gunther noch Hagen oder Siegfried. Und auch keinem anderen von denen«, zischte der Drache und stieß dabei eine kleine Feuerwolke aus.

»Und warum erscheinst du als Drache?«, wollte der Prophet wissen.

»Ein Hinweis nur, wie gesagt. Er könnte hilfreich für dich sein. Vielleicht sogar lebensrettend.«

Beim Wort *lebensrettend* verschwand Seshmosis' gute Laune schlagartig. GON schaffte es immer wieder, ihn von den Wolken der Glückseligkeit in die grausame Wirklichkeit zu holen.

ᛞᚱᚨᚲᛟ

In einem tiefen Seitental des Rheins konnte ein zufälliger Lauscher ein eigenartiges Gespräch verfolgen.

»Also, ich mag mein Essen lieber ganz natürlich. Bei

einem Ritter entferne ich lediglich die Metallschale, und dann wird er gegessen«, sagte eine Stimme.

»Ohne ihn vorher zu wässern? Igitt, Raffnir!«, rief eine andere Stimme. »Ich bin doch kein Schlingfraß! Ritter sind schmutzig und riechen sehr streng, deshalb muss man sie vor dem Verzehr ausreichend wässern.«

»Herbin, Raffnir, streitet euch nicht. Außerdem sage ich immer, die Geschmäcker sind verschieden.«

Der rote Drache, der dies gesagt hatte, nannte sich Fafnir, und er war ein Gestaltwandler.

Vor nicht allzu langer Zeit hatten die Drachen von Rhein und Mosel die *Geschuppte Allianz* gegründet, einen losen Zusammenschluss der regionalen Drachen. Dabei ging es um Erfahrungsaustausch, Bündnisse, geregelte Einfluss- und Jagdgebiete und vieles mehr. Das Mehr endete dann meistens bei Diskussionen über das Essen. Denn wenn Drachen unter sich sind, gibt es im Prinzip nur zwei Themen: Schätze und Essen.

Vor allem bei Drako Herbarum, genannt Herbin, der seine Speisen grundsätzlich mit immens vielen Kräutern zubereitete und den man quasi als »Gourmet-Drachen« bezeichnen konnte, drehte es sich fast nur um Letzteres. Er vertrat nämlich die Ansicht, dass die Überlegenheit der drachischen Rasse gegenüber der menschlichen allein schon in der extremen Genussfähigkeit der Drachen lag.

»Menschen unterscheiden sich bei der Nahrungsaufnahme doch kaum von Schweinen«, empörte sich Herbin. »Bei mir dagegen ist jedes Essen ein kultureller Akt!«

»Aber wie war das neulich bei deinem neuen Pilzrezept? Wer ist denn nach dem Essen singend durch den Wald getänzelt und hat ständig Feuer gerülpst?«, fragte Fafnir. »Die Schneise, die du gebrannt hast, qualmt an manchen Stellen immer noch.«

»Es war nur ein kleiner Irrtum in der Rezeptur. Das Flambieren sollte eigentlich vor dem Verzehr des Gerichts erfolgen«, räumte Herbin kleinlaut ein.

»Hauptsache, es hat geschmeckt«, grunzte Raffnir, der mehr von der schlichten Drachensorte war. Er war es auch, der *Ritter natur* bevorzugte und gerne einmal Äpfel mit Stumpf und Stiel und Stamm verzehrte. Was auf den Obstwiesen stets hässliche Löcher hinterließ.

»Gibt es sonst noch etwas Neues?«, fragte Herbin.

»Ja«, antwortete Fafnir. »Am Rhein ist ein neuer Schatz im Umlauf. Man nennt ihn den *Nibelungenhort*.«

ᚠᚨᚠᚾᛁᚱ

»Dieses Weib treibt mich in den Wahnsinn!«

Gunthers Gesicht war zornesrot, und die Ader auf seiner Stirn schwoll beängstigend an.

»Aber was ist denn, mein lieber Schwager?«, fragte Siegfried, der von seiner eigenen Hochzeitsnacht immer noch ganz beschwingt war. »Lief es nicht so, wie du es dir erträumt hast?«

»In meinen Albträumen habe ich so etwas nicht befürchtet! Sie lässt mich einfach nicht ran. Und schlimmer noch: Sie demütigt mich! Sie hat mich geschlagen, gefesselt und an einen Haken gehängt!«

»Das ist ja unglaublich, das hätte ich nicht erwartet! Was dir da widerfahren ist, mein König, kränkt auch meine Ehre.«

»Wozu der ganze Aufwand unserer Reise? Bis zu den Eisbergen sind wir gesegelt, nur damit jetzt ein Eisberg in meinem Bett liegt«, empörte sich Gunther.

»Das Weib bringen wir schon noch zum Schmelzen«, versprach Siegfried selbstbewusst.

»Wie willst du das erreichen? Brünhild lässt sich von mir nicht einmal berühren.«

»Wir müssen nur wieder so gut zusammenarbeiten wie beim Kampf, bei dem wir sie gemeinsam bezwangen. Hagens Tarnmantel wird uns auch ein zweites Mal gute Dienste erweisen. Heute Nacht komme ich heimlich in euer Schlafgemach. Dann wollen wir das Weib zur Liebe zwingen«, schlug Siegfried vor.

»Tu mit Brünhild, was immer dir richtig erscheint. Es darf nur nicht meine Ehre kränken! Du magst sie schlagen, du magst sie strafen, du magst ihr gar das Leben nehmen, denn sie ist ein schreckliches Weib! Nur begatten darfst du sie nicht, das ginge wider meine Ehre!«

»Ich werde dein Eherecht nicht verletzen, du kannst mir vertrauen, mein König. Verlass dich ganz auf mich!«, versprach Siegfried.

Der Tag war lang und erfüllt von Kampfspielen, Tänzen, Gesängen und weiteren endlosen Ansprachen. Bei der abendlichen Tafel meldeten sich gar zwei Bischöfe zu Wort. Die geistlichen Herren wetteiferten darin, das hohe Lied der Minne zu preisen und welches Glück doch Gunther und Siegfried beschieden sei, solch tugendhafte Damen an ihrer Seite zu wissen. Der Neid schwang in jedem ihrer Sätze mit.

Das Mahl war ebenso erlesen wie üppig, und alle langten fest zu. Auch die Tajarim ließen sich die Küche Burgunds munden und hatten ihren Spaß. Allein König Gunther saß wie auf Kohlen; es kam ihm vor, als währe der Abend dreißig Jahre. Endlich wurde die Tafel aufgehoben, und die hohen Paare konnten sich in ihre Gemächer zurückziehen.

Gunther löschte die Kerzen und lauerte gespannt auf ein Zeichen von Siegfried. Endlich spürte er eine Hand auf der Schulter – es konnte losgehen.

Der König legte sich neben seine Gemahlin und fasste mit seiner Hand an ihren Busen.

»Lass das, Gunther! Sonst ergeht es dir noch schlimmer als gestern!«

Doch Gunther ließ nicht ab und versuchte Brünhild zu umarmen. Die wehrte sich mit aller Kraft und wunderte sich, wo sie ihr Gatte überall gleichzeitig festhalten wollte und konnte.

»Rühr mich nicht an! Tu deine Hand da weg! Was machst du mit meinem Hemd? Wag das ja nicht! Du wirst es bitter bereuen!«, schrie die Walküre und versuchte sich gegen die vielarmige Übermacht zu wehren. Endlich bekam sie zwei Hände zu fassen und quetschte diese so zusammen, dass Siegfried, denn er war es, den sie erwischt hatte, das Blut aus den Fingernägeln troff.

Mühsam unterdrückte der Held die Schmerzensschreie. Dennoch gelang es ihm letztlich, Brünhilds Arme festzuhalten. Derweil drückte Gunther die Knie zwischen die Schenkel seiner Gattin, um sie mit Gewalt zu öffnen. Während Siegfried Brünhild mit Händen und Füßen niederhielt, vollzog König Gunther endlich die Ehe.

Keinen Laut gab Brünhild mehr von sich, bis ihr Gatte erschöpft von ihr rollte und neben ihr lag.

»Sollte das die ritterliche Minne sein?«, fragte Brünhild verbittert mit bebender Stimme. »Wirst du deine Königin nun jeden Tag wie eine Sklavin behandeln?«

Gunther war irritiert. »Du hast dich mir, deinem Gatten, verweigert! Du hast meine Ehre gekränkt!«

»Deine Ehre, deine Rechte also. Und wo ist meine Ehre? Wo bleibt mein Recht? Welcher Dämon half dir, mich mit Gewalt zu nehmen? Wie viele Arme hatte mein heimtückischer Krakengatte denn heute Nacht? Welch üblen Zauber hast du mir schon wieder angetan? Ich bin sicher, dass du mich hier ebenso wie in Eisland betrogen hast. Wehe, wenn ich deine üble List herausfinde! Fürchte dich vor diesem Tag, denn meine Rache wird fürchterlich sein!«

ᚷᛖᚹᚨᛚᛏ

Hagen von Tronje wusste, dass sein Vater ganz in der Nähe sein musste. Ständig kämpfte er gegen Tentakel, die auf einmal aus seinem Kopf wuchsen. Die spontane morphologische Dissonanz machte ihm schwer zu schaffen. Zusätzliche Armpaare ließen sich ja noch gut unter Kontrolle bringen und auch leicht verbergen. Peinlich wurde es allerdings, als sich während eines Gesprächs mit dem Bischof von Worms auf Hagens Gesicht blauschwarze Panzerschuppen bildeten und ein stacheliger Rückenkamm sich entlang der Wirbelsäule durch sein Gewand bohrte. Nur mit Mühe gelang es dem Tronjer, den Geistlichen davon zu überzeugen, dass eine der Pasteten des gestrigen Abends wohl verdorben gewesen sein musste und in Folge dessen nun bei dem Kirchenmann schwere Halluzinationen auftraten.

Der Bischof glaubte dem Vasallen des Königs und verlangte umgehend nach einem Medikus. Da beide burgundischen Ärzte wegen völliger Trunkenheit nicht ansprechbar waren, schickte man Elimas zum obersten Christen von Worms. Für Hagen die willkommene Gelegenheit, aus der Öffentlichkeit zu verschwinden und den Palast Richtung Wald zu verlassen.

Elimas untersuchte den Kirchenmann, tastete dessen Bauch ab und sah ihm dann tief in die Augen.

»Was glotzt du so, Heide?«, fragte der Bischof.

»Ich glotze nicht, ich schaue. Und zwar in dich hinein!«

»Das kann nur Gott!«, empörte sich der Geistliche.

»Ich schaue meinen Schafen und Ziegen immer in die Augen, um zu sehen, was ihnen fehlt. Und dir fehlt nichts, außer vielleicht ein wenig Verstand.«

»Wie? Was? Keine Vergiftung durch Pasteten?«

»Nein, keine Vergiftung. Ein bisschen überfressen vielleicht, aber der Kopf scheint in Ordnung zu sein. Und das ist das Wichtigste.«

»Wieso ist der Kopf das Wichtigste? Wieso nicht das Herz? Wie willst du das herausgefunden haben?«, fragte der Bischof.

Elimas grinste. »Wissenschaftlich, rein wissenschaftlich. Empirisch nennt man das wohl, wenn man durch lange Studien und Versuche zu einer Erkenntnis kommt. Ich habe nämlich herausgefunden, dass ein Mensch, dem man eine Hand oder einen Fuß abhackt, durchaus weiterleben kann. Aber wenn du ihm den Kopf abschlägst, ist es aus und vorbei.«

ᛖᛚᛁᛗᚨᛊ

Obwohl sie keine Verabredung getroffen hatten, spürte Hagen genau, dass ihn sein Vater Alberich am Waldrand südlich der Burg erwarten würde.

»Schön, dass du da bist«, begrüßte ihn der Gestaltwandler. »Folge mir, ich habe ein Geschenk für dich.«

Vor den Augen seines Sohnes verwandelte sich Alberich in einen Fuchs und rannte los. Hagen hatte Mühe, in dem Gestrüpp des hügeligen Waldes Anschluss zu halten. Mehr als einmal verlor er den Fuchs aus den Augen. Es machte seinem Vater anscheinend Spaß, mit ihm Fangen und Verstecken gleichzeitig zu spielen.

Endlich blieb er vor einer knorrigen Eiche stehen und verwandelte sich wieder in seine Zwergengestalt.

»Das ist dein Baum, mein Sohn!«

»Danke, ein wahrhaft königliches Geschenk, mein Vater. Ein alter Baum mitten in einem Wald«, bedankte sich Hagen sarkastisch, doch Alberich lachte nur.

»Man merkt, dass du unter Menschen lebst. Deine Sinne

sind verstopft, und dein Geist ist leer. Riechst du denn nicht das Gold? Es ist zum Greifen nah.«

»Gold kann man nicht riechen«, entgegnete Hagen.

»Gestaltwandler können es schon. Und manche Menschen auch. Aber nicht nur dein Geruchssinn ist taub, mein Sohn, du bist auch blind! Siehst du nicht den Eingang zu deinem Schatz?«

Suchend blickte sich Hagen um, doch so sehr er sich auch mühte, er sah nichts. Da hatte Alberich genug von seinem Spiel, trat einfach in den Stamm der Eiche hinein und verschwand.

Ungläubig starrte Hagen auf die Stelle, an der sein Vater gerade noch gestanden hatte. Vorsichtig näherte er sich dem Baum und tastete die Rinde ab. Und wahrlich, da war eine Stelle, an der seine Hand vor seinen Augen im Baum verschwand. Er wagte den Schritt hinein und stand unvermittelt in einer Höhle.

»Hast du es also doch noch geschafft«, sagte Alberich anerkennend mit hörbarem Vaterstolz.

Die Höhle war groß genug, einer Familie als Schlafraum zu dienen.

»Sieh! Diese beiden Truhen voll Gold sollen der Grundstock für deine Karriere sein. Damit magst du dir Krieger kaufen, Spitzel bezahlen und Mörder dingen. Alles nur für einen Zweck: Werde ein König!«

»Und wenn ich mehr brauche, Vater?«, fragte Hagen gierig.

»Dann wird mehr da sein. Dieses Gold stammt direkt aus Niflheim, aus den Gräbern der Toten. Sie sind eine schier unerschöpfliche Quelle für den, der weiß, wie man sie erschließt. Der Schatz speist sich aus den Grabbeigaben großer Könige und Krieger von überall auf der Welt. Nutze das Gold des Nibelungenhorts und nutze seine Geister!«

ᚹᚨᛚᛞ

Als Seshmosis wie üblich nach dem Frühstück Brünhild aufsuchte, entsetzte ihn ihr Aussehen. Die Augen waren schwarz unterlaufen und lagen tief in den Höhlen. Ihre sonst so stolzen Gesichtszüge zeigten nun Bitterkeit und Enttäuschung. Sie sah um Jahre gealtert aus.

»Was ist geschehen, werte Brünhild? Traf dich Odins Strafe zum zweiten Mal?«

»Wenn es nur Odin gewesen wäre!«, klagte die Walküre. »Der ist wenigstens gerecht. Gunther war es, der Schändliche, der mir dies angetan. Er nahm mir meine Ehre mit Gewalt.«

Seshmosis hatte auf seinen Reisen schon viele Vergewaltiger kennengelernt. Achäische Krieger, die trojanische Frauen niederwarfen; marodierende Hyksos, die über die Mädchen in den Oasen herfielen; ägyptische Soldaten, die im Namen des Pharaos die Weiber der Fremdländer schändeten.

Anscheinend lag manchen Männern das Vergewaltigen ebenso im Blut wie das Plündern und das Brandschatzen. In jenen Augenblicken war er froh, nur ein Schreiber zu sein. Ein Weichling in den Augen der anderen, aber ohne Schuld vor sich selbst.

»Mein lieber Seshmosis, ich bitte dich um sehr viel. Ich bitte dich um nicht weniger, als dass du mich ein zweites Mal errettest. Finde heraus, wie mich Gunther überlistet, wie er mich betrügt, wie dieser Schwächling es schafft, mich zu bezwingen!«

»Ich will es gern versuchen, Brünhild, wenn es dich tröstet.«

»Es geht mir nicht um Trost. Ich brauche nur einen guten Grund, einen einzigen guten Grund, Gunther zu erschlagen. Wenn sein Blut fließt, werden meine Tränen versiegen.«

Seshmosis versprach, sein Bestes zu versuchen.

ᛏᚱᛟᛊᛏ

Die fahrenden Händler und fliegenden Diebe verließen nach und nach Burgund, und das Land reduzierte sich wieder auf seine normale Bevölkerungszahl. Die Menschen kehrten langsam in ihren Alltag zurück.

Gunther war sich sicher, den Willen und Widerstand seiner Gattin gebrochen zu haben, allein es mangelte ihm nun an Begehren.

Der überwältigende Trieb, der viele Wochen lang sein Sinnen und Trachten bestimmt hatte, glänzte durch Abwesenheit. Das Feuer der Leidenschaft brannte nicht mehr in ihm, und die Männlichkeit des Königs schlief seit jener verhängnisvollen Nacht tief und fest.

Siegfried dagegen, dem keine Kemenate und kein Heuschober in Burgund fremd waren, plagte bereits die Monotonie des Ehelebens. Seine Devise: »Es macht keinen Spaß, das Schwert immer wieder in den gleichen Körper zu stecken« wurde ihm nun zum Verhängnis. Seine Gemahlin Kriemhild beobachtete ihn mit Argusaugen. Mit der Hilfe von zwei Dutzend Spitzeln wollte sie verhindern, dass Siegfrieds berühmtes Schwert in falsche Hände geriet. Dabei meinte sie bestimmt nicht das Tod bringende Schwert *Gram*.

Um sich von seinem Dilemma abzulenken und seinen Ruhm noch zu mehren, wollte Siegfried auf Drachenjagd gehen.

Hagen und des Königs Bruder Giselher beschlossen, den edlen Recken zu begleiten. Vielleicht ließ sich im Erfolgsfall ja etwas vom Ruhm für sie abzweigen. Seshmosis bat ebenfalls teilnehmen zu dürfen. Trotz zitternder Knie hoffte er, eventuell etwas über Gunthers Machenschaften herauszufinden. Der Schreiber war überzeugt, dass Siegfried mit in der Sache drinsteckte, und vielleicht verplapperte dieser sich ja bei einer lockeren Jagdplauderei. Nostr'tut-Amus kam auch mit, weil er die sagenumwobene Lebensform der Drachen einmal wahrhaftig sehen wollte.

Hagen von Tronje erklärte dann noch etliche Bedienstete, Pagen und Küchenhilfen kurzer Hand zu Drachentreibern und befahl ihnen, dem Tross zu folgen.

Nach ungefähr einer Stunde erreichte die Jagdgesellschaft eine Schneise, die vor nicht allzu langer Zeit durch ein Feuer in den Wald gebrannt worden war. Eindeutig eine Drachenschneise.

Hagen teilte die Treiber ein.

»Womit sollen wir die Biester denn treiben?«, fragte ein Knabe, dessen Lebenserfahrung vor allem darin bestand, Rotwein an des Königs Tafel auszuschenken.

»Es reicht völlig, wenn du angstschreiend durch den Wald rennst. Den Rest erledigen wir!«, beschied ihm Hagen.

»Aber vorher reiche er mir noch den Weinschlauch!«, befahl Giselher.

Der Prinz beschloss, am Ausgangspunkt auszuharren und den Sammelplatz zu sichern. Mit einem überschaubaren, aber nicht zu knappen Weinvorrat ließ er sich unter einem angekohlten Baum nieder.

Hagen, Siegfried, Seshmosis und Nostr'tut-Amus stärkten sich ebenfalls erst mit einem ausgiebigen Mahl, während die Drachentreiber auf ihre Positionen gingen, von denen aus sie den Jägern die Beute zutreiben sollten.

Nach der Stärkung machten die vier sich bereit zur Jagd. Der Tronjer hatte sich mit einer schweren Doppelaxt bewaffnet und Siegfried mit einer Saufeder. Dieser Spieß mit langem, breitem Blatt mit Widerhaken wurde sonst zur Wildschweinjagd verwendet. Seshmosis trug sein magisches Zwergenschwert *Grafvitnir* am Gürtel, hoffte aber, es nicht benutzen zu müssen.

Nostr'tut-Amus stellte sich wie immer der Zukunft unbewaffnet. Nun, nicht ganz unbewaffnet: An einem Lederband um den Hals trug er ein Stück Obsidian, um sich im allerschlimmsten Fall die Kehle selbst durchzuschneiden.

Die vier hatten das Ende der Brandschneise noch nicht erreicht, als Seshmosis das Geschrei der Treiber hörte. Doch statt immer näher, erklang der Lärm immer ferner, bis er schließlich verstummte. Hagen und Siegfried sahen sich fragend an.

»Sie müssen vom Weg abgekommen sein«, meinte der Tronjer.

»Sicher«, ertönte eine gewaltige Stimme. »Sie kommen immer vom Weg ab, wenn sie uns sehen.«

Seshmosis drehte sich erschrocken um. Hinter ihnen stand ein mächtiger Drache.

Hagen hob seine Doppelaxt, und Siegfried umklammerte fest seine Saufeder. Seshmosis glaubte im Gesicht der rot geschuppten Kreatur Belustigung zu erkennen. Dann sprach der Drache:

»Welche Vermessenheit, auf Drachenjagd zu gehen! Genauso gut könnten sich Mäuse versammeln, um Menschen zu jagen. Es ist einfach lächerlich! Wir Drachen sind euch turmhoch überlegen – egal unter welchen Gesichtspunkten, ob zivilisatorisch, ob literarisch oder unter dem Aspekt der Nahrungskette. Außerdem sind wir wesentlich größer und haben eine erheblich höhere Lebenserwartung, nämlich gen unendlich!«

»Deine Tage sind gezählt, du Wurm«, brüllte Siegfried und raste auf den Drachen zu. Der schlug kurz mit einem Flügel, und Siegfried landete in einer verkohlten Baumkrone. Daraufhin ließ Hagen seine Axt fallen.

»Brav«, bemerkte der Drache. »Können wir jetzt vernünftig miteinander reden?«

Hagen nickte nur, während Nostr'tut-Amus dem stöhnenden Siegfried vom Baum half. Zum Entsetzen aller erschien ein weiterer Drache. Er war nur geringfügig kleiner als der erste und grün.

Der erste Drache ergriff wieder das Wort: »Gestatten, ich bin Fafnir, und das ist mein Freund Drako Herbarum, genannt Herbin. Wer ihr seid, wissen wir. Wir möchten nur einmal etwas Grundsätzliches klären.«

»Und was wollt ihr klären?«, fragte Hagen.

»Den Unsinn mit der Drachenjagd. Sie nervt uns! Wie jeder halbwegs gebildete Drakologe weiß, sind Drachen nahezu unsterblich. Man, sprich: ein Mensch, kann uns nicht töten, er kann uns höchstens auf eine andere Daseinsebene verjagen. Wir wollen uns aber nicht verjagen lassen, weil es uns hier gefällt!«

Zu Seshmosis' Überraschung ergriff Nostr'tut-Amus das Wort.

»Man sagt aber, das Bad im Blut eines Drachen mache unverwundbar.«

»Woher hast du denn diesen Unsinn?«, fragte der grüne Drache.

»So steht es in den alten Schriften, die ich selbst studiert habe.«

»Das ist eine Verwechslung. Ich bin Kräuterexperte. Die Autoren dieser Schriften meinten sicher den Saft, der aus der Pflanze *Dracaena deremensis* gewonnen wird und den man auch *Drachenblut* nennt. Er wird schon lange bei Verwundungen eingesetzt, weil er heilend und schmerzlindernd wirkt. Aber zur Saftgewinnung muss man doch keine intelligenten Lebewesen erschlagen!«

Inzwischen hatte sich Siegfried so weit erholt, dass sein Ego wieder funktionierte.

»Ich schlage euch einen Handel vor! Gebt mir irgendeine Trophäe, mit der ich beweisen kann, dass ich einen Drachen besiegt habe, und ich sorge dafür, dass ihr an Rhein und Mosel in Frieden leben könnt!«

»Eine solche Trophäe könnte ich dir schon besorgen. Ich denke da an meinen Vetter Raffnir, der des Öfteren seinen Kopf verliert«, schlug Fafnir vor.

»Wie? Seinen Kopf verliert, was soll das heißen?«, fragte Seshmosis verwundert.

»Raffnir ist ein notorischer Spieler, der für sein Leben gern wettet. Da verwettet er schon mal ab und zu seinen Kopf.«

»Ich verstehe dich nicht.«

»Wir Drachen sind äußerst regenerationsfähig. Wenn ein Kopf abgeschlagen wird, dauert es allerdings einige Zeit, bis er wieder nachgewachsen ist. So drei Monate muss man schon warten, bis er wieder in voller Größe da ist. Zufälligerweise habe ich neulich eine Wette gegen Raffnir gewonnen und noch einen Kopf von ihm vorrätig. Über den könnten wir verhandeln.«

»Gut, gib mir diesen Kopf, und ich will meinen Teil erfüllen! Niemand in Burgund und Umgebung wird euch mehr nachstellen«, versprach Siegfried.

»Einverstanden!«, sagte Fafnir. »Du garantierst mit deinem Leben dafür, dass uns die Menschen in Ruhe lassen. Wenn nicht, steht dein Kopf in meiner Sammlung, Siegfried!«

»Ich gewährleiste es!«, verkündete dieser großspurig.

»Dann gilt es!«, bestätigte Fafnir und gab Herbin einen Wink.

»Während Fafnir hier bei euch wartet, hole ich den Kopf. Dann treibe ich euch eure Treiber zu, damit sie Raffnirs

Haupt in die Burg schaffen können«, erklärte Herbin und erhob sich.

Als die Verhandlungen beendet waren, sah Nostr'tut-Amus seine Stunde gekommen, um endlich mehr über diese faszinierenden Wesen zu erfahren.

»Stimmt es, dass ihr aus dem Fernen Osten eingewandert seid?«

»Nein, das ist absolut falsch. Unsere östlichen Vettern besitzen einen ganz anderen Körperbau. Sie verfügen meist auch über keine richtigen Schwingen, weil sie von Haus aus Segler sind, die sich in den Wind legen und sich von ihm tragen lassen.«

Ein Rauschen und Knattern erklang in der Luft, dann landete Herbin mit einem Drachenschädel in den Klauen. Er legte die künftige Trophäe auf den Waldboden und flog gleich weiter.

»Wie lange weilt ihr schon in dieser Gegend?«, fragte Seshmosis den roten Drachen.

»Ich selbst bin aus Eisland zugewandert. In Wirklichkeit bin ich ein Gestaltwandler. Aber ich habe schon immer Drachen geliebt und deshalb beschlossen, hier als einer der ihren mit ihnen zu leben. In dieser Gegend gibt es sie schon lange, lange Zeit! Die Menschen sagen, der Name der Stadt Worms gehe auf irgendein römisches Wort zurück. Das ist Unsinn! Roll das Wort in deinem Mund und lass es dann ganz langsam über den Unterkiefer heraus: Ww-wooormmms. Da hört doch jeder sofort den Wurm heraus, den Lindwurm, den Urdrachen! Worms war schon immer eine Drachen-Stadt, von Anbeginn!«

Bevor Fafnir noch weiter das hohe Lied auf die Drachen

singen konnte, wurde er von wildem Geschrei unterbrochen. Die burgundischen Treiber standen kurz vor dem gemeinsamen Massenselbstmord, weil sie sich plötzlich zwischen zwei Drachenfronten sahen – hinter ihnen ein grüner Drache und vor ihnen ein roter. Doch bevor es dazu kam, schwangen sich Fafnir und Drako Herbarum in die Lüfte und ließen einen Haufen schlotternder Menschlein zurück.

ᛞᚱᚨᚲᛖᚾᛁᚨᚷᛞ

Als Seshmosis sich am Abend in sein Gemach zurückzog, war er immer noch erfüllt von den Erlebnissen des Tages. Die Drachen faszinierten ihn, ihre Kraft, ihre Anmut und ihre Intelligenz. Wunderschöne Wesen, die man einfach respektieren musste. So wie den kleinen, der auf seinem Fenstersims saß. Der kleine Drache auf seinem Fenstersims? Da der Drache auch nach mehrfachem Augenreiben nicht verschwand, holte sich Seshmosis selbst aus seinen Träumen und fragte:

»Herr, bist du es?«

»Schön, dass du auch einmal wieder an mich denkst, in deiner Dracheneuphorie. Du scheinst in letzter Zeit überhaupt einiges zu vergessen. Wie oft habe ich dir eigentlich gesagt, dass du auf keinen Fall irgendetwas zu mir in den Ledersack stecken darfst?«

»Zwei-, dreimal, Herr?«

»Das war eine rhetorische Frage, mein lieber Prophet!

Wenn Gold das Blut der Götter ist, dann ertrinke ich bald darin. Und ich kann dir auch sagen, warum! Weil ich in meinem eigenen Ledersack keinen Platz mehr habe und bald zerquetscht werde! Dieser Ring vermehrt sich ständig. Jede neunte Nacht kommen acht weitere dazu. Wenn du meinen Ledersack nicht sofort ausräumst, schmelze ich das ganze Gold mit meinem Feueratem!«

»Herr, den Ring habe ich ganz vergessen! Gleich nachdem Ratatöskr ihn mir gegeben hatte, brauchte ich einen sicheren Aufbewahrungsort. Und wo ist etwas sicherer als in deiner Obhut, Herr?«

»Du Schmeichler! Ich erkenne deine Not. Es sei dir verziehen. Aber nun räum die Ringe raus und verstecke sie woanders. Ich fühle mich unwohl mit all dem Gold.«

Während Seshmosis *Draupnir* bei seinen Schriftstücken versteckte und die vervielfältigten Goldringe in seinen Leinenbeutel umfüllte, sagte er wie beiläufig: »Brünhild ist sehr traurig. Gunther scheint ein wahrer Schuft zu sein. Irgendwie hat er sie wohl überlistet.«

»So plump willst du mich aushorchen, mein lieber Prophet? Dein Versuch ist zu durchsichtig. Das mag bei Loki funktionieren, aber nicht bei mir. Frag, wenn du etwas wissen willst, und dann entscheide ich, ob ich dir antworte!«

»Bitte Herr, verrate mir, wie es Gunther gelang, Brünhild zu besiegen.«

»Mit Siegfrieds Hilfe, der einen Tarnmantel verwendet hat, den Hagen von seinem zwergischen Vater Andwari Alberich geschenkt bekam. Üble Sache übrigens. Dieser Gunther ist wirklich ein wahrer Schuft.«

»Herr, wie kann ich Brünhild helfen?«

»Folge deinen Gefühlen. Verlass dich auf deinen Instinkt. Und höre auf deine Füße, wenn sie der Meinung sind, dass es Zeit ist zu gehen.«

Ein helles Lachen erfüllte das Zimmer, und es schwang immer noch in Seshmosis' Kopf, als der kleine Drache längst verschwunden war.

Ganz Worms jubelte dem Drachentöter Siegfried zu. Die Trophäe, den skelettierten Schädel Raffnirs, stellte man auf dem Marktplatz zur Schau, damit ihn alle bestaunen konnten. Schwer bewaffnete Krieger bewachten den Kopf, damit auch ja niemand versuchte, Stückchen davon abzuschlagen und als Souvenir mitzunehmen.

Mehr und mehr Menschen strömten aus dem Umland in die Stadt, in der Handwerker mit neuen Schildern wie diesem warben: »Der Schmied, an dem Siegfried täglich vorbeigeht« oder »Die Taverne, in der jeder Drachentöter bis zum Tode trinkt«. Selbst die örtliche Gilde der leichten Mädchen warb mit einem neuen Slogan: »Die feurigen Töchter der Drachenreiter«.

Der Drachentourismus in Worms wuchs von Tag zu Tag, und Gunthers Neid erwachte. Siegfried, der Drachentöter, hatte den König in der Gunst des Volkes eindeutig abgelöst.

Gunther raste vor Zorn. Sein Weib hasste ihn, und er

war sicher, dass sie ihn mit dem Fluch der Impotenz belegt hatte. Man kannte ja diese ausländischen heidnischen Hexen. Und nun stahl ihm auch noch sein einstiger Vorzeigeheld die Liebe seines eigenen Volkes! So konnte es nicht weitergehen! Gunther berief den Thronrat ein.

In dem kleinen Raum hinter dem Thronsaal trafen sich König Gunther, seine beiden Brüder Gernot und Giselher sowie Hagen und Dankwart von Tronje. Von den beiden Stiefbrüdern war Dankwart als Großkämmerer für die Finanzen von Burgund zuständig und Hagen fürs Grobe, womit der Herrscher seine Hände nicht beschmutzen wollte.

»Siegfried raubt mir noch den Verstand«, eröffnete Gunther das Treffen. »Mit dieser Drachentötergeschichte macht er mir mein Volk abspenstig. Die Leute sähen ihn lieber heute als morgen auf dem Thron von Burgund!«

»Finanziell bringt uns die Drachentötergeschichte gute Einnahmen. Wir könnten da sogar noch mehr rausholen«, wandte Dankwart ein. »Wenn wir vielleicht kleine Drachenfigürchen anfertigen lassen und feilbieten …«

Er konnte seinen Satz nicht beenden, weil Gunther ihn packte und ihm den Hals zudrückte. Als Dankwart blau anlief und sein Röcheln langsam erstarb, ließ der König seinen Kämmerer gerade noch rechtzeitig los.

»Wenn es noch einer wagen sollte, das Wort *Drache* in den Mund zu nehmen, erschlage ich ihn eigenhändig. Und wenn es mein eigener Bruder wäre!«, drohte er mit Blick auf Giselher, der sich einfältig glotzend aus einem Krug nachschenkte.

»Was immer du wünschst, Gunther. Es soll mir recht sein. Ist noch von dem Roten da?«

»Wir müssen Siegfried aufhalten!«, forderte Gunther. »Wenn es sein muss, mit allen Mitteln!«

»Dafür brauchen wir aber einen guten Grund«, warf Hagen ein.

»Dann finde einen!«, befahl der König von Burgund. »Dafür bezahle ich dich schließlich.«

ᛋᛁᛖᚷᚠᚱᛁᛖᛞ

Im Pallas, der großen Halle der Burg von Worms, standen Seshmosis und Wahnfried in einer Fensternische.

»Hast du den großen Homeros wirklich gekannt?«, fragte bewundernd der burgundische Sänger.

»Ich würde eher sagen, ich kenne ihn. Nun, aus meiner Zeitperspektive müsste es wohl exakt heißen, ich werde ihn kennenlernen. Obwohl, rückblickend ... Es ist verflixt mit diesen ganzen Zeitsprüngen. Man kommt ziemlich durcheinander«, seufzte Seshmosis.

»Wie kommt es, dass du ständig durch die Zeit reist?«

»Es ist so eine Art Gelübde, ein Dienst an meinem Gott.«

»Aber es gibt keinen Gott außer Gott. Sagt Gott jedenfalls.« Wahnfried schien verwirrt.

»Und was ist dann mit Odin und all den anderen? Frag doch Brünhild, die lange an der Seite des Allvaters ritt!«, empfahl Seshmosis.

»Aber sie ist doch eine Heidin!«, empörte sich Wahnfried.

»Eine Heidin nur, doch gut genug, eure Königin zu sein. Manchmal habe ich den Eindruck, ihr wisst selbst nicht, was ihr wollt. Ihr tanzt um euer Kreuz wie andere ums Goldene Kalb und erschlagt jeden, der sagt, euer Gott sei nicht der Einzige. Damit erntet ihr Krieg, sage ich dir, nichts als Krieg!«

Seshmosis schüttelte den Kopf und schlenderte in die Mitte der Halle. Von einer Empore hingen prächtige bunte Fahnen herab bis auf den Boden; polierte Schilde, Speere und Schwerter prangten überall an den Wänden.

»Ich habe solche Dinge schon oft gesehen«, sagte Seshmosis. »Es ist erstaunlich, wie schnell sie zerbrechen und verbrennen.«

»Doch ich werde dem allen ein Denkmal setzen! Ich werde es in Worten festhalten! Alles! In meinem großen Heldenepos. Schon viele Verse sind von mir gedichtet und auch in Töne gesetzt. Eines Tages wird alle Welt mein *Burgundenlied* kennen«, schwelgte Wahnfried.

»Dann pass auf, dass du lange genug lebst, um auch das Ende deines Liedes zu schreiben«, riet ihm Seshmosis und verließ den Raum.

ᛚᛁᛗᛞ

»Vater, die Gelegenheit ist günstig, doch brauche ich Verbündete!«

Hagen von Tronje marschierte angespannt vor der knorrigen Eiche im Wald auf und ab. Andwari Alberich hingegen war die Ruhe selbst. Ungeduld war für ihn ein Privileg der Jugend, aber ein Fehler in der Politik.

»Ich habe einen Freund für dich, mein Sohn. Einen mächtigen Freund.«

»Wen? Ich hoffe, du denkst nicht an Siegfrieds Vater, König Siegmund von Xanten. Der ist ein Schwächling und kaum in der Lage, umherstreifende Sachsen in Schach zu halten. Oder meinst du die Römer? Die mischen sich nicht ein, wenn die Germanen untereinander im Streit liegen.«

»Nein, ich meine ihn hier. Dreh dich um!«

Alberichs Sohn tat wie geheißen und hätte vor Schreck fast seine Augenklappe verloren. Hinter ihm stand ein gelber Drache. Anscheinend nahmen die Biester in Burgund langsam überhand.

»Gestatten, Raffnir. Wir kennen uns schon teilweise. Ein Kopf von mir liegt auf eurem Marktplatz.«

Bevor Hagen antworten konnte, wurde bei ihm durch die Gegenwart seines Vaters und des Drachen ein neuerlicher Anfall von spontanem Gestaltwandel ausgelöst. Binnen kurzem verwandelte er sich in einen schwarzbraun-dunkelgrünen Mensch-Drachen-Mischling von ausgesprochener Hässlichkeit.

»Ich mochte Drachen auch schon immer«, kommentierte Alberich sarkastisch. »Obwohl es für mich persönlich nicht die optimale Daseinsform ist. Als Erfinder braucht man feinmotorische Fähigkeiten, da kommt man mit Klauen und Krallen nicht so gut zurecht.«

Nur mit Mühe bekam Hagen seine veränderten Stimmbänder unter Kontrolle und fragte: »Wieh kanntu mirr hälfä?«

»Oh, ich habe viele Fähigkeiten. Zum Beispiel bin ich ein Spezialist für Jagdunfälle«, antwortete der Drache.

Wieder gelang es dem Tronjer kaum zu sprechen. Schließlich bat er stammelnd seinen Vater: »Maach Hagens Gschtalt mitt mirr.«

Der sichtlich amüsierte Alberich legte die Hand auf den schuppigen Rücken seines Sohnes und sprach einige Worte in einer fremden Sprache, die sehr viele Zischlaute enthielt.

Hagen wurde wieder Hagen, samt Augenklappe. Der Rest seiner Kleidung entsprach allerdings nicht mehr dem burgundischen Hofprotokoll und hing in Fetzen herab.

»Verdammte Gestaltwandlerei!«, fluchte er. »Wann wird das endlich aufhören? Darüber müssen wir noch reden, Vater!« Dann wandte sich Hagen dem gelben Drachen zu. »Wird es wirklich wie die Folge eines Drachenkampfes aussehen, Raffnir? Siegfried ist beliebt wie nie, und wir können uns keinen Volksaufstand leisten.«

»Siegfried ist ruhmsüchtig. Er wird sich die Chance nicht entgehen lassen, dass man ihn als noch größeren Helden feiert, wenn er einen weiteren Drachen tötet. Du verstehst?«

»Ich verstehe. Ich werde eine Jagd organisieren und dir vorher Bescheid geben.«

»Das ist überflüssig. Ich weiß, wann und wo die Gelegenheit am günstigsten ist, egal ob im Wald oder in der Stadt. Darauf wette ich meinen Kopf.«

ᚱᚨᚠᚠᚾᛁᚱ

Zaghaft näherte sich Seshmosis Brünhilds Gemach. Er wusste, dass sie seine Informationen schätzen würde, allerdings fürchtete er sich vor ihrer ersten Reaktion. Zu oft hatte er in den alten Schriften gelesen, was mit Boten geschah, die schlechte Nachrichten überbrachten. Gar manch einer von ihnen wurde im ersten Zorn vom Empfänger der Botschaft erschlagen. Seshmosis wusste, der Zorn der Walküre konnte unermesslich sein. Und vor allem gewalttätig.

Doch ihre Reaktion auf die Wahrheit über den Betrug der Burgunden war dann eher verhalten. Wohl deshalb, weil sie ja schon geahnt, wenn nicht sogar gewusst hatte, dass man sie betrog.

»So haben sie es also gemacht, mit einem Tarnmantel und zu zweit.«

Brünhild saß in sich zusammengesunken auf der Fensterbank und starrte ins Leere. »Ich danke dir, dass du es für mich herausgefunden hast, Seshmosis, auch wenn mich deine Worte betrüben.«

»Es tut mir leid, edle Brünhild. Aber ist es nicht so, dass damit die ganze Sache hinfällig ist? Die Heirat basiert auf Betrug, das kann nicht recht sein! Du kannst alles für ungültig erklären.«

»Das schon, allein, uns fehlen konkrete Beweise. Wie willst du das Unrecht hieb- und stichfest belegen? Du, ein Ausländer wie ich? Die rheinischen Christenmenschen werden nicht erfreut sein, wenn du ihnen sagst, dein ägyptischer, byblischer oder was auch immer Gott hätte dir in einer Privataudienz offenbart, dass der hochheilige König Gunther von Burgund ein Betrüger sei. Und sein Superheld und Drachentöter Siegfried von Xanten noch dazu. Ganz im Gegenteil: Sie werden dich in der Luft zerreißen! Oder vierteilen. Und dann hängen. Und in den Fluss werfen. Nachdem sie dich verbrannt haben.«

Seshmosis erbleichte. In seiner Begeisterung hatte er sich ausgemalt, wie er, der weise Ermittler aus dem Morgenland, in einer theatralisch inszenierten Enthüllung den infamen Betrug an Brünhild vor der versammelten Hofgesellschaft offenbarte. Er vermeinte den Applaus schon zu hören. Allerdings verwandelten sich die Geräusche jetzt mehr in das Bersten seiner eigenen Knochen. Die Fantasie vom gefeierten Helden wich schnell einer sehr konkreten Todesangst.

»Dann sollten wir mit der Wahrheit vorerst wohl äußerst zurückhaltend umgehen«, schlug er vor. »Wir müssen den richtigen Augenblick abwarten, Brünhild. Wir müssen abwarten, wie sich die Dinge weiter entwickeln. Ja, wir müssen unbedingt im Hintergrund geduldig abwarten!«

Seshmosis war sich sicher: Nur im Abwarten lag sein künftiges Glück.

ᚹᚨᚱᛏᛖᚾ

Die spitzfindigen Philosophen der außerzeitlichen Akademie von Lagoda behaupten, es gehe bei allem Sinnen und Trachten der Menschen immer um einen Ring. Um einen Ehering, um einen Meisterschaftsring, um einen Ring an und für sich. Und da der Mensch gierig ist, sind es dann sehr schnell immer deren viele. Dann kommt wieder *der Eine* ins Spiel, sie alle zu knechten und so weiter. Oder der andere, der sich ständig vermehrt und derzeit im Besitz eines Schreibers aus Byblos ist. Doch wie heißt es im Vers eines eisländischen Skalden so schön: *Ringlein, Ringlein, du musst wandern …*

Nervös schlich Siegfried durch die Burg. Hagens Tarnmantel war verschwunden! Selbst einer wie er begriff, dass damit die Gefahr bestand, jemand könne Gunthers und seinen Betrug aufdecken. Sein erster Verdacht fiel auf den ausländischen Schreiber, der sich ständig bei Brünhild herumtrieb. Dieser Mann hatte irgendetwas Verschlagenes, Hinterhältiges, eben Fremdes an sich. Falls der Kerl den Tarnmantel gestohlen haben sollte und Brünhild übergäbe, wäre alles aus.

Hektisch durchsuchte Siegfried das Gepäck des heidnischen Besuchers. Den Tarnmantel fand er allerdings nicht, nur diese komischen Rollen mit darauf gemalten Krakeln und Bildchen. Enttäuscht stopfte er die Papyrusblätter mit ägyptischen Hieroglyphen, phönizischen Buchstaben und eisländischen Runen in den Beutel zurück. Dabei rollte ein schlichter Ring aus den Habseligkeiten des Schreibers. Ohne Skrupel und auch ohne weiter darüber nachzudenken, steckte ihn Siegfried in seine Gürteltasche.

Nach der Mittagstafel flanierten die vieledlen Herren mit ihren vieledlen Damen im Burggarten. Eigentlich war es eher eine Obstwiese mit Kräuteranpflanzungen des Küchenchefs, aber es war auf jeden Fall ein schöner Fleck.

Die Mitglieder des burgundischen Hofstaates hatten es sich zur Angewohnheit gemacht, bei schönem Wetter hier nach dem Mittagsmahl einige Schritte zu gehen, um die Verdauung anzuregen.

Auch Helden plagen manchmal Verstopfungen, und deshalb empfahl ein seit Monaten am Hof tätiger Medikus aus Franken diese vorbeugende Maßnahme.

Siegfried spazierte mit Kriemhild unterhalb des Haupttores und versuchte seiner Gemahlin gerade klarzumachen, wie wichtig seine Drachenjagdausflüge für die Reichssicherheit waren.

»Aber du hast das grausliche Vieh doch schon erwischt! Was musst du dich weiterhin jeden Tag im Wald herumtreiben?«

Siegfried konnte seiner Gattin schlecht anvertrauen, dass sein derzeitiges Lieblingsjagdrevier *Der fidele Drache* war, ein mehr als zwielichtiges Lokal am Stadtrand mit Schänke und kurzfristig mietbaren Fremdenzimmern. Die dort tätigen Damen besaßen auch keinerlei Ähnlichkeit mit geschuppten Wesen, außer vielleicht im feurigen Temperament.

»Durch meinen Sieg über den Drachen ist die Bedrohung unserer Stadt nur noch größer geworden, mein Schätzchen. Die anderen Drachen rasen vor Wut und sinnen auf Rache. Ich muss sie erwischen, bevor sie über Worms herfallen und unschuldige Frauen und Kinder töten!«

»Du bist wirklich ein wahrer Held, mein Gemahl! Ich bin ja so stolz, dein Weib zu sein!«

Siegfried fand, dass dies ein günstiger Augenblick war, noch mehr für seine Verdauung zu tun, als sich nur die

Füße zu vertreten. Da fiel ihm der Ring des Orientalen ein, den er am Vormittag mitgenommen hatte.

Rasch zog er ihn aus seiner Gürteltasche und steckte ihn Kriemhild an den Finger.

»Als Zeichen meiner Wertschätzung und als ewiges Treuepfand für dich, meine edle Kriemhild. Dies Ringlein mag auf den ersten Blick unscheinbar aussehen, doch es ist Zeichen eines meiner größten Triumphe. Ich erbeutete den Ring nach erbittertem Kampf von einem schrecklichen Riesen. Doch nun muss ich eilen, die Pflicht ruft!«

»O mein Held, mein Gemahl! Glücklich kann ich mich preisen, deine Auserwählte zu sein. Kein Weib auf der ganzen Welt hat einen solchen Ehemann wie ich. Eile, mein Gatte, eile, die Menschheit zu schützen!«

Mit der frisch beringten Hand winkte sie Siegfried nach, der frohen Mutes in den Kampf des Nachmittags zog. Kriemhild freute sich derweil am neuen Unterpfand der Liebe ihres Gemahls. Darüber nachzudenken, wo ausgerechnet ein Riese dieses Ringlein getragen haben könnte, kam ihr nicht in den Sinn.

Als die Glocke zum Nachmittagsgebet der Non rief, eilte Kriemhild in die Burgkapelle. Außer der Pflege von Glaubensdingen blieb ihr als Gemahlin Siegfrieds nicht viel an Beschäftigung.

Die Arbeiten wurden alle von Dienern, Leibeigenen und Sklaven verrichtet. Die sogenannten ehelichen Pflichten beschränkten sich, wenn überhaupt noch erwähnenswert, auf die Nacht.

Sticken wollte Kriemhild nicht, und lesen konnte sie nicht. So blieb ihr kaum Zerstreuung: Ein Lied, vorgetragen von Wahnfried, der ihr aber immer ein gewisses Unbehagen bereitete, ein Schwatz mit den anderen Hofdamen, ein sehnsüchtiger, suchender Blick in die unbekannte Ferne vom Luginsland. Ihrer Schwägerin Brünhild ging sie aus dem Weg. Sie mochte ihre selbstbewusste Art nicht. Dieses Weib dachte, sie sei etwas Besseres, nur weil sie mit ihrem Bruder, dem König, verheiratet war. Dabei war doch ihr Siegfried eindeutig der größere Held in Burgund.

All diese Gedanken kreisten in Kriemhilds Kopf, während sie gewohnheitsmäßig Psalmen und Gebete vor sich hin murmelte.

Sie nahm auch Hagen nicht wahr, der wenige Schritte von ihr entfernt kniete und immer wieder verstohlen auf ihre gefalteten Hände blickte. Ihn faszinierte der neue Ring, den Kriemhild trug. Ein Ring, der eine merkwürdige Anziehungskraft auf ihn ausübte. Ein Ring, der zu seinem Unterbewusstsein sprach: *Ich bin Andwaranaut, der Gefährte des Andwari. Ich bin deines Vaters Ring, der rechtmäßig zu deinem Erbe gehört. Ich bin ein ganz besonderer Ring. Ich, Andwaranaut, bin der Schatz der Schätze. Ohne mich wird dein Glück niemals vollkommen sein.*

Nur mit Mühe konnte sich Hagen beherrschen, den Gottesdienst nicht vorzeitig zu verlassen. In ihm wuchs der Groll. Wie kam Kriemhild in den Besitz *seines* Ringes? Er musste es herausfinden.

ᚱᛁᚾᚷ

Bei der abendlichen Tafel war die Atmosphäre mehr als angespannt. Alle schienen sich gegenseitig zu misstrauen – Gunther belauerte seine Gemahlin Brünhild, Brünhild beargwöhnte Siegfried, Siegfried beobachtete Seshmosis, und Hagen ließ Kriemhild samt ihrem neuen Ring nicht aus den Augen. Nur Kriemhild beachtete niemanden und himmelte ausschließlich ihren Gatten an. Sie hatte nur Augen für ihn.

Nach dem Servieren des kräftigen Verdauungstrunks aus der Burgbrennerei blickte Nostr'tut-Amus erstaunt in seinen Becher. Seltsame Dinge schienen sich auf der Flüssigkeit zu spiegeln, und plötzlich nahm eine fremde Macht Besitz von ihm. Zum Erstaunen aller stand Nostr'tut-Amus auf und ergriff das Wort. Keiner der Burgunden hatte den merkwürdigen Mann bisher sprechen gehört, es ging sogar schon das Gerücht um, dass er stumm sei. Eine der in Umlauf gebrachten Geschichten sagte, dass ein orientalischer Despot ihm mit eigenen Händen die Zunge herausgerissen haben soll.

Dafür sprach der Seher jetzt doch sehr flüssig. Wie in Trance verkündete Nostr'tut-Amus:

»Feuer sehe ich über Worms. Weiber schreien und Kinder greinen. Männer sterben ungesehen, unbewundert in den Fluten des Rheins. Das Reich Gunthers versinkt in Blut. Zerrieben zwischen dem Adler von Rom und den Pferden der Steppe, wird Burgund untergehen. Nur wenige werden überleben, doch ihre Heimat für immer verlieren. Die Bauernhöfe an den Ufern des Flusses brennen. Alle Edlen liegen gemeuchelt in den Auen oder zwischen den Burgmauern. Nur einer bleibt, das Elend zu künden.«

Verzweifelt versuchte Seshmosis den Freund wieder auf den Stuhl herunterzuziehen und zum Schweigen zu bringen. Doch vergebens.

Gunther sprang wutentbrannt auf.

»Schweig, Elender! Wie kannst du es wagen, an meiner Tafel so zu reden!«

Seshmosis erhob sich, während er immer noch versuchte, den zitternden Nostr'tut-Amus nach unten zu drücken.

»Verzeiht! Mein Freund ist so einen starken Trunk nicht gewohnt. Nehmt ihn nicht ernst! Er ist Ausländer, ein Ägypter! Vergesst einfach, was er gesagt hat!«

»Wie kommt dieser dahergelaufene Kerl dazu, unseren Untergang zu prophezeien?«, empörte sich Kriemhild.

»Vielleicht, weil er ein Prophet ist!«, flüsterte Hagen ihr triumphierend zu. Hass glühte in seinem verbliebenen Auge. Er war sich sicher, dass *er* der eine aus der Prophezeiung war, der blieb, das Elend zu künden.

König Gunther versuchte die Situation in den Griff zu bekommen.

»Fragen wir ihn doch, woher er seine Informationen hat. Wachen! Ergreift den Kerl und schafft ihn ins Verlies. Mag er dem Folterknecht Weissagungen machen!«

ᚾᛟᛊᛏᚱᛏᚢᛏᚨᛗᚢᛊ

Nachdem man Nostr'tut-Amus weggebracht hatte, beruhigten sich alle wieder. Gunther hob die Tafel auf, und in der großen Halle und den angrenzenden Räumen bildeten sich kleine Gruppen, die sich über das eben Geschehene unterhielten. Hagen nutzte die Gelegenheit und pirschte sich an Kriemhild heran. Endlich traf er Siegfrieds Weib allein an und fragte einschmeichelnd: »Ein bezauberndes Ringlein trägst du heute Abend, edle Kriemhild. Ist das neu?«

»Ja, es ist ein Geschenk von Siegfried. Er erbeutete es einst von einem schrecklichen Riesen.«

Der Ring selbst raunte Hagen eine ganz andere Geschichte zu: *Ich bin rechtmäßig dein! Nimm mich, Hagen von Tronje! Ich bin der Andwaranaut, der Ring deines Vaters. Nimm, was des Sohnes ist!*

Nur mit Mühe konnte sich Hagen beherrschen und unterdrückte das brennende Verlangen, Kriemhild augenblicklich den Ring vom Finger zu reißen.

»Du bist so unruhig heute Abend, Hagen. Fehlt dir etwas? Geht es dir nicht gut? Du bist so bleich, und deine Hände zittern. Droht wieder einer deiner Anfälle?«

»Es muss am Essen liegen, vieledle Brünhild. Es liegt bestimmt am Essen. Entschuldige bitte, wenn ich mich gleich zurückziehe. Eine Unpässlichkeit. Sicher wird es bald wieder besser, wenn ich mich etwas früher zu Bett lege.«

»Ja, sicher, das hilft bestimmt. Gute Besserung, Hagen!«

In seinem Quartier lief Hagen unruhig auf und ab. Er hörte jetzt zwar den Ring nicht mehr, doch fühlte er ihn weiterhin. Ein ständiges, fast körperliches Verlangen erinnerte ihn daran, dass der Ring ihm und nur ihm gehörte.

Wie kam Siegfried an *seinen* goldenen Ring, und wie kam er dazu, ihn zu verschenken? Der Narr wusste sicher nicht einmal, welchen Schatz er da leichtfertig weggegeben hatte. Wann würde *Draupnir* sich das nächste Mal vermehren? Wie lange würde es noch dauern, bis des Morgens neben dem Ursprungsring acht weitere liegen würden? Kriemhild musste schnellstmöglich von dem Ring getrennt werden.

Hagen setzte bei seinem Plan auf Terror. Er griff zum eisernen Ring der Nibelungen und rief seine Schattenkrieger herbei. Bald füllten sie den ganzen Raum. »Genug!«, sagte Hagen leise. »Nun geht in Kriemhilds Gemach. Flüstert ihr ein, dass der Ring verflucht sei. Dass sie ihn loswerden müsse. Flüstert es die ganze Nacht. Und sagt ihr, sie müsse den Ring einem dunklen, einäugigen Krieger geben, nur so sei der Fluch des Riesen von ihr zu nehmen. Geht jetzt und verbreitet Schrecken!«

ᚾᛁᛒᛖᛚᚢᚾᚷᛖᚾ

Nostr'tut-Amus saß im Kerker der Burg von Worms und würfelte mit dem Kerkermeister und Folterexperten Ortwin. Dieser liebte alles Esoterische und schätzte seinen neuen Insassen sehr.

»Wir sind doch beide für eine höhere Sache tätig, wir beide sind auf unsere ganz besondere Art Sucher nach der Wahrheit«, sagte er zum ägyptischen Seher, ließ die Würfel fallen und fügte ein triumphierendes »Pasch und Sieg!« hinzu.

Nostr'tut-Amus nickte anerkennend. »Wunderbare Strategie. Sehr schöne Variante, die ich noch nicht kannte.«

»Großer Seher aus dem Osten, willst du nicht für mich einen Blick in die Zukunft wagen? Tu es für deinen neuen Freund, und du wirst es nicht bereuen. An mir hängt hier unten sehr viel, um nicht zu sagen, alles.«

»Gerne, mein verehrter Ortwin. Bitte bring mir einen Becher klaren Wassers.«

Mit Freuden brachte Ortwin das Gewünschte. Immerhin galt er als einer der größten Esoteriker von Burgund; er kannte jeden Kartenleger, jeden Knochenorakler und jeden prophetischen Veitstänzer des Landes persönlich. Dass man ausgerechnet einen orientalischen Seher in seinen Kerker eingesperrt hatte, empfand er als Geschenk aller okkulten Mächte des Himmels und der Erde.

Nostr'tut-Amus sah in den Becher und versenkte lange seinen Blick. Dann hob er den Kopf und verkündete, ohne Ortwin anzusehen: »Du wirst den Untergang von Worms überleben.«

»Das sagst du sicher nur, um mich günstig zu stimmen.«

»Ich sehe dich mit einer Frau und zwei Knaben vor einem Bauernhaus stehen.«

»Eine Frau? Und zwei Knaben? Ich bin nicht verheiratet und habe auch keine Kinder. Allerdings liebe ich Chlothilde, deren Mann vor einiger Zeit mein Klient war. Und die hat zwei Knaben, den Martin und den Karl. Sie ist Witwe und Fränkin. Sie erhört mich also! Ich danke dir!«

»Und was ist mit meiner Zukunft? Habe ich überhaupt eine? Werde ich den Untergang überleben?«, rief ein bärtiger Mann aus der Nachbarzelle. Es war Treuheit, den Kriemhild schon vor Monaten wegen Zauberei und Ketzerei in den Kerker hatte werfen lassen. Eigentlich war er ein Bäcker, dessen Spezialität Brote in Runenform oder mit eingebackenen Runen waren. Eben alles Essbare in Schriftform.

Kriemhild, der alles Geschriebene von vornherein suspekt war und die vor allem den alten Runenzauber hasste, hatte Treuheit bei einem Bummel auf dem Markt von Worms entdeckt und persönlich seine Einkerkerung veranlasst, »auf dass er vergessen verkümmere und verrotte«.

»Bring mir bitte einen neuen Becher mit frischem Wasser! Dann will ich nachsehen, ob für meinen Nachbarn auch noch etwas Zukunft bleibt«, bat Nostr'tut-Amus seinen Kerkermeister Ortwin.

ᚲᛖᚱᚲᛖᚱ

Am Abend wurde Siegfried dringend ins Basislager der Drachenjäger gerufen. Einer der Treiber sei auf eine verdächtige Spur gestoßen, so dass man kurz nach Sonnenaufgang einen Angriff der Geflügelten befürchte. Natürlich verstand Kriemhild, dass ihr Gemahl unter diesen dramatischen, lebensbedrohlichen Umständen die Nacht nicht zu Hause in seinem Ehebett verbringen konnte. Nur weil sie wusste, dass bei den Drachenjagden niemals Weibsvolk zugelassen war, ließ sie schweren Herzens ihren Gemahl in der Abenddämmerung ziehen.

Kaum hatte sich Kriemhild zu Bett gelegt und die letzte Kerze gelöscht, kam der große Auftritt der Nibelungen. Binnen kürzester Zeit bevölkerten sie das gesamte Gemach, ließen sich jedoch noch nicht sehen. Nur eine unheimliche Stimme sprach: »Der Ring ist verflucht. Der Ring wird dein Glück zerstören.«

Kriemhild erschrak und fuhr hoch. Angsterfüllt blickte sie sich um und glaubte einen Schatten zu sehen. Es war mehr das Erahnen einer Bewegung. Doch als sie genauer hinsah, schien alles wie immer. Irritiert ließ sich Kriemhild auf das Kopfkissen zurücksinken und schloss die Augen. Gerade als sie den Zustand zwischen Wachen und Schlafen erreichte, hörte sie wieder die furchterregende Stimme:

»Der Ring wird dein Verderben sein. Bald schon schaust du in das Grab deines Gemahls. Du musst diesen verfluchten Ring einem anderen geben. Such nach einem einäugigen Krieger und übergib ihm den Ring. Nur er kann den Fluch von dir nehmen.«

Erneut schreckte Kriemhild hoch und riss die Augen auf. Diesmal war sie nicht allein. Dutzende von grauen Schatten wirbelten durch den Raum. Fratzen mit blitzenden Zähnen umkreisten sie. Entstellte Gesichter verzerrten sich in lautlosen Schreien.

Dann griffen gestaltlose Hände nach ihr, zogen an ihren Haaren, zogen an ihrer Haut. Und hohle Stimmen flüsterten: »Der Ring ist verflucht, er wird dich verzehren. Der Ring ist dein Verderben, er wird dir das Liebste nehmen.«

Kriemhild warf sich in ihrem Bett herum und hob abwehrend die Hände. Doch es half nichts. Schwer legten sich die Geister auf ihren Körper, drückten ihn auf die Unterlage, raubten ihr die Luft zum Atmen. Mit letzter Kraft schrie Kriemhild – und sie wurde gehört. Kammerzofen und Wachen stürmten gleichzeitig in das Schlafgemach.

Ihrer Lieblingsdienerin gelang es schließlich, des Königs Schwester zu beruhigen. Erschöpft stammelte Kriemhild: »Sicher war es nur ein schrecklicher Traum, ein schrecklicher Albtraum.«

Und das erste Mal in ihrem Leben sehnte sie sich nach dem furchtbaren, widerlichen Hagen, um ihm diesen verfluchten Ring zu geben. Gleich morgen früh würde sie dem Spuk ein Ende machen.

ᚲᚱᛁᛖᛗᚺᛁᛚᛞ

Nach dem Frühstück ging Kriemhild mit klopfendem Herzen zu Hagen von Tronje. »Mein Herr, bitte nimm diesen Ring an dich. Mir deucht, das Stück ist verflucht und in ihm wohnen böse Geister.«

Hagen unterdrückte seine Freude und sagte mit gespielter Sachlichkeit:

»Dann werde ich den Ring in den Tiefen der Burg verbergen, damit er kein Unheil anrichten kann. Es ist besser, du schweigst über diese Angelegenheit.«

Erleichtert stimmte Kriemhild zu und brach mit ihrer Schwägerin Brünhild auf zu einem Bad in einem von Büschen und Bäumen abgeschirmten Seitenarm des Rheins. Nur die Hofdamen beider Hoheiten waren in der Nähe, so dass die vieledlen Damen sich ihrer vielprächtigen Gewänder entledigen konnten und das Wasser direkt auf der nackten Haut spürten. Dabei achteten sie sorgfältig darauf, nicht in der Strömung der jeweils anderen zu stehen. Schließlich wollte keine der beiden vom Wasser der anderen verunreinigt werden, auch nicht im übertragenen Sinn. Doch trotz aller Vorsicht glaubte Kriemhild für einen Augenblick vom Wasser ihrer Schwägerin umspült zu werden.

»Igitt!«, schrie sie spitz. »Dein Wasser hat mich berührt! Geh sofort aus meiner Strömung, Brünhild, damit ich mich reinigen kann!«

»Wieso sollte ich mich von dir herumkommandieren lassen? Ich bin die Königin von Burgund!«

»Mein Mann ist der bedeutendste Mann im ganzen Land! Siegfried ist der größte Held und Drachentöter!«

»Was soll das heißen, dein Mann sei ein Drachentöter? Jedes Kind auf Eisland weiß, dass allein die Götter einen Drachen töten können. Die Hälfte der Drachen besteht sowieso aus Gestaltwandlern. Nur die kann man, wenn überhaupt, töten – größenwahnsinnige Zwerge in Drachengestalt. Pah!«

»Willst du behaupten, mein Mann hätte nie einen Drachen getötet? Schau doch auf den Marktplatz, was dort ausgestellt wird: Das ist wohl eindeutig der Schädel eines Drachen!«

»Du hast wohl noch nie bei einem Spaziergang im Wald einen Tierschädel gesehen. Ich bin mir sicher, dein Siegfried hat den Schädel auch nur gefunden. Oder gar von einem Händler abgekauft.«

»Du Unwürdige! Jeden Tag riskiert mein guter Mann auf der Jagd nach den furchtbaren Bestien sein Leben! Du solltest dankbar sein, dass er uns alle vor diesen Ungeheuern beschützt!«

»Du meinst wohl die Ungeheuer aus dem *Fidelen Drachen*?«, höhnte Brünhild.

»Was ist der fidele Drache?«

»Das ist das Bordell, in das dein Gatte jeden Tag zieht, um sein Schwert in Form zu halten.«

»Nie würde mein Gemahl das Lager mit einer anderen Frau teilen!«, empörte sich Kriemhild.

»Dann frag doch deinen Siegfried, warum er sich in meinem Bett herumtrieb, als er Gunther half, mich zu entjungfern?«

»Du ließest dich von meinem Mann und meinem Bruder entjungfern? Das nenn ich wahrlich eine Hure!«

»Dein Mann und dein Bruder sind schändliche Vergewaltiger! Dafür werden sie zur Hel fahren. Oder meinetwegen in eurer christlichen Hölle braten! Glaube mir, diese Tat bleibt nicht ungesühnt!«

Wütend entstieg Brünhild dem Wasser und ließ sich von zwei Dienerinnen abtrocknen. Ein Stück weit entfernt verließ auch Kriemhild den Fluss und begab sich in die Obhut ihrer Zofen.

Nach einiger Zeit machten sich vom Fluss zwei getrennte Gruppen auf, zur Burg zurückzukehren. Keine der beiden Frauen würdigte dabei die andere auch nur eines Blickes. Von Stund an tobte in Burgund ein Krieg der ganz besonderen Art.

Hagen, nun im Besitz zweier magischer Ringe, fühlte sich seinem Ziel nahe. Mit dem *Ring der Nibelungen* konnte er die Menschen durch seine Gespensterarmee terrorisieren, mit dem sich ständig vermehrenden *Draupnir* standen ihm schier unerschöpfliche finanzielle Mittel zur Verfügung. Und König Gunther wurde immer nervöser. Hagen vermutete, dass er es war, der seinen Tarnmantel gestohlen hatte. Doch seine und Siegfrieds diesbezüglichen Nachforschungen waren im Sand verlaufen, und so beschloss er, die Lösung dieses Problems zu verschieben. Wie sollte ihm Gunther mit dem Tarnmantel schon gefährlich werden? Jetzt musste er zuerst in den Wald, um mit dem Drachen Raffnir die letzten Einzelheiten ihres Plans zu klären.

Auf dem Burghof sprach ihn dieser orientalische Schreiber an.

»Herr von Tronje, ich bitte dich, könntest du dich für unseren Freund Nostr'tut-Amus einsetzen? Er sollte nicht im Kerker schmachten«, sagte Seshmosis.

»Dann hätte er den König nicht beim Mahl verhöhnen dürfen! Darüber soll er ruhig ein paar Tage nachdenken.«

Da entdeckte Seshmosis um Hagens Hals eine Kette mit einem kleinen goldenen Ring. Seinem Ring, den Ratatöskr ihm in Asgard geschenkt hatte! Wie kam der Kerl zu seinem Ring? Seshmosis hatte noch nicht einmal bemerkt, dass das magische Stück verschwunden war.

»Was starrst du so?«, herrschte Hagen ihn an.

»Es ist nur der Schreck, Herr von Tronje, nur der Schreck, dass du meinen Freund weiter im Verließ schmachten lassen willst«, entgegnete Seshmosis und behielt für sich, dass er den Ring erkannt hatte.

Ohne ein weiteres Wort trennten sich die beiden Männer. Hagen verließ die Burg und strebte dem Waldrand zu. In sicherem Abstand folgte ihm Seshmosis.

Raffnir erwartete Hagen, wie verabredet, schon vor der knorrigen Eiche. Gerade als er den Platz erreicht hatte, überfiel den Einäugigen erneut ein schwerer Gestaltwandelanfall.

»Du solltest dir von deinem Vater beibringen lassen, wie man sich anständig in einen Drachen verwandelt. Das würde deine Probleme lösen. Zumindest die meisten.«

Schwer atmend fluchte Hagen: »Verdammte Anfälle! Was weißt du schon von meinen Problemen? Nenn mir gefälligst endlich deinen Preis!«

»Gemach, gemach, mein lieber Freund. Sei doch nicht so hektisch! Mehr Gelassenheit tut jeder Verschwörung gut. Also, ich habe mir gedacht, ein Schmuckstück, das meine Sammlung ziert, wäre angemessen. Ein Ringlein vielleicht, das bis vor kurzem noch die Hand einer vieledlen Dame schmückte.«

»Woher weißt du von diesem Ring?«, fragte Hagen erschrocken.

»Ach, du weißt doch, dass wir Drachen viel wissen. Gerade wenn es sich um Wertgegenstände handelt. Und *Draupnir* ist wahrhaft legendär unter den Ringen.«

»Er ist der größte Schatz, den man sich nur denken kann. Dein Preis ist zu hoch, Tatzelwurm!«

»Wage es ja nicht, mich zu beleidigen, Halbling! Du weißt genau, dass ein Tatzelwurm ein schäbiges Wesen mit einem flügellosen, dünn beschuppten Leib und zwei armseligen

Pratzen ist. Er ist mit uns Drachen weniger verwandt als ein Mensch mit einer Ratte!«

Hagen spürte, dass er zu weit gegangen war. Ein zorniger Drache taugte nicht zum Geschäftspartner.

»Verzeih mir, Raffnir. Mein Temperament ging mit mir durch. Dein überhöhter Preis brachte mich in Wut.«

»Überhöht nennst du ihn? Den Preis für den Kopf des größten lebenden Helden diesseits und jenseits des Rheins? Für König Gunthers Liebling? Für deinen Spießgesellen bei Lug und Trug? Wenn dir mein Preis nicht passt, dann musst du die Drecksarbeit eben allein verrichten.«

»Schon gut, schon gut! Ich zahl den Preis. Wie willst du ihn erledigen?«

»Auf jeden Fall mit einem Biss und deutlichen Brandwunden. Brandwunden wirken sehr glaubwürdig für einen Tod durch Drachenkontakt. Siegfried sollte auf jeden Fall eine erkennbare Brandverletzung aufweisen. Dazu noch ein kräftiger Biss als Signatur eines Drachenzahnschemas, damit eindeutig klar ist, wer ihn ins Jenseits befördert hat.«

Die beiden Verschwörer beendeten ihr Gespräch und verabschiedeten sich. Raffnir wandte sich wieder seinen Drachenangelegenheiten zu, was immer das auch sein mochte. Hagen dagegen betrat durch die alte Eiche seinen Hort. Er wollte sich wieder einmal an seinem Besitz erfreuen. Und daran, welche Macht ihm dieser Schatz geben würde. Dabei bemerkte er nicht, wie unachtsam ihn diese scheinbare Macht schon jetzt gemacht hatte. Denn Seshmosis hatte beobachtet, wie der Tronjer auf recht ungewöhnliche Art im

Innern eines Baumstamms verschwunden war. Für ihn eine gute Gelegenheit, den Schauplatz ungesehen zu verlassen.

ᚦᚱᚨᚢᛕᚼᛁᚱ

Gunthers Verfolgungswahn nahm mehr und mehr zu. Er traute keinem, selbst seine Brüder verhielten sich in seinen Augen verdächtig. Giselher trieb sich ständig im Weinkeller herum, bestimmt wollte er Gunther Gift in seinen Lieblingstropfen mischen. Oder sein Bruder Gernot, der Nächste nach ihm in der Thronfolge. Der trug seit einigen Tagen nicht nur einen Dolch im Gürtel, sondern noch einen weiteren im Stiefel. Sicher plante er, bei der ersten günstigen Gelegenheit zuzustoßen. Und gar sein schreckliches Weib, das ihm nach der Hochzeitsnacht die Männlichkeit geraubt hatte. Sie verweigerte sich ihm und damit einer Schwangerschaft und der Geburt eines Thronfolgers. Sie wollte, dass Gunthers Blutlinie ausstarb. Der Erfolg war ihr jetzt schon sicher, denn keine Regung zeigte sich mehr in seiner Männlichkeit, und Erleichterung verspürte er nur noch beim Wasserlassen.

Gunther starrte auf den Tarnmantel, den er aus Hagens Gemach entwendet hatte. Mit dessen Hilfe konnte er unerkannt in der Burg herumschleichen und seine Feinde beobachten. So würde er Beweise sammeln und dann seine Widersacher allesamt in den Kerker werfen lassen. Keiner konnte den König von Burgund mehr hintergehen! Er würde ihre Machenschaften entlarven und sie alle bestrafen!

Gunther warf sich den Mantel über, diese letzte Erfindung des Zwerges Andwari Alberich, und eilte ziellos in seiner Burg umher. Er musste sich erst daran gewöhnen, dass ihn die Menschen nicht sahen und ihm daher nicht wie sonst ehrerbietig auswichen. Anfangs kam es fast zu fatalen Zusammenstößen, doch bald wusste Gunther besser damit umzugehen. Er schlich sich in die Küche. Vorsichtig an die Wand gedrückt, hielt er Ausschau nach eventuellen Giftmischern. Doch die Leute schufteten und fluchten nur wie immer, und keiner machte Anstalten, einen geplanten Giftmord zu offenbaren. Enttäuscht schlich Gunther weiter.

Im Weinkeller hörte er Stimmen. Lallende Stimmen. Im Kerzenschein saßen der Kellermeister Sindold und der königliche Bruder Giselher und widmeten sich intensiv dem neuen Jahrgang. Die Verschwörung der beiden hatte nur ein Ziel: die Weinvorräte der Burg zu vernichten.

Gunther stieg wieder nach oben und wandte sich nun dem Gesindetrakt zu. Die Bediensteten tratschten doch immer, und wenn es etwas Wichtiges zu erfahren gab, dann hier, dachte er. Im ersten Raum flickten einige Frauen alte Kleider. Doch seine Erwartung, dass diese dabei fröhlich schwatzend vom geplanten Sturz des Königs plappern würden, wurde enttäuscht. Sie plapperten nicht. Sie schwatzten nicht. Sie schwiegen dumpf vor sich hin. Jede schien in einer eigenen, abgegrenzten Welt zu leben. Schnell schlüpfte Gunther ins nächste Zimmer. Die Flicknäherinnen sahen nicht einmal auf, als sich die Sackrupfen, mit denen die Tür verhangen war, ohne ersichtlichen Grund bewegten.

Im nächsten Raum wurde Lederzeug repariert. Auch

hier herrschte die gleiche gedrückte Stimmung. Gunthers Vorstellung vom Volk war eine ganz andere. Viel heiterer, ausgelassener. So wie bei den Turnieren, wo die Menschen jubelnd am Straßenrand standen. Oder als bunte Menge, die den Hintergrund für die herrlichen Auftritte von ihm, König Gunther, bildete. Dieses Gesinde hier war einfach nur abgestumpft, bleich und dreckig. Eine Schande für seine Burg und sein Königreich! Das musste er ändern. Er musste den Thronrat einberufen. Aber vielleicht wollte dieser eben das erreichen? Genau, der Thronrat steckte hinter all dieser grauen, schmutzigen Traurigkeit der Leute. Er gaukelte ihm etwas vor. Er wollte ihn über die wahren Zustände belügen und ihm dann die Schuld an diesem ganzen Elend geben. Doch er, Gunther, durchschaute seinen verräterischen Thronrat! Er würde es ihm zeigen! Er würde durchgreifen! Sein Königreich war in Wirklichkeit viel bunter, heiterer und glücklicher!

Voller Tatendrang stürmte er in seine Gemächer zurück. Dabei vergaß er, dass ihn wegen des Tarnmantels niemand sehen konnte, und stieß unterwegs mit vielen Bediensteten zusammen, bevor er seine Tür erreichte.

Von diesem Tag an waren die meisten Bewohner davon überzeugt, dass es auf der Burg ganz gewaltig spukte.

ᚷᚢᚾᛏᚺᛖᚱ

Immer tiefer stieg Seshmosis hinunter in die Eingeweide der Burg und erreichte endlich den Eingang zum Verlies.

Ein missmutiger Wächter betrachtete ihn abschätzend und stufte ihn dann wohl als ungefährlich ein.

Zumindest fragte er gedehnt: »Woas willscht?«

»Ich würde gern Nostr'tut-Amus besuchen.«

Der Wärter schien Seshmosis' Frage ganz langsam in seinem eigenen Kopf zu wiederholen, dann rief er durch das kleine vergitterte Fenster in der schweren Holztüre: »Master Ortwin! Da iss aner fier die güptische Haknnasn!«

Seshmosis hörte das Sperren großer Schlüssel und das Schieben schwerer Riegel, bevor sich die Tür öffnete.

»Ah! Du musst Seshmosis sein! Nostr'tut-Amus hat mir viel von dir erzählt. Komm herein!«

Ortwin ging voraus, und Seshmosis folgte ihm. Etwas mulmig war dem Schreiber schon zumute. Wer begibt sich schon gern freiwillig in ein Verlies?

Zu seinem Erstaunen saß der Seher nicht in einer Zelle, sondern im Aufenthaltsraum der Wächter. Dort erfreute er sich gerade an einigen süßen Honigbackwaren und einem Becher Ziegenmilch.

»Dir scheint es gut zu gehen, mein alter Freund«, begrüßte ihn Seshmosis verwundert.

»Ja, durchaus. Ich komme hier gut zurecht. Fast jeder Gefangene wünscht sich einen Blick in die Zukunft und ist bereit, das auch zu honorieren. Nirgendwo scheint mir Zukunft so sehr gefragt zu sein wie im Kerker. Sogar bei den Wärtern. Ich denke, ich könnte mir hier glatt eine gesicherte Existenz aufbauen.«

»Sicher. Vor allem eine mietfreie«, spöttelte Seshmosis. »Ich wollte eigentlich nur sehen, ob es dir an irgendetwas mangelt. Aber das scheint ja nicht der Fall zu sein.«

»Nun, an Freiheit mangelt es mir schon«, beklagte sich Nostr'tut-Amus. »Aber das wird sich wieder ändern. Nicht wahr, Ortwin?«

»Ganz sicher wird sich das ändern, werter Freund, ganz sicher.«

ᛟᚱᛏᚹᛁᚾ

Hagen bat König Gunther um eine vertrauliche Unterredung. Angeblich ging es um dringende Staatsangelegenheiten, in Wirklichkeit aber um ein Alibi. Der Tronjer wollte für Siegfrieds Todeszeitpunkt einen gewichtigen Zeugen vorweisen können. Und wer war in Burgund gewichtiger als der König?

So kam es, dass sich Hagen mit Gunther konspirativ in der Waffenkammer traf. Flüsternd erzählte der Einäugige von einer Fantasieverschwörung, die Siegfried angeblich plante.

Derweil traf der mutmaßliche Verschwörer auf dem Platz vor dem *Fidelen Drachen* ein.

Raffnir hielt sich hinter der großen Scheune neben dem Wirtshaus versteckt und lauerte auf den günstigsten Zeitpunkt. Vorher hatte der Drache noch von einem verfaulten Buchenstamm eine große Portion Zunderschwamm gefressen. Jetzt hingen genug Reste des feuergefährlichen Pilzes zwischen seinen gewaltigen Zähnen, dass beim kleinsten Malmen derselben ein einziger Funke genügen würde, seine verheerende Feuerkraft zu entfalten.

Raffnir kannte keine Skrupel. So war die Sache zwischen menschlichen Helden und Drachen eben. Er wusste, dass ihn im umgekehrten Fall Siegfried genauso kaltblütig umbringen würde, wenn er nur die Chance dazu bekäme. Die Tatsache, dass es diese Chance überhaupt nicht gab, sogar noch nie gegeben hatte, strich er aus seinen Gedanken. Ein solches Denken war absolut undrachisch. Ein Drache dachte so: Sie wollen dir an die Schuppen? Dann geh ihnen an die Haut! Sie wollen deinen Kopf als Trophäe? Dann brenn dich in ihr Gedächtnis und ihren Körper! Sie wollen deinen Drachenhort? Dann lass sie den Preis dafür bezahlen!

Mehr und mehr steigerte sich Raffnir in eine aggressive Stimmung. So sehr, dass Siegfried eigentlich jetzt schon tot war.

Doch noch scherzte der größte Held von Burgund und Umgebung mit einigen der Damen des *Fidelen Drachen*. Ihre Kleider waren zwar nicht vielprächtig, dafür aber vielwenig. Eben ihrem Beruf und den Wunschfantasien ihrer Besucher angemessen.

Doch der Drache interessierte sich nicht für die Reize von Menschenfrauen. Sein Augenmerk lag einzig und allein auf dem Mann, der so mit seiner Balz beschäftigt war, dass er seine Umgebung überhaupt nicht mehr wahrnahm. Raffnir räusperte sich vorsichtig, um kein Flammeninferno auszulösen.

Siegfried und die Dirnen drehten sich um. Um sofort durchzudrehen. Schreiend liefen die Frauen in die Taverne. Eine innere Stimme sagte Siegfried, dass er das auch tun sollte, doch die Heldenkonvention hielt ihn wie angenagelt fest.

Kenn ich den?, schoss es ihm durch den Kopf. *Lässt er vielleicht mit sich reden?*

Doch da schlug Raffnir schon die Zähne aufeinander, der Zunder entflammte die Drachengase, und eine sengende Feuerzunge traf Siegfried. Die Wucht warf ihn zu Boden, und sofort stand der Drache über ihm.

»Ich will es dir leicht machen«, sagte Raffnir und biss blitzschnell zu. Dann blies er noch einen triumphierenden Feuerstoß in den Himmel, erhob sich mit ein paar kräftigen Schlägen seiner Schwingen und verließ die Stadt.

Siegfrieds Beerdigung fand nach der Christen Art statt. Auf dem Gottesacker grub man ein Loch und legte den in Tücher gehüllten Leichnam hinein. Die Walküre Rista, die für alle außer Brünhild unsichtbar neben der Trauergemeinde stand, beobachtete verständnislos, wie man den allseits gerühmten Helden Siegfried wie Abfall verscharrte. Sie war es gewohnt, dass man solchen Männern durch Verbrennen auf einem großen Holzstoß oder in einem Drachenboot die letzte Ehre erwies. Ristas Anwesenheit lag in der Tatsache begründet, dass Odin immer noch in ganz Germanien seine Schildmägde aussandte, wenn ein großer Held ins Jenseits ging, weil er sich durch ihn eine Verstärkung seiner Einherjer in Walhall versprach. Da spielte für den Allvater die Konfession keine Rolle, es zählte nur die Qualifikation als herausragender Kämpfer.

Rista blickte fragend zu Brünhild. Doch die schüttelte nur langsam das gesenkte Haupt. Damit war die Sache entschieden, und Rista verließ unverrichteter Dinge die Beerdigung. Siegfried blieb in seinem einsamen Grab fern von Walhall.

Kriemhild trat ans offene Grab und erhob mit bebender Stimme bittere Anklage.

»Ihr habt mich stets verhöhnt, weil mein Gatte zum *Fidelen Drachen* ging. Doch genau dort lauerte der altböse Feind ihm auf, genau dort beging dieser den feigen Mord. Seht, sein Schwert *Gram* steckt noch in der Scheide! Siegfried wurde hinterrücks gemeuchelt! Doch der Drache kam nicht aus freien Stücken nach Worms, jemand schickte ihn, um meinen Gemahl zu ermorden. Schon vor Siegfrieds Tod quälten mich schreckliche Gespenster, die furchtbaren Nibelungenkrieger. Sie drohten meinen Gemahl zu töten, und siehe, es ist geschehen. Und wer ist der Anführer dieser Schreckensmacht? Wer befiehlt diese Geister mittels eines eisernen Ringes? Hagen von Tronje ist es! Er trägt den *Ring der Nibelungen*, er befahl den Angriff auf Siegfried! Doch meine Rache wird grausam sein. Ich warne jeden, der an diesem Mord beteiligt war. Ich sende jedem von ihnen einen schrecklichen Tod!«

Wie zur Bestätigung ihrer Worte schwebten nun gespenstisch graue Nebelkrieger um Siegfrieds Grab. Hagen erschrak, denn er hatte seine Truppen nicht aufgefordert, zu erscheinen. So sehr er auch an dem eisernen Ring drehte und im Geist Befehle erteilte, die Nibelungen reagierten nicht auf seine Anweisungen. Hagen wusste nicht, dass seine Nebelkrieger erbittert mit Dämonen um Siegfrieds Seele kämpften. Die Nibelungen wollten, wie es schon immer ihre Aufgabe war, den Helden zu sich nach Hel, nach Niflheim holen, damit er ihr Heer verstärkte. Die Dämonen aber beanspruchten als Gesandte der Hölle die sündige Seele für sich. Schließlich war Siegfried getauft und unterlag damit in erster Linie der christlichen Mythologie. Nur eine sehr große Macht wie Odin hätte den höllischen Anspruch brechen können. Da der Allvater durch die Entscheidung Ristas auf seinen Anspruch verzichtet hatte und die Nebelheimkrieger zu schwach waren, gehörte Siegfried nun den Dämonen der Hölle.

Ein angemessener Platz für einen getauften Toten bei mehrfachem Mord und Totschlag, fortgesetztem Betrug und Ehebruch.

ᚺᛗᛚ

Der Kerkermeister Ortwin glaubte an vieles – an das Wirken von Elfen und Feen, an die Anwesenheit von Schutzengeln, an die Hilfe von Heiligen bei Krankheiten, an Orakel aus Kräutern und Knochen, ja sogar an Weissagungen aus der Spur des Fuchses im frisch gefallenen Schnee. Aber Ortwin glaubte nicht an die Vorsehung. Er glaubte nicht, dass alles vorherbestimmt war. Denn das widersprach völlig seinen persönlichen Erfahrungen. Wie oft hatten Männer behauptet, es sei ihnen vorherbestimmt, ihm, dem Folterknecht, nie und nimmer etwas zu verraten? Und wie oft verwandelte sie Ortwins Spezialbehandlung in sprudelnde Informationsquellen, die mehr preisgaben, als er eigentlich wissen wollte. Oder die Krieger, die so fest daran glaubten, dass Gott ihren Sieg vorbestimmt habe? Warum rüsteten sie sich dann mit Brünnen, Helmen und Schilden? Angeblich sagte die Vorsehung doch, dass sie unbesiegbar wären.

Nein, all seinen Erfahrungen nach musste der Mensch selbst für seine Bestimmung sorgen, und das tat Ortwin auch. Vor einigen Tagen hatte er Chlothilde mit Karl und Martin in ihre fränkische Heimat geschickt. Heute entließ er alle seine Wächter. Dann öffnete er die Zellen und stellte es den Insassen frei, zu gehen oder zu bleiben. Auf dem Tisch im Aufenthaltsraum hinterließ er einen Zettel, den der ägyptische Seher freundlicherweise für ihn geschrieben hatte:

An König Gunther. Euer Kerker macht mich traurig. Suche mir eine Arbeit weit weg von hier. Eine Arbeit, die froh macht ohne Schmerzensschreie. Alles so dunkel hier. Brauche frische Luft. Bin weg. Ortwin Kerkermeister.

Nostr'tut-Amus entschied sich auch fürs Gehen und begab sich ins Quartier der Tajarim.

ᚲᛖᚱᚲᛖᚱ

Weder der König noch der Thronrat bemerkten, dass das Verlies der Burg bis auf einige verstörte Ratten völlig leer war. Denn die Edlen von Burgund hatten derzeit andere

Sorgen. Gerade rauschte Brünhild in die große Halle und stürmte wütend auf Gunther zu.

»Ich erkläre meine Ehe mit dir für ungültig! Du hast dir meine Gunst erschlichen, du hast mich gemeinsam mit Siegfried betrogen. Nur mit Hilfe eines zwergischen Tarnmantels gelang es euch, mich zu besiegen! Ihr alle seid elende Betrüger! Und Mörder seid ihr sicher auch! Ich verlasse diese Burg noch heute. Mein Gefolge packt schon meine Sachen. Bevor die Sonne untergeht, reise ich in meine Heimat Eisland zurück.

Ich betrachte mich als nie verheiratet gewesen. Solltest du damit nicht einverstanden sein, König Gunther, werde ich mich sogleich, hier und jetzt, auf der Stelle selbst zur Witwe machen!«

Gunther erbleichte. Mit Panik sah er Brünhildens gezückten Dolch. Zitternd stammelte er: »Ja, geh! Geh schnell! Ich war nie verheiratet. Niemals nicht verheiratet.«

»Dann ist es ja gut. Und versuche niemals wieder eine Frau auf deine Burgundenart zu gewinnen. Weil ich dir dann nämlich meine ehemaligen Kameradinnen auf den Leib hetzen werde!«

Brünhild warf einen letzten hasserfüllten Blick auf den König und stürmte aus der Halle.

ᛒᚱᚢᚾᚺᛁᛚᛞ

Raffnir lag entspannt auf einem Felsen in der Sonne und pflegte seine gute Laune. Letzte Nacht hatte das Ringlein sich das erste Mal vermehrt, und nun glitzerte *Draupnir* mit seinen acht Kindern vor ihm auf dem Stein. Das also war gemeint, wenn jemand sagte, man werde *zusehends* reicher, dachte der Drache. Doch da fiel unvermittelt ein Schatten auf die Ringe. Ein großer Schatten. Mit einem unguten Gefühl schaute sich Raffnir um. Hinter ihm stand Fafnir.

»Du hast da etwas, das mir gehört, Raffnir. Dieser Ring ist Teil des Wergeldes für meinen ermordeten Bruder Otter.«

»Wie? Was? Wergeld?«

»Du weißt genau, wovon ich spreche, Vetter!«

»So ganz genau eigentlich nicht. Du erwähntest einmal etwas. So ganz nebenbei. Aber diesen Ring habe ich mir ehrlich verdient. Musste dafür etwas ziemlich Großes leisten«, beteuerte Raffnir.

»Ja, du musstest einen Helden rösten. Ein ganzer Augenblick Schwerstarbeit. Bewundernswert«, spottete Fafnir, um sofort wieder drohend sachlich zu werden. »Aber du weißt doch, dass wir Drachen ein ausgesprochen feines Gespür für Eigentumsverhältnisse haben, ein noch feineres als für Familienbande. Und am allerfeinsten wird es, wenn Eigentum und Familie zusammentreffen: beim Erben.«

»Was habe ich mit deiner Familie und deiner Erbschaft zu tun?«

»Der Ring, Raffnir, ist das Erbe von meinem Vater und meinen Brüdern! Er ist Teil des Wergeldes und damit mein rechtmäßiges Eigentum!«

»Das ist verdammt lange her, Fafnir. Inzwischen ging er durch viele Hände. Deine Ansprüche sind längst erloschen.«

»Ich werde dir gleich meine erloschenen Ansprüche völlig erneuert auf deine Schuppen brennen! Egal wie viele Diebe meinen Ring inzwischen in ihren schmutzigen Fingern oder Krallen hielten, *Draupnir* gehört mir! Einzig und allein mir! Also rück ihn heraus!«

»Und wenn ich mich wider Erwarten doch weigern sollte?«

»Sei vorsichtig, werter Vetter! Du könntest diesmal mehr als einen Kopf verlieren«, warnte Fafnir zischend.

Ohne ein weiteres Wort schwang sich Raffnir in die Lüfte. Auf dem Felsen blieben der Geruch von Angst und neun Ringe zurück.

ᚠᚨᚠᚾᛁᚱ

Im Hafen von Burgund lag ein reisefertiges Drachenboot und wartete darauf, die Stadt den Rhein abwärts zu verlassen.

Brünhild stand auf der Kaimauer und umarmte Seshmosis ebenso herzlich wie kräftig. Der Schreiber ignorierte das leise Knacken seiner Knochen und tröstete sich damit, dass ein Abschied immer schmerzvoll war.

Brünhild sah ihm in die Augen, und ihre Stimme klang gar nicht nach Walküre, als sie sanft zu reden begann: »Ich wünsche dir, dass du mit deiner ägyptischen Prinzessin glücklich wirst, Seshmosis. Du hast es verdient. Vielleicht hat sie dich auch verdient, ich weiß es nicht. Ich kenne nicht viele Frauen, die einen Mann wie dich zu schätzen wissen. Ich kann nicht einmal sagen, ob ich zu diesen Frauen gehöre. Aber ich danke dir für alles, für meine Errettung aus der Verbannung ebenso wie für deinen Beistand hier. Viel Glück, kleiner Schreiber! Und sei mir immer willkommen!«

Seshmosis schluckte heftig; die Rührung schnürte ihm die Kehle zu. Wieder einmal fehlten ihm beim Sprechen die richtigen Worte, die sich beim Schreiben doch immer so schön und selbstverständlich einstellten. Mühsam kam ihm ein »Ich werde dich nie vergessen« über die Lippen. Brünhild nickte freundlich und ging an Bord. Seshmosis eilte zur Burg. Nun galt es schnell zu handeln.

Im Quartier der Tajarim traf Seshmosis auf Raffim. Er war gerade bei einer seiner zahlreichen Zwischenmahlzeiten und ließ sich von seinem Diener Jubul den Nacken massieren.

Seshmosis verzichtete in Anbetracht der Lage auf alle Höflichkeitsfloskeln und kam sofort zur Sache: »Es ist höchste Zeit, Burgund zu verlassen, Raffim! Die Preise für Schwerter werden bald ins Unermessliche steigen, glaub mir. Wenn du noch nicht genug Ware hast, kauf schnell, sehr schnell!«

»Hörst du schon wieder die Drachen husten, Schreiberlein?«, machte sich der Dicke über Seshmosis lustig.

»Sie werden dir bald Feuer unterm Hintern machen, wenn du nicht auf mich hörst. Ich warne jetzt die anderen und bin sicher, dass sie auf mich hören werden. Denn nur ich kann uns alle wieder heil nach Hause bringen.«

ᛊᛖᛊᚺᛗᛟᛊᛁᛊ

Wahnfried beendete den Vortrag seines neuesten Liedes vom Glanz der Burgunden und setzte die Leier ab. Gunther nickte ihm dankbar zu, dann erhob er sich von seinem Thron in der großen Halle, um eine Rede zu halten.

In den Gesichtern der Edlen von Burgund stand viel Anspannung. Nicht alle waren mit dem einverstanden, was der König in den letzten Tagen geäußert hatte.

Angetrieben von seinem Verfolgungswahn und seinen Machtfantasien, träumte er von der Eroberung der nördlich von Burgund gelegenen Provinz Belgica. Angespornt wurde er tagtäglich von Wahnfried, der davon sprach, dass das Volk mehr Lebensraum brauche und nur ein siegreicher König sich seines Volkes sicher wähnen dürfe.

Ergriffen von der vermeintlichen Größe seiner eigenen Gedanken, sprach Gunther zu seinen Getreuen: »Fürchtet euch nicht, meine Freunde! Die Belger und die Franken sind kaum ernstzunehmende Gegner. Sie erzittern schon, wenn man ihnen die Namen der burgundischen Helden nennt. Wir werden siegen, und in allen Hallen wird man von uns singen. Wahnfried hat deshalb schon den großen Schlachtgesang über uns vorbereitet. Und nach unseren Ruhmestaten in Belgica wird dieses Lied noch länger und noch strahlender sein! Sing, Wahnfried, sing!«

Der Sänger ergriff erneut die Leier, und seine sonore Stimme erfüllte die Halle und eroberte die Herzen der vieledlen Helden und ihrer viellieben Damen.

Zu den Rossen sprangen Gunther und die ihm untertan.
Die Heerfahne fasste der kühne Spielmann,
Wahnfried der Degen, und ritt der Schar vorauf.
Da war auch das Gesinde zum Streite mutig und wohlauf.

Sie führten doch der Degen nicht mehr denn tausend Mann,
Darüber zwölf Recken. Zu stieben da begann
Der Staub von den Straßen: sie ritten über Land;
Man sah von ihnen scheinen manchen schönen Schildesrand.

Als die Burgunden drangen in den Streit,
Von ihnen ward gehauen manche Wunde weit:
Über die Sättel fließen sah man das Blut;
So warben um die Ehre diese Ritter kühn und gut.

Sindold und Hunold und auch Gernot
Die schlugen in dem Streite viel der Helden tot,
Eh sie ihrer Kühnheit noch selber mochten traun:
Das mussten bald beweinen viel der waidlichen Fraun.[10]

ᚲᚱᛁᛗᚷ

Auf Seshmosis' Tisch erschien ein kleiner Drache. Der Prophet neigte das Haupt und sprach: »Danke, dass du gekommen bist, Herr.«

»Ja, wir stehen an einem entscheidenden Punkt unserer Reise. Eure Zeit in Burgund neigt sich dem Ende zu. Doch vorher müsst ihr noch eine einzige Aufgabe erfüllen.«

»Sollen wir wieder jemanden retten, Herr?«

»Nicht jemanden, sondern etwas, mein lieber Seshmosis. Erinnerst du dich an die große alte Eiche, in der Hagen verschwand?«

»Ja, sehr gut, Herr. Nach seinem Treffen mit dem Drachen, der Siegfried tötete.«

»Genau. In diesem Baum liegen zwei Kisten Goldes und edler Steine versteckt. Dieser Schatz gehört eigentlich Hagen von Tronje, doch birgt er viel Unheil in sich. König Gunther will mit dem Schatz noch weitere Krieger kaufen, um Belgica zu unterwerfen. Kriemhild will den Schatz ebenfalls. Ihr soll der Schatz helfen, gedungene hunnische Mörder zu bezahlen und so blutige Rache für Siegfrieds Tod zu nehmen. Und Hagen selbst ist so in Panik, dass er den Schatz unsinnigerweise für immer und ewig im Rhein versenken will. All dies hat der Schatz wahrlich nicht verdient! Er soll eine bessere Verwendung finden. Ihr müsst ihn sicherstellen! Sorgt dafür, dass er ebenso sinnvoll wie friedlich genutzt wird.«

Inbrünstig und mit leuchtenden Augen antwortete Seshmosis: »Dein Wille geschehe, Herr.«

Nur kurze Zeit später erreichten Seshmosis, Raffim, Barsil und Mumal die knorrige Eiche. Vorsichtig spähten sie in alle Richtungen, entdeckten aber niemanden. Die Tajarim wussten allerdings nicht, dass sich Drachen trotz ihrer enormen Größe hervorragend tarnen und sehr gut verstecken können. So entging ihnen, dass Fafnir und Drako Herbarum als aufmerksame Beobachter jeden ihrer Schritte verfolgten.

Als Mumal den Packesel am Baum festband, fuhr sich Fafnir mit seiner langen Zunge über die Lippen.

»Du wirst doch nicht …«, zischte Herbin.

»Nein«, flüsterte Fafnir. »Der Graue sieht nur so appetitlich aus.«

»Und wie weiter?«, wollte Raffim wissen.

»Man kann den Baum an diesem Spalt hier betreten. Folgt mir einfach!«, befahl Seshmosis.

»Bist du verrückt?«, fragte Mumal entsetzt. »Man kann doch nicht in einen Baum hineingehen.«

»Doch! Denn es ist ein magischer Baum. Aber hör endlich mit dem endlosen Gerede auf. Das hier ist eine gefährliche Gegend! Nun komm schon!«, forderte der Schreiber ungeduldig. Er packte Mumal am Arm und zog ihn mit sich. Sofort standen sie im Dämmerlicht der Baumhöhle. Obwohl nur wenig Sonnenschein hereindrang, schimmerten und glitzerten das Gold und die Edelsteine verlockend in den Kisten.

»Schnell! Packt die Kisten! Ich möchte dem Besitzer unter keinen Umständen begegnen!«, trieb Seshmosis die anderen an.

Eilig schleppten sie die beiden Kisten aus dem Baum, banden sie auf den Esel und machten sich schleunigst auf den Rückweg.

In Worms war natürlich nicht die Burg, sondern ihr Schiff, der *Gulden Orm*, das Ziel. Seshmosis wollte es auf keinen Fall riskieren, Gunther, Hagen oder einem anderen der Edlen von Burgund mit den Schatzkisten in die Arme zu laufen.

Innerhalb der nächsten Stunde trafen alle Tajarim mit

ihren Habseligkeiten auf dem Schiff ein, so dass Zerberuh den Befehl »Leinen los!« geben konnte.

ᛒᚨᚢᛗ

Während Gunther und Hagen Heerschau hielten und ihre Truppen für den Kriegszug gegen Belgica am Rheinufer sammelten, hatte ein Wikingerschiff mit rot-weiß gestreiftem Segel schon längst Xanten passiert. Nur einige Kühe, Schafe und Ziegen wurden Zeugen, als die *Gulden Orm* lautlos aus der Flussmitte verschwand.

ᚷᚢᛚᛞᛖᚾ ᛟᚱᛗ

Aus den verborgenen Schriften der Gilde der vollkommenen und auserwählten Schreiber von Byblos

Das primitive Volk nennt uns die *Zauberer der sprechenden Bilder*. Sie denken, wir bringen Hieroglyphen zum Singen und verhexen die Menschen mit Schriftzeichen. Wir Schreiber haben es nicht leicht mit den Menschen. Alle wissen, dass es unsere Gilde gibt, doch weil sie nicht verstehen, was wir eigentlich tun, nennen sie uns Geheimgesellschaft. Wir sind sozusagen die bekannteste aller Geheimgesellschaften. Und in den Augen mancher Leute die mächtigste. Sind nicht wir es, die Todesurteile schreiben? Sind es nicht unsere Schriften, in denen der Tribut festgelegt wird? Schreiben wir nicht die Geschichte?

Narren, die sie sind! Sie verwechseln wie immer den Esel, der die Last trägt, mit dem Besitzer, dem Esel und Last gehören. Doch wie reagieren die Menschen, wenn du ihnen erklärst, dass wir nur die Schreibknechte sind? Sie fühlen sich bestätigt, dass wir unsere wahre Macht verborgen halten. Dann heißt es, ein jeder weiß doch, dass der Fürst von Byblos ein Analphabet ist. Der kann doch gar nicht lesen, was ihr in seine Erlasse schreibt. Ihr Schreiber seid die wahren Beherrscher von Byblos. Und natürlich von der Levante und dem ganzen Rest des Weltenkreises. Schaut nur nach Ägypten! Regiert nicht der Schreiber den Pharao?

Manchmal könnte man mit dem Kopf gegen die Wand laufen. Es gibt Tage, da möchte ich mein Schreibried verbrennen, die Wachstafeln einschmelzen und mich ins Viertel der Töpfer begeben, um einen anderen Beruf zu erlernen.

Keiner sieht uns als das, was wir Schreiber wirklich sind: ein Schaf im Wolfspelz. Ein Scherz der Hirten, um die Kinder zu erschrecken.

Von wegen: Die Feder ist mächtiger als das Schwert. Hat je einer einen Menschen gesehen, den man mit einer Feder erschlagen hat?

Weniger Macht als wir kann man kaum haben. Und wenn es dem Mächtigen gefällt, vernichtet er uns mit einem Erlass, den er uns selbst diktiert.

Deshalb, junger Adept der Schriften, schließe dich uns nur an, wenn du all dies ertragen kannst. Lerne wissend zu lächeln, wenn dir die Dummheit gegenübertritt. Danke für die Macht, die man dir andichtet. Und wenn dir in der Schänke wieder einmal jemand erzählt, dass du ein Verschwörer bist, so deute ihm an, wie gefährlich sein Wissen für ihn ist. Erinnere ihn daran, dass so manch redseliger Mann schon zungenlos bei Ebbe am Strand gefunden ward. Und wer, wenn nicht wir, sollte dafür verantwortlich sein?

Wir, die wir im Feuer lesen und Namen ins Wasser schreiben. Wir, die ehrwürdigen Schreiber von Byblos.

ᛞᛁᛖ ᚷᛁᛚᛞᛖ

Im Osten ein Licht

Qazabal herrschte immer noch in Byblos, mal mehr, mal weniger streng, je nach dem Zustand der Staatskasse. Nach wie vor gelang es dem Herrscher, das Gleichgewicht zu halten zwischen den ägyptischen Interessen im Süden und den begierigen hethitischen Händen aus dem Norden.

Selbstständigkeit war in Byblos ein hohes Gut, vor allem wenn es um Qazabal und seine Schatzkammer ging. Ließ man diese beiden unangetastet, dann war die Stadt ein Muster an Toleranz und Freiheit.

Seshmosis genoss gerade die Vorzüge seiner gut gefüllten Kasse. Entspannt lag er auf seinem Bett und träumte vor sich hin. Die Rückreise durch die Zeit war dank GONs Hilfe ohne Schwierigkeiten gelungen. Und er hatte es geschafft! Er war vom mittellosen Schreiber zum mittelmäßig wohlhabenden Schreiber aufgestiegen. Angesichts seiner Vergangenheit ein immenser Fortschritt. Vor allem, weil er es nun wagen konnte, um Tanis Hand anzuhalten. Zu seiner Freude hatte sie ihn nicht vergessen oder sich gar einem anderen zugewandt. Inzwischen hatte er schon wieder zweimal mit ihr Händchen haltend am Hafen gesessen.

Und dann stand da ja noch seine Aufnahme in die Gilde der Schreiber bevor. Der *Meister der Schreiber* hatte sich bereit erklärt, beim nächsten Vollmond das Ritual durchzuführen.

Da polterte Raffim in den Raum und riss Seshmosis aus seinen Träumen.

»Wir haben ein Problem!«

»Wir oder du? Meinst du wirklich ›wir‹?«, fragte der Schreiber.

»Wir! Wir alle. Wir Tajarim! Es ist wegen Barsils Raub im Tempel. Man verdächtigt uns.«

»Nicht ganz zu Unrecht, würde ich sagen.«

»Papperlapapp! Was schlägst du vor, Herr Oberschlau?«

»Wir liefern Barsil aus, dann haben wir unsere Ruhe«, meinte Seshmosis kühl. »Solange ich ihn kenne, dreht er krumme Dinger.«

»Ja, schon. Aber wenn sie erst mal einen von uns am Haken haben, werden sie in Zukunft mehr auf uns achten. Sie werden uns ganz genau auf die Finger schauen. Das engt meine Geschäfte erheblich ein.«

»Machst du immer noch *solche* Geschäfte?«

»Nein! So etwas mache ich doch nicht!«, empörte sich Raffim scheinheilig. »Aber ich bin im religiösen Bereich tätig. Du weißt schon, mein Handel mit Amuletten, Talismanen, Artefakten, heiligen Schriften, Obsidian-Opfermessern, Blutschalen, künstlerisch gestalteten Kanopen zur Aufbewahrung der Eingeweide und so weiter. Das ist ein überaus sensibler Bereich. Da brauche ich bei den Priestern einen guten Ruf und absolutes Vertrauen. Immerhin berühren meine Waren das Heiligste.«

»Du und Religion! Dich interessiert doch nur die Religion, die dir am meisten Profit bringt.«

»Religion ist immer ein Gewinn für die Menschheit. Das solltest du als Prophet doch wissen, Seshmosis. Vor allem ist sie ein Gewinn für den Teil der Menschheit, der Raffim heißt«, lachte der Dicke.

RAFFIM

In der großen Empfangshalle des Palastes von Kalala versammelten sich die Tajarim. Seshmosis hatte den Schrein von GON auf eine Stele gestellt und zelebrierte nun eine besondere *Stunde des Dankes*, um die Rückkehr nach Byblos zu feiern und zu würdigen. Dabei gedachte der Prophet auch Almaks, der im fernen Eismeer ruhte. Danach beriefen Raffim und Zerberuh ein Treffen ein, um zu beraten, wie man in Sachen Barsil weiter vorgehen sollte.

Der Kapitän hielt die Eröffnungsrede.

»Liebe Freunde, inzwischen wisst ihr alle, was Barsil, Mumal und der selige Almak vor unserer Reise angestellt haben. Wenn auch die Beute nicht mehr in Barsils Besitz ist, so steht er doch massiv unter Diebstahlsverdacht. Kommandant Maduk ist ihm längst auf der Spur, und die Festnahme unseres Freundes ist nur noch eine Frage der Zeit. Die Folgen davon werden uns alle treffen! Man wird uns schmähen! Man wird behaupten, dass wir fremde Religionen missachten, dass wir Gotteslästerer sind! Man wird uns aus Byblos verjagen!«

Beunruhigt ließ sich Zerberuh auf die Sitzbank sinken. Dafür erhob sich nun Raffim.

»Wie ihr alle wisst, sind Barsil und ich seit Urzeiten Konkurrenten. Doch es ist kein Hader zwischen uns, nur ganz normaler Neid. Aber nun bringst du uns alle in Gefahr, Barsil! Du musst gehen! Mumal kann bleiben. So ein kleiner Handlanger interessiert Kommandant Maduk nicht. Aber du, Barsil, musst schnellstmöglich verschwinden!«

Der Angesprochene erhob sich und sprach: »Ihr habt ja recht. Euer Vorschlag überrascht mich nicht, und ich habe schon das Notwendigste zusammengepackt, um heimlich zu verschwinden. Ich werde zu meinem Vetter und Kollegen nach Gaza gehen. Der betreibt ein ähnliches Geschäft wie ich und hat Verständnis für meine missliche Lage. Ansonsten habe ich im Lauf der Jahre genügend gute Geschäfte gemacht, um ein angenehmes Leben zu führen.«

Die Tajarim atmeten erleichtert auf. Schließlich war fraglich, ob die Sache mit Mot wirklich ausgestanden war, solange Barsil in der Nähe des Tempels blieb. Immerhin hatte es der Unterweltsgott geschafft, ihnen bis Eisland zu folgen, da könnte er in seiner Heimatstadt Byblos bestimmt viel leichter zuschlagen. Und bei so einem Schlag wollte keiner der Tajarim in der Nähe sein. Der Schock über Almaks Tod saß allen noch in den Knochen. Außerdem wollte keiner von ihnen, selbst die mit reinem Gewissen, den Schnüffler Maduk ständig in seiner Nähe haben.

BARSIL

»… und das wäre dann dein Hauptarbeitsplatz«, sagte Baal zu seinem Gast und zeigte ihm stolz die Haupthalle des großen Mot-Tempels von Byblos.

Apophis war beeindruckt. Ein eigener Tempel, nur für ihn, das bedeutete einen Sprung nach oben. Gut, er würde hier nicht unter seinem richtigen Namen erscheinen, aber endlich bekam er die Chance, Karriere zu machen und zu beweisen, dass er das Zeug zum Gott hatte. Eine Traumlaufbahn stand ihm bevor – vom verbannten, verhöhnten ägyptischen Schlangendämon zu einem der wichtigsten Götter der Levante. Er, Apophis, sollte der neue Mot werden.

Der stierköpfige Baal und der schlangenköpfige Apophis standen im gespenstischen Schein der dreizehn Kohlebecken. Es war genau die richtige beklemmende und schauerliche Atmosphäre für den Dämon.

Baal hob beide Hände und sang in der uralten Sprache der Götter eine magische Formel. Bald darauf erschien auf dem Altar der Rubinschädel und nahm wie eh und je seinen Platz ein.

Nach diesem beeindruckenden Ritual fuhr Baal mit der Einführung des neuen Unterweltgottes in dessen Amt fort.

»Jeden Herbst musst du mich erschlagen. Dann verschwinde ich den Winter über in der Unterwelt. Im Frühjahr erschlägt dich dann meine Frau Astarte, und ich komme zurück. Allerdings musst du dich vor ihr in Acht nehmen. Im Ritual steht: ›Mit einer Heugabel worfelt sie ihn, mit Feuer verbrennt sie ihn, mit einem Mahlstein zermalmt sie ihn, auf dem Feld zerstreut sie ihn …‹ Du musst höllisch aufpassen, damit die Vögel des Himmels nicht deine Reste fressen. Sonst entfällt deine Auferstehung nämlich. Aber das besprechen wir noch genauer, wenn es so weit ist, bevor Astarte dich erschlägt. Sobald die Ermordung vollzogen ist, verschwindest du den Sommer über bis zum Herbst, wenn du dann wieder mich erschlägst und so weiter. Verstanden?«

»Ich habe also den ganzen Sommer frei?«

»Eigentlich schon. Auf jeden Fall musst du pünktlich nach der Ernte wieder da sein, sonst funktioniert der ganze Götterkreislauf nicht.«

»Verstanden. Nur eines noch: Darf ich hier denn auch wirklich so richtig böse sein wie in meiner alten Heimat?«, fragte Apophis zweifelnd.

»Du musst sogar böse sein! Das ist deine Aufgabe. Allein dein Name verbreitet so viel Angst und Schrecken, dass man dir unablässig opfert. Und nicht nur Tiere jeder Größe, sondern insgeheim sogar Menschen.«

»Sehr schön. Ich denke, ich werde Freude an meinen neuen Aufgaben haben.«

»Über einen Mittelsmann habe ich auch schon neues Personal für dich einstellen lassen. Die alte Priesterschaft hatte Mot damals wegen ihres Versagens noch persönlich zur Rechenschaft gezogen.«

»Fein! Und wann geht es los?«, fragte Apophis.

»Sofort! Heute Nacht werden die neuen Priester initiiert. Lass dir etwas einfallen, wie du sie beeindruckst!«

Apophis dachte kurz nach, dann erschien ein Lächeln auf seinem sonst so starren Schlangengesicht. Ja, er hatte da so eine Idee, die dem Mot-Kult in Byblos völlig neues Gewicht geben würde. Schließlich besaß er etliche Jahrtausende Erfahrung in Sachen »Angst und Schrecken«, und die würde er seinen Priestern und Gläubigen schon bald zukommen lassen.

ᛒᚨᚨᛚ

Der Vollmond stand hell leuchtend über dem Horizont. Obwohl es immer noch angenehm warm war, ging Seshmosis mit einem leichten Zittern vor dem Tor von Kalalas Palast auf und ab. Denn er wartete schon mehr als eine Stunde aufgeregt auf den Abgesandten der Schreibergilde, der ihn abholen wollte. Wo blieb der nur? Ob sie ihn vergessen hatten? Oder wollte man ihn, den Fremden aus Ägypten, in Wirklichkeit gar nicht aufnehmen? Hatte irgendwer seine Aufnahme hintertrieben? Oder war er einfach nicht gut genug für die Gilde der Eliteschreiber? Genau! Das war es! Sie wollten ihn nicht!

Eine Hand legte sich auf seine Schulter.

»Bist du Seshmosis?«

Fahrig drehte sich der Angesprochene um. »Ja, ich bin es. Was willst du?«

»Ich denke, du willst etwas von uns. Der *Meister der Schreiber* schickt mich, dich zu deiner Aufnahme in die *Gilde der vollkommenen und auserwählten Schreiber im Orient Byblos* abzuholen.«

»Oh, entschuldige bitte. Ich war in Gedanken. Es ist mir eine Freude, dir zu folgen.«

Schweigend folgte Seshmosis dem Fremden hinunter

auf die vierte Terrasse von Byblos, wo sich das Gildenhaus befand.

Am Eingang wachten zwei Männer in Kapuzenumhängen. Nach einigem Hin- und Hergeflüster ließ man Seshmosis und seinen Begleiter ein. Drinnen führte der Fremde ihn in eine kleine, dunkle Kammer, die nur von einem einzigen Öllämpchen spärlich beleuchtet war. Auch die Einrichtung war mehr als karg: ein Hocker, ein kleiner Tisch, ein Skelett.

Seshmosis zuckte erschreckt zusammen. Ein Skelett! Fragend blickte er zu seinem Begleiter. Der sah ihm tief in die Augen, dann sagte er mit sonorer Stimme: »Nur einer, der den Weg vor uns vollendet hat. Nimm doch Platz! Schau in dich und beantworte dann die dir gestellte Frage. Ich werde dich bald dem *Aufseher über die Schreiber* zuführen.«

Seshmosis setzte sich stumm auf den Hocker. Auf dem Tisch lagen die üblichen Schreibutensilien – Tinte, Schreibried und Papyrus.

Reflexartig ergriff er das oberste Blatt. Schriftzeichen aus der gesamten bekannten Welt versammelten sich darauf. Ägyptische Hieroglyphen, phönizische Buchstaben, assyrische Keilschrift und kretische Zeichen.

Und immer formten sie in der jeweiligen Sprache die gleiche Frage:

»Was ist Wahrheit?«

Seshmosis dachte nach, und Homeros fiel ihm ein. Der unterschied zwischen der Wahrheit, die er in seinem Epos beschrieb, und der Wahrheit, wie sie sich ereignet hatte, aber wegen seiner Auftraggeber verschwiegen werden musste.

Er, Seshmosis, hatte oft genug erlebt, dass Sieger festlegten, wie die Geschichte angeblich verlaufen war, und auf die wirklichen Ereignisse keine Rücksicht nahmen. Langsam begann er zu begreifen. Die Schreiber dieser Gilde verpflichteten sich, die Wahrheit zu überliefern, und wenn sie es nur in verborgenen Schriften taten. Es war seine Aufgabe, sein Auftrag, Wahrheit zu überliefern, und sei es im Geheimen.

Einige passende Zeilen, die er nach seiner Reise nach Knossos und Troja notiert hatte, fielen ihm wieder ein, und Seshmosis schrieb auf einen Papyrusbogen:

Das Feuer der Wahrheit

An manchen Tagen
brennen die Dornbüsche
auf den Bergen,
an anderen
ist es nur eines Menschen Herz.

Die Erkenntnis ist ein Schwelbrand,
den der Alltag zu ersticken droht,
so dass von der Glut
nur kalte Asche bleibt.
Dabei sollte die Wahrheit
doch ein Steppenbrand sein,
der alles und alle aufscheucht,
damit sie sehen,
was da lodert und leuchtet und brennt.

An manchen Tagen
brennen die Leuchtfeuer
auf den Bergen,
an anderen
ist es nur einer Kerze Licht.

Das Licht flackerte, und ein Luftzug berührte sein Gesicht. Sein Begleiter war zurückgekehrt. Wortlos nahm er das Blatt und las konzentriert Seshmosis' Text. Dann sagte er: »Es ist so weit. Ich führe dich nun in die *Halle der Schreiber*.«

Bald erreichten sie eine große Tür. Seshmosis' Begleiter klopfte in einem bestimmten Rhythmus an, und kurz darauf öffnete sich in der Tür eine kleine Klappe.

»Was ist dein Begehr?«, kam die Frage von innen, und der Begleiter antwortete: »Ein schreibender Mann bittet um Aufnahme in die *Gilde der vollkommenen und auserwählten Schreiber im Orient Byblos*.«

»Wurde er von den Gildenwärtern geprüft?«

»Er wurde geprüft.«

»Sind sie mit ihm zufrieden?«

»Sie sind mit ihm zufrieden.«

»Kennt er das Passwort, das allein ihm Zutritt zur großen Halle gewährt?«

»Nein. Aber ich kenne es und bürge für ihn.«

»Dann mögt ihr beide eintreten!«

Die große Tür öffnete sich, und sein Begleiter schob Seshmosis mit sanftem Druck in den dahinterliegenden Raum.

Die große Halle strahlte im Glanz vieler Lichter. Am

entgegengesetzten Ende saß ein Mann auf einem reich verzierten Stuhl. An beiden Längsseiten des Raumes befanden sich etliche Schreibpulte, jedes mit einer Kerze beleuchtet. Hinter jedem stand ein Mann im Kapuzengewand – die Schreiber der Gilde.

Seshmosis wurde durch den Raum geführt, fast bis zu dem prächtigen Stuhl, auf dem der *Meister der Schreiber* saß. Vor diesem stand ein kleiner Altar, auf dem die Werkzeuge eines Schreibers lagen: Bronzegriffel, Wachs- und Tontafeln, Tintenfass, Papyrusblatt und Schreibried.

Der *Meister der Schreiber* richtete das Wort an Seshmosis.

»Willkommen in dieser Halle, die uns heilig ist! Wir freuen uns, dass du einer der Unseren werden willst. Erhältst du diesen Wunsch aufrecht?«

»Ja«, antwortete Seshmosis mit einem Frosch im Hals.

»Dann wollen wir mit dem Aufnahmeritual fortfahren. Sieh! Vor dir liegen die Werkzeuge des Schreibers. Doch es sind mehr als nur Werkzeuge, um Texte festzuhalten in der Flüchtigkeit der Zeit. Es sind auch Symbole, die uns bei unserer Arbeit und in unserem Leben Orientierung geben.«

Seshmosis stutzte. So hatte er sich das mit der Gilde nicht vorgestellt.

Er dachte, hier ginge es um Ehre, einträgliche Beziehungen und lukrative Aufträge. Nach seiner bisherigen Meinung war die Gilde der Schreiber nur eine weitere Zunft in Byblos, genauso wie die Purpurschneckenpresser, die Gewandschneider und die nichtgöttlichen Dirnen. Und wenn man es in dieser Stadt zu etwas bringen wollte, dann musste man eben zu der entsprechenden Gilde oder Zunft gehören. Doch das hier lief ganz anders.

»Soll ich fortfahren, oder möchtest du diesen Ort verlassen?«, fragte der *Meister der Schreiber*. »Niemand wird dir zürnen, wenn du jetzt abbrichst.«

»Nein, ich möchte weitermachen«, antwortete Seshmosis entschieden. Die bisherigen Ereignisse hatten ihn neugierig gemacht, und er wollte unbedingt wissen, wie es weiterging.

»Gut, so sei es! *Aufseher über die Schreiber,* zeige dem Kandidaten den Griffel!«

Wie aus dem Nichts stand ein Kapuzenmann neben Seshmosis und drückte ihm die Spitze eines Griffels an die Brust, genau in Höhe des Herzens.

»Spürst du den Schmerz, den ein Griffel bereiten kann?«, fragte der Meister.

»Ja«, gab Seshmosis bereitwillig zu, denn es tat wirklich weh.

»Dieser körperliche Schmerz soll dich immer daran erinnern, welche Schmerzen geschriebene Worte zufügen können.«

Nach einem kurzen Augenblick der Stille fuhr der Meister fort: »*Aufseher über die Schreiber,* zeige dem Kandidaten das *Blut der Worte*!«

Seshmosis erschrak. Der Begriff *Blut der Worte* gefiel ihm ganz und gar nicht. Doch wider Erwarten wurde er weder verletzt, noch schüttete man Blut über ihn. Der Aufseher hielt ihm lediglich das Tintenfass vor die Augen, und der Meister sprach:

»Dies ist Tinte, das *Blut der Worte*. So wie menschliches

Blut, das den Körper verlassen hat, nicht mehr in diesen zurückkehren kann, so wird auch keine Kraft der Welt die Tinte eines geschriebenen Wortes in das Fass zurückzwingen können.«

Und so weihten der Meister und sein Aufseher den mehr und mehr verzauberten Seshmosis noch in die Symbolik des schmelzenden Wachses, des brennenden Schreibrieds und all der anderen Werkzeuge der Schreibergilde ein.

Als Seshmosis all dies erfahren hatte und er die anderen Gildenmitglieder von nun an *Brüder* nennen durfte, verriet man ihm ein weiteres Geheimnis: Jede Zeremonie endet mit einem schmackhaften Brudermahl.

ᚱᛁᛏᚢᚨᛚ

»Eigentlich ist mein Vater ganz nett«, versuchte Tani ihren geliebten Sesh aufzumuntern. »Er wird dir den Kopf schon nicht abreißen.«

»Das wäre vielleicht nicht das Schlechteste, denn dazu müsste er mich endlich einmal empfangen. Vielleicht könnte ich dann kurz vorher noch um deine Hand anhalten.«

»Du bist süß, wenn du immer alles so übertreibst.«

»Ich übertreibe nie! Fast nie, jedenfalls. Muss ich erst eine Schiffsladung Zedernholz bei ihm kaufen, damit ich deinen Vater treffen darf?«

Seshmosis war der Verzweiflung nah. Seit Tagen bat und bettelte er bei Tani um ein Gespräch mit ihrem Vater Matar.

»Komm, lass uns im Hafen den Schiffen zusehen«, schlug Tani vor, um ihren Liebsten abzulenken.

Nachdem Seshmosis seine Tani zum *Wahren Exil-Ägyptischen Vielheiligen Vielgötter-Tempel zu Byblos* gebracht hatte, wo sie ihren täglichen Dienst versah, ging er entschlossen zum Kontor ihres Vaters.

Der Handel mit Hölzern florierte, Ägypten war ein dankbarer Abnehmer für die Stämme aus den Wäldern des Libanon.

Als Seshmosis vor dem an seinem Schreibtisch in Notizen vertieften Matar stand, wusste er nicht recht, wie er beginnen sollte.

Tanis Vater sah von dem Keilschrifttäfelchen auf und fragte: »Was willst du? Holz kaufen oder arbeiten?«

Fast wäre Seshmosis »Tani« als Antwort herausgerutscht, doch er hielt sich gerade noch zurück.

»Ich würde gerne mit dir über eine private Angelegenheit sprechen, werter Matar.«

»Privat? Ich habe kein Privatleben.«

»Aber du hast doch Frau und Kinder. Und du betest zu den Göttern.« »Frau und Kinder gehören zum Geschäft. Und der Segen der Götter auch. Ein Kaufmann in Byblos hat kein Privatleben. Also, was willst du?«

»Es ist wegen Tani. Sie hat sicher schon von mir erzählt. Ich bin Seshmosis und gehöre zur Gilde der Schreiber.«

»Nein. Hat sie nicht. Daran würde ich mich erinnern. Suchst du Arbeit als Schreiber? Will Tani dich empfehlen?«

Seshmosis brach innerlich zusammen. Tani hatte ihrem Vater nie von ihm erzählt. Sie hatte es überhaupt nicht gewagt, ein Treffen mit ihm zu verabreden. Für Tanis Vater gab es ihn noch gar nicht.

»Also, was ist jetzt? Willst du für mich als Schreiber arbeiten? Dein Name verrät mir, dass du Ägypter bist. Das ist gut. Ich bin auch Ägypter und meine Kunden ebenso. Und wenn Tani dich empfiehlt, kann ich dich getrost einstellen. Das Mädchen hat einen Blick für Menschen. Ich bezahle dir einen guten Lohn. Einverstanden?«

»Gerne«, antwortete Seshmosis. »Soll ich gleich anfangen?«

»Nur zu! Das gefällt mir. Es gibt genug zu tun! Schau dir doch gleich mal diese Kaufverträge an, sie müssen ins Ägyptische übersetzt werden!«, forderte ihn der Händler auf.

Lächelnd nahm Seshmosis die Papyrusblätter in die Hand. Er hatte das Gefühl, dass er schon fast ein Mitglied der Familie war. Denn die gehörte laut Matar in Byblos ja zum Geschäft.

ᛗᚨᛏᚨᚱ

Am Abend, in seinem Zimmer in Kalalas Palast, war Seshmosis mit dem Tag ziemlich zufrieden. Zwar würde es noch einige Zeit dauern, bis er es wagen würde, seinen Arbeitgeber um die Hand von Tani zu bitten, aber der langsamere Weg wies auch gewisse Vorteile auf.

»Ist das nun die Weisheit des Alters?«, fragte die rotgetigerte Katze, die auf seinem Tisch erschien.

»Vielleicht, Herr. Oder die Erfahrungen aus vielen Reisen in der Welt.«

»Ich denke, der eingeschlagene Weg wird dich zum Ziel führen. Du wirst deine Tani bekommen, und so gibt es doch noch ein Glücksende für euch«, versprach GON.

»Das ist schön, das freut mich. Und sonst, Herr?«

»Wie – *und sonst?*«

»Keine weiteren Aufträge? Keine weiteren Verzögerungen meines privaten Glücks? Keine Gefährdung mehr für Leib und Leben?«

»Keine. Vorerst. In nächster Zeit nicht. Du kannst ganz beruhigt sein, mein lieber Prophet«, sagte die Katze und verschwand mit einem Schmunzeln.

Als Seshmosis mit geschlossenen Augen in seinem Bett lag und langsam zur Ruhe kam, sah er auf einmal den alten ägyptischen Gott Toth, der die Schrift erfunden und den Menschen gegeben hatte. Dann kam Odin dazu, der für die Runenzeichen ein Auge geopfert hatte, gefolgt von Bragi mit den eingebrannten Feuerrunen auf der Zunge. Sie alle sahen Seshmosis freundlich an. Über ihnen schwebte Seshat, die Göttin der Schreiber. Und sie lächelte mit Tanis Gesicht.

ᛖᚾᛞᛖ

Anhang

Anmerkungen

[1] Aus »Die Edda« (Lieder-Edda), »Balders Träume«, S. 64, München 1997

[2] ebenda

[3] Aus »Kalevala«, Das finnische Epos, 21. Gesang

[4] »Die Bibel«, Neues Testament, Offenbarung 3.4.15 ff.

[5] Aus »Die Edda« (Lieder-Edda), »Der Seherin Gesicht«, S. 37 ff., München 1997

[6] Aus »Die Edda« (Lieder-Edda), »Das Fjölswidr-Lied«, div. Quellen, Übersetzungsvariante des Autors

[7] Aus »Die Edda« (Lieder-Edda), »Brünhildens Helfahrt«, div. Quellen

[8] Aus »Nibelungenlied«, Übertragung von Karl Simrock, Ausgabe von 1868

[9] Aus »Kalevala«, Das finnische Epos, 38. Gesang

[10] Leicht modifiziert (zwei Namen geändert) nach dem »Nibelungenlied« in der Übertragung von Karl Simrock, 1868

Götter und mythische Wesen

Andwari südgermanisch Alberich, ein Zwerg, zeitweiliger Besitzer des verhängnisvollen Ringes »Draupnir«

Angrboda »Unheilstifterin«, eine Riesin. Mit ihr zeugte Loki den Fenriswolf, die Midgardschlange und die Hel

Apophis ägyptischer Schlangendämon, Feind der Götter

Astarte altsyrische Göttin, Gemahlin des Baal

Baal altsyrischer Fruchtbarkeitsgott, häufig in Stiergestalt, Gemahl der Astarte

Baldur Balder, »Herrscher, Anführer«, der von allen geliebte jugendliche Gott, Sohn Odins und Friggs. Der blinde Hödur tötet ihn auf Anstiften Lokis mit einem Mistelzweig

Bragi unter die Götter versetzter Skaldendichter, wahrscheinlich der älteste bezeugte norwegische Dichter Bragi Boddason (um 800); in seine Zunge sollen Runen geritzt gewesen sein

Brokk »Dachs«, Zwerg, Gestaltwandler, genialer Erfinder, Bruder von Sindri

Chepre der Käfer, der Skarabäus, der in der ägyptischen Mythologie täglich die Sonne über den Himmel schiebt

Chief Cormick ein Wichtel, das Familienoberhaupt des *Clans der Roten Borsten*

Dain einer der vier Hirsche, die in der Weltenesche Yggdrasil leben

Drako Herbarum genannt **Herbin,** ein Gourmet-Drache, der am Rhein lebt

Duneyr einer der vier Hirsche, die in der Weltenesche Yggdrasil leben

Dwalin einer der vier Hirsche, die in der Weltenesche Yggdrasil leben

Dyrathor einer der vier Hirsche, die in der Weltenesche Yggdrasil leben

Eikthynir »Eichdorn« (Anspielung auf sein Geweih), der Walhallhirsch

Einherjer altnordisch »die allein Kämpfenden«, die gefallenen Krieger, die nach der Schlacht von den Walküren nach Walhall gebracht werden

Fafnir Hreidmars Sohn, der Bruder von Regin und Otter, Gestaltwandler, der bevorzugt als Drache lebt

Fenrir Fenriswolf, von Loki mit Angrboda gezeugt. Aus seinem Geifer bildet sich der Höllenfluss Wan, »Hoffnung«. Die Götter haben ihn gefesselt, aber zu Ragnarök wird er losbrechen und Odin verschlingen

Freki »der Gefräßige«, Wolf in Walhall, Begleiter Odins

Geri »der Gierige«, Wolf in Walhall, Begleiter Odins

Gullinborsti »Goldborsten«, Freyrs goldener Eber, der über Wasser und durch die Luft gehen kann, strahlend leuchtet und von den Zwergen Brokk und Sindri geschaffen wurde

Gullinskampi »der mit dem goldenen Kamm«, anderer Name von Salgofnir, dem Hahn von Walhall

Habrok »Hochhose«, ein Habicht, der im rechten Auge des Adlers Hräswelgr in der Krone des Weltenbaums nistet

Hati der Wolf, der zusammen mit Skalli die Sonne über den Himmel hetzt

Heidrun Walhallziege, aus deren Euter Met für die Einherjer, die Walhallkrieger, fließt

Heimdall »Weltglanz«, der weise Wächter des Himmels und Ahnherr der Menschen, wurde von neun Müttern, den Töchtern der Meeresriesin Ran, geboren

Hödur »der Kämpfer«, Sohn von Odin und Frigg, Zwillingsbruder des Baldur

Hönir germanischer Gott, der den Menschen angeblich den Verstand gab

Hräswelgr »Leichenverschlinger«, ein Adler, der in der Krone der Weltenesche lebt und in dessen Auge der Habicht Habrok nistet

Hreidmar Vater von Otter, Regin und Fafnir, Gestaltwandler, der bevorzugt als Bauer lebt

Hugin »das Gedächtnis«, Rabe, Begleiter Odins

Hyrrockin eine Riesin

Loki »Beendiger«, Sohn von Riesen, Trickster-Gottheit, der Unheilstifter unter den Göttern, der Vertreter des bösen Prinzips, Vater der Midgardschlange, der Hel und des Fenriswolfs, Mutter des Hengstes Sleipnir, Widersacher der Götter bei Ragnarök

Metatron hochrangiger Engel in der jüdisch-christlichen Mythologie, wird auch »die Stimme Gottes« und »König der Engel« genannt

Mot »Tod«, altsyrischer Unterweltgott, Gegenspieler von Baal

Munin »die Erinnerung«, Rabe, Begleiter Odins

Nidhöggr »Neidhacker«. Auch »der feindlich Beißende«, Drache, der in den Wurzeln der Weltenesche Yggdrasil lebt

Odin	südgermanisch »Wodan«, einäugiger, oberster Gott der Germanen
Otter	Sohn des Hreidmar, Bruder von Regin und Fafnir, Gestaltwandler, der bevorzugt als Otter lebt
Raffnir	Gestaltwandler, der bevorzugt als Drache lebt, Vetter von Fafnir
Ratatöskr	»Nagezahn«, Eichhörnchen, das in der Weltenesche lebt und Zankbotschaften hin und her trägt zwischen dem Adler Hräswelgr in der Krone und dem Drachen Nidhöggr im Wurzelwerk
Regin	Sohn des Hreidmar, Bruder von Otter und Fafnir, Gestaltwandler, der bevorzugt als Mensch lebt
Rista	»Wolke«, eine Walküre
Salgofnir	der Hahn von Walhall, ein anderer Name von ihm ist Gullinskampi (der mit dem goldenen Kamm)
Sährimnir	»Rußschwarz«, der Toteneber, der jeden Tag in Walhall geschlachtet, gesotten und verspeist wird und jeden Tag wieder aufersteht

Sindri	Zwerg, Gestaltwandler, genialer Erfinder, Bruder von Brokk (»Dachs«)
Skalli	der Wolf, der zusammen mit Hati die Sonne über den Himmel hetzt
Skrymir	ein Frostriese auf Eisland
Sleipnir	»Hufschnell«, Odins achtbeiniger Schimmel, der nie müde wird, stammt von Loki und Swadilfari ab und gilt als das schnellste aller Pferde
Surtur	Anführer der Frostriesen
Swadilfari	der Hengst des Baumeisters von Asgard
Tanngniostr	»Zähneknisterer«, einer der beiden Ziegenböcke, die Thors Wagen ziehen
Tanngrisnir	»Zähneknirscher«, einer der beiden Ziegenböcke, die Thors Wagen ziehen
Walküren	auch Schlacht- oder Schildjungfern, gehören zum Gefolge Odins, bringen nach der Schlacht die ehrenvoll gefallenen Krieger, die Einherjer, nach Walhall

Menschen

Almak	Tajarim, Ochsentreiber und Ruderer
Aruel	Tajarim, Steinbrucharbeiter und Ruderer
Barsil	Tajarim, Dieb und Hehler
Brünhild	der Name bedeutet »die in eine Brünne (Brustpanzer) gekleidet kämpft«, eine zauberkundige Walküre, die auf ihrer Burg Isenstein auf Eisland lebt, Gemahlin von König Gunther
Dankwart von Tronje	Bruder von Hagen, Gefolgsmann von Gunther von Burgund
Eirik Lügensang	Verbannter auf Eisland
Elimas	Tajarim, Hirte und Naturheiler
Frodi	Häuptling von Hafnir auf Eisland

Gamli Stein	ein Bauer auf Eisland
Gernot	Bruder des Königs Gunther von Burgund
Giselher	Bruder des Königs Gunther von Burgund
Gudrun	Seherin auf Eisland
Gunther	König von Burgund
Hagen von Tronje	Vasall von König Gunther, Mischling aus einer Verbindung von Gestaltwandler und Mensch, Sohn des Alberich
Hallfred	christlicher Missionar auf Eisland
Hiram	Zollinspektor im Hafen von Byblos, genannt »die Spürnase«
Jabul, Jebul und Jubul	Tajarim, Diener Raffims
Kriemhild	Schwester des Königs Gunther von Burgund
Kristian	Wikingerchrist auf Eisland
Leif Blauzahn	Häuptling von Keflavik auf Eisland

Matar	Sarkophagholz-Händler zu Byblos, Vater von Tani
Marduk	Kommandant der Wache von Byblos
Mumal	Tajarim, Muskelprotz, Ruderer
Náttfari	genannt »die Natter«, Bandenchef in Dimmuborgir
Nefer	Ägypter, Händler im Hafenviertel von Byblos
Nostr'tut-Amus	Ägypter, Seher, der sich den Tajarim anschloss
Ortwin	Kerkermeister und Folterknecht in der Burg von Worms
Qazabal	Herrscher von Byblos
Raffim	Tajarim, Händler
Sampo	Same, Skalde, Schamane auf Eisland
Seshmosis	Tajarim, Schreiber, Prophet des Gottes ohne Namen GON
Siegfried von Xanten	germanischer Held

Tangbrand	christlicher Missionar auf Eisland
Tani	ägyptische Tempeldienerin der Göttin Seshat in Byblos, Freundin von Seshmosis
Thorbjörn	Häuptling von Husavik auf Eisland
Torarin	christlicher Missionar auf Eisland
Treuheit	Runenbäcker in Worms
Uartu	Seemann aus Sidon, Steuermann der *Gublas Stolz*
Wahnfried	burgundischer Dichter und Sänger
Zerberuh	Tajarim, Kapitän der *Gublas Stolz*

Orte & Dinge

Andwaranaut »Genosse des Andwari«, der von diesem mit einem Fluch belegte Ring, ein anderer Name für ihn ist Draupnir

Asgard »Asenhof«, die Burg der Asen

Bilfröst »der schwankende Weg«, die Brücke zwischen Himmel und Erde (der Regenbogen, auch als die Milchstraße interpretiert), auch »der trügerische Weg«, weil sie bei Ragnarök einstürzen wird unter der Last der herausstürmenden Muspellssöhne

Dimmuborgir mythischer Ort aus erkalteter Lava auf Eisland

Draupnir »der Träufler«, (weil von ihm ständig neue Ringe abtropfen), goldener Wunderring, ein anderer Name für ihn ist Andwaranaut

Grafvitnir	»Grabschlange«, magisches Schwert, gefertigt von den Zwergen Brokk und Sindri
Gublas Stolz	Schiff der Tajarim
Gulden Orm	»Goldener Drache«, Wikingerschiff
Isenstein	Burg und Verbannungsort der Walküre Brünhild
Mjöllnir	»der Zermalmer«, Thors Hammer, gefertigt von Brokk und Sindri
Naglfar	»Nagelschiff«, das Totenfahrzeug, das beim Weltenende Ragnarök flott wird und Dämonen zur letzten Schlacht heranführt
Oddi	Sitz der berühmten Skaldenschule
Odrörir	Dichter- oder Skaldenmet, nach dessen Genuss jeder göttlich dichten kann
Skidbladnir	»Luftsegler«, gehört dem Wanen Freyr und ist das schnellste Schiff, da es immer Fahrtwind hat. Es kann zusammengefaltet und in die Tasche gesteckt werden. Erbaut von den Zwergen Brokk und Sindri

Walhall altnordisch »Halle der Gefallenen«, mythischer Ort, an den die Walküren die auserwählten gefallenen Krieger bringen

Die Gebote von GON

1. Gebot

Ich bin der Herr, dein Gott, den du verehren sollst, wie auch respektieren alle Mächte der universalen Schöpfung und alle Natur, die dich umgibt.

Und verlass dich nie darauf, dass es woanders keine anderen Götter gibt.

2. Gebot

Du sollst einmal am Tag in deiner Freizeit zu mir beten, auf dass ich weiß, dass du noch da bist.

3. Gebot

Du sollst nicht töten, außer du und die deinen werden angegriffen, oder es geht dir sonstwie an den Kragen.

4. Gebot

Du sollst nicht stehlen, außer wenn du Hunger hast oder lebensnotwendige Dinge brauchst, die da sind Kleidung, Transportmittel und Souvenirs.

5. Gebot
Du sollst den Feiertag heiligen, sofern du jemanden hast, der an diesem Tag deine Arbeit erledigt. Wann dein Feiertag ist, erfolgt nach Absprache.

6. Gebot
Du sollst weder verleumden noch beleidigen, und wenn man dich verleumdet oder beleidigt, sollst du keinen Advokaten nehmen, sondern die Sache selbst regeln, aber dabei anständig bleiben, auf dass kein Blut fließe. Zumindest nicht viel.

Runen-Alphabet

ᚠ ᚢ ᚦ ᚨ ᚱ ᚲ

f u th a r k

ᚷ ᚹ ᚺ ᚾ ᛁ ᛈ

g w h n i p

ᛉ ᛊ ᛏ ᛒ ᛖ

z s t b e

ᛗ ᛚ ᛜ ᛟ ᛞ

m l ng o d

Boris B. B. B. Koch

Die Anderen

Sie denken, Sie kennen alle Völker Tolkiens? Sie haben mit Orks Schlachten verloren, sind mit Zwergen durch die Dunkelheit gestolpert und haben mit Elfen und Trollen über die leidige Kleideretikette diskutiert. Doch irgendwo im Nirgendwo lauert noch ein weiteres Volk: Dies ist die Geschichte des ober-geheimnisvollsten, ultra-gefährlichsten und absolut peinlichsten Volks der Fantasy – kein Wunder, dass J. R. R. Tolkien es verschwieg: die Anderen!

978-3-453-52378-4

Macht Platz, ihr Völker Tolkiens, die Anderen kommen: Die ultimative Orks-Elfen-Zwerge-Troll-Parodie

HEYNE ‹